在北大发声

第二辑

"批评家周末"文艺沙龙实录

陈旭光 主编

北京大学出版社
PEKING UNIVERSITY PRESS

图书在版编目（CIP）数据

在北大发声："批评家周末"文艺沙龙实录.第二辑/陈旭光主编. —北京：北京大学出版社，2019.12
ISBN 978-7-301-30879-0

Ⅰ.①在… Ⅱ.①陈… Ⅲ.①文艺评论–中国–当代–文集 Ⅳ.① I206.7-53

中国版本图书馆 CIP 数据核字 (2019) 第 232256 号

书　　　名	在北大发声："批评家周末"文艺沙龙实录（第二辑） ZAI BEIDA FASHENG："PIPINGJIA ZHOUMO" WENYI SHALONG SHILU（DI-ER JI）
著作责任者	陈旭光　主编
责 任 编 辑	李冶威
标 准 书 号	ISBN 978-7-301-30879-0
出 版 发 行	北京大学出版社
地　　　址	北京市海淀区成府路 205 号　100871
网　　　址	http://www.pup.cn　新浪微博：@北京大学出版社　@培文图书
电 子 信 箱	pkupw@qq.com
电　　　话	邮购部 010-62752015　发行部 010-62750672　编辑部 010-62750883
印 刷 者	天津联城印刷有限公司
经 销 者	新华书店
	787 毫米×1092 毫米　16 开本　26 印张　390 千字 2019 年 12 月第 1 版　2019 年 12 月第 1 次印刷
定　　　价	88.00 元

未经许可，不得以任何方式复制或抄袭本书之部分或全部内容。
版权所有，侵权必究
举报电话：010-62752024　电子信箱：fd@pup.pku.edu.cn
图书如有印装质量问题，请与出版部联系，电话：010-62756370

目录

序　　　北大的批评传统："我是学者，我要发声！"　谢冕　1

前言　5

第一讲	底层写作与影像的诗意表达	8
	——纪录电影《我的诗篇》对话	
第二讲	历史题材电视剧的创新可能与局限	40
	——电视剧《大军师司马懿之军师联盟》对话	
第三讲	中国体育题材影片发展前景	72
	——电影《谁是球王》对话	
第四讲	中国新主流电影大片的类型、路向与文化问题	96
	——电影《战狼2》对话	
第五讲	当代中国影像的诗意表现、历史想象与"中国学派"问题	124
	——《不成问题的问题》《妖猫传》研讨	

二 艺术前沿

第一讲	作为类型的艺术电影	174
第二讲	中国电影的产业升级与美学建构 （北大人文论坛）	202
第三讲	如何理解怪物 ——怪物的历史与未来	258

三 文化会诊

第一讲	中国当下喜剧电影的艺术、产业与文化	290
第二讲	全球化下幻想类电影的想象力问题	330
第三讲	中国电影的编剧模式与美国受众的欣赏习惯	374

跋　"人人都是批评家"的时代：坚守与凝望　陈旭光　408

序

北大的批评传统："我是学者，我要发声！"

谢冕

  大约20年前，也是一个周末，很可能就是周五——许多个周末我们就在北大校园一个冷僻的地方度过，还常常打游击换地方，那时候校园里面也没有别的人，主要是一些年轻人，大家安心地在安静的校园一角从事思想上的交流、学术上的探讨。那是非常难忘的20世纪80年代、90年代之交的一个又一个的周末。

  "我是学者，我要发声！"——这就是那个时代的背景，也是那个时候我的心声。毫无疑问，"批评家周末"是一种学术沙龙的方式，是学生在老师的指导下进行学术交流与学术研究的方式：首先，老师指导、策划、出题目（或学生思考出几个题目由老师来判断与决定），给学生指定与选题相关的阅读材料和范围；然后，由这位指定的学生做主题报告，老师点评，学生讨论。沙龙的选题非常重要，我们不是什么都讨论的，而是有标准或者说是有"门槛"的。要根据学术的重要程度、学理性的强弱程度，以及与现实的某种关联程度等来定夺；要根据学生学习、学业发展和成长布局、学术心胸格局的需要来讨论。所以老师的指导很重要。这种方式也是一种学生在老师的指导下，独立承担学术研究任务的学术训练，一种科研尝试。从某种角度说,这也是北大的伟大传统在我们手上的一种承续和发扬光大。北大的精神源于伟大的"五四",宗旨或精髓就是学术独立、思想自由,而且勇于"吃螃蟹",敢于冒险,致力于创新,就像鲁迅先生说的那样,"北大是常为新的"。

学术的沟通利用这个方式进行,其实更是一种思想的沟通和心灵的沟通。看起来我们谈论的是学术问题,实际上更是思想和信念的沟通。在这样的自由探讨的形式下,师生互相增加了解,学生了解了老师,老师也了解了学生。无论是当年我当老师的时候,还是今天陈旭光当老师,每一次"批评家周末"的聚会对老师来说都是对学生的近期学习状况的一次考察,对学生来说几乎就是一次面对面的考试,但是这个考试非常轻松、非常自如,是在促膝交谈、平等自由、畅所欲言的氛围中进行的。在这样的交流中,我觉得我们的老师和学生之间是不存在什么障碍的。有的老师可能一个学期都与学生见不上一面,此时学生和老师是分离的,而我们是结合在一起的。在这样的交流过程中,我可以知道学生在想什么。所以到了最后,我们的学生都可以不用考试。因为我已经知道他的思维特点是什么,他的学术造诣有多深,他的学习有多用功,他的思想敏锐到什么程度。这一切,我们老师都可以通过"批评家周末"的现场加以了解。所以这就是一种考试,而且是一种非常好的考试方式,老师可以非常透彻地了解学生,无论是他的长处还是短处,老师都了如指掌。

当然,通过这种方式,老师也可以从同学们这里学到很多,老师也会在交流的过程中发现自己的不足,发现自己要"恶补"一些作品的"课",这些作品可能在同学们那里已经很流行了,老师也要像年轻人一样学习,才能保持心态的年轻和学术的活力。这是一个"反哺"的时代。

此外，这个过程也是同学们互相切磋砥砺的过程。同学们知道了彼此的学习情况，最近关注和思考的问题，近来有什么好书、好作品、好的电影、好的演出和展览等。这是一种信息、知识、思想、智慧的碰撞和交汇，而这种探讨交流更是一种"如切如磋，如琢如磨""谈笑晏晏"的境界。

在我看来，无论是当年的我，或者今天的陈旭光老师在主持这一工作的时候，我们继承弘扬的都是一个伟大的传统。我在做这件事情的时候，也相信今天陈旭光老师做这件事情的时候，都抱有这样一种信念，即北大的宗旨就是学术独立、思想自由，不受别的干扰。因此，我们今天让学生来发表学术见解，来进行讨论，就是思想自由的表现。我们进行的工作就是维护学术的尊严，就是独立性不受干扰，不受各方面压力的干扰。从小的方面讲，我们要引导学生学以致用，你想到什么，你阅读到什么，你观赏过什么艺术作品，要马上发表自己的见解，甚至写成文章，发出北大青年学子的声音。陈旭光老师谈到，重新启动的"批评家周末"，要现场实时速记，整理发表，将来还要出书，留下你们思考的踪迹、研讨的成果，这都是很好的。这些讨论及其成果，我相信在你们成长的道路上，肯定会留下难忘的学术记忆和人生记忆。

"批评家周末"引导学生关心文艺发展的现实动向，北大做的是活的学问，不是死的学问，尤其是我们面对今天日新月异、蓬勃发展的文艺现实。我当年研究的当代文学也好，今天日新月异的艺术学也好，电影研究的各方面也好，我们都密切关注当前的创作状态、评论状态，还有受众状态。我们不是把活的东西变成死的学问，而是始终抓住很鲜活的东西，抓住活生生的现实、文艺发展的现实。我们在沙龙现场实践与保持的，是一种时间和心态上的"现在进行时"。

关于"批评家周末"文艺沙龙的研讨主题，我有两点建议：

其一，继续关注文艺发展的现实。大家的专业是影视、艺术理论，但在关心艺术、影视的同时，视野应该更开阔一些，也关心一下文学，关心一下诗歌，关心一下建筑、美术、书法，甚至音乐和舞蹈都关心一下。做学术必须要有大的视野、大的格局，才会有大手笔。将来从北大"批评家周末"走出来的批评家对中国的文艺现状必须有很多的了解，有很大的推动。

其二，大家要立志于中国文艺批评的发展、拓展和创新。在我的印象中，关于文学艺术的批评，艺术似乎弱一些，文学批评的队伍和传统好像更雄厚。当然，文学当中小说、诗歌的评论又更强一些，戏剧、散文的评论稍弱。那么艺术批评、电影批评呢？我不太了解，也不敢妄言。但至少，我认为艺术批评，对于时代应该是有担当的。因为这是一个艺术大发展、大繁荣的时代。也许由于印刷媒介不占主导性地位了，文学还有点衰退。而像电影艺术在今天的受众面是非常广的，观众很多，影响力很大。那么，现在我们北大艺术学院或者说我们的北大影视戏剧研究中心，应该把艺术批评提升到一种什么样的高度，达到什么样的影响力呢？工作自然是艰巨的。因此，你们是肩负着责任和重担的，可以说是任重而道远。

总之，在北大，发出我们的声音，发出我们学者的声音，尤其是今天北大的青年学者、明天学界的中流砥柱，我们应该对当前文艺界的现状发出声音，这是我对大家的希望和要求。

前言

谢冕先生向本书主编陈旭光授予"'批评家周末'文艺沙龙"牌匾

2014年9月19日，北京大学"批评家周末"文艺沙龙正式重新启动。"批评家周末"文艺沙龙由北京大学影视戏剧研究中心主办，《中国作家》《创作与评论》《现代传播》《中国广播影视》联合主办，《电影艺术》《当代电影》《中国电影报》等协办，"非一流评论"网络媒体支持。

自重新启动以来，北京大学"批评家周末"文艺沙龙已举办三十余次以影视艺术与传媒文化学界各种前沿话题为讨论主题的沙龙，从影视美学、艺术理论、文化媒介等多重维度进行探讨，吸引了海内外学者的眼光，产生了广泛的影响。

北京大学"批评家周末"文艺沙龙开始于20世纪90年代初，由北大中文系谢冕教授创办并主持。这次的重新启动，是一次跨越时空的薪火相传和精神接力。从20年前的北大中文系到如今的北大艺术学院、北大影视戏剧研究中心，"批评家周末"始终秉承自由表达、自主表达、独立思考的批评信念，力图以原创的批评活动，针对当下的文艺现象发出北大青年学者的声音，引领文艺批评的话语潮流。

"批评家周末"是定期进行的学术座谈和学术研讨活动，是学生在老师的指导下独立承担学术责任的一种尝试，能够促发师生之间的学术交流与思想讨论，同时也是一种考核自我的形式。该学术活动试图引导与敦促学生对学术使命、学术理想的不懈坚持。

"批评家周末"创始人谢冕先生在启动仪式的现场表达了对20年后薪火相传的"批评家周末"文艺沙龙的殷切希望，冀愿"批评家周末"坚持"学术独立、思想自由"的品格，保持批评的"纯洁性和尊严感"，关注文艺发展的现实，立志于文艺批评的发展创新。

一 个案聚焦

第一讲

底层写作与影像的诗意表达

——纪录电影《我的诗篇》对话

主持人 陈旭光

嘉　宾 秦晓宇　李道新　宁敬武　陈家坪
　　　　柯　雷　张慧瑜　刘　强　小　海

编者按

2017年5月12日下午,北京大学"创意写作"第2期课外沙龙暨北京大学"批评家周末"第25期文艺沙龙于理科五号楼438多功能厅成功举行。本次研讨会由北京大学艺术学院副院长、北京大学影视戏剧研究中心主任陈旭光教授主持,来自荷兰莱顿大学、北京大学、中国艺术研究院、山东艺术学院等国内外著名院校的专家学者,纪录电影《我的诗篇》导演秦晓宇,著名导演宁敬武、陈家坪等八人齐聚北大,围绕纪录电影《我的诗篇》展开了一场关于"'底层'的诗性、诗情与影像的开阔空间"的深入研讨。

活动海报

一、研讨会嘉宾发言

　　一部有着人性的温度、底层生活的厚度，同时思考诗性与现代性的矛盾、抒情的个人与社会的各种关系的作品。

——陈旭光

　　陈旭光（北京大学艺术学院副院长、北京大学影视戏剧研究中心主任）：今天下午我们共同欣赏了秦晓宇导演的纪录电影《我的诗篇》，这部电影对我来说是期盼已久的，却因种种原因一直无缘完整观看，直到今天总算如愿以偿，看后真的非常震撼、非常感动。

　　这次邀请来的嘉宾都跟两个事物有关，或者两者兼而有之。一个是诗歌，都是诗人，或者是前诗人，或者是诗歌研究者，包括我自己，我也是前诗人。另一方面，电影创作者往往也是学术研究者，像导演秦晓宇，既是诗评家又是电影导演，二者在这里跨越，在这里综合，而这种跨越和综合同样体现在该电影中：底层的写作者，他们所怀有的诗意诗情，借助大众传播媒介，在这部片子里达成了非常奇妙、非常有深度的结合，这是我们当代艺术现象中非常有价值的研究现象。我刚才看了这部仰慕已久的片子，感到有些压抑，但是这种压抑是一种凝重、沉淀，沉淀之后更有助于我们下一步的升华。这部电影有着人性的温度、底层生活的厚度，同时思考了诗性与现代性的矛盾、抒情的个人与社会的各种关系。作品所反映的很多问题，不仅仅是诗歌界需要思考的问题，也是纪录片创作者要研究和思考的问题。特别是北大的同学，一直在象牙塔内生活，但借助电影，我们看到了另一个世界，这对于每位同学的个体思考、对于社会关系的思考、对于内心写作的思考，都是非常具有教育意义和思考价值的。

　　同时，近年来中国影坛有一个很突出的现象是与诗歌有关的电影作品突然冒了出来。除了《我的诗篇》，还有《长江图》《路边野餐》《摇摇晃晃的人间》《诗人出差了》等电影，诗人或诗歌直接成为电影作品的主角。像《长江图》和《路边野餐》有点

陈旭光发言

先锋实验的味道,《我的诗篇》则在纪录片里去营造一种抒情,我认为这是一个好现象。这说明中国大众文化的消费,特别是电影的消费也慢慢沉静下来,慢慢有了艺术品位的思考,导演和观众都越来越喜欢追求创作一些有深度、有精神力量的作品。

把为工人诗人的立言,变为纪录片创作的立象。

——秦晓宇

秦晓宇(《我的诗篇》导演、诗人、评论家):说到工人诗歌,我觉得最主要有三个方面的重要意义。

第一,工人诗歌具有相当的文学价值,我的许多文学批评的同行反对给诗歌加上一个身份的限定词,他们斥之为标签,对此我有点不以为然。因为在中国诗歌史上,不管是戍边者写的边塞诗、道士们写的游仙诗,还是僧人们写的禅诗、山水诗、悟道诗，这些都是某种特殊的身份给文学创作带来的新的经验、新的活力，甚至催生出新的诗歌类型。而当代工人诗歌也是如此，它把大工业时代的打工经验带入了诗歌写作。譬如爆破工陈年喜诗中那种在深山矿洞之中开山、打眼、炸裂岩石的经验，在中国几千年的诗歌史上从来没有被表达过。

我再举一个例子。富士康工人诗人许立志，在他的诗集当中有一首叫作《一颗花生的死亡报告》的诗。它完全抄袭了某一花生酱的产品说明书，只是给它添加了一个标题。我曾断言，现代艺术与现代文学有很多可以共享的观念和手法，但毕竟是两码事，譬如现成品艺术在文学中就不成立，你总不能给李白或海子的诗换个标题说成是你写的吧？而许立志这首诗改变了我的看法。

花生酱的生产说明书即花生的死亡报告，当我们以这样一种可怕的视角阅读这份说明书时，它就具有了令人战栗的陌生化效果：花生酱之生产即花生之死亡，生产者即谋杀者，厂址即死亡地点，而结尾处的生产日期无疑便是死亡日期。还有什么词语能比"生产"更奇险、更恐怖地写出"死亡"？而且这首诗绝不仅仅写花生之死，更是以比兴手法借物抒情，用花生被压榨成花生酱来"说明"工人被"压榨"至死的命运。诗人只加了个标题，一份毫无个性、情感与文学性可言的产品说明书就变成了一首后现代主义的好诗，传递出强烈而深邃的批判意识与抒情意味。这首诗有独特的形式感，但这并非纯形式主义的装饰设计，而是服务于甚至必要于表达的需要，由此建构出深层的诗意。不过和当代多数诗人不同，像许立志这样的农民工诗人从来不是在一间高雅的、由各种理论与流派构筑的文学实验室里进行创作；他的诗，萌生于被现实逼出的灵感——我们偶然看到这样一份花生酱的生产说明书，不会有任何感觉，那就是一份普普通通的说明书，然而这份说明书一定让许立志想到了他自己悲惨的打工生涯。可以说，这首诗完全改变了我对现成品诗歌的否定看法。

第二，工人诗歌有启蒙和自我启蒙的价值。近代以来文学一直都担当这样的功能。在中国，新诗发生在"五四"启蒙运动中，朦胧诗崛起于20世纪70年代末的"新启蒙"中，两者都曾起到十分重要的先锋作用。而当代工人诗歌，尤其21世纪

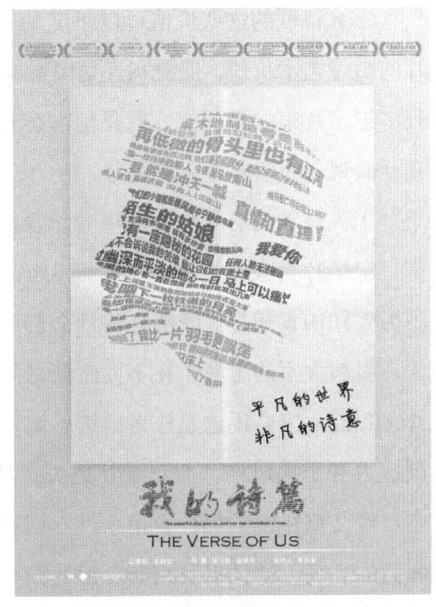

《我的诗篇》海报

以来迅速崛起的农民工诗歌,同样是一场伟大的启蒙运动,尽管并不表现为一场运动。和前两次"诗界革命"不同,它不是由少数文化精英或叛逆者发起的,普通打工者才是中坚力量,这更契合启蒙的真谛。

第三,工人诗歌有为底层立言的意义和历史证词的作用。最近我在读美国学者贺萧的《记忆的性别——农村妇女和中国集体化历史》一书,贺萧积十五年之功,搜集了陕西72位老年农村妇女的口述史资料。在这本书中,作者向我们描述并分析了口述者在新中国成立后十年中人生变迁的故事。从普通农村妇女的角度,结合各自的人生经历,讲述这段狂飙突进的集体化历史。这样的材料是如此稀缺而重要。讲述者正在陆续离开人世,彻底带走她们平凡、艰难的一生,而贺萧的工作就是抢救和挽留她们的生命故事。这样的工作非常有意义。工人诗歌也有这种为沉默的大多数立言的意义和证词的作用,而且它是一种主动的创造,运用的又是微妙的诗歌语言而不是直白即兴的口语,无疑更具有现实揭示力、精神深度和思想启示的价值。

工人诗歌的这些价值可以跟纪录片的价值相对应，比如文学价值可以对应纪录片的影像艺术价值。我觉得不管是故事片还是纪录片，都应该是影像艺术作品；有很多纪录片很像说明文，就是把内容简单直接地呈献给观众而已，而我觉得，这是在贬低观众的理解力和审美力。

工人诗歌的启蒙价值对应着纪录片的启蒙价值和社会意义。就这方面的价值而言，纪录片大大超过故事片，因为纪录片总是更关注社会问题、边缘和弱势群体、不为人知的真相等。既然任何社会都不尽如人意，那么纪录片就是以影像的方式介入，引起大家的思考，在不同阶层之间展开对话，推动社会进步。某些优秀的故事片，我们大家会说这是作者电影，区别于商业片，作者电影充分体现了作者的艺术创造力和个人风格。而纪录片更关注他者，更关注公共议题，呈现方式也更客观，有点像艾略特说的那种警惕个性、回避自我的创作。在《我的诗篇》中，当然有着我们的立场、情怀以及判断，但我们更希望大家通过这部影片触摸到中国工人的真实处境，尤其是能够触摸到他们的精神世界。

对纪录片来讲，我们有时会讨论拍摄的权利关系。我想说，当导演握有拍摄权和剪辑权的时候，拍摄者与被拍摄者的关系注定是不对等的。然而在我们这部电影当中，优秀的工人诗人用他们的作品创造性地参与了这部电影的创作，他们的诗歌成了这部作品的魂魄。这也是《我的诗篇》和其他相同题材的纪录片最大的区别。因为很简单，一般的纪录片只能拍摄到一个人的外在生活，但无法把摄像机探入他的幽微的精神世界里去。但诗歌可以做到，所谓"在心为志，发言为诗"。我们希望工人诗人的外在生活和内在世界都能得到深度的表现。那么不管艺术的价值、启蒙的价值，还是历史证词的价值，为底层立言的意义，这些工人诗歌的意义，也是纪录片的价值。

在这部电影当中我们做了一些尝试，即把工人诗人的立言，变为纪录片创作的立象，这个过程就是把文字性的表达转化成影像性的表达。对于这种转化，我想说的第一个关键词是真相。在一个虚拟和数字的时代，真实已经成为我们的乡愁。纪录片人是努力去追寻真相而不是自认为掌握真相的人。追寻真相是困难的。如果唾

秦晓宇发言

手可得，就不需要上下求索地拍摄了。为了接近真相，我们除了需要耐心、需要时间，还需要到"眼睛的火线"上去拍摄。比如拍摄爆破工诗人陈年喜，我们要跟随他到矿洞之中，这是他经年累月劳作的现场，也涉及其诗歌的"独得之秘"。这些矿洞都是陈年喜这样的爆破工一点点炸出来的。岩石结构非常复杂，甚至有一定危险性。我们拍摄陈年喜时，就有石头砸落在我们身旁。但不跟随陈年喜走进矿洞，就无法拍到更能揭示真实的有价值的素材。真相往往是复杂的、矛盾的。我们要警惕，不要用自己既有的观念刻意剪裁现实与素材，以符合我们的立场和意图。在《我的诗篇》中，那些诗歌也有助于表达心灵的真实。

我想说的第二个关键词是形象。故事片需要讲故事，而纪录片可以讲故事，也可以不讲故事；但无论故事片还是纪录片，都需要有说服力和感染力的人物形象。故事片中的人物形象，要靠演员来体现，而纪录片是直接选择有价值的人物。比如在《我的诗篇》当中，像陈年喜、老井，是电影学院一些小鲜肉很难表演出来的，你没有这样的生活阅历，你怎么看都不像这样一个人物。这一点对纪录片来说不是问题，人物只要拿出自己的本色，自然行事即可。他的语言行为和日常生活都是自己的，这种真实有万钧之力。当人物成立，他本身就可以散发出强大的感染力。

另外，对这部影片非常重要的一点，是诗人的形象怎么呈现，或者说诗歌形象如何呈现。在这部影片中每个人物都有两个面相，一个是普普通通的打工者，另一个是有自己风格的诗人，只有这两方面都到位才算成功。我看到过一些批评意见，指责我们不够写实。其实纯然写实的跟拍是容易的，只要有足够的耐心就行。但我们想要实现的效果某种意义上说难度更大。涉及诗歌形象时怎么呈现？诗歌和诗意如何表现？等等。所以我们会用不同的音乐来暗示和呼应不同诗人的风格。像陈年喜出现的时候，音乐就比较强劲有力；当老井出现的时候，音乐就比较神秘沉郁；当邬霞出现的时候，音乐则比较明媚。此外，在银幕上打出诗歌的字体都是有考虑的，陈年喜和老井诗歌的字体比较粗大，而许立志和邬霞诗歌的字体就比较纤细。

我们创作的影片，希望具有"诗与真"的品质。这是老歌德自传的书名。所谓"真"就是以真诚的创作态度，撷取真实的素材，去追寻宇宙人生的真相。另一方面，我们希望影片具有诗性的品质，也因此形成一种更微妙、更具感染力的美学价值。

这就涉及第三个关键词意象了。意象是什么呢？意象是古今中外诗歌的共通之处。在历史长河中诗歌艺术有很多发展变化，比如说现代诗不必非得讲究押韵、平仄这些外在形式上的清规戒律。但是有一点，古今中外的诗歌都用意象进行表达。比如李商隐的《咏蝉》："本以高难饱，徒劳恨费声。"这是在咏蝉，还是在吟咏自己高洁的诗人形象？其实这是托物言志，兼而有之。什么是意象？就是指某个形象既是指这个形象本身，又不只是这个形象，同时表达了别的什么内涵，可以是另一个形象，也可以是抽象的道理或内在的情感，所以意象当中诗歌是非常美妙的。《我的诗篇》中的一些形象、场景，特别是在诗歌的配合下往往蕴含着言外之意、象外之旨，这是它与其他纪录片的区别。

最后我想说的关键词是大象无形。大象纪录是我们纪录片的品牌。意象可以表达一些看不见、摸不着的东西,如时间、价值、情感、公理等,而我们创作一部纪录片,往往更关心它背后这些看不见、摸不着的东西。这是我们创作的初衷,我们希望我们的影片能够表达某种大象无形的内涵,也希望观众能够"得意不忘形",通过以电影为载体的对话,一点点推动社会的进步。前几天有个做纪录片研究的学者询问,纪录片大师伊文思晚年创作的最后一部片子《风的故事》的结尾。伊文思用带着荷兰腔的法语说了一个词,但听不清他说的究竟是"自由"还是"正义"。我虽然不知道伊文思说的是什么,但我推测是正义。不论东西方,自由是风的基本寓意,没有必要在一部电影的结尾才表达出来,但是风吹来吹去、游来荡去在追寻什么呢?伊文思说是正义。这就是伊文思动荡一生所追寻的价值。

他们写出了我们这个时代的精神,抓住了时代的本质。

——张慧瑜

张慧瑜(中国艺术研究院影视所副研究员):说到这部关于工人诗歌的纪录片,我觉得是一部很有意义的作品。普通劳动者以诗歌的名义,拍摄成纪录电影,这本身是我们这个时代很有诗意的事情。我想从三个角度来理解这部作品。

第一,这是一部关于中国的故事,关于当下中国的故事,以纪录片的方式呈现的主流文化中看不到的另外一个中国的故事。在外媒的叙述中,经常把中国描述为一个制造业大国,一个给全世界生产的世界加工厂,可是在中国文化内部,我们却很少感知到这一点,因为工业景观、工厂空间在后工业的大都市中变得不可见。

第二,这部电影是关于工人、工厂和工业的。在最新的版本中,晓宇兄把电影的英文翻译成"Iron Moon",也就是"铁月亮",应该是来自许立志的诗歌《我咽下一枚铁做的月亮》。在诗歌、文学中怎么表现工业是有难度的,虽然现代社会是一个工业社会,现代文明建立在工业文明之上,但是在现代文化里面,怎么写工业、写工厂、写现代化大生产,是很少见的,生产空间恰好是其中不可见的黑洞。许立志用"铁月亮",把中国传统诗歌的意向"月亮"与工业形象"铁"结合起来,是一

张慧瑜发言

个很有创意的写法,表现了一种工业经验和工业生产的状况。

第三,这部电影确实是以诗歌的名义完成的,是和诗歌相关的。如果大家熟悉20世纪90年代大陆诗歌演变的话,会知道有一些关键词,比如个人写作、日常生活、身体等,也就是诗歌写作回到语言、个体、身体等私领域。其实用这些概念来描述工人诗歌,也非常贴切。这些工人诗歌都是个人写作,写的是工人的日常生活,而且与他们的身体相关。比如陈年喜的《炸裂志》,从岩石的炸裂写到身体的炸裂,这种炸裂的身体既是工人在当下工业生产制度中的状态,也是现代人在现代异化世界里的状态。这种对现代社会的批判本身是一种现代主义精神。

最后,我想说这些工人写作不仅是为工人代言,也是为我们这个时代代言,为生活在现代世界中的每一个人代言。在这个意义上,工人诗歌不是表现特殊群体的问题,而是工人代表了一种普遍的现代人类的共同命运。如许立志的诗歌《流水线上的兵马俑》,就非常准确地写出了我们对当下中国的感受。流水线上的工人确实像兵马俑一样"整装待发",兵马俑是阳刚的、威武的、正面的形象;与此同时,秦国又是一个严刑峻法的时代,有铁血一样的纪律性,工人就生活在这样一个被严格管控的工厂里面。我记得小海也有一首诗叫《中国工人》,写的也是"垒如长城的中国工人""手握青铜的中国工人"和"铁甲铮铮的中国工人"。这些工人像兵马俑一样是帝国的军队、帝国的铁骑,这也和当下正在崛起的中国很像,我们试图实现民族复兴,变成一个像秦国一样强盛的国家。我觉得这首诗对我们这个时代的描述很贴切。在这个意义上,我读他们的诗歌从来不觉得他们是在写他们的故事,或是在写别人的故事。我觉得他们写出了我们这个时代的精神,抓住了时代的本质。

> 作为一个作者导演所创作的作品,诗人的想象力、理解力和思维的跳跃性,是这部影片内在的节奏。
>
> ——陈家坪

陈家坪(诗人、纪录片导演):2014年,我知道秦晓宇在着手收集、整理新中国成立以来的工人诗歌作品,后来在美国出版时集中编选了农民工创作的诗歌。我想这样一个工作过程也是他创作《我的诗篇》的重要缘起。关于工人诗歌,在新中国成立初期,因为工人是代表了社会主义的国家主人,它有一个国家主体的象征意味,有很明确的意识形态色彩。20世纪80年代以后,随着社会的改革开放,工人作为国家的主体象征已经被消解了,工人越来越成为众多职业中一个可以自由变换的职业。面对这样的历史与现实,秦晓宇有着自己的人文情怀,有他对于诗歌的理解,对于农民工生活的关注。在影片中他主要表现了诗歌背后,诗人的工作场景、日常生活和家庭环境,诗和诗人是影片的主体。

当然,对于工人身份以及工人诗歌这样的名称,包含着社会的复杂性,我愿意从诗和诗人这样一条单纯的思路去理解这部影片,理解导演对于工人诗人这一群体的发现。因为他们的生活和写作的确值得人们去关注,其中既有个人命运,又有时代性。事实上,这样一种理解思路,在他的影片中有着非常明确的体现。影片一开

陈家坪发言

始是皮村的工人诗歌朗诵会现场,诗人们在舞台上介绍、朗诵自己的诗歌作品,观众自然就想进一步了解诗歌背后诗人真实的生活,于是镜头把我们带入每一个诗人的现实生活之中,由诗人朗诵的群体状态进入到个体的生命状态。影片结尾时舞台灯亮起来,喻示一个开场,而片子就结束在这样一个开场里,形成了这部影片在创作构思上首尾呼应的完整性。

我知道秦晓宇在创作《我的诗篇》之前是一个诗人和诗歌批评者。他也是从一个诗歌批评者的角度发现了工人诗歌的,但在完成的《我的诗篇》中,我没有看到他的批评性,而看到了他的抒情性。当然,这种抒情性包含了他的个人情怀。影片表现了几位诗人的诗歌作品和生活,那么,这几位诗人之间的联结点在哪里?他们的诗歌作品首先是独立的存在,但对这部影片而言,这些诗歌作品之间的内在逻辑关系是什么?我看到,这几位诗人,他们有共同的日常生活、劳动和家庭,这是一个宽泛意义上的共性。他们都离开故乡,又回到故乡,这种游离的生活形态是我们时代变迁中最鲜活的特征。我知道创作是一种非常自由的精神活动,《我的诗篇》是自由之一种。而对于《我的诗篇》这部纪录电影,我认为在客观上,它是秦晓宇作为一个作者导演所创作的作品,在纪录片和真实电影之间不是那么容易被一下子界定。可以说,他是在一个模糊的地带进行表达,形成他独有的意义,即导演本身也是一个诗人。诗人的想象力、理解力和思维的跳跃性,是这部影片内在的节奏。

工人生活决定了他们更容易关注公平这样的社会价值,秦晓宇的发言强调了《我的诗篇》对于自由和正义的追求。影片中讨薪那一段有一个正义的诉求,而这个画面是借助诗人的某一诗句进入的。这就涉及影片对于生活片段的摘取,会不会产生歧义?这个生活片段一旦被摘取,它的生长性就被迫中断了,成为一种静态。从影片来看,这些片段不再是它自身的日常生活和叙事,而是作为意象直接参与了作者表达。诗歌作品本身的表达,是《我的诗篇》的一个关注点,也就是说,这个关注点不是立足于日常生活的发生现场,而是对于诗句与生活片段的双重摘取。秦晓宇不认为纪录片一定就要讲故事,这个申辩在这里有其内在的逻辑。也许,从这个地方我们能够更为清楚地认识到《我的诗篇》的创作思路。这个思路,是不是能够打消我们对于生活片段,那基于个体经验所固有的认知和想象呢?我认为,这应该是这部影片所提供的一个具有探索意义的命题。

诗人们通过诗歌作品表现出生活的真相,或对于某种真相的理解。秦晓宇作为《我的诗篇》的导演,他基于对诗人诗歌作品的理解,带着摄像机进入诗人的生活中去捕捉片段,以还原诗歌中的意象,这里存在着一种抵达和永远无法抵达的困境。真相和理解的真相,以及理解被理解过的真相,这是《我的诗篇》为观众所提供的内在张力和巨大的感受性。它区别于那些从底层人物正在发生的故事中去追踪拍摄的影片。当然,我不是要从中去判断哪一种方式更好,而是说,我们要尊重和理解不同的创作表达方式。从影像语言上讲,《我的诗篇》在处理诗歌语言时将配乐、文字与画面相结合,那么,音乐参与了什么,文字承担了什么,画面的独立性又在哪里?虽然,我提出了这些问题,但是没有答案,只有观看和感受才能做出回答。不需要答案,只需要感受。

怎么样唤起外国人去感受一种浪漫化的意象。

——柯雷

柯雷（荷兰莱顿大学汉学家、教授）：今天是第几次看这部电影我已经搞不清楚了。前不久我在国外的中国现代文学文化资源中心（Modern Chinese Literature and Culture）发了一篇《我的诗篇》的书评兼影评。今天我主要讲讲这部电影所唤起的有张力的一些地方，比如显而易见的雅俗之间的张力，或者说底层和高层之间也就是刚才陈老师所说的社会阶级的张力。如果讲到文学的话，你会发现关于底层写作，特别是底层诗歌、打工诗歌这些词汇也是颇有讨论价值的。浏览近年国内关于打工诗歌的学术文章，主要谈的是社会价值与美学价值之间的一种张力，有一部分人认为这些作品能够反映社会的不公，所以具有很高的社会意义；但同时还有一部分人认为这些诗歌的美学价值很低，所以他们的看法可能跟秦晓宇导演的看法有所不同，这变成一个很尖锐的问题。

2016年广西师范学院罗小凤教授提到了"以道德去绑架美学"的问题。这一类观点认为，对当下很多艺术作品的评论，包括对《我的诗篇》的评论，如果批评家只是注意到伦理上的重要意义的话，那就很危险，因为这样已经不再是使用文学标准来谈问题，这是一种非常有意思的观点。刚才陈老师也提到了工人的问题，工人、打工者等。《工人诗典》这本书的美国版本和国内版本还是有很大区别的。国内版本是几种不同群体的诗歌在里面，比如所谓的老工人和新工人，包括一些卡在中间的早期先锋诗歌写作者（如于坚，他们的诗歌也在里面），再往后是农民工诗歌。农民工诗歌在我看来是这本书的核心，但是封面上写的是工人。工人和农民工或打工者之间的张力肯定是存在的，我觉得这本身就是一件很耐人寻味的事情。

我们一直在贴标签。我如果给自己贴一个标签，那么我就是"国际专家"吧，这样我们这个会议也就是"国际"的了，能申请更多的经费！开个玩笑。但是其实很有意思的是，中国的打工文学在国外有着怎样的接受呢？很巧，我昨天又看了一篇关于打工文学的外文学术论文。相关论文到目前为止还特别少，有一些人在写，但不多。比如有一个叫孙皖宁的中国人，她在澳大利亚，是一个社会科学家，完全

柯雷发言

从社会科学的视角去看打工诗歌。我不反对,刚好相反,我自己也希望在研究中把人文学科和社会科学结合起来。以纯粹的人文学科视角写的论文在目前来讲还比较少,我昨天读了一篇由 Amy Dooling 写的文章,她采用了性别视角,也写到了郑小琼。但是我们会发现一个什么问题呢?基本上,国外学者对于最基本的资料掌握得还不够,比如书中只提到了住在东莞的学者柳冬妩写的一本书,虽然很有权威性,但并不是只有他一个人在写这些问题。这就说明了国外对于很多最基本的资料还没有掌握。也不能责怪他们,因为这是很自然的现象。

但同时,刚才陈老师也说过,国外也了解所谓的"世界工厂",或者"血汗工厂"。了解是了解,但是这也很容易变成一个狡猾的、比较表面的认识。比如我本人对《时代》周刊上的那篇文章就有一点意见,什么"为你的 iPhone 而死去的诗人",那篇文章在技术上是没有问题的,也知道怎样唤起外国人去感受一种浪漫化的意象,但对于问题的追索不够深,所以特别遗憾。

> 这部纪录片是近年电影创作中一个石破天惊的突破。
>
> ——宁敬武

宁敬武（著名导演）：我声明今天我是以一个退役诗人的身份来参加这个论坛的。首先，《我的诗篇》这部纪录片是近年电影创作中一个石破天惊的突破。拍人物的纪录片有很多，但描述诗人的纪录片在我的认知里面则没有，描述一群挣扎在生存线上的工人诗人的纪录片更没有。当在全球熟知的"中国制造"的流水线上的工人写出这样的诗篇时，我们被震撼了。当大银幕上真切地展示出他们的生存和工作环境时，则意味着我们与我们的时代发生了一次不期而遇的碰撞。不仅对于商业化的主流电影而言，即使对于艺术电影，这部描写工人诗人的纪录片也是一个石破天惊的存在。伴随中国三十多年的转型，我们的社会付出了巨大的代价，今天的电影让我们看到了高速发展背后这一代价的疼痛，也感受到了繁华社会最深处传来的呻吟和歌声。

这部影片从题材上来说是有巨大的认识价值的，当然也有很大的艺术价值。我们知道纪录片肯定会告诉我们这些工人诗人是在怎样的状况下写诗的。此外，和其他题材的纪录片不同的是，这部电影在美学上还有一个重大的挑战，就是要用影像来传达诗，这是它要面对的挑战。诗是文学样式，但是在纪录片里观众要看影像所呈现出来的诗，要在银幕上看到诗歌本身，这在创作上有很大的挑战性。从完成度来看，我们也的确看到了影像呈现的诗或诗意。不仅表现诗人，也从影像上表达诗，这是电影在美学上的一大贡献。

看过影片后我们非常沉重，我们知道我们所处的这个时代，这些人代表我们发出了对这个时代超速度发展之下的切肤之痛，以及他们对美好人性和尊严的渴求。影片也是对我们大多数人那种稍微有一点麻木或懈怠感的混沌状态的呐喊和警醒，让我们来矫正我们生活的偏差，甚至我们生活的方向的迷失，就像鲁迅说的榨出了那个皮袍下的"小"。影片不仅有极大的认识价值，在艺术上也有创造性贡献。特别祝贺秦导！

影片也让我看到、想到20世纪80年代和诗歌的一些关系，80年代是从后"文

宁敬武发言

革"时代向改革开放转型的过渡,现在我们回头看还是有浓厚的理想主义色彩的。我在80年代中期上大学期间也写过诗,也发表了一些。当时还办了一张《中国高校诗报》,办了两期之后,碰上反自由化给"反"了,就不让办了,还把我弄成重点监控对象。当时办那张诗报,谢冕老师还给我们写了贺词。虽然是一张大学生的诗报——那个时候社会阶层的划分还不是那么明晰——也有工人诗人参加。我还记得我们星期天到郭传火家去吃饭,他就是一名矿工。那个年代阶层没有固化,一个工人诗写得好就有可能成为报纸或杂志的编辑,就能进作协。比如有一个叫周志友的工人诗人后来就到安徽省文联工作了,但是今天很少有这样的阶层流动了。另外,我觉得在今天有点唯阶层论了。在80年代,人的平等意识是很强的,只以诗写得好坏来论英雄,经济上大家都差不多,也不是那么在意你挣多少钱我挣多少钱。当时大学生毕业后拿到的工资也不到200元,这方面的意识很差。那时候我们最大的热情是分享和交流新的创作。不要说在《诗刊》了,就是在省级的诗歌报刊上发表了

《我的诗篇》海报

新作都是要请客的,人们关注的是诗歌本身。

今天要警惕的一点是身份的标签。我觉得在谈论打工诗人时,要警惕那种精英阶层的、有优越感的、居高临下的视点。诗人只不过是我们当中更敏感的一个群体,对时代的一些隐藏的表征更敏感。他是说出皇帝新衣的那个小孩,他是看到地震前地光的那个心明眼亮的人,他是能把疼痛和屈辱转化成歌声的人,所以我觉得我们可能要有意识地淡化这个人的社会身份。当然,让社会关注这些诗人所处群体的生存与人权状况是另外一个问题,也无比重要;我只是说这是两个维度,他们的诗,和他们的生存方式。我们北大中文系毕业的一个诗人叫姚振涵,去年去世了。他写了大量的乡土诗,但我们不能说他是农民诗人,像他的《在平原上吆喝一声很幸福》,我都能背诵。他写了很多很朴素的诗,他也是一个残疾人,但我们绝对不能说"残疾人诗人"这个词。

我们应该以更大的耐心、更平静的心态来找寻写出了这个时代心声的最好的诗。

我们可能匆忙，可能浮躁，但是有天才能听到地心深处传出的声音，听到我们内心芜杂背后心跳的声音，他们用最简练的语言说中我们的乡愁。虽然我们是商业至上，但是我觉得在今天实际上我们也关注诗，我们的内心更需要诗。在经历了三十年的物质狂欢之后，是我们关注内心需要的时候了。少数民族朋友说，饭养胃，歌养心。拿什么来滋养我们疲惫的心？一定是诗。社会发展到了要停一下等等自己灵魂的时候了，我们开始关注内心需要的东西了。

应该说诗歌在今天还是需要的，只是我们可能没有那么强烈的自觉，或者说这个需要还沉睡在我们的无意识状态中。我觉得今天的网络文体中，有不少诗性的发现，连这种分行、每行居中排列的文体，我们不觉得更接近诗歌的文体吗？有人把诗做成朗诵的语音文体，在手机里传播，好多人也在接受。可以说是泛诗歌在今天的创新传播。实际上像在侯孝贤的电影里，在他的长镜头里，诗性是重要的构成。贾樟柯的电影里也有浓郁的诗意。包括最近我在做一个事情，美国给当代艺术家蔡国强拍了一个纪录片，我在做中国发行的版本，我觉得这个纪录片是有很大的诗性的。纪录片的核心事件是蔡国强一直有一个愿望，给他的奶奶做一个叫作"天梯"的焰火艺术表演，最终在他的老家泉州实现了。用气球吊起来几十层楼高的长梯，在黎明的天光中绚烂燃烧，升向天际。他的奶奶在看过后不久就去世了。这应该是他所有作品中最花精力的一个创作，他带了一个很大的国际团队，还是自己出钱。当地因为担心安全，一直劝他不要那么做。要选在黎明，要天光正好，还要天气好，风要小，做完之后团队的所有人都泪流满面。这就是诗，只不过用的不是文字的形式，他用的是火药、装置等形式。这么多年来，蔡国强经历了中国社会的转型，在很多国家进行创作，在做了很多很宏大的作品之后，这是他内心深处唱给自己家人的一首诗。很多人看了纪录片之后会说，这个片子应该更宏大，奥运会开幕式上的焰火表演在片子中不够显眼等；但是我觉得这恰恰是诗应该做的事情，奥运会开幕式已经过去了，在他的内心深处，哪个场景更宏大呢？可能就是这个献给奶奶的"天梯"啊。"天梯"是蔡国强写给奶奶的一首诗，他也是一个真正的诗人。所以说我觉得，这样的作品我们越来越需要了。

今天秦导的纪录片为我们开了一个头,我希望能够涌现出更多更好的诗作,或是有诗性的艺术作品,进入我们的主流消费视野,来滋润我们的内心,让我们相信未来。

底层的存在体验、诗人的生命尊严与影者的自我拯救,以及对基于文字和影像写作的双重尊重。

——李道新

李道新(北京大学艺术学院影视系主任、教授):我第一次在网络上看这部影片的时候,脑海中浮现的第一个词是尊严。现在第二次看完这部影片,我想强调一下尊严和尊重是我最想说的两个关键词。纪录片《我的诗篇》是底层的存在体验、诗人的生命尊严与影者的自我拯救,以及对基于文字和影像写作的双重尊重。之所以有这样的体会,是因为在这部影片中,无论是底层的生命体验,还是诗人的生命尊严,以及影者的自我拯救,其实都可以归结为一句话,那就是对尊严的一种描述。

影片中的主人公,不管是工人还是诗人,抑或是农民工诗人,我更愿意把他们称为底层的诗人。他们之所以要写作,是超越了对生命的一种普泛性的体验,或者是超越自己所处的时空,走向一种内心更加久远的存在感,所以我们能够在他们的存在当中体会到诗性的澎湃汹涌。其中这些人的面容,以及他们在银幕上的感觉,还有伴随着银幕上出现的那些诗行,是真正把诗的真与影像的真比较好地结合在一起。由此可以看到,正是因为创作主体亦即我们的影者在努力地探讨生命的存在体验,在努力地理解他面前的这些诗人的存在状态,并且努力地在维护自我尊严的层面上去达到一个结果,所以让我们看到这样的一种影像、声音、文字,通过独特的结构呈现在银幕上面。也正因为如此,在这部非常具有质感的影片里,我们看到的不仅仅是人,还有诗歌穿透银幕力量的一种东西,此为一。

其次,这部影片作为一部纪录片,也是影者的一次自我拯救。在此前的中国纪录电影里,我看到的更多是那种相对独立的,或者说更加具有个人主张的,甚至

李道新发言

偏左翼的一批独立影像。他们更愿意用一种控诉的声音，或者用一种政治的表述姿态，或者是努力地希望让类似于《纽约时报》这样的西方媒体来关注、来记录中国的人和中国的社会。也正是因为有这样一个动机，所以我们有相当多的纪录片，在对生命存在的体验上面，以及对底层的关注上面，还是会有某种个人的、非正常的动机来驱使。我们看到那样的影片里的人的状态以及画面，尽管看起来非常像所谓的"真实"，但反而因为表面上看起来更写实，实际上离真实更远。就像《纽约时报》在报道富士康跳楼自杀的工人，同时也是本片的主人公之一的许立志时，使用了"你用的手机杀死了中国诗人"这样的标题，都带有哗众取宠或是别有用心的嫌疑。这也是咱们中国的纪实作品，包括大量的独立纪录片造成的一个后果。

《我的诗篇》尽管会有控诉，会有哀怨，也会有各种其他情感的表达，但它是一个相当跨时空的，或者说相当具有情感含量容纳力的作品。它在面对每一个诗人非常艰难的生存状态以及生存困境的时候，甚至在面对诗人死亡的时候，也没有走向所谓的"独立纪录片",或者有观念主义表述的纪录片那样的一种控诉和愤怒的状态。而是如秦导自己所说的那样,想努力走向一种真实,这是非常好的一个理念。

这部影片除了强烈的对底层的关注和人文主义色彩之外,作为一部纪录片,它在整个结构以及在文字和影像的结合方面,也达到了相当的高度。这是对我们此前的一些独立电影、纪录电影,或者直接诉诸观念的纪录片电影的一种反驳。在某种程度上,这也是我们纪录电影人自我拯救的方式。也正因为如此,我个人非常尊重这样的一种创作,对电影当中所呈现的这批诗人的诗歌表达由衷的尊重。

我最近也在努力把自己20世纪90年代写的一批诗歌整理成诗集,但是我发现我的诗集在这些底层诗人面前还是显得有一点苍白。那时候我刚刚踏入社会,尽管无病呻吟地有一些痛苦与思考,但是我面对的不是内在的,即当你的生命遭遇生死的那样一种痛苦。所以我觉得,我作为一个诗人可能还是属于小布尔乔亚式的、小资产阶级的那样一种感受的范畴,当然不管是哪一种诗人或是哪一种诗性都是需要的。对于写诗的底层,对于拍诗的中国电影人,我都要表达真切的尊重。

> 影片洋溢着浓郁的诗性精神与诗意魅力,使它成为一部不可多得的纪录电影佳作。
>
> ——刘强

刘强(山东艺术学院影视学系主任、副教授):影片自宣传发行起便被打上"全球首部完全从诗歌的角度深入表现工人题材的纪录电影""中国首部借助互联网由大众合力完成的纪录电影"等诸多标签,但在我个人看来,它的存在价值与艺术贡献并不在于叙述视角的新颖,也不在于独特的互联网制作与众筹放映模式,而在于它深刻的思想意蕴与对纪录片视听语言的开拓创新。

它对当代中国工人这一特定群体的生存境遇、精神世界和心灵困境的展示与呈现,以及经济剧变期人们的精神与信仰危机、贫富分化、人性异化等诸多社会现实问题的反省与思考,使影片洋溢着强烈的"诗性精神";同时,影片借助丰富多样

刘强发言

的电影艺术手法——讲求的构图、考究的光色、富有变化的音乐——来传情达意，探求纪录片表现的各种可能，又使影片颇具诗情画意之美，呈现出浓郁的"诗意魅力"。

首先，是诗性精神。中国文化之所以一直被称为"诗性文化"，不仅是因为诗的精神主宰着中国艺术的整体精神，而且也由于以诗为灵魂的艺术精神影响和左右着艺术之外的文化产品，并进而影响着人们的思维方式、审美品格。

影片将镜头聚焦于六位普通劳动者身上，他们身上却有着相同的标签——"农民工"，有着共同的社会属性——"诗人"。他们喜欢用诗记录他们的劳作、生活、悲欢离合，表现他们的爱恨情仇、生老病死；他们喜欢用诗抒发悲欣、直面死亡，而每首诗歌的背后都是一个个不平凡的平凡故事。导演剥去诗意的外壳，表现这一特定群体的生存境遇、精神世界和心灵困境，将生活的各种残酷的真相赤裸裸地呈现出来，并达到对农民工生存境遇、经济剧变期人们的精神与信仰危机、贫富分化、人性异化等诸多社会现实问题的反省与思考，从而使作品主题变得深刻厚重、多义难传。

尼采曾把母鸡下蛋的啼叫和诗人的歌唱相提并论，说都是"痛苦使然"。我们也常说"愤怒出诗人""诗穷而后工"，诗的灵性往往来自生命痛苦的经验。因而当影片中每一次出现六位主人公诗歌的吟诵或字幕时，我们都会透过字里行间感受到他们内心深沉强烈的各种痛苦。"诗言志""物不平则鸣"，这一首首优美凝练且富有哲理思辨意味的诗歌，多是六位主人公从自身的工作和生活经历中提炼出的，因而每一首诗歌都浸透着他们对于生活、人性、命运、社会的诸多思考，都能让我们从中管窥导演借此想要传达的理念和人文精神。

另一方面，诗又是梦想与信仰的寄托。被称为中国思想主要支柱的儒、道、骚、禅四家，无不以审美和艺术为其最高境界。同时中国"以诗为经"的文化现象在世界范围内也是独一无二的，这同样体现了中国文化的"诗性文化"特征。在《我的诗篇》中，诗歌不仅浸透着这样一个社会边缘群体对于生活、人性、命运、社会的诸多思考，更成为他们的人生信仰和精神寄托。正如矿工老井所言："不信仰别的，我只是把诗歌当成我的信仰。"制衣女工邬霞创作的诗歌《吊带裙》让我们感受到她对生活的热爱，《爬山虎》则让我们感受到她的积极乐观、坚忍不拔的精神世界。

其次，我想谈谈影片的诗意魅力。作为一部纪录片，《我的诗篇》跟传统意义上的纪录片有着显著的不同，它摒弃了纪录片常见的手提摄影、大量摇镜头、长镜头等纪实手法来达到所谓的纪实逼真、原生态，相反，它大量使用蒙太奇、虚实变焦、快慢镜头等手法来丰富纪录电影的表现手段，探求纪录片表现的各种可能，用讲求的构图、考究的光色、富有变化的音乐来传情达意，使影片颇具诗情画意之美，洋溢着独特的诗意魅力，体现了对传统纪录电影的颠覆与创新。如导演摒弃了对纪录片常见的长镜头的运用，大量使用平行蒙太奇、隐喻蒙太奇、对比蒙太奇等手法，从而使影片叙事清晰、图景丰富、意蕴深刻，具有强烈的艺术感染力。又如作为纪录片，本应强调时间、空间的真实和客观性，但影片却用大量的快慢镜头以表达某种寓意，并使影片呈现出浓郁的诗意之美。色彩是电影艺术的重要构成部分，同样是纪录片的基本建构元素和造型语言的重要组成部分，成为纪录片艺术产生冲击力和感染力的重要前提。秦导演同样没有将色彩拘泥于再现和还原的功能上，而是大胆借助后期调色，让色彩有了各种寓意和表现力。

正是作品厚重深刻、多义难传的主题，各种蒙太奇、虚实变焦、快慢镜头、构图、音乐、光色等各种电影语汇的充分运用，才让这部影片洋溢着浓郁的诗性精神与诗意魅力，使它成为一部不可多得的纪录电影佳作。《我的诗篇》让我们看到了纪录电影多种艺术风格的绽放和多种表现手法的可能，它对于纪录片电影创作理念的创新、对于各种艺术手法的应用都将对中国纪录片创作产生深远的影响。

他们有这样悲悯的情怀，让我们这个弱势群体有机会发声了。

——小海

小海（皮村打工诗人）：我叫胡小海，在珠三角、长三角打工有 14 年了。在 2003 年夏末，初中差一学期没上完，我去了深圳，十五六岁南下。在广东打工的最初四年是做工人的一个新鲜期。不上学了，在农村老家也不知道干什么，就要出去工作。那时候我进厂的工资四五百元，但是刚开始不知道累，三四年过去了，工资也没有超过一千块钱。

2007 年初次回家后就去了宁波，一待又是四年。那时候就开始慢慢思考，知道这个日子不是自己想要过的，但不知道要过什么日子，也曾尝试着改行换份工作，但想改变似乎很难。之后一个偶然机会接触到了海子的诗，这对我生命的影响非常大。

在我刚出来打工那会儿，听到许巍、汪峰的音乐就很感兴趣，它们明显区别于网络流行的东西。因为以前在老家农村也没有太多的渠道接触那些摇滚的东西，像关于人文情怀的歌曲一听就有很深的认同感，在 2008 年左右我开始只言片语地试着表达。

我知道《我的诗篇》这部电影是在 2015 年底，也是在无意间，应该是听到了

小海发言

那首片尾曲《退着回到故乡》。下班后去网吧,在网上一搜就了解到这是一部电影,看过以后非常震撼。当天夜里我看到两点多,根本没有办法睡觉,当时读到像陈年喜大哥的《炸裂志》,还有许立志的《我咽下一枚铁做的月亮》、乌鸟鸟的《大雪压境狂想曲》都深有同感。自己也有那样一种心情,被他们写出来,有一种极大的归属感。之前都是自己在车间、在流水线机器旁的发货单背面写,写了那么多年,发牢骚四五百篇,也有将近十年了。没有和谁交流过,突然知道那么多优秀的工厂诗人,也在车间、在各个角落里写着,很欣慰。原来大家也在发声,只是我不知道,在工厂里遇不到一块儿交流的,所以很困惑,当然也很孤独,一直就像自己对自己说话一样。

其实在车间里,心早已经死了几百万次了,你所看到的现在呈现出来的我,也已经不是当年的我了,现在是另外一个我了。只有当你真正经历过那种可以说是生活,可以说是磨难,也可以说是煎熬挣扎,真的是日复一日、年复一年地去经历那样的生活，那种绝望和困惑感真的非常强烈。

  我就是想要做真的自己，哪怕只有写东西时的一刹那。说自由也好，说尊严也罢，就是说我想做一个真的自己。我就想我的身与心，不能说完全统一，尽量不要那么相背，因为实在是太煎熬了。你不想那样一年一年地做，但是你还不得不做。那种绝望其实有时候像富士康的"十三跳"，我感觉不是很意外，有时候或许那是一种解脱。到那一刻，似乎早已没有什么生死了，就像机器一样每天过着机械的、废墟般的生活。其实现在在城市、乡村的角角落落，我们这些兄弟姐妹还在没完没了、没日没夜地干着。廉价的青春、谜样的日子，就这样一天天看着自己徒自苍老。

  我写东西的初衷就是做真的自己，但现在我想的是，怎样改变我们这样一个庞大群体的这样一种局面？比方说我们劳工的薪酬怎样能够提升一点？再比方说我们上班能不能不要加那么多的班？加班十二三个小时可不可以适当地改到八个小时？能不能自由时间多一点？我在想这个层面的问题，或许这个也太难了。因为不知道怎么解决，所以困惑还是很多。

  如果说表达的最初是做真的自我，那表达到最后要做什么呢？怎样真正做到那样呢？一方面想要呈现自己，不想继续违心地活着；另一方面又不知道到底怎么做才是有意义的。我希望能够成为自己想要成为的人，假如足够幸运，你一个人做到了，或者说一些人做到了，可还有那么多的人没有成为想要成为的自己。做不到怎么办？这背后其实是一个很大的问题，但是这个问题确实我也不知道该怎么解决。

  我说得有点乱，也不知道该怎么说，我觉得从刚开始写东西到现在一直是这样一种状态，就是一种很撕裂的状态。所以说看到《我的诗篇》，我应该向导演、众筹发起人敬礼。因为是他们这样悲悯的情怀，让我们这个弱势群体有机会发声了。我们工人有将近三亿人，我们应该为自己发声，我们应该为自己代言，我们要过正常人的生活。可能你会觉得我说得有点夸张，但是我认为我那么多年在流水线上的撕裂是非正常的生活状态。

二、观众互动

在现场研讨中，很多观众也表达了他们对影片的认可和喜爱。他们或以诗歌的形式表达对影片的感受和评价，或直抒胸臆表达自己的观点，或与秦导演进行直接交流。以下为部分观众的发言。

女观众1：卑微与高贵——看纪录片《我的诗篇》：灰暗的共同的流水线，这些生活在最底层的打工者，用每一滴汗水换来最基本的生存，阳光没有公平地照在每个人身上，这种喟叹令人心疼。为生存他们是卑微的，可是当他们写作、朗诵诗歌的时候，他们的脸上是庄严，是神圣，是灵魂的高贵。"不信仰别的，我把诗歌当作我的信仰。"中国是诗的国度，从唐诗宋词的辉煌，到今天普通人的诗篇，诗的基因没有泯灭，依然在我们的血液里。

男观众1：炭黑的屋子里，诗人正抚摸我的死亡，他粗糙脏乱，光与灭如时光行走，装箱标价以后世界将我发出。我不怕生活把我销售，我的眼睛里烈火不碎，举起一把锯锤向我砸来，我的母亲已经死去，走向四海，我是一阵清风，大地留下过我的呐喊。

女观众2：《我的诗篇》：人人都是艺术家，人人都是诗人，有声音在文字的节拍中可以听到最微小的呐喊，甚至机器没有界限，文字的领域无所不及，目光到不了的地方，笔触可以抵达。你抬起头迎送，那不是你的诗篇，那是我们的诗篇。

女观众3：《我的诗篇》记录了十个人的心灵拯救。记录的是工人对工人的拯救，记录的是我对我的拯救，记录是为了唤起每一个人从苦难现实中起来拯救自我，哪怕只是再做另外一个梦。因此诗是古老的诗，我是新生的我，天是大众的篇章，我是独特的自己。

女观众4：非常感谢秦晓宇老师拍出了《我的诗篇》。我想向导演提一个问题，我看到影片画面精致，镜头设计和灯光很唯美，但是我很好奇为什么会选择这么精美的画面去表现一个很愁苦的生活呢？

秦晓宇：我长话短说。这两个话题有一定的联系。第一，我觉得这部影片的整

活动现场

体风格,可以称为粗粝和唯美交织,而非二者之一。粗粝的风格用来表现他们真实的生活和底层现实,而唯美的风格用来表现诗情画意的、有尊严的、美好人性的内涵。那么影片就是一种混杂和交织,不纯然是唯美的。

我们说劳动与人相互创造,劳动是美的,为什么是美的,因为劳动让人获得存在感;反过来说,只有让人获得存在感的劳动才是美的。我们喜欢引用荷尔德林的那句诗:"人,充满劳绩,但还诗意地栖居在大地上。"这句诗通常被理解为一个人除了忙忙碌碌地劳作,还要有点审美化的生活,但事实上这种理解是错误的。这句诗的内涵是,跟人相比,人所栖居的大地是先在的,而大地把同样先在性的劳绩和诗意让渡给了人,才使得人成其为人。所以栖居在大地上的人,有两个很重要的特质:劳绩和诗意。不过在国内对这句诗的广泛引用,尤其是楼盘广告中,往往只保留了"诗意的栖居","充满劳绩"被有意无意地忽略了。

但是我们今天说的劳动非常复杂,有些劳动有劳绩之美,而有些劳动不仅不能使你获得存在感,反而削弱这种存在感,这就是马克思说的异化劳动,用许立志的诗句来形容就是"流水线上的兵马俑"。什么是工人诗歌,就是没有灰色收入的一些人,不受制于权力和资本的表达,用写作来对抗异化的状态,从异化中争取自我。

三、一言以蔽之

陈旭光:最后请各位嘉宾给这部影片,或者这次活动,或者活动的主题再留一句话。

小海:感觉这部电影所表达的,其实还是像陈年喜大哥写的一样,"再卑微的骨头里也有江河",这是我们真实状态的呈现,也是我们灵魂的声音。

陈家坪:一部有情怀与审美意识的电影,是用我们的无比沉静的精神世界去感悟的电影。

张慧瑜:今天借《我的诗篇》这部电影,也让诗歌重新回到我们的现场,让我们感受到一种诗歌的魅力。尤其是从这些工人诗歌中,从他们用生命写就的诗篇中,感受到我们这个特殊时代的诗意。

秦晓宇:以血肉有情之诗,书写当代中国。其实小海引用的陈年喜那句"再卑微的骨头里也有江河",表达的就是人的尊严感。我们的影片虽然有些沉重,但其实具有真正的正能量。《我的诗篇》中的人物,在这种沉重艰难的现实当中,仍然保持着自我的文化创造力和精神生活的丰富性,我觉得这是真正的正能量。

李道新:诗歌是从异己世界里获取尊严的方式。

柯雷:任何人都不可能有诗歌的专有权。

刘强:在古装、盗墓、玄幻、喜剧一统天下的电影市场格局中,我们希望能够涌现出更多像《我的诗篇》这样的纪实主义电影;为天地立心,为生民立命,能够让观众在这样的电影里见自己、见天地、见众生。

陈旭光:刚才张慧瑜讲到诗性,"批评家周末"的开创者谢冕先生也是著名的诗评家,我们都是在他的引导下写诗、研究诗。咱们这个活动不仅仅是一次诗性的集中，也是多种传统在这里进行的一场汇聚。在我们的人生道路上，在我们的学术研究道路上，在我们的诗歌写作道路上，我想说的一句话是："从被遮蔽的群体到'我'这样的独立个体，然后从独立的个体到更开阔的群体。"《我的诗篇》借助影像的力量，从语言的诗意到影像的诗意，走向了更高的辉煌。

整理：刘强、曾伟力

第二讲

历史题材电视剧的创新可能与局限

——电视剧《大军师司马懿之军师联盟》对话

主持人 陈旭光

嘉　宾 仲呈祥　张德祥　易　凯　戴　清　王一川
　　　　张　坚　高王珏　张永新　吴秀波

个案聚焦　第二讲　历史题材电视剧的创新可能与局限

编者按

2017年7月2日下午,由北京大学影视戏剧研究中心、北京大学艺术学院、江苏卫视联合主办的"三国"题材历史剧《大军师司马懿之军师联盟》高峰对话会暨北京大学"批评家周末"第28期学术沙龙在北京大学大学生创新创业交流中心举行。此次活动由北京大学艺术学院副院长、北京大学影视戏剧研究中心主任陈旭光教授主持,原中国文联副主席、中国文艺评论家协会主席、北大艺术学院名誉教授仲呈祥,《当代电视》主编、中国文艺家评论协会副主席张德祥,中国电视艺术委员会副秘书长易凯,中国传媒大学戏剧影视学院教授戴清,北京大学艺术学院院长、中国文艺评论家协会副主席王一川教授,作为专家学者代表出席。江苏卫视副总监兼采购部主任高王珏女士,《大军师司马懿之军师联盟》制片人张坚、导演张永新、司马懿的扮演者兼该剧监制吴秀波,作为制作方代表出席。北京大学、中国传媒大学的学生,《大军师司马懿之军师联盟》的热心观众和网播平台优酷网的工作人员也参与了此次沙龙。

当下,电视荧屏上古装玄幻、历史改编乃至架空历史的电视剧令人眼花缭乱。"三国"题材历史剧《大军师司马懿之军师联盟》从中脱颖而出,收获了来自业界和观众的肯定。剧集既包含三国时代的风云诡谲,又包含传统文化的深厚魅力;既表现了英雄气短的悲凉,又表现了儿女情长的喜悦;既有众多军师谋士的惺惺相惜,又有运筹帷幄的智谋决策。此次沙龙以这样一部品质上乘的历史剧为切入口,讨论一系列当下重要的艺术、文化问题,诸如中国历史题材电视剧的发展,历史真实与艺术真实的关系,融媒体时代电视剧的创意生产策略,互联网时代的艺术创新、文化传承与文化建设等。电视剧艺术性、历史真实性与商业性的关系如何辩证处理?电视剧如何吸引年轻观众?围绕这些议题,到场嘉宾展开了一场学界和业界的对话、主创与观众的互动。

活动海报

陈旭光（北京大学艺术学院副院长、北京大学影视戏剧研究中心主任）：尊敬的各位学界、业界嘉宾，北大的老师、同学们，欢迎大家莅临"三国"题材历史剧《大军师司马懿之军师联盟》（以下简称《军师联盟》）北京大学高峰对话会暨北京大学"批评家周末"第28期学术沙龙现场。这次学术活动由北京大学影视戏剧研究中心、北京大学艺术学院、江苏卫视联合举办；一边是秉承民主科学，应邀前来的学界名家大腕，一边是正在热播的历史大剧的主创班底和制片方，还有北大的同学们、该剧的热心观众们。一场学界和业界的对话、主创与粉丝的互动，一场围绕这部大剧进行的燕园论剑、北大论道即将展开。

大家都知道，在当下的电视荧屏上，古装玄幻、历史改编，甚至架空历史，人非人、仙非仙、妖非妖的各种剧目非常之多，眼花缭乱，不知今夕何夕。今天我们探讨的是一部脱颖而出、正在热播、口碑不错的"三国"题材历史剧，它的名字非常富有感觉——《大军师司马懿之军师联盟》。我个人认为这是一部有新意、有创意、有诚意、有品质的作品。我这几天一直在追，恨不得一口气全看完，当然得益于东道主的关系也提前看了不少集，从中可以感受到三国时代的风云壮阔、诡谲神奇，传统文化的深厚品质、无穷魅力；以及英雄气短的悲凉、儿女情长的喜悦，当然也少不了军师谋士的惺惺相惜、斗智斗勇，那种"运筹帷幄之中，决胜千里之外"的智谋决策。

我们借这个机会，以《军师联盟》为切入口，来做一番严谨求实、百家争鸣、自由平等的学术研讨。北京大学艺术学院和北京大学影视戏剧研究中心，作为高端的学术平台，探讨了很多当下重要的艺术文化问题，比如中国历史题材电视剧发展、历史真实与艺术真实的关系，电视剧艺术性、历史真实性与商业性的关系，电视剧如何年轻化、年轻态等。今天就来了不少年轻人，虽然是暑假期间，也来了很多同学，而且我们严格控制了入场券，很多同学因为没有票都未能进来。

如何吸引年轻人，在融媒体时代电视剧的创意生成策略为何，互联网时代的艺术创新、文化传承与文化建设等重要问题我们都可以探讨。

今天北京的天气非常热，但更热的是大火的电视剧和更火的吴秀波的人气，我

陈旭光发言

们在这里齐聚一堂,希望这个热来得更热一些,所以我们先预热一下,来放一段片花。(播放片花)

刚才我们再次领略了《军师联盟》的大场面,以及它的智斗、博弈、战争,还有烧脑、虐心和儿女情长。今天我们请了很多重量级的文史专家、电视剧专家,以及该剧的主创人员来到高峰对话的现场。我们可以深入探讨该剧的历史策略、艺术创新价值,以及相关的美学、产业、媒介文化等话题。

首先请允许我依次介绍在座的著名专家学者和嘉宾。原中国文联副主席、中国文艺评论家协会主席、中央文史馆馆员、北大艺术学院教授仲呈祥先生,《当代电视》主编、中国文艺家评论协会副主席张德祥先生,国家新闻出版广电总局中国电视艺术委员会副秘书长易凯先生,中国传媒大学戏剧影视学院教授戴清女士;还有就是我们东道主,北京大学艺术学院院长、中国文艺评论家协会的副主席王一川教授。我是北京大学艺术学院的教授陈旭光,勉为其难客串主持人。下面我们介绍主创方。《军师联盟》制片人张坚先生,江苏卫视副总监兼采购部主任高王珏女士,该剧导演张永新先生。最后压轴的是著名演员、司马懿扮演者、该剧监制吴秀波先生。我们先请制片人张坚先生介绍一下该剧从选题、拍摄到播映等各方面的情况。

张坚(《军师联盟》制片人):非常高兴也非常激动,北京大学是我梦寐以求的地方,今天很幸运能够借《军师联盟》来到这个神圣的地方。各位领导、专家、老师、同学下午好!这部剧我们从剧本筹备到开播,前后准备了四年时间,从拍摄到最后杀青历经了333天。非常感谢江苏卫视提供这样一个平台,让我们这部戏能够来到这里,请各位批评指正。

拍摄过程中的酸甜苦辣在这里可能一言难尽,所有工作人员在近五年的时间里,在拍摄的333天当中,所经历的点点滴滴都令人难忘。关于这方面的情况,我希望能够让我们最辛苦的导演张永新在后面多谈一些。今天非常激动,在这里谢谢主办方,谢谢专家,谢谢各位老师同学,谢谢。

陈旭光:谢谢张坚先生给我们简单介绍了这部剧的艰辛历程,看到一部好剧,其实背后有很多的艰苦、很多的辛酸。下面我们请江苏卫视副总监兼采购部主任高王珏女士发言。江苏卫视这几年推行的一系列"文化立台、大剧立台"的发展方略备受瞩目,在《军师联盟》之前刚刚播放了《白鹿原》,展现了中国近代历史的风云变化。我想请高王珏女士谈一谈江苏卫视在这方面的战略设想,有请。

高王珏(江苏卫视副总监兼采购部主任):各位主创、各位专家、在座的各位朋友大家好!非常感谢能给我这样一个机会,其实我跟张坚的想法是一样的,希望我们两个的环节赶紧过去,但还是要占用大家几分钟时间,汇报一下江苏卫视在电视剧方面的想法和做法,也特别希望得到大家的指教和支持。

正如主持人陈教授所说,2017年是江苏卫视的大剧之年,我们在两年前就开始了大剧战略,其实今年的每一天我们都过得非常煎熬,因为写了两年的答卷要交卷了。

江苏卫视的黄金档时段叫幸福剧场,在全国卫视当中,从收视品质和影响力综合来看,连续多年位居一线方阵。当然一线卫视有好几家,在大家心目中的排名也

活动现场

都不一样。

在公认的一线卫视当中,江苏卫视有这样几个特征。第一个特征是我们的剧兼顾收视和品质,我们不希望唯收视论英雄。我们当然希望收视要好,收视要到达一定的程度,但同时我们也不能忍受低俗的粗劣之作,所以我们的剧在水准方面是比较统一的。第二个特征是江苏卫视在剧目选择上、在类型题材上比较多元,古装大剧、年代史诗、主旋律、现实情感、校园偶像、谍抗战、军旅涉案等我们曾经都播得很好,我们也从来不拒绝其中的优秀之作。

我们定位自己的职责是面向广泛人群传播精品剧。2017年幸福剧场集中推出了很多精品大剧,已经播出的有我们自己的幸福蓝海出品的《最后一张签证》、刚刚在白玉兰奖上收获一系列奖项的《鸡毛飞上天》、文学经典改编的《白鹿原》,还有就是现在正在热播的《军师联盟》。下半年可能播出的还有两个被业界称为剧王的剧集,一部是《那年花开月正圆》,还有一部是《如懿传》,还有几部主题向上、制作

高王珏发言

精良的现实情感剧。

江苏卫视的大剧有几个共同点：一个是"慢"，我们买的剧都写得很慢，做得也慢，很多剧的制作都是历时五年八年的，全部都是精工细作。另一个是我们的剧豆瓣评分都很高，比如说《军师联盟》豆瓣评分现在是 8.3 分，《白鹿原》是 9.0 分。还有一个是主题构筑的剧相对于其他剧场来说，我们的占比是比较高的。

今年是江苏卫视高品质大剧集中播出的一年，也恳请各位专家和朋友对我们大剧战略给予指导。

第二个我要说的是，《军师联盟》是当之无愧的精品大剧，在我台开播以来豆瓣评分 8.3 分，超过了大量的同题材剧。我们当时高价买《军师联盟》这部古装大剧，就是看中了它的品质优良、制作精湛、格局高远。我们也非常敬佩主创团队，他们既认真敬业又高度尊重艺术创作的规律，既专注又专业。这部剧完全达到了优秀电影的品质，因此我们频道和集团旗下的幸福蓝海院线，也在全国多个城市组织在电影院宣传。

在此,我受江苏卫视委托,向主创团队表示衷心感谢,既感谢你们为我们提供了一部不可多得、很难复制的好剧,也感谢你们为影视行业树立了一个榜样和标杆。这部剧的意义,我们认为不止于这部剧本身,可能对整个业界,以及未来我们制作和播出剧集都有特别深远的影响。很奇妙的是,全行业都在关注这部剧,我们以前播的很多剧都是观众关心,但行业里面的看法是不一样的。因为在这个行业,从事影视剧行业的人都是有点骄傲、有点偏执的。但《军师联盟》这部剧在全行业里得到了广泛的赞扬,从业人员也都在追这部剧,这是一个很特殊的案例,值得大家关注。

第三个是未来我们江苏卫视还将继续坚持好剧优播的理念,我们依然会坚持收视和品质的兼顾,依然会坚持题材类型的多元。其实面对现实,我们有时候也很困惑和沮丧,也面临着浮躁功利的诱惑,但是作为一线卫视平台,还是会坚持三观正确,坚持对行业起正面引领作用,这既是我们的责任,也是我们的荣幸。在有所坚持的时候,我们也将有所创新,围绕时代精神和社会主流进一步拓展题材类型,创新呈现方式。

我们江苏台的办台理念是"责任塑造形象,品质成就未来",这是一条其实不那么容易走的路,也是一条很长远的路,所以希望在这条路上,能够得到在座各位的支持,再次感谢各位的光临指导和关心,谢谢。

陈旭光:谢谢高王珏女士,祝愿有文化情怀、有文化战略的江苏卫视越办越好,给我们广大观众贡献更多的好剧、大剧。下面我们进入第二个环节,就是我们要请出这部剧的导演张永新先生和主演兼监制吴秀波,请两位聊一聊,把你们的艺术甘苦跟大家分享。先请问导演,对于这样一段家喻户晓的三国历史题材,你有什么考虑,在导演实施过程当中又有哪些甘苦心得?

张永新(《军师联盟》导演):今天到北大来,其实心里特别忐忑,当年我也报过北大,但是没考上。今天特别开心,没考上竟然还能到这里来,和老师、同学们在一起聊聊天,真是非常开心。

这部戏播出到今天已经有20集了，我也注意到网上包括舆情对它的判断，有两句话我觉得印象特别深：一句是说这部戏"认真不较真，严谨不严肃"，还有一句话说这部戏是"一本正经地胡说八道"。两个观点我都非常喜欢，恰恰说出了我们这部戏拍摄创作的初衷。就像刚才张总和高总所说，这部戏运作到今天经历了四年时间，333天的前期拍摄。做这么一部戏，其实心里很紧张，三国戏咱们都知道，前有"老三国""新三国"。我们做这么一个故事，顶着非常大的压力，也特别渴望或寻求一个突破，就是现在的观众没有看过的，我们称之为带有温暖历史主义色彩的轻松化，这就是我们创作的初衷。至于这个方向能否得到观众的认可，我们也是非常忐忑；对于我们创作人员来说，特别希望观众朋友们能喜欢它，愿意看它，谢谢大家。

陈旭光：谢谢张永新导演言简意赅同时也很谦虚的介绍。我想待会儿我们研讨的时候，还可以继续去开掘导演的个人经验，也希望张永新导演以后常来北大、北大艺术学院，我们有戏剧影视文学专业，同学们也要写剧本，也要做编剧、导演，希望张导演有机会多来给我们做指导，谢谢。

下面我们有请吴秀波先生，刚才我们已经领略了他表演的风采。在这部电视剧中，他既是主演也是监制。作为监制，您具体要做什么工作？除了演员方面的甘苦之外，对于做监制，也请您为我们做分享。

吴秀波（《军师联盟》主演、监制）：首先谢谢各位今天的光临，也感激所有看戏的朋友。北大我也没考上，我哥哥是北大的，所以来这里还挺开心的，因为在我还在戏剧学院上学的时候，经常来北大玩，那时候我哥哥在北大物理系。

现在我们管电视剧这个行当叫娱乐行业，但它毕竟始于戏剧。戏剧是一个独特的文化表达方式，我们在做这部戏的时候，在根本上是以戏剧创作的理念来完成对这个题材的表述的。戏剧的乐趣无外乎三个层次，"有趣、突兀、合理"。你打开电视机，如果第一个画面中演员说的第一句台词让你觉得无趣，你就不会停留在那里。但这个画面究竟能吸引你多长时间，接下来就要靠三五分钟之后产生的突兀，也就是你没有想到的情节转折。这仅仅是戏本身，我们行业里管这叫下钩子。但戏剧看

张永新、吴秀波发言

到最后,必须要有你对角色、对事件、对整个戏剧表述的态度,有你认为的合理之处,也就是第三个层次——合理。我们这部戏也是本着这三个层次——有趣、突兀、合理——来进行创作的。谢谢各位。

陈旭光:监制方面呢?您作为一个深度介入这部剧的参与者,在这部剧的艺术品格的走向上有什么考虑?

吴秀波:其实一部戏最终让所有人认同,是需要每一个观众成全的;但是一部戏从一开始起一个念头,到开始写作剧本,再到最终完成,是需要所有环节、所有层面来成全的。可能我们大家有时候会特别不满,说为什么总会有这样或那样制作不认真的戏,也不能真的完全怪主创,因为这个行业或者说现在这个环境来讲,一个人很难去成全一部戏。成全是要付出时间成本和心血的,甚至需要和某种已经形成的商业节奏去对抗。我本身是主创、是演员,最看重的就是一部戏在播放时能够打动观众的那一瞬间,也就是观众情感与主创态度相互交流的一瞬间,而要捕捉到这一瞬间,是需要所有人共同的努力来完成的。做监制的主要责任,就是尽我所能,让所有人都持有成全这部戏的创作态度。

陈旭光:谢谢吴秀波先生。两位主创都非常言简意赅。下面我们马上进入第三个环节,有请文史和电视剧研究方面的大家进行深入讨论。在讨论的过程中,也请两位主创和我们一起进行对话。我们也欢迎同学们以及外来的朋友们跟台上的专家和主创进行对话。我们现在开始换场,谢谢两位。我们是八个人,七条汉子,一条女汉子。现在开始最核心的部分——学术对话和研讨,首先我想先请仲主席,也是我们的名誉教授、德高望重的仲呈祥先生发言。

仲呈祥(中国文艺评论家协会主席、中央文史馆馆员、北京大学艺术学院教授):今天这种形式非常好,我是来学习的。大家都知道,在当今社会,电视剧可能是覆盖面最广、影响力最大、深入性最强的艺术形式;一部电视剧产生了轰动性的效应,引起大家的关注,我们把它拿到高等院校里面来,特别是中国高等教育的最高学府北京大学里面来,让青年学者们一起交流,是一件意味深长、足以影响未来的大好事。我还有一个感受,就是这部戏之所以叫《大军师司马懿之军师联盟》,是它的主题都围绕着大军师司马懿;这部戏我首先看重的是,他们在处理三国题材时找到了一个新的视角。这是艺术创作、创新当中首要的一点。

老版电视剧《三国演义》,或是新版电视剧《三国》,都是忠实于罗贯中的《三国演义》的。《三国演义》很重要的一条,它是尊刘贬曹的,因此曹操在书里面是一个奸雄的形象。鲁迅先生在《魏晋风度及文章与药及酒之关系》这篇重要演讲里面说得再清楚不过了,提起曹操,人们就想起戏剧舞台上的奸雄曹操、白脸曹操,但是历史上的曹操究竟是什么样的呢?鲁迅说,曹操至少是一个英雄,他不承认曹操是那样一个奸雄。罗贯中的《三国演义》跟陈寿的《三国志》不一样,它是文学创作,可以有自己的创新,但是我们今天如果再去重拍《三国演义》,可能很难从创作思维上加以创新。大家都知道《水浒传》里面有一个潘金莲。潘金莲是个荡妇,但是到了作家魏明伦那里,他把潘金莲写成了一个反封建的新女性。我当时就劝他,你千万不要叫《水浒传》,后来他改了一个名字叫《潘金莲》。他笔下的潘金莲与《水浒传》里面深入人心的荡妇潘金莲不是一回事。

同样,《军师联盟》这部戏最大的成就,就在于它注入了一种历史哲学的意识。来到北京大学,不讲哲学,不讲正确的历史观,不讲先进的美学观,肯定是有愧北京大学的。在这部戏里面，它塑造的三国故事最本质的东西是什么？三国这段历史告诉我们，分久必合，合久必分，这是历史运行的内在规律。很多人说这部戏很轻松，导演刚才也说很温情，但我看着很沉重，一开始就很沉重。你看那两弟兄，围绕谁继承魏王，搞了多少事情。这部戏让我们真正回到了一种正确的历史哲学的轨道上，去感悟这段历史，去吸取历史的滋养、哲学的营养、社会的营养。比如说司马懿，我们看了很多京戏中的司马懿，那个司马懿是一个什么形象呢？是一个被诸葛亮玩弄于股掌中的司马懿。空城计，明明没有人了，诸葛亮弄了几个老弱残兵，结果弄得司马懿不敢进去，最后还自欺欺人唱了一段"坐在马上，大笑三军听我命，哪一个大胆敢把西城进，定斩人头不留情"。结果上当了，诸葛亮得救了。司马懿用兵，自认为很高明，最后发现诸葛亮用兵才高明。诸葛亮是从来不用险，用的话就是险中用险。但我们现在看《军师联盟》中的司马懿，从年轻时起就不一样。

我很佩服吴秀波，写挂职青年干部的电视剧《马向阳下乡记》就是他拍的。马向阳怎么变成了司马懿？我想到了一个好题目：从马向阳到司马懿——谈吴秀波人物形象塑造的高明。他演马向阳就像马向阳，演司马懿就像司马懿。

这部戏我现在看到20集，他们舍不得拿给我全看。我今天来是违背老师教导的，我的老师叫钟惦棐，搞电影的无人不知，无人不晓，中国最重要的电影评论家。他已经驾鹤西去了，他在的时候有一个"约法三章"。他跟我讲过，看一个电影，看一遍闭上你的臭嘴，别议论；看两遍认真想一想，看三遍可以谈点浅见。这部戏我没看完，按说是不应该来胡说八道的，当然这也反证了这部戏的艺术魅力，让我一看就震住了。三国这段历史还可以这样用电视剧表现，他让我们回到了那段激荡的历史风云中，感悟活跃于那段历史当中尤其是像曹操这样的左右历史发展的重要人物的心态，让我们得到了历史哲学、历史智慧的营养，这是主创们的功劳。所以我建议看这部戏要看它的历史哲学价值和美学价值，少去宣传它的儿女情长，剧里面当然有儿女情长，但它是服务于整体的，千万不要弄偏了。我在报纸上看过一篇大篇幅的报道，大概也没有问过张导究竟创作主旨是什么，也没有问过吴秀波，也没有接受过必要的熏陶，上来就写剧里面有多少女性，这些女性是什么样的。

活动现场

我就先讲这些,要叫我再说,还可以说很多,主要是向主创们表示一种敬意。我预言,这将是一部在三国题材电视剧创作当中占有重要一席并具有独特的历史价值和审美价值的重要作品。谢谢。

陈旭光:谢谢仲主席热情洋溢、幽默诙谐,同时视野非常开阔、立意非常高远的一席话。让我们一起来见证仲主席的预言,在未来的一两个月内,或者未来的历史中。感谢仲主席。下面我们请张德祥副主席发言。

张德祥(《当代电视》主编、中国文艺家评论协会副主席):非常高兴到北大来,和老师同学们共同分享一部好的作品,向各位汇报一下我的观剧感受。西方有一句谚语:"太阳底下没有新鲜事。"我们的戏剧、我们的电视剧,确实编剧辛苦,比如说三国这段历史,应当说在近两千年前就已经定格在历史的那个瞬间了,但后人对它的叙述在不断地继续。这就是说,太阳底下的故事虽然没有新的,但是不断有新的叙事。这个"新"刚才仲主席已经讲了,《军师联盟》是对三国这段历史,从一个新的角度进行叙述。实际上我们的历史剧，它难在什么地方？难就难在你要找到一个新的角度来重新解读历史，重新叙述历史。所以有一句话说，任何历史都是当代史，实际上我还想说一句话，任何历史都是艺术解读史。我们今天看到的《军师联盟》这部剧，就是对三国这段历史进行的一次新的解读、新的叙事。它的价值在什么地方？我觉得是发现司马懿，或者说描述一个真实的司马懿。因为《三国演义》这部著作的影响力太大，它所呈现的三国时期的人物形象，包括对他们的价值定位，基本上已经在人们的心里烙下了深深的印记。

　　《三国演义》是一部演义，是对三国这段历史的一种叙述，刚才仲主席讲了，是站在尊刘贬曹的角度写的，应当说这个角度有局限性。站在这个角度上，并不能真正客观地去认识曹操集团里面的这些人物，包括他们对历史所做出的贡献。那怎么办？我觉得《军师联盟》新就新在从司马懿的个人角度嵌入历史，使我们看到一个全新的三国，尤其是曹营集团这些人。这部剧还没有播完，我们只看了前面20集，但我们可以看出司马懿到底是一个什么样的人，实际上是一个对政治、对权力并没有很多欲望的人。他是一个读书人，一个书生，但是在那样一个时代，不论是政治斗争也好，施展个人才华也好，总之被一步一步卷入历史潮流当中。

　　三国中有几个重要的人物，比如说司马懿，实际上他在历史中起着非常重要的作用。三国前期，孙权、刘备、诸葛亮，包括曹操，这几个人起了很大的作用，但到了三国后期，司马懿在其中起了非常重要的作用。这一点我们在《三国演义》里面实际上是看不到的，它描写智慧的博弈，司马懿和诸葛亮的博弈，歌颂诸葛亮料事如神，是智慧之星，把司马懿玩弄于股掌之中，认为司马懿胆小如鼠，死诸葛吓走活司马，这些都是站在一个贬低的立场上，并不能真正反映这个人物，包括这段历史。所以我觉得，这部剧作为一部大剧，一部有新意、有创意的剧，找到了一个新的角色，重新解读三国这段历史。太阳底下没有新的故事，但是我们有新的解释历史的角度，就会带来新的故事。吴秀波刚才讲的三点非常好，有趣、突兀、合理，就是我们看到的这个司马懿，和我们过去在电视剧里、在舞台上看到的不一样。最重要的是合理不合理，这个合理是什么，就是历史逻辑与性格逻辑相统一。历史发展到司马家族最后统一天下,这是一个历史发展逻辑的过程,那么戏剧要完成的最重要的任务,就是如何从性格上来解释历史。性格逻辑和历史的逻辑达到统一,这就是审美方面最高的合理。从这个意义上来说,我觉得《军师联盟》这部剧在今年出现,作为一部历史题材的剧,虽然有人说是在非常严肃地胡说八道,但我想最后还是要看人物,这个人物站住了,这部戏就成功了。

我觉得今年是电视剧的丰收年,从年初到现在至少看过四部比较好的作品。年初时看到了《大秦帝国之崛起》,应当说是一部很好的历史剧。然后又看到了《人民的名义》,是一部现实题材的好剧,这部剧是有突破的,为什么说它是好剧?一定是因为有突破和创新的地方。《白鹿原》作为一部厚重的作品,不能说在创作上对小说有多大的创新,但至少我们看到了电视剧《白鹿原》,我们读过小说但是没看过电视剧,这本身就是进步。第四部作品就是《军师联盟》。应该说前半年,至少这四部作品是我比较欣赏的。简单给大家汇报一下我的观剧感受,谢谢。

陈旭光:谢谢张德祥主编。张主编主要从重塑历史、发现新角度、塑造新人物的角度,对这部电视剧的创新性进行了中肯的评价。谢谢。下面我们有请北大艺术学院院长王一川老师。

王一川(北京大学艺术学院院长、中国文艺评论家协会副主席):非常高兴可以在这里跟各位聊一聊《军师联盟》这部电视剧,特别是主创人员今天也在场。这部剧我断断续续看了一部分,但都是饶有趣味用回看的方式看的,因为白天事比较多,晚上回去看,确实感到很精彩、很感动。我也同意前面几位说的,今年以来,也可以说最近这几年来,我觉得在中国历史题材电视剧上有一个可喜的收获,让我很意外也很感动。

我简单说几点。第一,从题材上来说,这部剧填补了传统叙事上司马懿故事、司马懿形象的缺失。以前也有过一些,刚才仲主席说得很详细,但是在总体上是缺失的,尤其在《三国演义》里面,在尊刘贬曹这样一个历史观的主宰下,司马懿被忽略了。从完整的历史观来说,确实在事情已经过去近两千年的今天,我们当代人面临着一个新的挑战:我们能不能对旧的故事讲出新的叙事、新的意义来?所以我

王一川发言

觉得在题材上,这部剧确实是一个突破、一个可喜的收获,可以弥补过去这么多年的不足。能够挖掘出司马懿这样一个鲜活的人物,我觉得很有意义。这让我想起几年前的另外一部电视剧《大秦帝国》,是在15卷的长篇小说的基础上改编的。这部剧的主旨是要寻找中华文明的正源,过去的描述一般把齐鲁文化、湖湘文化、楚文化作为中华文明的正源,但它认为中华文明的正源在西北,在陕北,在大秦。这个观点一出来就引起很大争议,但是不管怎么说,作为一家之言,它引起了电视观众以及业界的高度重视。很多人都认为这是历史剧领域的一个重要的收获,并引出了新的考虑:中华文化的基因源头到底在哪里。

我想《军师联盟》对于司马懿的讲述,也是一个崭新的开端。也许吴秀波先生只是开了个头,后面会有更多人讲下去,但毕竟是一个重要的开端、一个重要的突破。所以尽管可能会引起争议,但是我高度赞扬剧组在这个方面所做的贡献。

其实现在中国还有很多重要的历史人物被忽略、被埋没、被掩藏,这部戏就是一个启示,可以启发更多的人去挖掘中国历史上的其他人物。

第二点,我想说一下戏剧冲突。我看了这部剧的一部分,觉得剧组拼尽了几乎所有的力气,就是要展开多重人物的矛盾冲突,并且把它戏剧化,让观众一开始就看得下去。我是接到了这次活动的邀约后才注意到这一点，回看时很快就被几个镜头紧紧抓住了。青少年时代的司马懿便不同凡响，表现出他过人的智慧，"权谋"两个字成了他性格中的主导。像昨天我回看到"救汲布"这一集，其中讲述了很多东西，有很多矛盾——曹操两个儿子之间的矛盾、司马懿和杨修之间的矛盾、司马懿和父亲的关系、司马懿和大哥以及三弟的关系、司马懿和妻子的关系。他要去救汲布，汲布被绑到刑场，马上就要刀起头落了，他却和妻子说"夫人不着急，咱们一块儿在院子里享受属于我们的月光吧"。这样的一些细节确实很感人，不仅是和夫人之间，也包括和其他人之间。

这部剧同时展开了多重矛盾，有君臣之间的，有父子之间的，有夫妻之间的，有朋友之间的。当然也包括汲布与司马懿妻子之间的矛盾，我估计这都是编的，就是为了有趣，为了吸引大家看下去，但这是有必要的。多重矛盾此起彼伏地展开，造成了一种紧张的形式和有趣的期待，促使观众能够充满趣味地看下去。我觉得剧组在这方面获得了很大的成功，保证了整部剧作不枯燥、不哀怨。刀光剑影，虽然可以在瞬间刀起头落，但是剧中的讲述却有条不紊、张弛有度，能够让观众有兴趣看下去。

第三点是鲜活的人物塑造。在这部戏里于和伟饰演曹操，我觉得于和伟是战胜了自我，当然这也是导演的功劳。于和伟把一个丰富的、深沉的、有谋略的曹操演出来了，表演上有很大提升。同样，我觉得像李晨这样的"老小鲜肉"也挑战了自我，战胜了自我，在表演上让人更觉得有看头。他的生气、他的喜悦、他的权谋，在剧里都有丰富的变化，我终于感到李晨也可以演戏了。

吴秀波的表演经常要打开几重形象，在夫人面前，在曹操面前，在曹丕面前，在老爹面前，在兄长面前，在弟弟面前，在杨修面前……他都有不同的展现，确实体现了吴秀波对自己的挑战。他在《马向阳下乡记》里的人物形象相对单纯，在《北京遇见西雅图》里也要单纯一点，但在《军师联盟》中则非常多面，演出了一个圆形的司马懿。在小说观念里有两种人物，一种是扁平的，出来就是定型的人物；一种是圆形的，他是丰满的、多层次的、多角度的。有不少电视剧是追求扁平化的人物的，昨天我开始看《琅琊榜》，里面很重要的人物梅长苏，苏先生，由胡歌扮演。他在里面演的是一个内心化的人物，是扁平的，他丢过命，但表情永远只有一个。他服从导演和剧组的要求，希望演出一个内心化的人物，扁平就够了。

但是在《军师联盟》中，司马懿是一个丰满的、圆形的人物，我觉得整个剧组都围绕这个核心，众多的人物都是烘托他的，有主有次，有条不紊，所以在这一点上，我觉得是一个收获、一个突破。电视剧要传得久远，要立得起来，很重要的一点就是人物要获得观众的认同，要出新。《军师联盟》里面对司马懿的总体塑造是成功的，秘诀就在于他是一个圆形人物，在群像中烘托出了这样一个中心人物。

再一个我觉得是思想的表达。我特别赞同仲主席和张主编讲到的，就是思想提到了哲学的高度。法国哲学家德勒兹在不同的场合曾经谈到，今天影响社会的主要是大众艺术，大众艺术里面重要的是电影，电影不只是让观众体会事件，电影直接让思想生成，创造一种思想，所以他很看好电影这种艺术形式的思想性。其实用这样的观点来分析电视剧，分析《军师联盟》也是相通的。通过人物和故事，以及对人物和故事的理解，创造一种当代人的历史思想、历史观念，带领我们去回看历史，从中找到对我们当代生活方式有价值的元素，把它转化到当代生活当中。今天的人去讲两千年前的事干什么？他们跟我们有什么关系？关键就是今天的人是为了自己去讲述过去，是为了当代生活方式中的活生生的创造性元素的生成去重新回望、讲述历史，希望从原始的历史中找到对我们今天有价值的东西。通过重新挖掘司马懿的故事，有可能从中找出对我们今天的生活、未来的生活有意义的启示；我相信这部剧里面也包含了这样一些思想，容我最后看完了再去体会。

再有一点我简单说两句，就是电视剧的商业性和思想性的结合。我们想到电视剧，都认为应该有思想高度，确实没有是不行的，但是光有思想高度，没有前面吴秀波先生讲的三条，也不会吸引人。第一条是有趣，第二条是突兀，第三条是合理，突兀就是很突然、有转折；这是有道理的，确实要有趣，或者有突兀，谁先谁后无所谓。思想是要通过有趣的故事来表达的，两者最好结合起来；好的思想就像盐溶于水一样，融入活生生的、像水流般自然流淌的故事当中。我也希望这部电视剧能把高深的历史和思想,像盐溶于水一样融入故事和人物当中;让观众在观看之余还可以得到一些历史的启示,我想这就是这部电视剧最有意义的收获。谢谢。

陈旭光:谢谢王一川教授非常细致、细腻,有文化高度和美学深度的发言。下面我们请广电总局电视艺术委员会副秘书长易凯先生发言。

易凯(国家新闻出版广电总局中国电视艺术委员会副秘书长):就这部剧而言,我认为第一个特点是让我们能够换一个角度看三国。三国时代大概只有六十多年,但是给后人留下了很多谈资。在中华民族几千年的时间里,三国故事是非常多的,我的一个本家叫易中天,写了那么多书,写了那么多人物,就是讲三国。大家发现三国里面有这么多故事、这么多智慧,但智慧从哪里来?智慧是从人物中来的。有人说这部剧是给司马懿平反,或者说给司马懿翻案,我不这么认为。一部《雍正王朝》让很多人觉得雍正不是一个很糟糕的人,在他的手上国力达到了很高的水平,正是因为他的存在,保证了康乾盛世得以发展。但对于《军师联盟》这部剧,说是给司马懿翻案,我是不赞同的。

从真实历史的角度看,司马懿也是一个了不起的人物。三国时代英雄辈出,每个历史人物都有着自己的位置。正是因为他们的智慧不断涌现,才造就了那一段群星闪耀的历史,几千年来让后人津津乐道。司马懿也是其中的一个。大家都读过《三国演义》,我也非常喜欢,读过好多遍,尤其是有清代批注的那一版,我觉得非常有意思。但是我个人认为《三国演义》三十七回之前非常好看,因为诸葛亮还没有出场;第三十七回诸葛亮出场之后,真是技压群芳,那就是一个仙、一个神,或者是一个妖,所有人的智力都不如他。然后到第一百零三回,五丈原之后,后十八回又非常好看,因为那段时间普通人的智慧又能显示出来了,尤其到司马家的家风也显示出来了。其实司马懿是历史上非常有特点的一个人物,应当说他为西晋的统一立下了不朽的功绩,结束了三国纷争,对社会进步、国家统一是做出了贡献的。

司马懿这个人,我们从吴秀波的表演中也可以看出来,是一个反应不是特别快的人。他在剧里被杨修无数次地耍弄,《三国演义》里也总是被诸葛亮耍弄。但即便是从《三国演义》来看,这个人物也是非常豁达的。当诸葛亮为了速战要给他送女

专家学者与主创对谈

装时，他自己就换上了。我们有句成语叫"司马昭之心，路人皆知"，当然是反面的，但是他教育子孙教育得很好。好在哪儿？三国时有个叫王朗的，是被诸葛亮骂死的。王朗随着大部队出征应战，司马懿知道了就对家人说，你们看看人家，这么大岁数还勇于征战，你们要向他学习。王朗在阵前被诸葛亮骂得气死过去，司马懿又说，这个王朗心胸太窄小了，你们要学他的勇于向前，但不能学他的心胸狭窄。通过这件事我想说明的是，司马懿是一个非常优秀的人物，至少在那个时代是很优秀的。

三国时代有很多充满智慧的故事，认真看的话会对我们有非常大的启发，尤其是对于要走向职场的同学们。我们以前都说要学好文武艺，但是三国故事让我们知道，只要自己努力，你的智慧一定会找到施展的平台。但是什么叫聪明呢？杨修那点小聪明叫聪明吗？事实上，杨修并不聪明，司马懿才叫聪明。当然这是剧里的说法，实际情况不知道，但杨修最后是什么下场，司马懿最后得到什么结果？我想对于我们在座的每一个人，尤其年轻人，都是有思考和借鉴意义的。

我觉得《军师联盟》是一部历史传奇剧，让我们认识了司马懿这个人，也认可了这个人。如果没有《芈月传》，我们不知道芈八子是怎么回事；没有《思美人》，大家也不知道屈原有那么多故事。不管怎么样，这些剧让我们关注历史，关注人物。这种对于历史的发掘，就像习总书记在文艺座谈会上所讲的，中华五千年文化的历史，给我们的创作提供了无尽的源泉。这种创作态度特别值得尊敬。

第二个特点是这部剧制作非常精致。就目前看到的20集而言，从语言到剧作没有明显的穿帮，作为一部传奇剧，做到这一点很难得。刚才几位专家包括王一川老师都提到了演员的表演，我也简单说几句。我看过一些吴秀波的剧，从古装剧来说，吴秀波在这部剧中的表演要比在《赵氏孤儿》中演得更放松、更到位，尤其是粘上胡子以后。其他几位主演，比如演曹操的演员，都是非常好的。

就目前看到的20集而言，作为一名观众，我有两个感觉不太解渴的地方，向大家汇报一下。第一个，我觉得这部剧应该更多地表达出司马懿为了结束乱世所做的贡献，但是从我看到的20集内容和42集梗概中，我觉得没有体现出来。目前来看更像是三国版的《纸牌屋》。第二个，到目前为止有一个谋士没有写到，就是贾诩，不知道是什么原因。讲这段历史如果没有贾诩的话，会感觉有点怪，可能后面会出现。作为一个三国迷，这个有一点点遗憾。我就说这么多，说得不对的地方请大家批评指正，谢谢大家。

陈旭光： 谢谢易凯秘书长非常深入细致的分析，方方面面都做了很深刻的解读。下面有请戴清教授。戴清教授是北大校友，而且她已经写了一篇剧评了。

戴清（中国传媒大学戏剧影视学院教授）：大家好，今天天气这么热，现场同学这么热情，我还带了传媒大学的同学来，非常高兴。首先祝贺主创团队取得收视佳绩。我觉得今天主创团队的解说不太过瘾，我刚才听了，我们的主创团队太谦虚了。刚才听高总说了几点，我印象很深。一个是她说到，我们不能忍受那些糟糕的作品，我觉得特别好。因为对于审美而言，大家都有体会，就是你不能忍受，这就是你的品位所在。有些人你不能责备他，因为他能忍受，他不觉得坏。还有一点她

《大军师司马懿之军师联盟》海报

说到"慢",一个是写得慢,一个是拍得慢,这个了不得。因为在当下这个时代,我们应该沉淀下来,要细细地看,而且要多看几遍。仲主席的批评意见我要好好接受。我觉得高总说得特别好,她还说到幸福剧场的定位,在当下的文化环境中,体现出充分的文化定力、文化自觉和艺术自觉,特别难得。

吴秀波对观众来说不只是吴秀波,他还是刘新杰、霍思邈、Frank、Daniel,也是刚才说到的池海东、程婴。这些角色塑造得都很深入人心。另外,我觉得我们北大,还有中国传媒大学戏剧影视学院的同学,在很多方面都应该和《军师联盟》的主创团队好好交流,今天我有点没听过瘾。

刚才各位专家谈到了很多,我谈一点自己的体会。一个就是我写了一篇发在光明网上的文章,其中的观点就不重复了,文章的题目叫"在颠覆改写中保持历史质感"。当下的观众有一个重大变化,就是在媒介融合的环境中观众的极化。这种极化就是分化,我们说还不能简单地说成小众化。这个极化分为两类:一类特别典型,就是忠诚文化、粉丝经济,如以网络文学为基础的 IP,包括小鲜肉,这些作品的高票房都是建立在观众极化的粉丝群体基础上的。第二类极化是另外一个极端,以年龄为特点,我们叫作不接触者,比如《择天记》《花千骨》,可能定位以后很多人就不看了。

但是我们看《军师联盟》这部剧会发现,在这一点上,恰恰实现了一个最大的融合。一方面它有忠诚的粉丝群,包括对主演们的认可和追随,还有对三国故事的喜爱。无论是取材《三国志》还是《三国演义》,这样一个新的三国故事都是一个真正的大 IP。所以我们说在观众群体上,它弥合了不同的观众群,甚至跨越了很多代际的鸿沟。在这一点上,主创方和播出方都特别有眼光。与网络上杂生的、创作质量并不是很好的 IP 相比,作为传统文化的三国故事是深入人心的,所以在这一点上,这个剧能够成功,能够获得广大观众的认可和喜爱,也是情理之中的。

在历史感的营造上,这些年的创造中出现了很多偏颇,但《军师联盟》处理得很好,尤其是语言的运用。我在这篇小文章里也提到了,就是它的语言充满古韵而不生涩。正是人物对白和表演的成功,使得这部剧带有非常强的历史质感,包括历史氛围的营造、历史事件的选取都非常好。

如果把这部剧与三国历史以及其他著作进行对比的话,我们会发现像易凯秘书长讲的贾诩的情况,其实是有一些的。比如,在剧中废长立幼是司马懿说的,但在《三国演义》中是贾诩说的。《三国演义》中写到第六十七回司马懿才第一次真正出现,而且只是在平汉中时说了一段劝曹操的话,但是曹操没有理睬。在《三国演义》中出场之前,司马懿并非不存在,所以说在《军师联盟》中换一个视角是很重要的。而且这部戏在选取素材时,不写武戏,不写三国时那么多的战争,而是写文戏,写权谋、智谋、阴谋、斗智,这个视角是很独特的。我很喜欢这部剧,这部剧到 42 集时才写到公元 222 年,后面还有司马懿波澜壮阔的一生。他到公元 251 年才过世,我想后面的 31 年在剧中一定会表现得更加精彩。谢谢大家。

陈旭光:谢谢戴清教授的分析、分享。作为客串主持人,我也忍不住想简单谈几点。刚才专家们非常精彩的讲解和阐释,我都非常同意,他们把很多精彩的地方都讲过了,我再简单地跟大家分享一下我的感想。

我想这部电视剧的成功,未播完就已经有那么多粉丝、专家以"自来水"的身份来写文章,这是否代表了一种趋向,一种在融媒体的环境下,在多媒体的背景下,电视剧制作、生产、传播的新趋向。对于这个新趋向,我想到了在 20 世纪 80 年代,文艺理论界曾经提出过一个术语叫作"向内传播",就是走向人的本体,走向人的情感世界，走向人的内心的历史，而不是外在的打打杀杀的历史。至少前20集中，我觉得最精彩的都是智斗，都是军师阶层的斗智斗勇，至于战场上的打打杀杀，都到幕后去了。当然也许到了后面，比如司马懿亲征与诸葛亮抗衡，肯定还是会有争斗场面的。但是这种外观的争斗我们看得太多了，三国文化作为中国传统文化的精髓之一，不仅仅是表面上的打打杀杀，里面还包含了士阶层的丰富的智慧。中国的士文化是非常发达的，从战国开始，这个阶层所表现出来的那种智斗是最精彩的。我感觉我们的电视剧创作方还没有完全把它拎出来，当然这里面又涉及人生哲学的问题了。

我觉得这种新趋向有几个方向，一个是塑造人，而不是历史事件。以吴秀波为代表的一众著名演员，他们塑造人，活生生的一大批人，更新了我们对于三国的看法。我们说历史是任人打扮的小姑娘，甚至有人把它比喻成任人蹂躏的娼妓，但是在历史里面，所经历过的人心、人事、人的情感，是一两千年都不会变化的。比如，我们完全可以理解一千多年前司马懿的护族之情。

所以我觉得这部电视剧很重要的一个特征就是把中国的这种士文化中的智慧呈现了出来。这里的人物都是先天下之忧而忧，后天下之乐而乐，不管出世还是入世，想的都是国家和生民，当然有时候他也会回过头来顾全自己的家庭。

除了以人为本，还有一个就是以情感、家庭伦理为本。刚看这部剧时还有点担心，怕它沦为某种类似宫斗的剧，过于钩心斗角，把人与人之间不好的东西放大。但是其实看下来，我倒没有这方面的担心了。我觉得在这部剧里面，导演的价值观、价值立场是非常明确的。对于司马懿前期的战战兢兢、对家族的考虑，这些都是褒扬的；对于某些不择手段往上爬、向权力靠拢的部分，批判也是非常明显的。这里面的价值观，也可以说是正能量。

这样一种向内的趋势，可能代表了一种以普通老百姓、以主体的人为标准的开放的历史观。我们说历史并不仅仅是帝王将相的历史，当然站在历史前台的往往是帝王将相，但即使是这些帝王将相，他们也有家庭、亲人、朋友，有爱情、亲情、友情，而且他们往往是从草棚里出来的，从底层慢慢往上走。所以这部历史剧更多

《大军师司马懿之军师联盟》剧照

地强调了今天的人们能够理解和引起共鸣的历史观,这是很成功的地方。

这样一部剧怎样抓住当下的年轻人?据片方介绍,在这部剧的收视率里面,年轻人占了很大一部分。这样一部历史剧,与其说是一部历史正剧,不如说是一部历史传奇剧;它做到了大事不虚,小事不拘,对待历史有一种非常开放的态度。另外,这部电视剧作为一个大 IP,我觉得它走过了这样几个跨媒介传播:一个是从经典文化转到影视剧。我们会发现在一个网络化时代,前几年是从电视剧转向网络文化,我们在网络里面看到大量跟三国有关的内容;这些东西现在又回过头来变成了影像文化,变成了电视剧。所以《军师联盟》还有一个很重要的特点,就是在造型、摄影、服装等方面都非常符合现在观众的心理;这样几个方面的结合,再回到伦理、情感、道德本位,以及年轻态——对网络一代收视习惯、收视美学的尊重,共同保证了这部电视剧的成功。这可能也是电视剧领域出现的一些新的表现,还有待我们更深入地去研究。以上是我的一些不成熟的看法,谢谢大家。

我们请来的专家学者都发表了非常精彩的阐释,现在还是想回到主创,因为很多专家都表示对主创们刚才的阐释还不太解渴。针对刚才各位专家提出的建议和看法，甚至也包括某些批评，两位主创还有什么回应？

张永新：我刚才听了老师们对我们这部戏的批评、指教，非常准确，也受益匪浅。其实就像您刚才说的，这部戏最终想要表达的——我们拿到第一稿剧本的时候就一直在商量——就是如何能够让观众看出新意。我们知道会很难，做不好会犯一些忌讳，比方说现在很多网友也说到的这部戏的时间线问题。华佗为什么死得这么早？他死了谁给关公刮骨疗毒？还有人问华佗有没有给别人剖宫产，他怎么什么都会？我们在剧本讨论和落实阶段也做过各种设想。比方说华佗能否给女性做剖宫产这件事情，我们手上没有任何资料证明华佗做过这样的手术，但我们的编剧老师查过历史资料，南北朝时期曾经有人记载过，在魏黄初五年，也就是曹丕在位第五年的时候，淮南地区有一家人夫人怀孕难产，被剖宫产。当时的文字记录是在右侧腹下开，数月后母子痊愈。当然这个记载要比华佗在世的时间晚一些，但我们当时心里就有一个想法，能否在这些领域做一些谨慎、有节制的尝试。它的主要功能是为戏剧理念服务，当然我们也知道，一旦这么去做了，肯定会受到某方面的质疑。

今天这个也不算是回应，只是想说我们的创作人员在做历史化梳理时，也做了很多这方面的设想。比方说从我作为导演的角度来看剧本，华佗这件事一出来，就带出了司马家，直接就和曹家挂上了钩，并引出了第一集的结尾。从戏剧的角度理解，我认为是合理的，所以这可能也是"大事不虚，小事不拘"中的不拘。

我刚才特别感动，陈老师提到了对于剧中的士的感受，正好也有观众朋友看到了这一点。最近几集中有两场戏，一个是荀彧之死，一个是崔琰之死。我昨天晚上在电视上看到司马懿和崔琰那场戏的对话，在现场的时候，我们整整拍了一下午，拍完这场戏真的是热泪盈眶。我到现在还能记得其中的台词，就是司马懿和崔琰拿过一小碗宫陪汤，崔琰说这个汤的滋味很好，这才是人间的味道。司马懿说，是的，当初董卓之乱的时候，我带着家里人回到老家温县，就靠着宫陪汤过来的。然后崔琰话锋一转说，像你我这样的人在这个乱世里，尚且靠它而活，更何况百姓呢。崔琰说，也许后世人说我们愚，说我们是愚忠，但哪怕是愚忠，只要我们做到了这点点光亮，也会给后世人照点亮。说完这句话，崔琰说了最后一句话，仲达，这就是人间滋味。这时候司马懿闭上眼睛,说了一句话,心看见了便是看见了。这一刻两位角色——司马懿和崔琰彼此没有看对方,各自闭上眼睛,秋风吹起,窗外飘零一地落叶。这场戏我以为是我们剧组全体主创,对我们中华文化中的魏晋时期士文化最高的礼赞,我称之为崔琰的风骨,这是我们中华文化的风骨,这是我们三国历史的风骨。

陈旭光:谢谢张导演,我觉得张导演对于士文化的理解,以及在电视剧当中非常自觉的追求,是对传统文化中所遮蔽的另外一面的弘扬。谢谢张导演。请吴秀波先生再说一说。

吴秀波:在座的都是学者专家,而我唯一会的就是演戏和从事一些与戏剧有关的事情。还是从戏剧聊起,我认为戏剧有三个层面和六个要点需要尊重,第一个刚才老师们也讲了,无矛盾无戏剧,这是戏剧的第一个层面。任何戏剧都有矛盾,不管你是跟大白鲨斗还是跟变形金刚斗,都有一个矛盾。矛盾分角色外部矛盾和角色内心矛盾,这就是我们选择拍摄三国的缘由,因为在那样一个战乱的年代,也是一个非常矛盾的年代,在角色的外部矛盾上我们有太多的资源可以选择。但其实不管读《三国志》也好,看《三国演义》也好,描写那个年代的文学作品,鲜少用现在的态度和现在的立场去解读人物的内心矛盾。曹操一句"宁可我负天下人,不让天下人负我",也没有说出自己内心的矛盾,所以我们希望通过所有三国的外部矛盾,去展现所有角色的内心矛盾。第二个就是情感。我们在戏中看到每一个角色都是有内心情感的,曹操、杨修、司马懿,乃至于张春华。情感层面是要带出观众情感的,就是演员哭得再难受,如果观众此时无法身临其境产生共鸣,那么这部戏就是失败的。第三个层面是每一个角色都有专属于这个角色的角色态度。有人是汉臣,有人是魏臣;有人是男性立场,有人是女性立场,这都是角色态度。归根结底,一部戏不管有几个好人、几个坏人,主创者都要有一个态度。其实戏剧无外乎就是主创者通过戏剧故事,利用戏剧矛盾,将自己的戏剧态度与观众情感做一个沟通。其实这是一个寂寞的人干的事,如果所有的道理都能用嘴讲清楚的话,就不用拍戏了,所以大家看见的就是这样。

活动现场

陈旭光：吴秀波先生的潜台词是让大家继续看他的戏。现在我们把时间留给在座的观众，看看观众有什么要提问，要跟主创和专家们交流的。

观众：各位主创老师好，我是《军师联盟》这部戏非常忠实的观众。我就在《军师联盟》这次网络直播的平台工作，非常期待《军师联盟》为我们带来非常好的播放数据。另外还有一层缘分，因为我的毕业论文里面要提到《军师联盟》这部剧，所以我把毕业时间推迟了一年，我希望好好研究一下。有两个问题想请教一下导演和吴秀波。一个问题是这部剧叙事节奏特别快，跟以前我们看过的很多历史剧风格完全不一样，比如说曹冲的去世，完全超出我们的预期，在没有任何铺垫的情况下就发生了。另外，大部分三国题材的影视剧都会花很大篇幅描写赤壁之战、官渡之战这些非常经典的战役，但在这部剧里就是一带而过了。想问一下导演，这样快节奏取舍的原因，或者说这样的艺术表达的初衷是什么？第二个问题想问吴秀波。您之前在很多采访里都提到过，您在表演时很多细节上的参与度很高，比如司马懿在面临重大的转折时,都会出现一个非常重要的小道具——小乌龟,那么这个小乌龟是想表达一种什么样的艺术创作诉求呢?谢谢两位老师。

张永新:我本人是日本大河剧的剧迷,我看国外历史剧的时候,发现节奏普遍比较快,我喜欢看这样快节奏的戏。同时,我们在审视国内的一些电视剧时,发现有一些作品的节奏,我经常听同事或者好朋友说,经常是一点事就拍出五集、十集,战线拉得特别漫长。因此我们开始做这部剧的时候就强调,一定要把它做得节奏明快。但是明快并不意味着仓促,该具象的时候还是一定要精雕细刻。如果说没有太大的意思,或者对于戏剧的层次推进不必要时,就可以大刀阔斧,我看到网上有个说法,叫大刀兵法。我也不知道这个大刀兵法是怎么抡的,就像你刚才说的,好多的战争场面没有拍,其实后半场是我们战争集中爆发的时候。官渡之战、赤壁之战、五丈原都有,但是在下半部里。在这里稍微做一个小广告,希望大家一如既往地关注我们的下半部。下半部更火热、更好看。这是其一。

其二,这部戏的战争场面为什么这么少?我们换个角度讲,就像刚才老师们说的,战争未必是外在的刀枪对撞、战马嘶鸣,战争可能在我们的头脑里,也可能在我们的心里。我以为这个战场是我们要着重开发的战场,这个战场恰恰可以知人性、见人心,甚至可以直指当下的我们;我以为这个战场不弱于那个金戈铁马的战场。谢谢。

吴秀波:我来给你解读心猿意马的故事。其实每部戏都有若干个小道具,有时候这个道具是一个器物,有时候就是一个活物。但是每一个小道具,基本上都用来给戏剧的某个角色作为一种新型图腾的表示。我们知道,人类所有的矛盾以及战争,无外乎来源于人类欲望的膨胀。从历史上来看,司马懿无疑是一个欲望隐藏得很好的一个人,很多事情都可以看出他求安求稳的特点。我认为龟的属性其实很接近司马懿的属性,非常安全。为什么我们要叫它心猿意马?求安稳并不见得不是一种欲望,相反,可能是一个巨大的欲望。中国的四大名著没有一部是真实的历史,即便是《三国演义》,从科学的角度讲,至少30%不是历史,更不用说《西游记》了。但是有时候你看《西游记》,不管是三藏也好,悟空也好,八戒也好,沙僧也好,甚至白龙马也好，它把人性分布在若干个角色当中，让我们可以清晰地剖析其中的人物。其实设立这么一个手持的活物道具，我想说的也和导演一样，接下来你往后看，尤其是看到后半部，可以清晰地对司马懿的人性做一个解读。

张永新：我稍微补充一下，现在网上很多人说，司马懿在这个阶段怎么老是一朵"白莲花"，这一点请观众放心，绝不是"白莲花"。但是我们也强调，我们把司马懿当作英雄，而不是狗熊。要做一个活生生的人，这是我们的初衷。

观众：各位老师好，我没有刚才那位同学那么多身份，我只是一个单纯的吴秀波的粉丝。我要问一个肤浅的问题，就是吴老师喜欢的是司马懿还是诸葛亮？

吴秀波：其实我在戏里借司马懿也表达了对于诸葛亮的崇敬。我是看《三国演义》长大的，书中对于诸葛亮的描述，如此聪慧有远见，确实近于妖。其实我们喜欢诸葛亮，并不仅仅是由于他的聪慧，更是由于他对于自己所处的立场是如此忠贞。但所有的戏从来没有站在这个角度去讲述诸葛亮，我也是长大了以后才知道空城计是没有的。后来随着时间的推移，慢慢开始关注司马懿。我觉得戏剧最有趣的一点是它是圆的，让我们可以从不同的视角重新解读曾经的故事。

观众：各位老师好，我来自中国传媒大学。我想问各位老师的是，在历史题材影视剧的创作中，经常会遇到艺术真实性和历史真实性的问题，刚才主创老师也提到了"大事不虚，小事不拘"，请问应该如何协调两者的关系？电视剧作为极具影响力的文化媒介，对青少年的影响非常大。青少年看了剧之后，也会对其中的历史感兴趣，这是一个非常严峻的问题，我想请各位学者和主创谈一下。

张永新：这个问题太大了，所谓"大事不虚，小事不拘"，我觉得是一个比较宽泛的原则，每个人都可以从自己的角度去解读它。

吴秀波：我唠叨两句。简单地说，如果要做历史考证，我建议你一定要以严谨的态度去面对。因为历史是一个巨大的谜题，这个谜题不是一般困难造成的，而是漫长的时间造成的。我们没有超越时空的眼睛，所以如果你要去做历史考证，希望你能够以最严谨的态度去面对这件事。但是你对面现在坐的是一群做戏的人，那么，在做戏的人的眼睛里，历史是用来干什么的呢？打个比方，你可能看过程婴的故事、

司马懿剧照

李白的故事，但是你可能没有看过以秦桧、胡汉三为主人公的故事。戏剧的"戏"字是一个"又"字旁加一个兵戈的"戈"字，我们浅显地把它解读为又见兵戈，就是又让你看到了矛盾和争斗。

仲呈祥：繁体"戏"（戲）字偏旁是一个"虚"字，就是说都是假的。

吴秀波：说得非常对。戏剧是非真实性的，它是非真实的叙事，却是真实的情感和态度。我不知道别人怎么去做戏，至少我和很多导演拍过戏，我觉得，如果我们讲一个好人，希望你记得他的好；如果我们讲一个坏人，希望你记住他是怎么变坏的。戏剧最重要的是创作者用自己的态度来跟观众做情感上的交流，这是做戏和做研究的分别。

仲呈祥：我补充两句。你提的这个问题要从哲学层面来讲，历史思维的原则是求真，就是吴秀波老师说的，越严谨、越接近历史真实越好，它的原则是实事求是。艺术是人类以审美的方式把握世界，艺术的原则、审美思维的原则是什么？它追求的是历史活动当中人的精神形态的真、情感形态的真，这是艺术。因此在剧中主创们追求的是司马懿这个人物的精神逻辑的真，看戏时不能够用研究历史的眼光来看。这两者有没有联系呢？有联系。好的审美思维常常会吸收最新的、最有价值的史学研究成果，但吸收是为了转化为审美创造的内在驱动力。所以历史的真实并非艺术的真实，这是两个东西。

戴清：刚才这位同学提的问题，仲主席从哲学的角度、形而上的角度谈得特别好，这也是如果同学们以后读博士的话，要好好去学习的东西。

仲呈祥：我再补充两句。我觉得这部戏让我想起了习主席在中国文联十大、中国作协九大开幕式上的讲话，我建议你回去读一下。对于文学作品他提了三个问题，第一是艺术性，第二是思想性，第三是价值取向。习主席做了一个非常形象的比喻："我们既要像小鸟一样在每个枝丫上跳跃鸣叫，也要像雄鹰一样从高空翱翔俯视。"我想这部戏做到了这一点。一方面，它的细节很鲜活，符合人物真实、历史真实；另一方面，它站在"高空"，像雄鹰一样审视历史题材，找到了历史人物的精神真实、情感真实，这是它能够成立的根本理由。

戴清：大众传播理论当中有一个观点，叫作两面提示。我们现在的信息是多方面的，两面提示的意思就是，大家可以从不同的渠道获得对于历史的理解，历史剧并不担任单纯的教科书的任务。另外一点，从历史正剧到历史穿越剧，与历史的相互关联在逐渐递减，越是往后的层级，虚构的幅度和空间就越大。这是我的一点理解。

陈旭光：谢谢，因为时间关系，我们不再提问。我觉得这次高峰论坛，在各位主创和专家们的对话，以及对提问者的精彩解答中，已经达到了高峰。谢谢大家。

在本次研讨会中，通过与主创人员的零距离互动，与会专家学者阐述了对三国历史的理解，提炼了《军师联盟》这部优秀作品的历史价值、社会价值和艺术创新价值。与会专家学者还深入探讨了该剧的历史叙述策略，以及相关的美学、产业、媒介、文化等问题，肯定了《军师联盟》在历史题材电视剧生产、创作上的风向标作用，认为该剧作为一部传播积极向上正能量的历史剧，实现了"艺术性和商业性的统一"。

整理：孙茜蕊

第三讲

中国体育题材影片发展前景
——电影《谁是球王》对话

主持人 陈旭光

嘉　宾 许柏林　张　卫　师旭平　辛少英　左　衡　李　沅
　　　　周　星　吴冠平　皇甫宜川　高小立　赵　桓

编者按

2017 年 7 月 29 日，北京大学"批评家周末"第 29 期学术沙龙在艺术学院红六楼举行。沙龙以体育电影《谁是球王》为出发点，对中国体育题材影片的发展前景进行了学术研讨。此次活动由北京大学艺术学院副院长、北京大学影视戏剧研究中心主任陈旭光教授主持，中国电影家协会党组秘书长许柏林、中国电影评论学会常务副会长张卫、中央电视台体育频道资深记者师旭平、《谁是球王》栏目制片人辛少英、中国电影资料馆副研究员左衡、《谁是球王》编剧李沅、北京师范大学艺术与传媒学院教授周星、北京电影学院电影学系主任吴冠平、《当代电影》杂志社社长兼主编皇甫宜川、《文艺报》艺术评论部主任高小立、《谁是球王》制片人兼编剧赵桓出席。

《谁是球王》是由央视体育频道《谁是球王》栏目跟正红文化有限公司合作的体育题材电影，也是央视首部改编自同名电视栏目的电影。在《摔跤吧！爸爸》席卷票房、赢得口碑的背景下，关于体育王牌栏目如何跨媒介转化为院线电影，以及中国体育电影发展前景的探讨正逢其时。

活动海报

陈旭光（北京大学艺术学院副院长、北京大学影视戏剧研究中心主任）：大家看完片赶过来辛苦了。由央视体育频道《谁是球王》栏目跟正红文化有限公司合作的体育题材电影《谁是球王》很快就要公映了，正在全国巡演，前几天也在北大艺术学院暑期课堂上跟同学们见了面，我和王一川老师都去了。今天我们在这里举办一个小型但务实的讨论，既涉及片子本身，也涉及体育王牌栏目如何跨媒介转化为院线电影；同时，联合体育界和电影评论界两方面的专家，以《谁是球王》为切入口，探讨中国体育题材影片的发展前景。这在《摔跤吧！爸爸》席卷中国票房、赢得观众口碑的背景下特别有意义，《谁是球王》的成本不大也不小，在题材和细化类型上为中国电影事业做出了有益的探索。

首先介绍一下各位与会嘉宾。许柏林老师——中国电影家协会党组秘书长；张卫老师——中国电影评论学会常务副会长；师旭平——中央电视台体育频道资深记者；辛少英——《谁是球王》栏目制片人，也是这部电影最早的策划；左衡——中国电影资料馆副研究员；李沅——这部电影的编剧，也是艺术学院的学生；周星老师——北京师范大学艺术与传媒学院教授；吴冠平老师——北京电影学院电影学系主任；皇甫宜川——《当代电影》杂志社社长、主编；高小立老师——《文艺报》艺术评论部主任；赵桓女士——这部电影的制片人兼编剧，也是北大毕业的学生。还有一些记者朋友。我们先请赵桓代表制片方谈一下这部影片的来龙去脉。

赵桓（《谁是球王》制片人兼编剧）：首先谢谢我的恩师陈教授，谢谢我的老领导，让我们有这样一个机会聚在一起。介绍一下这部影片，缘起是看到社会上的一些娱乐节目改编成了电影，我们跟栏目的主创辛导不谋而合，决定把《谁是球王》改编成电影。我与搭档李沅一起进行了两年的剧本创作，其间经历十二稿，最终为大家呈现出了这样一部电影，得到了节目组和中央电视台的支持。其间也有很多困难，对于这样一部电影，确实没有先例，是当时体育频道中心非常有魄力地一直推动着这件事往前走，真的是第一次。

拍摄过程中我们遇到的最大问题，是不要让观众去电影院看一个栏目。我们之

《谁是球王》海报

前也看了《爸爸去哪儿》《极限挑战》改编出来的电影，圈钱目的非常明显。我们觉得电影与电视是两种不同的艺术形式，我们应该用电影的方式做电影。在两年的创作过程中，我们一直在做这件事。第二件在创作中很纠结的事情，是如何让艺术、体育和商业在一部电影当中找到平衡。电影和电视最大的不一样，电视是广告商买单，而电影是要卖票给普通观众的。一部电影票房惨败会影响到一类电影未来的发展。为什么这么多年没有人拍体育电影？我们在做的过程中发现，在当下的中国电影市场，电影的成功取决于票房、口碑和社会效益，能在三个领域都取得成功是非常难的事情，这也导致了中国电影娱乐化严重。我跟李沅在做这个片子的时候参考了当下很多流行的电影，其中不乏优秀的作品，但60%都是牺牲剧情讲段子了。在我们创作的过程中，如何把艺术、体育、商业的东西统一起来，是非常大的难题。刚才陈旭光教授说，我们的投资不多也不少，一共有三千万元投资，其中两千万元用于制作。由于资金限制，我们不能请到很好的演员，就让演员进组强化足球训练。

他们在戏中演从小一起踢球的小伙伴，提前训练培养了他们的默契，让彼此之间没有生疏感。我相信明星很多的剧组是没有时间做这个事情的，这些青年演员让这个片子的品质得到了提升。

说完问题说前景。电影还没拍摄的时候，启动仪式上我就跟陈教授说，我们一起给电影在理论高度上拔高一下。为什么？我很感慨的是在整个路演过程当中，得到的评价是电影超乎想象的好。那么我们对中国体育电影的想象到底有多差？先别说超乎想象的好，这证明了中国电影的类型化是单一的。有一篇网络文章我看完之后深有感触，印度去年有130多部体育电影诞生，《摔跤吧！爸爸》的成功来自印度有大量的体育片的生产，欧洲和北美更不用说了。中国体育片的市场非常窄，受众似乎也很少。路演过程中我可以非常骄傲地说，我们的电影好评率在观众中很高。观众虽然不是很专业，但看完以后热血沸腾，很多人表示要让孩子们去运动；初中生、高中生看了这部电影，说没想到中国体育电影这么好看。我们很寒心地看到中国体育电影不如印度。这部电影绝对不会是体育频道唯一的一部电影，而是体育频道的第一部电影。体育频道将推出更多电影试水电影市场，也希望得到专家的指导，让未来的中国体育电影能够在夹缝中走出一条自己的路，谢谢各位老师和专家。

陈旭光：请德高望重的许书记谈一下，他也是一位球迷。

许柏林（中国电影家协会党组秘书长）：那我就先说。足球是我生命的一部分，或者说主导。因为足球，我热爱人类群体，个体干不了足球；因为足球，我敬重高超的对手，对手不高超，踢不赢我，我还看不起他。我在场上踢球跟对手说，你不能丢球，丢球是命，你也不能护着球不传；足球一不能丢，二要快传，三要破门。中国足球不行，一次次踢输，虽然我猜的是输，我胜利了，但是很着急。

这部片子我看了以后喜忧参半。喜的地方是，无论是剧情、立意还是人物，完成了足球本身的价值存在和电影艺术追求的价值存在，而且试图把两者结合起来，这种努力在片子中呈现得很清楚。我们太缺体育电影了，中国太缺体育精神了。大概六个月前，习总书记在全国卫生与健康大会上讲话，说我们要做健康中国。健康是什么概念？健康是一个强大的概念，不得病仅仅是一个底线，所以我们说中国缺体育，缺体育精神。足球除了技术层面还有合作层面，一个人踢球是技，一群人踢球就是法，球之于一个人和一群人都是道。中国人连足球都踢不好，还不是一个强大的民族。在日本注册的男性球员大概有十万人，女孩子有八千多人。中国这么大一个国家，女子职业球员只有五百人。在日本女孩子求职时说我会踢足球，用人单位立刻眼睛放光，高看一眼优先考虑她。中国女孩子会在求职时说我会踢足球吗？这个观念差异特别大。我们的地方政府，政绩是修了多少医院，增加了多少床位，而不是修了多少球场，让多少人不去医院，让多少人获得健康。我们真的要从体育上强大我们的民族。

体育题材难拍，原因也在于它的类型化，创作上对某一项体育竞技在技法方面有要求。技法必须要写，但写多了又抢戏，人物和情节被弱化，这是很矛盾的。体育里边最难写的是围棋，围棋能把一切说明白，哲学、艺术、思维，连反腐倡廉围棋都能引申出来。但要真拍围棋电影，则很难把围棋写清楚。江苏作家储福金写的围棋小说《黑白》，文字表达很带劲，但他说一般读者看不懂，不下围棋的看不懂。

在特别需要强大的体育的同时，我们还需要从艺术上来推广体育精神。体育题材电影是其中的一种表达方式。电影很难表现体育，《谁是球王》是一个尝试。有剧情，也有娱乐化的部分，把足球对人生的影响表现得比较到位。这种尝试很有必要，希望能够影响到同类型影片的艺术风格，并为体育电影创造一个模式。体育题材的模式有很多，比如讲体育技法、讲体育精神。一个教练教孩子怎么踢球，十个人慢慢扩大到二十个人，彼此之间的亲密感又使十个人变成一个人。还可以讲场地的使用、香蕉球怎么踢、我们的技术为什么不如日本等，这对喜欢足球的人来说特别过瘾。还有一个方向是足球对人生的影响，人在足球中成长；在各种体育中成长，这种成长又是怎么内在化的；其中既有骨骼和血液，又有性格和命运。我们期待这样的片子，一部影片对于一个民族的精神铸造。《摔跤吧！爸爸》讲到了励志成长、从不可能到可能，带给我们很多启发。丁一楠导演对我说，我们二三十年前就有这套东西，怎么全扔了？能不能捡回来？

《谁是球王》剧照

对于体育电影来说,关键还是表现体育项目本身对人的影响。赵桓说她采访了好多业余的运动员。1998年抗洪救灾,文联捐了好多衣物往灾区送,文联足球队有好多人当司机,装车运送。这是简单的足球队吗?平时锻炼的精神和培养起来的情感都在这里面。有很多故事也是这样,球场上两个人因为对球的理解不同而反目成仇,若干年后两人理解趋同变得比谁都好。我们期待这样的影片出现。

这部影片本身还有不足的地方,当然也很难避免。在最后的决赛中,除非红牌罚下去,或者临时出现特殊情况,否则足球不太可能在人员不等的情况下两个对五个。这么设计不太合理,应该更多地考虑怎么让它变得合理。解说也是,央视名嘴不是这样解说的,他应该怀疑两个对五个这个情况。另外,《谁是球王》在艺术层面、剧情层面以及采用电视栏目IP的故事层面上,还有一些拼凑的感觉,融合度不够。足球精神、足球本身带给我们的张力和人物性格还没有散发出来。动画、动漫的运用很好,应该敢于多样尝试,但是稍显牵强。体育电影可以多用高新科技,要是把VR技术用进去可能更棒,观众恨不得感觉自己在踢足球,或是在现场。总之要表达对影片的祝贺,期待以后能够进一步做下去。我代表球迷恳请你们继续做中国体育电影。

陈旭光：许柏林书记高屋建瓴，从体育自身、国民健康、民族精神的角度谈了自己的看法，充分肯定了这部电影的创新性和特殊性，同时也以资深球迷的身份对影片中的一些细节指出了不足。下面请张卫老师发言。

张卫（中国电影评论学会常务副会长）：奥运会前后我们在CCTV 6不断宣传体育电影，各种体育电影展、体育电影周。当时我自我安慰的方法是，印度人为什么体育电影拍得好，因为印度这个民族的自卑感太强了，特别想被认可，在现实中实现不了，在电影中可以实现。而中国体育在现实中实现了，不用在梦想中实现。中国的体育节目，像师老师这些名嘴、记者、制片人，全民族都知道他们，比电影频道的编辑、记者强多了。体育电视节目远远高于体育电影，观众狂热喜欢体育电视节目，不太喜欢关于体育的电影，为什么呢？这是一个命题，赵桓还提出一个命题，逼着体育电视工作者去研究体育电影，这是个美学命题。电视到电影的跨越难度之大可想而知。那么《摔跤吧！爸爸》为什么那么火？因为最底层的女孩，在印度社会是最低贱的人，最后走到顶端。就像王宝强当年的《士兵突击》，从最底层的战士到特种兵兵王，不断克服自己的自卑感，一点点往上爬，终于到达顶端。这就是电影要完成梦想的任务，世界上好多著名的体育电影都有这个特质。我们体育电影处在低端状态，还没有走到那一步。

第二个就是说，如果不是草根，就要看名人。前几年拍的《大灌篮》，还有国外的足球电影，几个足球明星全上了。不是看名人，就是看草根。像体育频道《奥运岁月》这个节目，有一期讲一个奥运选拔赛淘汰下来的运动员，大家都看哭了。这是非常真实的草根。人性是都想战胜自卑感，体育电影就是要做战胜自我这件事。中央电视台体育节目做得非常好，要做冠军的人没想到要做失败者。电影则是反过来讲失败者成功了。当我们的体育纪录片追逐明星的时候，草根是体育电影的一个基础。此外，人的内心都存在着竞争性，所有人都想通过竞争赢过自己的对手。体育片在竞争性的描述上，有描写成功的，有描写被打趴下的，有描写失败了也在前进的，还有描写竞争背景和竞争心理的。

往往在体育片中，两个竞争对手连老婆、女朋友都要卷入其中，到了白热化的程度,一定要加剧竞争性,双方旗鼓相当,都有获胜的可能性。《速度与激情》系列电影里主要讲赛车,把竞争作为类型,在中国取得了高票房。

陈旭光:张卫老师的论证是说,你们一定要做下去。《谁是球王》是一个大的IP,成功转化成电影了。

赵桓:我们不想竞争,我们想共赢,把体育资源的应用再扩大化一点。

周星(北京师范大学艺术与传媒学院教授):我跟体育的缘分是从小喜欢体育,从中跑到中长跑都是冠军。现在依然每天要运动,室外运动就是跑步、快走,每天保持八公里、十公里。体育频道播出的都是冠军级别的事迹,相比我这个可能很简单,但从个人角度来说,体育很重要的是它的精神。我出差的时候跑不了步,就在宾馆里锻炼,在地上做俯卧撑、平板支撑,做体育的人都做不过我。我是福建人,羽毛球是我的专长,小时候和国家羽毛球队的女子冠军交过手。

第一个是祝贺这部片子出来,祝贺制片人和编剧。学院派经常讨论,电影要注入文化的精神,还有赵老师提到的媒介和电影的结合、利用IP,这部电影都做到了。第二个是影片利用MR和现代技术方面很好,还有喜剧因素和足球的结合,像周星驰这种。第三个是我觉得这部片子前半部分的逻辑不如后半部分。因为半决赛之后,喜剧和逻辑都到位了,个人英雄奋斗和集体主义精神的协调也出来了。还有就是绝境里人的精神,不断球、跌倒互相抢救,叙事逻辑和情感逻辑都很强。前半部分很多人看不懂,老年的部分是什么意思?还以为是老年题材的电影;还有女队长的作用是什么?每个人的情感和支线太散,后半部分有一个贯穿了,个人和集体精神的矛盾,最后回到了体育精神上。至于央视的解说我倒是觉得挺到位的。回到体育题材,比如《少林足球》《一个人的武林》,体育题材必须要把人逼到一个绝境,绝境的悲剧性、残酷性和绝境激发出来的精神非常重要,这是超越体能的人性的体现。

陈旭光:谢谢周星老师细致的电影叙事方面的分析,为下一步我们继续出发、继续做体育题材电影提供了艺术上的保障。下面有请吴冠平老师。

吴冠平(北京电影学院电影学系主任):现在我每周都踢一两次球,当然这是题

《谁是球王》剧照

外话。体育电影很难拍,但又有一定优势。先说难度。第一是每项体育运动都有特别专业的技巧,还有比赛规则,这是不能儿戏的。第二是演员扮演运动员,从体态到精气神都需要训练。很多国外的体育片,演员要增肥,要练块儿。既需要演出者为某项运动做出身体上、精神上的付出,也需要把专业的技术和规则拍得一目了然,这是难度。但另一方面,体育片也很占便宜,很容易激动人心,天然带有激烈场面、惊险场面,把诸如冲刺、对抗这种关键点差不多拍好了,观众肯定会燃起来。我觉得体育电影在某种意义上来讲,其实也就是这种燃。

　　从体育类型的角度来讲,大概分三类。第一类是通过一群人或者一个人的努力,改变一个项目的面貌。这是最高级的,讲的其实是挑战。我们每年跟师老师参加国际体育电影节的选片,有一个奖叫奥林匹克精神奖,每年这类奖都不好选。挑战一个运动项目本身的作品,关键看能不能让这个项目得到升华,甚至改变规则;所有改变还都得是符合人性的,适合人类精神和体育精神的共同发展壮大。第二类是最常见的,一群人通过体育改变自己的命运。改变命运的过程中有痛苦有磨难,有气馁也有软弱,最终体育不仅改变了身体状况,还改变了精神状况。第三类是炫技类。

一个人很牛，就是牛，从一开始就很牛，再给出一些人生道理，表现得出神入化。所有人都想模仿他，但都学不了。

再回到《谁是球王》，我觉得这部电影在题材上抓住了一个热点，就是踢球。踢球这件事从上到下都特别关注，民间很普及。广东有一个民间足球联赛，在潮汕地区已经变得很正规了，都是一个村一个村，每年自己集资，踢得特别好。高手在民间，这也符合电影在传奇性方面的要求。写一个国家队就不敢往传奇上写。这是这部片子在题材上占有先天优势的地方，就是民间的传奇和民间的体育。

这部片子有三个地方让我不满意。第一个是体育电影天然的燃点做得不太足，增加了很多挺没意思的故事，比如爱情线，还有"穿越"这种花哨的叙事。其实把五个很厉害的人组成一个球队，拿到冠军，本身就是一个传统体育片的底子。把每个人的特点，把足球运动和民间足球写好，就已经有足够的可看性了。现在就是还不够自信，对体育电影本身蕴含的火山爆发的力量没有自信。第二个是作为体育片，《谁是球王》中体育片的味道完全被青春喜剧片冲掉了。体育本身我刚才说了，不够专业，不光队伍不够专业，踢球也不够专业，几场球踢得都有点怪。《我是马布里》在这方面就做得特别好，尤其是对篮球的专业呈现，比如对裁判和教练专业度的描写。《谁是球王》中青春喜剧的味道特别足，各种桥段是年轻人喜欢的无厘头表达方式，体育味道再浓一点就好了。青春喜剧这种东西不新鲜，有点"便宜"，体育片反而是奇货可居的，怎么把它真正的价值挖掘出来，赵桓老师还要继续探索。还有一个我不是特别满意的地方是这几个演员。女演员怪怪的，体育电影里需要一个所谓的黄金配角，关键时候给故事、给人物一个动力，但女演员在这里的作用不明确。还有就是主人公的扮演者，本身的运动气质还不够，表演方式上还欠缺均衡。另外就是在主题表达上——我们要集体，我们要友情，我们需要用友情和集体的力量战胜一切。在表述友情的时候，设置的情节让友情反而变得不够真实了；主题表达上应该再坚持一点，再纯粹一点。

陈旭光：谢谢吴冠平老师，很细致、很专业地分析了人物设置、主题表达等，很多建议非常好。现在为止发言的都是电影评论者，我们下面有请师旭平老师。

师旭平（中央电视台体育频道资深记者）：这两天我一直在想，中国体育最近用一个词来形容就是悲，或者苦、哭。孙杨在哭，徐嘉余也在哭，压力太大了，对不起教练，对不起祖国人民。傅园慧甚至自虐，领奖的时候也在痛苦。体育就是这样，在公平的状态下竞争，不是说你可以玩黑的，凭你的权势，凭你手里掌握的权力，就可以在这里为非作歹。女篮输给日本，没有哭的镜头，但是我想她们回去以后也是哭。连续三个月亚洲比赛输给日本，准备翻身，这场比赛我看了，跟日本有很大的差别，日本还有两个顶尖主力没上，所以心情一直不太好。结果看了刚才的电影，像吴老师说的，这是青春喜剧，我没当体育片看，确实是看了一个青春喜剧，这个故事不是足球放在哪儿都行。

从这部片子中可以看出他们努力想要打破过去体育片的套路。过去的体育片基本上是正片，展现为国争光。像《沙鸥》中，运动员没拿到冠军，在轮船上可以把银牌扔到海里，中国人觉得特别励志。拿到国际奥委会给他们看，国际奥委会说这不是体育精神，银牌对你的精神肯定不够吗？银牌不是你艰苦奋斗得来的吗？请何振梁座谈，他说你们不要把眼睛总盯在冠军的身上，有可能获得银牌的这个人的人文价值比金牌还要高，这是体育精神。从这部片子中，能够看出编导的思考，这么多年来中国人的想象力越来越差，在文艺创作上有很大的束缚。这部片子的编导努力地想要跟过去的那种弘扬主旋律的电影有所区别。要的不是那种高大上的东西，不是一定要为国争光，就是青春喜剧，有些东西跟体育有关系，更多的跟体育没有关系。刚开始从《谁是球王》栏目里选出来的故事，是一个正片，弘扬主旋律，后来想不一定要做成这样的体育片。像张艺谋那样的大导演，在国际上得到了很多电影节的大奖，也弄出了《三枪拍案惊奇》。《谁是球王》想要摆脱束缚这一点是应该肯定的，至于好的地方、不好的地方，刚才几位老师说得都有道理，我就不重复了。

还有一点值得表扬，这部影片没有按照一般的为国争光的思路来做，而是把自己放得很低，从年轻人中间找故事，非常草根化的东西，我觉得是可以肯定的。至于好不好，一个要看专家或业界的点评，一个还得由影院效果检验。我们现在说不

《谁是球王》路演现场

好,也可能挺适合中小学生的观影趣味,面向的观众不是我们。

不是说这几年没有体育片,刚才吴老师也说过,每年都在参加北京国际体育电影周,但是体育故事片确实面临着尴尬,一个是少,一个是太差,几乎没人看过。评奖时故事片常常是空着的,去年勉强弄了一个故事片,但是这个片子如果不是坐在电影院看,而是给你两小时让你坐在这里看,估计也看不下去。前面铺垫了很长时间都没有进入正题,评委说要不别看了,后半段再精彩人家也不知道。所以我觉得上述两点是值得表扬的,批评的意见我都同意,但重要的是继续做下去,体育片是可以存在的类型,提高它的质量让它更好。

还有特别重要的一点是,编写这个故事的不是体育专业人才,而是电影人或者文艺工作者,所以电影对体育精神的变化显得缺少了解。像《沙鸥》那样把银牌扔到海里去，当时的人觉得很励志，现在的人会批评，这是一种变化。但这种变化是否已经符合了现代社会对于体育的认识呢？我觉得没有，还差得很远。刚才我还在微信群里看到一张照片，是姚明发的，照片上显示的是在澳大利亚的一场比赛，一个牌子上很简单的几行英文。姚明首先有一个注明，说这是我的朋友从国外发来的，我赞成这个。上面写的是：请记住，第一，这些人是孩子；第二，这是一个游戏；第三，教练是志愿者；第四，裁判也是人；第五，这不是世界杯。提醒到场观看的人，教练是业余的，裁判是会出错的，这不是世界杯，这就是一场游戏。姚明发出这张照片，说明他虽然在体育上没有刘翔的成绩好，刘翔又是打破世界纪录又是冠军，姚明没拿过这些，但是他的头脑、他的思想是刘翔不能比的。姚明当了篮协主席之后，做的第一件事，就是以后队员进国家队是邀请，体现了对人的尊重，过去是我调你来你必须得来，国家叫你，你怎么不来呢？不会考虑个人。姚明还提出，以后能不能用我们自己的荣誉殿堂或者名誉殿堂来代替为国争光。为国争光肯定是荣誉，但即使你没拿到荣誉，你的事迹、你的精神也可以进入荣誉殿堂；即使你拿了金牌，当时为国争光了，但是很可能不是一辈子的楷模，这种人在体育界太多了。所以从这件事中可以看出来，姚明在没有去NBA的时候，他的思想跟咱们差不多，不会比咱们更有见识，但是他去了NBA，待了那么多年，受到了现代体育文明的熏陶以后，观念转变了。1925年清华大学教授马约翰去美国留学，在硕士论文中写到这样一句话："体育是产生优秀公民最有效、最有趣、最适当的方法。"我们可以想见，1925年的中国社会是什么样子的，但马约翰教授在美国写出了这样的硕士论文。

体育不仅仅是为国争光的东西，更多的是个人或集体文明的展现。现在体育界能够达到姚明这种认识的人，我觉得很少。无论是体育界的领导还是从业的运动员，公然退赛，公然要挟领导，这样的事有很多。将来要做体育电影，不一定要把这些事编到电影里，但应该了解，应该找体育圈中具备各种思想、各种经历、各种职业的人。只有阅历丰富之后，你才知道怎样表达这个问题。如果仅仅是一个体育爱好者，你对体育的了解是10%，写出来的东西也就是10%，顶多加一点

《谁是球王》剧照

青春喜剧、现代爱情。如果你对体育有 70%～80% 的了解,写出来的东西是你认为能代表体育精神的东西,这样的电影才能感染更多的人,让大家通过电影了解体育到底是怎么回事。实际上体育在中国人的心目中,和我们说的发达社会完全是两码事,在发达国家不了解体育会被人看不起,我们需要从深层次上改变中国人的文明观、体育观。这个东西不改变,再建多少高楼大厦都没有用。因为没有现代化的体育观,高度发达的文明就达不到。我们确实需要拍更多的体育片,但搞体育片的人必须得懂体育。这不是编剧技巧,也不是怎样讲故事的问题。你要拍一部反腐片,不懂反腐能行吗?你要拍一部以商业为背景的电影,不对经济方面有非常深入了解能写出来吗?写出来也是很浅薄的东西,所以想涉足体育电影并不那么容易。我就讲这些。

陈旭光:非常感谢师老师的真知灼见,对于电影人、电影研究者都具有非常大的启发。我们继续电影评论界的发言,有请皇甫宜川主编。

皇甫宜川(《当代电影》杂志社社长、主编):接着刚才师老师的发言,先说两点感慨。第一个就是师老师说的怎样用当代的电影意识来理解体育。今天在创作与体育有关的艺术作品时，应该占有一个高地，如果不具备这个高地的话，回述历史也很难超越。怎么理解当代问题？体育精神到底是什么？这一点是我们做体育节目和体育电影的人特别需要去完成的课题。这一点如果做得好，理解得比较好的话，可能就会解决我们今天在体育电影里所面临的种种问题。

回到我们今天一开始提出的问题，我们为什么没有好的体育电影？这个问题的解决不是一蹴而就的，需要我们在相当长的时间里反复探索和探讨，我觉得这个可能也是我们电影创作者发挥艺术才能的一个特别好的方向。刚才师老师提到的关于当代体育精神的问题，对我们从事电影创作、电影评论的人都是特别有启发性的一个话题。

第二个我想说一下《谁是球王》。我昨天晚上查了一下，《谁是球王》是一个涉及选秀的电视体育栏目，这就衍生出另外一个问题，我们如何从这样一个群众性的、带有选秀特征的体育娱乐节目里挖掘故事。看完影片后觉得很意外，影片在处理上，正如师老师讲的，确实做了很多思考。思考是建立在现实基础上的，电影从做了这么久的《谁是球王》节目里发掘故事，最终提炼出的故事一定是创作者想要表达的，而且电影充分利用了体育频道的资源，包括技术支持、体育评论员等都是电影的亮点。从影片的艺术性上讲，我认为影片中演员的非体育部分的对白还是很有节奏的，很热闹，很好看。让许柏林老师这样踢球的人来看会很好玩，几个兄弟吃饭烤串的场景也呈现出生活的质感。它的取得来源于栏目，能够获得频道资源的支持，在某些地方会带给你一些感动。每个人在社会里面都不容易，影片对这些人物的捕捉，对小人物从家庭到爱情的描写，呈现出生活的质感，这一点对国产电影特别有意义。

影片最大的意义是以中央电视台体育频道为核心，在第一大资源的推动下拍出这样一部国产体育电影，然后供我们研讨总结，这个模式是影片所带来的特别大的收获，对我们继续往下走，对国产体育电影的发展有非常大的帮助。国产体育电影没有起色，我们仔细想想，师老师也谈到了一些东西，其实是跟我们国家体育的一个总的机制有关的，比如我们的集体主义精神等。某种程度上，和电影这种以人的故事为叙事主体的表达方式是有冲突的。这是我们国家做体育电影的难点，因为你不可以太突出个人的东西。我们有时候看国外的一些体育电影很过瘾，回到我们这边就有自我限制的问题。我觉得这部电影里边，创作者还是比较专业的，没有过多地用那种很经典的方式去表达，跟现代叙事做了一些结合，尝试着打开类型的封闭空间，是影片特别好的地方。回到体育题材影片，其实这部影片提供了很多可供借鉴、思考的地方。比如体育电影要在叙事上呈现跌宕起伏的过程，尤其是像其中的"民间超级碗"的赛事，里边所发掘的民间的、人文的故事以及人物，都是影片的魅力所在。

此外，在拍体育片时要在纯粹性上多一点把握。体育的纯粹会带来欣喜，进球那一刻什么都不想了。体育电影也是一样，就是要纯粹。比如电影中讲到了穿越时空，能看出来很接地气，跟今天年轻人的影像喜好很亲近，但确实显得不够纯粹，有些多余。还有就是刚才几位老师讲的人设问题，里边有一些喜剧台词融合得不太好，跟体育精神有些矛盾。我们到底要什么？这是创作者特别要思考的问题。《谁是球王》到底要表现什么？从影片的主题来讲，其实还是团结和友谊，但片名点给了这个主角，他也完成了一些个人化的东西。体育电影的知识性和专业性是非常重要的，无论是群众性体育，还是专业性体育，翻转点都应该跟体育竞技本身联系起来。影片里有些东西融合得还是挺好的，对专业性的体育知识做了一定程度的挖掘，叙事上也有一些收获。

第三个我想讲的是，在《谁是球王》这个栏目里挖掘故事特别重要。第一种故事，纯粹地讲述个体或者团队从低处奋斗出来，最后获得众人瞩目的成功。再加上一些喜剧元素，可能比较接地气，但不会太耐看。这类故事还是要往专业化上走。第二种故事，讲个人或团队所遭遇的困境，由运动的困境再带出生活的困境，像《摔跤吧！爸爸》一样，还能带出社会的困境。只有大的环境带出来后，才能带入今天我们提到的体制的反思。

最后我想回到师老师所说的，只有把整个社会、整个体育现有的机制带入到群众性的体育活动里边，做出来的体育片才是符合我们期望的。我们也不指望下一步能做到多么完美，而是在这条路上要坚持下去，一步一步往下走，那么中国一定会

《谁是球王》剧照

出现像样的体育片。我想今天这次研讨特别好的一点，是给我们提供了一个真刀真枪的作品在这里，还是要向主创团队表达敬意，这种创作的尝试是可贵的。今天的体育片，如果年产量没有达到几十部这样一个状态，很难出来好的作品、好的局面。这就需要我们像体育频道一样，给体育电影提供更多的机会，多做这种两三千万元成本的影片，大家都来创作，就一定会拍出更优秀的体育电影。谢谢。

陈旭光：谢谢皇甫主编，我们再请高小立主任发言。

高小立（《文艺报》艺术评论部主任）：感谢主办方提供这次机会，提前看了这部电影。我觉得现在体育电影比较少，尤其是好电影少，拍摄难度非常大。我知道一个电影编剧叫张斌，拍过很多体育电影，昨天突发疾病去世了。他生前说过一句话："拍主旋律多难，拍体育电影就有多难。"体育电影体现着体育精神，而体育精神在与时俱进地发生着变化，这已经很难了。再加上体育本身既有以比赛为目的，也有以强身健体为目的的，它们不一样。对于比赛来说，体育是很残酷的纯竞技，只有第一没有第二；强身健体又是另外一个层面了。拍体育片的时候，到底是聚焦比赛竞技还是强身健体？其实并不好融合，所以确实是比较难拍的一种类型。体育电影又不能不去拍，不能成为我们电影文化中缺失的类型。前几天我看了《我是马布里》，主要讲情感和励志，讲为什么来到中国，后面还是回到竞技，写到赛场上的燃情，用刚才吴老师说的"燃"来吸引观众。

体育精神确实是最容易在民众中产生共鸣的，体育电影给观众带来的感染力是别的类型电影不可比拟的。体育类尤其是球类影视作品，特别受青少年欢迎，充满正能量，加上年轻人模仿的天性比较强，愿意像影片中的角色一样去运动，那么体育健将也好，体育爱好者也好，都可以成为我们青年的榜样。如果形成这样一种文化传播的话，就能无形中增强民族体质，并且对体育精神的传播起到积极作用。当年日本拍的电视剧《排球女将》引进到中国，全民都在看，全国都在学习体育精神，在中国迅速引起了排球热，可见体育题材的影响力之大。足球作为世界第一运动，比排球对观众的影响力、感染力更强，充满阳刚之美。中国足球长期以来都是落后的，我们在座的很多都是球迷。足球的这种现状与我们国家作为体育大国的身份是极不相称的。我们今天看到了以足球为题材的影片，之前以足球为题材的影片特别少。足球是一个群体性、业余性非常强的运动项目，搞好了还可以增强民族凝聚力。世界杯我们没有能力参与，但仍有很多球迷，像我这样不是球迷的人也看世界杯，可见足球的影响力和传播力有多强。体育电影不能少，所以今天很高兴，看到这样一部描写足球的电影，以此来传播体育精神，而且是和CCTV 5合作，找到了挖掘体育故事的富矿，这是很明智也很讨巧的做法，我觉得应该坚持拍下去的。

我觉得这部电影体现了体育精神的回归。我们所说的体育精神有很多，拼搏、挑战、力量、公平等。电影传播体育精神，最终要落到人物上。电影是写人的，电影不是直播也不是纪录片，最终感染观众的还是人物。不管什么题材，如果没有塑造人物的能力其他都是没有用的。这部电影最可贵的地方是，它没有写一个国家队，也没有写一个俱乐部，没有写非常正规的比赛和训练，或是为国争光，而是写了一个民间争霸赛。我认为这是很巧妙的，回归到了爱好体育的本真上。我们以前过于强调为国争光，现在需要提倡体育的大众化和强身健体的精神。用民间的动力来推

《谁是球王》剧照

进，这个视角和姿态是特别值得肯定的。真正回归体育强身健体的目的，还有娱乐的东西在里面，体育本身就包括娱乐、玩耍、放松；而且还能增加友情，增进团队协作。我看完以后特别能理解片中娱乐的、夸张的部分，这部片子就是拍给年轻观众看的，他们看完以后会对体育精神有新的理解，也会增强自己强身健体的意识。电影里有一句台词我很喜欢："我不是来比赛的，是来踢球的。"踢球是一种快乐，是一种自我追求的张扬，所以对于这部电影，我反而觉得语言、情绪、节奏都特别符合年轻观众的观赏取向。

说一点我觉得不太满足的地方，情绪有点过于高涨了。电影是艺术作品，不是比赛实况，还是应该张弛有度。内心事件能不能再多一些展现，比如洪旭东为什么这么喜欢足球，能不能进一步挖掘一下，尽量使人物丰满起来。我刚才提到的那句台词是电影的核心，但片名则显得有点别扭，"谁是球王"争的就是胜利。虽然是想契合央视栏目的名字，但与电影传达的主题不太相符。如果牵强地去理解，可以说"谁是球王"讲的是精神之王，而不是冠军之王。这是我对影片的一点感受，就说到这里，谢谢大家。

陈旭光：下面有请左衡主任。

左衡（中国电影资料馆副研究员）：《谁是球王》是国产影视在体育电影领域的又一个重要的成绩。第一个是更专业了，专业指的不是体育运动的专业，而是电视媒体方面的专业。第二个是很热血。足球成为生活当中摆脱乏味的手段，不踢球便没有存在感，这一点我觉得很好。也是因为这两个原因，可能会成为受大众喜爱的作品。创作上，我首先比较喜欢的是有幻想的成分。开篇就是老人回顾一生，四十多年的心理障碍，在幻想中完成梦想。一方面给后面的很多剧情提供了解释的前提，一方面让人有点难过。我们在这个可知与不可知共建的人生中，会被某些阴影罩住，我们该怎么解决？幻想的方式处理得不错，带来了浪漫感。其次就是选用青年演员而不是当红艺人来演出，让他们接受足球训练，使得这个片子有了自己的特色。

剧情方面有几处毛病：第一，片子用了一些体育频道的名人，自黑方向可以做得远一点。这方面需要影视界的大咖有一些自我幽默的感觉，能够自我调侃。第二，片子的定位是民间小人物，但它始于小人物也终于小人物，有些可惜了，跟现实的关联不够过瘾。如果能跟现实中的俱乐部、足协相关联就更好了，就可以深入到对社会的态度、对体育的态度，直接抵达家国故事的方向。《摔跤吧！爸爸》就既包括了个体生命的故事，又包括了家国故事。第三，规则意识。影片里很多东西现实中是不可能的，比如五个人踢两个人，可以把规则当作一个笑点，把它处理得没那么胡说八道。第四，意识形态问题。在我看来体育就是现代世界的意识形态，所以有些片子是一定要政治正确的，扔银牌这个举动在奥委会看来是不行的。又要政治正确，又要艺术高明，又要体现骨子里面大众的欲望，这才是一部好的体育电影应该有的样子。

陈旭光：下面有请辛少英主编。

辛少英（《谁是球王》栏目制片人）：感谢各位专家学者提出的意见，也非常感谢北大艺术学院组织这么多专家学者为我们的电影做研讨。这个片子是央视建台以来第一部栏目改编的同名故事片，是一个勇敢的尝试。我一直在做节目，几乎没有

《谁是球王》剧照

介入到创作中；央视领导也明确指出，这是市场行为、市场操作，是可以跨越栏目讲故事的。我们是并行的，我们这边做自己的节目，以赵桓为主的主创们一直做这部电影，从投资到市场现状都比较残酷，能把这个项目做成，确实是很不容易的。我是第一个看片子的，与片方也进行了很多交流，后面两个人对五个人的比赛，我也提到了这个问题，但最后没有办法改了，就只能尽量处理好。如果要做体育电影，跟央视合作的话确实应该有一个高度，这个高度可以按市场行为走。但体育精神是要有的，包括兄弟情和团结精神。这一次我们的编剧和栏目没有做什么交流，但是以后如果要做体育电影，从规则和节目的立意方面确实要有更多的交流，这是我们的失误。其实我觉得他们改进了很多，融合了市场，对我来说是一个全新的故事。刚开始赵桓写过一版剧本，完全是从节目里提炼出来的故事，我看了以后都哭了，确确实实是节目中出现的一帮女孩子的故事，也是蛮好的。从电影市场的角度看，变成喜剧化可能更有市场，当然还是要经过市场的检验。今天学到了很多，各位都是体育迷，对体育有很深的见解。谢谢各位。

陈旭光：李沅有什么感想吗？

李沅（《谁是球王》编剧）：我是北大毕业的，也是陈老师的学生。我是学理论出身的，批评对我来说是家常便饭，挑毛病也是我们理论界应该做的事情。电影确实还有很多毛病，我们也承认，包括吴老师提到的前后叙事有一些断裂、太过冗长、人物设计上都有一些问题。很多内容被删掉了，我们只有九十多分钟的时间，这是我们水平的问题。另一方面也有先天不足，体育频道对我们也是有要求的，我们不能否定原来的电视节目。在我们写这个剧本的时候，还不知道印度人拍的体育电影，我们对体育电影市场的信心非常小，不知道体育电影有没有受众，《摔跤吧！爸爸》出来了才让我们知道。在我们已有的经验里面，最可能得到市场认可的方式就是青春喜剧，为了让更多的观众有共鸣，我们必须加入青春喜剧，必须做草根足球，做民间足球项目。我们讲编剧理论的话，人物的目标和现状需要有鸿沟。国家队得到世界杯，和草根得到民间足球比赛的冠军两者相比，肯定是前者更吸引观众。当然胜负不是最重要的，我们最后也定位在情怀上，兄弟情、爱情和现实中的困难。当然会出现很多问题，也请各位多提意见。包括刚才师老师说的意识形态的问题，中国的现状是各种思潮都在涌动，每种思潮都有大量的拥有者，很难找到主旋律。官方认为我们有主基调，但从市场表现来看还是缺乏主基调。现在看《战狼》《建军大业》还有各自的群体，让我们找到自己的观众群体是很难的事情。

陈旭光：谢谢各位，今天的沙龙小而紧凑，我觉得效果非常好，有三个方面的意义——宏观、中观、微观。宏观上我觉得经过大家的研讨，认识到体育文化从原来过于沉重的国家层次，正逐渐过渡到民间层面。民间化则从电视频道节目开始，逐渐延展出体育性与民众性，这是体育精神的一种拓展。让体育真正回到自身，体育不一定要那么紧张，也可以娱乐起来。当然，体育在人格建构，在国家民族的文化发展进程中依然具有重要意义。

在中观层面上，大家充分肯定了当下中国电影发展过程中体育类型电影的缺失，这部电影将体育与喜剧相结合，无论成败都是一次非常有意义的探索。

在微观层面上，大家以非常专业的精神，对电影从剧作到视听语言等各个方面，都提出了很多很好的建议。虽然不是初出茅庐，也是很有经验的、资深的剧作家，但是题材还处在初创的阶段，所以这些建议对于你们未来的成长，对于沿着这条路继续拍摄体育题材，继续依托体育频道的大树做电影是很有帮助的。北大很乐意和大家一起把这么有意义的事情做下去。相信你们未来会走得更好。研讨会到此结束，谢谢大家！

整理：孙茜蕊

第四讲

中国新主流电影大片的类型、路向与文化问题

——电影《战狼2》对话

主持人 陈旭光
嘉　宾 陈阳 左衡

个案聚焦　第四讲　中国新主流电影大片的类型、路向与文化问题

编者按

　　2017年11月9日下午,"影视文化专题"课程的教室改到了艺术学院的均斋博物馆。均斋博物馆里座无虚席,师生嘉宾济济一堂,就2017年最受瞩目的现象级大片《战狼2》展开了热烈的讨论、对话和争鸣。

　　本次对话活动是北京大学"批评家周末"文艺沙龙的第32期。北京大学艺术学院副院长、北京大学影视戏剧研究中心主任陈旭光主持对谈,中国人民大学新闻学院影视系主任陈阳,中国电影艺术研究中心电影文化研究室主任、副研究员左衡受邀参加此次对话。选修及旁听"影视文化专题"课程的硕博研究生们也积极参与到讨论之中,并发表了自己的看法。

活动海报

陈旭光（北京大学艺术学院副院长、北京大学影视戏剧研究中心主任）：欢迎两位嘉宾，遗憾的是肖鹰老师不能来。这两位一位是中国人民大学新闻学院影视系的陈阳老师，还有一位是中国电影艺术研究中心电影文化研究室主任、副研究员左衡老师。

这一次研究生的专题课，我们移到这里来讨论。讨论的话题是预先设定的，主要是围绕《战狼2》，但不局限于《战狼2》。可以拓展到《战狼》系列的背景、国家文化、当代学术界的共鸣，以及新主流电影大片该怎样发展等。《战狼2》是一个很重要的里程碑，那么高的票房；当然也有很多争议，比如代表国家去"申奥"。对此有很多不同的说法，肖鹰老师来的话会有非常独立的说法，我们也有，包括我。

前段时间我在《中国电影报》上写了一篇文章，后来《艺术百家》看到了就要求我继续写，我又写了一篇1.8万字的文章。"批评家周末"有时候是学生主讲，有时候是专门请学者主讲，偶尔老师主讲。我不想讲太多，大约花半小时的时间梳理一下我的文章的一些主要观点，便于两位老师来批驳、批判、辩论，更欢迎大家踊跃发言。这样一部非常复杂的现象级电影，以及它背后的种种问题，我相信会越辩越明。这也是发挥我们北大文艺批评的传统，敢于发言，敢于说真话，也是我的导师谢冕先生开办"批评家周末"的宗旨。

关于《战狼2》，我先念一下它的一些骄人的统计记录，再做进一步回顾。上映4小时票房过亿元，不到25小时过3亿元，46小时过5亿元，85小时票房突破10亿元，周星驰的《美人鱼》上映92小时票房过10亿元。8月6日单日票房4.2亿元，成为第一部也是唯一一部春节档之外单日票房过3亿元的国产电影。仅次于《速度与激情8》，它的单日票房纪录是4.8亿元。上映13天破了由《美人鱼》保持的33亿元票房纪录，单片票房到9月2日接近55亿元，单片观影人次突破1.4亿。全球票房超越《奇异博士》的6.77亿美元（折合人民币44亿元），成功进入全球电影史票房前100名。前100名中终于有了我们中国的电影，这也是亚洲电影首次入席，也是前100名里唯一一部非好莱坞电影。同时成为全球单一市场单片票房（指中国票房）第三名。几乎形成了一场全民狂欢，多少年不见的一个奇观景象。

陈旭光发言

我觉得研究任何东西都要追溯它的背景、它的来龙去脉。还原它,虽然离我们这么近,也要尽量还原。

第一,我觉得新主流电影大片是一个专业术语,其实《湄公河行动》之后《当代电影》编辑部就组织过一次关于当代电影大片的讨论,所以在那个时候,通过《湄公河行动》大家就把目光集中到了新主流电影大片这个术语上。但是这个新主流电影其实是很早之前提出来的,那篇文章真的是有某种先见,在国产电影比较衰落的态势下提出了新主流电影这样一个中国电影的方向。它所说的新主流电影还是偏重中小成本,觉得这种电影不会像第六代电影做得那么"地下",不是那么远离主流,也不能像主旋律电影那样写英模奉献牺牲,然后没有人看。能不能做出一个既不要那么边缘,那么"地下",也不要那么旋律宏大,而是新主流电影,超越政治意识形态上的分歧,大部分人都能看的新主流电影,这样连续发表了两篇文章。这个新主流电影当时并没有获得很大的认可,再回过头看其实非常睿智,符合国际范围内冷战结束、国家范围内团结一致奔小康的社会心理，不纠缠于前三十年后三十年，它是一个和解协同之后大家都可以接受的方向。新主流，这样一个有文化征候背景的概念被提出来，特别是在某些电影当中得到大家的共鸣，是实践和理论术语很好的契合。

新主流电影首先是对三分法的跨越。我们有根深蒂固的关于电影的三分法——商业片、艺术片、主旋律，我对这个三分法的评价是很尴尬、没道理，但又非常实用。但是我们会发现，这个三分法在全球格局和中国的政治文化变化当中越来越捉襟见肘，越来越多的电影不能说它仅仅是商业电影，或者是主旋律电影，或者是艺术电影，而是越来越相互靠拢。我也归纳过主旋律电影商业化，主旋律电影越来越商业化的标志性作品有《建国大业》。以及商业电影主流化，这个最为明显的是香港电影，《十月围城》《智取威虎山》《中国合伙人》等电影拍得比内地导演还像内地导演，其实用性、敬业精神、票房至上还得尊重观众、把握市场导向的能力，绝对是超群的。还有艺术电影商业化，你也会发现，比如《黄金时代》这样的很艺术化的电影，同时采取了一种商业化的运作模式；再比如《白日焰火》《罗曼蒂克消亡史》这些电影也很难说仅仅是一个小成本艺术电影，有时候类似印记非常强，又有个人化的风格特征。当三分法越来越难以继续保持有效性的时候，主流电影这个概念应运而生。

第二，我认为新主流电影是在主旋律电影文化基础上对多元文化资源的有效整合。咱们现在的文化是宽容、多元、为我所用的，我们要有文化自信，拿来就用不要害怕，合适的继续保留，不合适的自然淘汰。我们以前讨论《湄公河行动》觉得一些情节非常夸张，如咱们中国军人、警察在海外如入无人之境，扰乱公共秩序，战俘吊在直升机上审讯，但是真正按照军纪，按照国际法、军法来衡量也是过于严苛。标准越来越宽容，观众越来越宽容，广电总局越来越宽容，只要这些细节政治正确，很多都是可以商量的。电影其实没有那么严重，电影不一定马上转化为社会行动，这里面隔了好几层，只要不违背法律，不跨越政治底线，充分发挥电影的娱乐功能、消费功能、游戏功能是没问题的。

第三，新主流电影是对主流观众的最大尊重。主流观众是平均23.5岁的小镇青年，也就是以在座大家为主的观众。同时观众当然不仅仅是你们，还有老年和中年观众。那么能不能有一种新主流电影老少通吃，实现合家欢？合家欢和新主流大片有点差异，合家欢电影偏喜剧，老少皆宜，特别适合国庆、春节档放映。新主流大片不那么喜庆，不那么喜剧，但是它有可能吸引最大的观众量。所以新主流电影在如何让观众最大化方面做了很多努力。《战狼2》之前的《建军大业》使用了大量的"小鲜肉"引起很多争议，甚至引起革命后代的愤怒，我们不妨宽容一些，成败暂且不论，这种努力是可以肯定的。至少他希望这部电影重新叙说、重新褒扬那一代人的青春性，老一辈革命家当年真的很青春，比你们还小。

另外，新主流电影的构成可以分为三大序列，或者说两大序列之后又出现了第三个序列。第一个序列我概括为"由内到外，主旋律电影商业大片化"。从《建国大业》到《建军大业》，它的主题"伟光正"，题材绝对"高大上"，政治正确，政治第一，尽量往商业化靠，经常请香港导演来拍，大量的流行明星来演，就是主旋律电影商业大片化这个路子。

第二个序列，"由外到内，商业电影大片的主流化"。《十月围城》是香港导演拍的，你会看到电影里面的香港世俗生活的主题——黑社会、底层社会等非常具有香港元素的那些文化，跟主旋律的主题进行了巧妙的嫁接；这些形形色色的香港底层人士为了一个宏大目标而努力，保护孙中山，开创共和国，香港电影做得非常巧妙。后来的《投名状》《风声》《叶问》《智取威虎山》把香港电影文化融入内地电影文化，或者说把香港电影文化形式、气质上的表象嫁接到红色文化的宏大主题上，做得非常好。不夸张地说，中国电影能够发展到今天，没有香港电影人的大量进入，没有香港电影文化和内地电影文化非常好的融合，是不可能达到现在的高度的。所以由外到内，由香港向内地进发。

第三个序列，以《战狼》系列、《湄公河行动》等为标志，突出当下题材和跨国性，尤其是军事战争题材。故事发生在国外，经常带有一种异域奇观性。故事内容往往是身怀绝技的特警人员在跨国执行任务，直接关系到国家形象，关系到国家声

《战狼2》海报

誉。这类作品打造国家形象,维护国家尊严,把表现爱国主题放在美国大片式的个人英雄主义的孤胆英雄上。故事取材于真实事件,跟全球化时代中国更多地介入国际事务,国际责任越来越重,国际形象越来越强大有关。

我们要在学术背景和新主流电影发展背景当中去理解《战狼2》。《战狼2》为什么出现在今天?绝对不是偶然的。《战狼2》的主要特点是家庭型电影,是好几种类型电影的组合。

第一个类型是个人化战争片,不像典型的战争片只有场面没有人。第二个类型是动作片,哪怕武器再好,最后的解决手段都是硬功夫。很多科幻电影也一样,不管拿着什么先进武器,到最后都是扔掉武器拿拳头打。从动作片的角度看《战狼2》的崛起有很多可以思考的问题,比如武侠电影。刀光剑影的武打电影最近有些衰落,而动作片硬攻硬、短平快的直接打斗更符合当下观众的接受心理。《战狼2》的崛起和它的动作片特征，是把古典香港动作片引向了现代化。坊间曾经有真实的故事，几大派系的宗师几秒钟被一个练军事械斗的人打趴下了，我们也不能乱评价，奥秘很多。但是我们现在的生活节奏快了，是不是更愿意看短平快的功夫片？这里蕴含着香港电影"变快"的新趋势。第三个类型是美式个人主义英雄电影。美国超级类型大片中的孤胆英雄很巧妙，突出他们脱离团队、桀骜不驯，为了正义敢于触犯纪律的一面，突出脱离体制、拥有更大的自由去维护正义的观点。从类型强化叠加的角度讲有这样三个类型基础。

总的来说，我们能够在《战狼2》当中发现很多似曾相识的类型元素、格局和模式；同时《战狼2》无法仅仅归于一类，它既融合又超越。有美国电影的味道，也有香港电影的味道，我甚至看到网上说《战狼2》是美国好莱坞大片加中国包装。导演吴京的经历也体现了一种融合，他生在北京、长在北京，到香港发展，从"被打沙包"到副导演、导演，吸收了中国香港、美国电影类型化运作的精髓，回到内地接触这么宏大的主题，最终成就了奇迹。

分析《战狼2》的情节、线索、人物关系之后发现它也有值得商榷的地方。第一个反思，它的民族性是不是过于强大？中国对于非洲人民是不是高高在上？这里面的人物关系设计非常巧妙。美国影片中的美国形象男性化，这和《战狼2》里的男性吴京肯定构成冲突。于是《战狼2》代表美国的医生女性化，女医生非常崇拜吴京，救了吴京的命，吴京也救了她的命。这就有效处理了美国的位置，实现了非洲阳刚、外向的表达。当然这样的电影拿到非洲推广很困难，非洲人看了不舒服。

处理敌人的方式也比较巧妙。《战狼》由演习转为实战；《战狼2》设计了一个国籍不明的"老爹"——白人恐怖分子但不是美国人，杀非洲人，女人也杀。如果说作为艺术作品的电影叙事在某种程度上可能是社会文化的隐喻的话，那么可以从国际关系的角度去分析。第一个是"犯我中华，虽远必诛"，是不是与中国和平发展的国际战略不符？前段时间在海宁我们有一个论坛，有几个老师在上面讲《战狼2》在自己家里面看看自嗨就好了，不一定要送到国外去，这种民族气节如此高昂的电影，在和平时代，非中华人民共和国的人看了会有一些不舒服。

第二个反思,《战狼2》获得巨大成功之后中国电影工业如何升级换代？如何打造重工业电影？中国的电影工业生产机制的合理性、完善性如何跟上中国电影的发展？前段时间中国电影陷入低潮,《战狼2》的突然崛起振奋了中国电影人的信心,大家都在探讨《战狼2》能不能复制？我认为是无法复制的。吴京在《战狼2》项目里身兼导演、主演、编剧和主要投资人等多重角色。一般电影顶多导演兼主演,或者参与一下编剧,吴京的身兼数职从工业体制完善的角度看不一定是好事,因为它是不可复制、不可持续发展的模式。比起《战狼2》56亿元一家独大的生态格局,五六部15亿元的电影构成的生态格局要完善得多。吴京和同时期的一大批新力量导演,我们应该关注他们的电影工业美学。我认为他们正在尝试构建电影工业美学,在他们的创作中力图处理体制内外、电影商业性和艺术性之间的矛盾。他们可能会努力尊重观众,非常注重网络化的多媒体营销,尽量把握创作自由的同时可能会服从制片人的安排,等等。在这些新导演当中正在践行的中国电影美学,是中国电影包括中国主流电影有序健康可持续发展的重要保障。这是从电影工业体制方面对吴京的《战狼2》所做的一些反思。

陈阳（中国人民大学新闻学院影视系主任）：陈旭光老师讲的内容,把这部电影的社会意义、文化意义和产业意义概括得非常全面。我从另一个角度讲讲。正好前段时间去俄罗斯,他们给我一个题目叫"中国电影在组织社会舆论方面的作用"。他们那边现在研究这一类问题的电影学者特别多,在那里看了一部太空大片,真能看出他们的历史来。以前太空飞船真的出现了一次事故,根据那个事故拍了一个大片,现在正在俄罗斯热映。

顺着他们给我提供的思路,我在俄罗斯讲的主题,有意思在哪儿？《战狼2》的崛起某种程度上是中国这些年被压抑的结果。电影中的主角跟美国女医生搞暧昧,恰恰表明被美国人所压抑。我给俄国人做了梳理,现实中有南海撞机案、使馆被炸、钓鱼岛争端、韩国引进萨德,中国人就觉得压抑。被压抑的情怀在这部电影中爆发出来,是中国人对抗假想敌的自嗨。吴京扮演的主角多勇猛,使馆被炸了咽了一口气,飞机被撞了咽了一口气,飞机失联了也咽了一口气,一口气一口气咽到现在。

陈阳发言

这部电影虽然不是政府行为、政府想法,但把住了中国人情感的脉。这种国家情感不是主流意识灌输的,而是中国在国际上遭遇的不公正和压抑的一次释放。我是从这个角度来看的。

我今天来,特别期待肖鹰老师在这里以人文学者的角度否定商业电影的论述。但确实这部电影某种程度上为国家、为主流意识形态起到了一次引导或者宣泄社会情绪的作用。人文学者在中国(国外的传统更加明显)一直以一种人文的立场批判商业大片的自嗨,因为这种自嗨不顾及事实真相,不具备真实性或现实主义特点。自打电影诞生以来一直是这样,一些人自顾自地发展电影工业,另一些人从人文角度不断批判自嗨性或者想象式的满足。

但是它也提示我们电影整体的生态环境的问题。一方面,出现这样的商业大片是中国电影的一件幸事,因为毕竟有那么多中国人喜欢看中国人自己生产的电影,希望这样的影片越来越多;另一方面,像《百鸟朝凤》这种有情怀的电影遭到冷遇。

实际上去年《百鸟朝凤》上映期间发生的方励下跪事件和北大艺术学院有直接的关系。第一天在这里大家把他说嗨了，第二天一看新闻他居然跪到那儿了。没有第一天大家对他的鼓励，也许没有第二天晚上下跪的行为。方励有那种情怀，而且是性情中人。

在这样的环境下中国商业电影不断进步发展，确实香港导演熟练的商业片手法对内地本土的商业电影有巨大的帮助。这样的格局下有思想的、面对现实的电影怎么生存？因此批判《战狼2》的时候背后更多的是人文学者的焦虑。接下去会怎么样？现在不好说。

从另外一个角度讲，"犯我中华者，虽远必诛"，我看了也觉得有点心惊胆战，这叫唯我独尊，某种程度说它确实是爱国的，但另一个问题是什么叫犯？什么叫虽远必诛？人家非洲那么老远哪里犯着你了，这个问题最容易引起争议。这些都是次要的，因为只要整体方向上不错，出现这些问题都是正常的。

我特别补充的是电影对于国家舆论的影响这一方面，我觉得在组织社会舆论、组织社会情绪方面，确实有它独到的地方。

陈旭光：你说的是电影迎合了这种舆论，还是电影出来以后激发了它？

陈阳：一方面是迎合，另一方面也是激发，激发导致的结果，可能肖鹰要更加严厉地批判。

左衡（中国电影艺术研究中心电影文化研究室主任、副研究员）：我在"战狼"事件前后，遇到各种声音、各种事情，有些事情是永远超出我们学术圈想象的，现实永远比理论丰满得太多。《战狼2》上映的时候我们开过一次研讨会，当时解放军艺术学院的一个老师约我写一篇稿子，我说好，《战狼1》我写了，写《战狼2》也没问题，但因为各种事情一直没有完成。也好，因为说实话写的话我不知道该抓什么，它是一个特别大的东西。关于《战狼2》的解读，各种行当大家分歧比较大。我当时请几位老师开一个会，几位老师明确地说我不来。他们会说，左衡你是了解我的，这个片子我肯定不说好话，你也为难，我也为难，索性我就不去了。

我在网上看到一篇帖子。商城里的一家电影院，电影散场后，扶梯停了，只有

左衡发言

坐直梯。这个时候观众比较多,深夜了大家挤直梯,就两部,那么多人,突然有一个男士在后面高声建议说:"女士和孩子坐电梯,男士跟我去走楼梯。"然后男士们跟他走楼梯了。这个帖子在我的脑子里一直挥之不去。《警世通言》的序当中有一个小段子。有一个厨子,不小心拿菜刀把手切伤了,没有喊疼,别人问他:"你怎么不喊疼呢?"这个人说:"我刚刚从玄妙观里听了《三国志》,关云长刮骨疗毒且谈笑自若,我为何要喊疼?"这就是说,通俗文艺会对大众产生一种道德感,是一种非常神奇的力量,而它对一些高冷的学者可能不会起到任何作用,但是大众会受到影响。

另一个段子我给任何人讲大家都会笑得前仰后合。我给《战狼2》的出品人讲,那个人愣住了,居然有这种事。我在贵州遇见过一个乡镇综合办的主任,他经常出现在拆迁现场。今年暑假请我喝酒,问我是不是和《战狼2》剧组认识,我告诉他因为开研讨会接触过,他说能不能帮他要一件吴京导演签字的《战狼》T恤衫。我说你作为一个经常出现在拆迁现场的人、影片剧情当中被冷峰一脚踢飞的人,你穿了这件T恤衫出现在拆迁现场,不觉得这个景观很奇妙吗?这个人非常认真地保证说,我拆迁的时候绝对不穿,但是我真的想要一件T恤衫。我说,那你以后拆迁的时候得考虑考虑再下手。我把这件事情告诉给《战狼2》的出品人,他说没想到拆迁的人也喜欢这部影片。我们馆里面有一个老师,当然是看不上《战狼2》的,当他听说里面有把拆迁人员一脚踹飞的镜头后,竟然去看了。多久以来中国老百姓没有对恶霸踹上一脚的机会了,我突然意识到乡镇综合办的主任和我们的高冷学者之间,在这件事情上是可以达成认同的。

还有一个贵州师范大学数学系的博士,看完《战狼2》后非常激动地写了一封信,托我想办法转给吴京导演,信的名字叫"试论吴京导演对我的影响"。里面写的是他小时候看了吴京的很多电视剧——在乡村里吴京一度是一个霸屏的人——放牛的时候学吴京的各种动作,头摔伤了被全村的小伙伴嘲笑,他决定要用另外一种方式证明自己是可以追求理想的。我说你这篇文章缺少一个转折,就是理想怎么从功夫变成了数学博士,但是他认定吴京是他——一个山村里面放牛的孩子找到的理想投射物。大家知道这两年有一部小说在网上一直被争执好还是不好,叫《平凡的世界》。知识分子说这部小说真的很平庸,乡镇的文学干部都可以写出来。但这部小说对于大多数出生于四五线城市或是乡村的苦孩子来讲,尤其是小说刚问世时对于那个年代的人来讲,相当于精神圣经。第一我可以读懂,第二我认同,第三它告诉我有一种东西叫作理想。然后我意识到,《战狼2》这部影片56亿元票房的背后,大多数是来自这样的一种民间大众的支持。因为我身边很多学术圈的朋友对这部影片评价不高,我个人对这部影片说实话从艺术上来讲评价也不高。我认为《战狼》在成熟度上,在自然流畅等方面是比《战狼2》好的。一个年轻朋友还说《战狼2》是B级片,充满了直男气息,不可遏制地打打杀杀,但是大众喜欢。我的意思是说,大众很多时候意识不到我们会关注到的那些,比如影片在价值观、历史观、世界观、艺术观,包括审美趣味上的更加精致的追求等。对于大众来讲,过瘾的饕餮是第一位的。我去贵州碰到很多朋友是两刷、三刷,抓住自己的家人去刷。有一个开超市的老板看完以后一激动——这个超市老板平时比较小气的——二话不说组织

《战狼 2》剧照

自己的员工下班去看。其实在贵州三线城市的电影院里面，看完以后一上字幕观众基本都会被轰走，这个老板一定要求自己的员工在上字幕的时候打出条幅"某某超市包场观看"。它是一种完全自发的民间意识。

我问电影局的朋友，你们有没有想到票房这么高，电影局说谁想得到啊。票房到达 30 亿元的时候，我说你们现在认为这个票房会停在多少亿元上面，他们说不好说。因为当时要开《战狼 2》研讨会，要请《战狼 2》方面的人来，尽量请吴导来，我说你们公司现在对这部影片的票房预估是多少，他们说跟你说实话，我们公司开过会，票房如果到达 13 亿元左右，各方面就能交代过去。因为当时保底是 8 亿元，如果票房到了 8 亿元发行方北京文化不赔，但是只有到了十二三亿元之后，几个投资方才能真正赚钱。因为影片拿到公映许可证比较晚，时间上各种改，所以当时各种宣发其实做得并不充分。他们预期说 13 亿元就可以了，15 亿元他们就笑了，结果现在到了 30 亿元。我问你们自己觉得可以停在多少亿元啊，他们回答说，说实话现在想的不是停在多少亿元上，想的是下一步要如何拒绝朋友们递来的钱。

我突然想到一个问题。《战狼》的时候有南京军区的支持，《战狼2》则没有。我说关总你们嘲风的 LOGO 设计得挺农业重金属啊，他回答说，因为是民间资本，没有一分钱官方资本。好多人问是不是茅台赞助《战狼2》了，出品方还专门辟谣说没有；北京汽车也没有，完全民间。为什么？一方面大家都没有想到《战狼2》能赚这么多钱；另一方面军方八一厂曾经想过合作，但八一厂进入的话，现代军人在海外的形象有大量的禁区和钢丝要走。比如为什么一上来就踹拆迁的？因为撤侨行动只要是军职就干不了，只能以民间老兵的身份干这件事。编剧在这一点上要加分。这有点像我们当时派遣志愿军去朝鲜，不能叫中国人民解放军，只能叫志愿军，这是政治的东西，要符合政治正确。很多人认为这部影片是根正苗红的主旋律，其实不能这么说，这部影片是民间观众的观影心理和民间资本的一个合谋。大家达成共识，这是一个非常有趣的事，背后为什么会产生这样的化学反应？这是后话，但是我们得讲清楚民间资本。我请吴京开这个研讨会，吴京后来通过他们的人给我传话，说左衡老师我确实来不了，但是我已经给广电总局以及北京电视局的同志们讲过两次党课了。这个太精彩了，背后各种故事精彩到比《战狼2》还精彩。这样一个民间的、资本的表述，得到了国家层面的高度认可。《战狼2》是在 7 月 28 日上映的，和《建军大业》同一天，差了几个小时。两部电影都有中国军人的形象和对中国军队历史的表述，有意无意都在做这件事，最后的结果差别很大。一块"老腊肉"的价值在于他比"小鲜肉"更加坚硬和阳刚，中国电影中的男性形象缺少这种阳刚。吴京已经 43 岁了，算"腊肉"级别了，把一众"小鲜肉"的票房抢掉了。

在上海电影节期间，阿郎老师看到我，说我给你讲个段子。前几天他参加一个影迷活动，有人说阿郎老师你是不是跟左衡比较熟，他说是啊。然后那个人跟他说，你跟左衡说，我以前认为左衡这个人还行，后来左衡上电视说《战狼》好，从此对他"粉转路"了。我说没有办法，我也不能为了让别人"粉"我，说违心的话。我这个人比较直男，吴京阳刚的东西我是喜欢的。有一次我跟吴京公司的人说，网络上有卖龙泉刀剑的厂家，有一次我突然看到一张图，写着吴京《杀破狼1》里面使用的同款刀现在特价优惠多少钱，这个事情得到吴京的授权了吗？他们公司的小朋友特别可爱地说，左衡老师我明确给你讲，这些年我发现了很多跟吴京导演相关的商品，跟我们公司一分钱关系都没有。包括《战狼2》上映后，电影里面的同款子弹玩具，很快广州小工厂就做出来了。我对他说，很多朋友想要你们公司出的同款纪念子弹玩家，他说公司到目前为止还没有开发这款产品，准备开发。我说你们不用开发了，广州已经开卖了。在网上你可以看到各种各样的动图，其中一幅叫"吴京打采"，第一个镜头是吴京在《杀破狼1》中一个空翻一刀挥下来，第二个镜头是《小时代》里郭采洁被杨幂打脸的镜头，两个镜头接在一起，下面出现四个字"吴京打采"。这件事已经被充分地全民娱乐化了。《战狼2》56亿元票房发酵的过程是从7月底到9月。我听到消息，他们公司当时有点谨慎，想在8月28日上映一个月后见好就收。结果收不住了，院线方不干，一开始让我排片时你可是要求越多越好、越长越好，现在好不容易我开始分红了，你让我收？因此只能一直排下去。

　　《战狼2》这件事可能离我们太近了，刚才陈老师说已经过去了，但我感觉还没有过去。吴京导演现在本人正在好莱坞，因为马上要上"金球"和"奥斯卡"，他要做各种公关、各种演示，证明这部影片是好的。影片中在非洲墓碑上出现的不是中国士兵的名字，其实在我看到的最早版本上，写的是中国维和战士的名字和死去的年份。很多外国人不知道在非洲还有中国士兵，怎么办？导演只能用后期技术把墓碑上的名字改成中国医生，而且医生的出生身份是中国开始援助非洲的年份。他把中国和非洲之间的历史，用非常小的镜头一闪而过。他想向世界说明，其实我的片子里不只是杀人，只不过这个故事没有讲好，被一镜到底的海底长镜头，被动作上的追求很大程度上稀释掉了。他也想表达中国文明，但来不及，这是一部匆匆而过的影片，也是我们看影片时特别累的原因。我说你能不能加一分钟文戏，他们公司告诉我，左衡老师你知道吗，这部影片粗剪出来能看的一版是四小时，然后一点一点变成两小时；死磕下去很多精彩的东西，把不精彩的东西拿回来，因为需要。

《战狼2》海报

整个过程就是违背科学和理性的表达。我始终在想，如果若干年后我们真的以一个平和的心态再聊这件事，会是怎样一个情形呢？我跟吴京导演见过一两面，我问他："你真的那么爱国吗？"他说："我真的爱国。"那这些情感是从哪里来的？他是旗人后代，家里一直认为是正白旗，有一个亲戚说他家是镶黄旗，这让他产生了身份的混乱。这件事本身就带有隐喻性。他认为他是谁？他的家人认为他是谁？大众又认为他是谁？小时候，家人经常煮了面条后对他说，把这碗面条送到某个邻居家去，那家人穷，你先送过去，回来再吃。他说，我从小接受这样的教育，我不是讨好谁，我确确实实爱街坊邻居，爱北京，爱国家。脑子里突然想起另外一个旗人写的《茶馆》里的经典台词：我爱大清国……可谁爱我啊？会有这样一种情绪在里面。当吴京确确实实试图去创造一个角色的时候，仍然在无意识当中会把他本人的价值观、对功夫的理解都放到里面。

陈旭光：我发现左衡老师今天对我们讲的，与受广电总局委托开会时讲的可不太一样，所以很难得。他差点用出"撕裂"这个词，这里面有没有底层普通大众的民族情节与高端人文知识分子的博爱或全球意识之间的撕裂呢？在座的年轻人，你们的观感是什么？你们最直接的感受是什么？

陶赋雯（院外旁听）：吴京遇到了一个最好的时代，时代当中有五种叙事。

第一个是传统叙事。可以说"9·11"之后，后"9·11"时代国内电影有很多反恐叙事，但在中国一般是实现不了的，国家不允许有这样的事端发生，所以我觉得无论是《湄公河行动》还是《战狼2》,选择在金三角地区或是非洲,我认为它选择的是有政治不确定性和不易引起国际纠纷的场合,来宣扬我们的中国英雄,比较符合反恐叙事的表达。

第二个是身体叙事。我是一名"80后",在"70后""80后"的记忆当中,吴京出道时是一个功夫小子的形象,而且又是一名打星,再往后他走到好莱坞或者港片叙事当中,经常扮演的是反派的二号人物,只是打得比较精彩,但一直没有树立起一个民间形象。吴京现在40多岁,他不是一个拿着保温杯的油腻大叔形象,跟我们以前所对应的银幕硬汉形象是一样的,我们认识的史泰龙、施瓦辛格、肖恩·康纳利等,都是在大叔的年龄开始硬汉模式的表达,所以吴京遇到了这样一个时代。

第三个是他处在一个游戏叙事的表达中。我非常向往"70后"的生活,因为作为"80后",在还没有到看《红楼梦》原著的年纪,我先看了电视剧。而"90后""00后"所处的是游戏思维和屏幕思维的时代。这部影片里有游戏攻关的性质,设计了两层减咒模式,我们知道人物情节线一开始是找前女友的模式,后来进入更大的叙事。当中像一个攻关者不断攻克一切难关,最后跟导弹、坦克游戏性地表达在一起。

第四个是情感叙事。以前我们经常看到邦女郎、龙女郎,那些影片当中只是展现蛇蝎女性的形象,或者一种情感的不确定性,邦德片子每一部都换不同的女郎。这部影片我们看到的还是一个传统的亚洲式男人情感的表达,就是专一深情,龙小云是他第一段感情,第二段感情是磨难深情,所以我们认同他后面和那名女性的结合。

第五是大国叙事。正好赶上了中国崛起这样一个话语,因为我是做日本当代电影研究的,日本曾经拍过两部片子,一个叫《日本沉没》,假想日本遭遇火灾、地震要沉没,它向世界各国发射信号请求支援的时候别人迟迟不理,讲的是对自己的反思。日本人又拍了一部片子叫《日本之外沉没》,让那些好莱坞的明星、各国的政要逃难到日本国渡过世界的危机。虽然提到"犯我中华者,虽远必诛"是英雄叙事,其实在日本当代,我看到电影中的英雄更多的是胆小鬼、普通人,这与我们国家的崛起、日本人看起来的"中国崛起威胁论"有着对应。

陈旭光：很好，很精粹，一下概括出了这么多的叙事。

国玉霞（北京大学艺术学院访问学者）：我赞同刚才陈老师说的多元文化混合在这部片子的价值体现中，赞同陈阳老师说的情感宣泄，也赞同左衡老师说的包括吴京个人形象在其中的魅力。这部片子在宣传的时候打出了"燃文化"的概念，我想从燃文化助力下的中国故事这个角度谈一谈。"燃"是2016年的中国网络热词，引发了燃文化的潮流。燃象征着生机、热血、阳光、追梦、正能量、不断拼搏、永不言败，其实这和我们的主流价值观是很吻合的。燃文化对应的是丧文化，比如说"葛优瘫"、颓废、消极、麻木、自嘲、负能量。很多学者批《欢乐颂》当中的丧文化。从某种意义来看，这部片子也迎合了很多中国观众，尤其年轻的网络群体对原来的丧文化的宣泄或者平衡。

第一，这部片子中的中国青年形象很燃，吴京在这里热血轻狂、勇于担当、孤胆英雄、得胜归来；片子中融合了中国功夫叙事形象和好莱坞叙事形象，还有吴京的个人魅力。吴京本身就是一个从底层逆袭的人，他恰恰迎合了大众或者底层群体逆袭的愿望。另外他是有实力的，大家很认同他的角色，这也是对他情感认同的一部分。很多人评论吴京的底层角色形象有亲和力，代表了中国青年形象。

第二，这部片子表征的中国功夫、中国力量、中国自信、中国主体，也就是中国国家形象很燃，有主流价值观的体现。当然它也是对网络上被妖魔化的中国人形象的反驳。网络论战中网友的爱国心，是将网络青年文化价值观和现实中的主流价值观实现了一种同构。

第三，中国是召唤点燃，借助痛点来点燃。就像陈阳老师所说，《战狼2》里面恰恰表现了中国当下现实中的一些痛点，强力拆迁、老兵、华人在外、恐怖主义等。借助这些痛点激发观众强烈的不满，然后达到宣泄的目的。尤其最后一个镜头中国公民的护照，恰恰像集体召唤，在中国公民中召唤一种文化认同。

整个片子最终实现了主流文化和非主流文化，或者说国内青年文化的融合，以及中西文化的融合，也实现了神话功能。另外一个角度是牺牲，牺牲和拯救的模式，

《战狼2》剧照

叙事里面有个人价值和主流价值之间的一种断裂。这样一部片子让我们看到中国主流大片难能可贵的尝试和改变。至于其中吴京的个人魅力是不是占很大因素,片子换别人来演就无法复制成功了吗?这是值得思考的问题,片子成功是因为吴京,还是其他方面的原因都有?综合来说,燃文化之下需要思考的不只是这部片子本身,还有片子引起的狭义的爱国主义现象,以及理性爱国的回归。只有这样才能让中国主流大片将来上升到更开阔的层次。

陈旭光:不知道对《战狼2》的受众有没有调查?原来比较丧的人看了这部电影之后燃起来了?你刚才说的小镇青年底层,他们燃是没有问题的,难道把宅男也燃起来了?

左衡:我暑期做过一个电影满意度调查,《战狼2》的分数在暑期档是第二,燃起了宅男和受丧文化熏陶的观众。不过目前我国的电影调查还没有这么精细。

陈旭光:王一川教授提出过一个特别好的观点,好像是说,恰恰是这些人民族意识非常强,很容易产生一些非理性的冲动。

左衡:宅男是有可能的,真丧的人看什么都没有戏了。美国也出现过很丧的影片。

《战狼2》剧照

翟文（院外旁听）：我站在局外人的角度说一下。首先你谈到了拆迁办和护照是不是对民众潜移默化的导向问题。前段时间有人亲自在自己的护照上写了字，结果边防检查给扣了。这种模仿跟小孩模仿警匪片、战争片一样，好的模仿我们应该倡导，同时也要冷静地去思考坏的模仿的影响。

这部影片展现出我们国人大无畏的精神。抗日战争剧宣扬的是正义方面的，《战狼2》宣扬的是国内和国际方面的，都是中国人的无畏精神。电影的民众性和国家政治性怎样很好地融合在一起？虽然你谈到了民间资本受到国家的认可，这种认可是不是因为迎合了国家目前的强军形势？不管是目前发生在国内还是国际上的事情，通过影像讲述这些事情，民间资本契合强军战略，实现了在国际上中国与别国的民间意象交流。和政府间的行为相比，这种民间的文化动向更应该引起国家的思考。

左衡：第三个问题，民间资本对影片项目的认可，上映以后再得到官方的认可，这个认可的交合点是针对影片或者这样一个娱乐产品的，而不是更深的层面，各方无意去做太多的解读。这部影片上映的时候曾经有过这样的声音，说是不是激发了中印边境紧张局势。就我所做的调查，我碰到的观众大多数不会在这件事情上产生联想，这种事情是需要做调研的，是没有办法做理论的。

翟文：电影的导向会不会引起他们的模仿？尤其好多以前的电影，比如警匪片，小孩的这种模仿。

左衡：在警匪片或者电影暴力的问题上，在中国我们目前没有看到官方的数据。但是20世纪30年代美国强盗片类型最热的时候，曾经有过学者和警方的数据，美国社会的犯罪率，尤其青少年的犯罪率并没有增长。从美国的案例来讲，其中是没有必然联系的。至于在护照上面写字，这个锅该谁背呢？这是一个问题。

翟文：电影的民众性和国家的政治性怎么融合呢？电影要走向世界，要穿插人文情怀，要实现中国和其他国家的交往，不仅仅局限于我们国内的自娱自乐，这里面存在着民众性和真实性的问题。

左衡：这个问题恰恰可以结合我们的主题"新主流电影的路向"。你刚才说到要想办法走向世界，不仅仅走向国内，如果走向世界该是什么样子？有一个视频，内容是吴京和范·迪塞尔两个人一个说中文一个说英语，因此有人传下一部电影这两个硬汉——好莱坞最红的硬汉和中国最红的硬汉——可能会合作。我比较好奇这种合作，而不是像甄子丹、吴亦凡、吴彦祖与好莱坞的那种合作。以吴京的个性，他和好莱坞合作的电影可能会回答你的问题。

陈旭光：有可能的话联合完成国际反恐任务，叙述主体核心不一定立足中国，而是中美联合这样的一个视角。而且以后合拍片越来越多，合拍片进来以后新主流电影会有新的走向。

左衡：吴京是《战狼2》的主要投资方，美国资本如果在合拍片项目里占到一个比例之后，肯定会反过来要求主人公的设定和背景，会很有意思。有时候是资本或者市场这样一些很俗气的商业上的东西，使得我们人类走向一种更加宽容、更加合作的局面，虽然这显得有些吊诡。

陈旭光：有时候资本决定地位，像中美合作的《长城》，谁是主投方？有时候中国老板仅仅是投了钱，可能话语权还是在对方手上，投钱的仅仅是山西老板。合拍片方面，前几天我们几个人还讨论了合拍片该怎么拍。"长城"这个公认的中国文化符号在里面打了酱油，张艺谋一点话语权都没有。最近的《决战英伦》也有点看不懂了，成龙的戏份非常重，是绝对的主角，又是小说改编，把中国功夫和西方政治黑帮电影结合在一起，主要还是政治黑帮。一方面值得高兴的是中国演员不是打酱油的，是重要的主角；另一方面里面好像也没有太多的中国文化，中国自己的东西丢失了，所以在国内的票房不好，中国以外的票房还不错。所以新主流电影路向的合拍片，中美合资或者中外合资也是一个问题。后来赵卫平说投资应该平均，大家都差不多，投资差不多，在里面的话语权也差不多，不能完全偏重哪一方。

左衡：如果有钱，我绝不会与你平均。你多出钱，我听你的；我多出钱，你听我的。股权各占50%的活没办法干。

王潇潇（院外旁听）：我在北大旁听。我想以一个观众的角度，包括半个电影人的角度说一下我看这部电影的心路历程。我是"十一"时看的这部片子，没有看之前有两个选择，一个是《建军大业》，一个是《战狼2》。我是抱着非常高的期许去看的，看完后我发了三条朋友圈说了我的想法。一条是拿这部电影和成龙电影以及《湄公河行动》进行比较。《湄公河行动》是中国主流电影里面最好的，《战狼2》没有办法和它相提并论，连成龙电影也比不上。这部电影非常明显地学好莱坞套路，学得有点东施效颦。包括电影里面很多叙事没有讲清楚，这也能解释左衡老师说的粗剪四小时、最后两小时，叙事完全不搭了。这部电影真的不怎么样，包括特效方面成本很小，没有多少钱，发了朋友圈以后一大堆人狂轰滥炸，说你有没有水平啊。

我发的第二条朋友圈，分析了票房为什么那么好。我说"星星之火，可以燎原"这句话不仅从军事上来讲，而且从电影上来讲都是绝对正确的。也就是这部电影是靠二三线城市驱动票房，而不是靠一线城市。包括以后制作电影，我们也需要思考，在票房上怎样让"高大上"的东西接地气。我前两天看了电影《看不见的客人》，太好看了，中影已经开始引进这种片子了。我希望未来能多拍类似于《看不见的客人》这样的电影。

《战狼2》剧照

第三条朋友圈我表达了一种妥协。因为我的家人，我姥爷、我妈妈都是外交官，我妈妈还参与过叙利亚撤侨。看了这部电影，作为一名外交官的家属，我感觉特别光荣。我身边的朋友，有的是军人，有的是外交官，他们看了电影后也会关注一些政策上的问题。从社会属性的角度讲，一部电影不仅要有讴歌，还要有反思。

于文涛（院外旁听）：《人民的名义》和《战狼2》是我今年特别喜欢的两部影视剧。今天的主题是《战狼2》与新主流电影大片的路向。《战狼2》中涉及了政府管理、人性人权，《人民的名义》中涉及了反腐败，我想这其中也包含了当代影视剧的某种新路向。另外，听了陈老师的讲解后，我发现《战狼2》中也包含了很多的电影审美的新路向，希望能够听到各位老师关于这方面的见解。

陈旭光：因为时间关系，审美的问题我们以后再讲，今天还是要集中。咱们是一个主题很集中的沙龙，电影的审美以后有机会再讲。

白浩然（北京大学艺术学院硕士研究生）：今天我们讲的是中国新主流电影大片，

对比我们以前说的主流电影,多了两个词,一个是"新",一个是"大片"。但是"新"和"大片"给我这样的"90后"带来多少观赏的愉悦呢?这部电影我在影院看了两遍,有一些失望的地方。比如说"犯我中华者,虽远必诛",让我觉得中国发展了几十年,我们在内容上还是原地踏步。我们现在强调"主流"这两个字,是不是封掉了中国战争片或者军事题材片的底?我非常喜欢泛军事题材或者战争题材的电影。战争有边界,是泾渭分明、水火不容的,但是战争片的魅力在于突破这种界限,而达到人性上、价值观上的世界性统一。我觉得《战狼2》中战争的部分占了很大的比重,但在世界性的统一上有所欠缺。我觉得我们还是在强调主流电影,只不过是用了一个新的形式。这样在电影内容上能带来好的改变吗?另外,我们的电影政策大都是一方面强调主流,一方面强调商业。新主流电影大片的论述,是否会给人一种"这是一个非常好走、符合现在态势的路子"的感觉,这会不会造成一些不太好的影响?

陈旭光:这个问题提得很好,提出了很多隐忧。有时候国家层面、理论层面的倡导,会损害生态的丰富性和类型的多样化。军事战争题材为了主流可能丧失很多人性的东西,比如说反战。这方面陈阳老师是专家,大家可以比较一下中国和苏联的战争电影,虽然背景都是战争,但苏联的战争电影表现的是人在战争环境下的痛苦失落、个体伤感、个体被毁灭这些内容。你的问题提得非常好,我们是要反思。我们说主流的东西嗨起来了,里面丰富细腻的东西都没有了,变成仅仅是硬汉和打打杀杀。关于中国电影的生态,我有一个设想,要有两条大鱼,一个是新主流电影大片,因为它毕竟体量大,还有一个就是合家欢电影。但是在两条大鱼下面应该有大量非主流的、很精确地瞄准几个层面的影片,比如瞄准丧文化、各种青年文化、社会各阶层文化和大量的类型电影。没有这种丰富性,孤零零的新主流肯定不行,你这样的思考和担心是对的。

左衡:不知道诸位如何,我现在看电影有一个非常强迫症的视角,就是它的真实感到底怎么样?电影如果丧失了真实的东西是很难办的。前几年出现了纯形式的或者纯幻想的电影,现在看不到它们下一步的高潮在哪里了。包括《三生三世十里

《战狼2》剧照

桃花》里的幻想情景，非常自信可以拿多少票房，观众却并不买账。另一方面，为什么要真实呢？一碰到真实大家就会说，选题是不是跟现实有关？表现是不是够现实主义？或者有没有在现实主义上面下功夫？我们看好莱坞，能够在一部超级英雄大片中拍古巴危机、巴黎会议、集中营，但细节上能够让我相信。看中国很多根据真实事件改编的电影反而完全不信，比如《暴雪将至》，段奕宏获得东京影帝的电影，是一个发生在湖南的故事，在湖南选景，但所有人一张嘴就是标准的北京口音的普通话，我没法信啊，我怎么进入那样的情境呢？很难受。比如说现实主义，如果你理解的现实主义就是政宣似的现实主义，那就是坏的现实主义；现实主义意味着对真实，对光、影、声、色等一系列因素的起码尊重。这可能又带来了美学的问题。我最近经常被同事们嘲笑，因为写了《十八洞村》影评。《十八洞村》里面有很多不真实的地方，但是它的很多镜头拍得相当好。这就是一个很矛盾的事情，我个人的想法是电影要回到基本功上来——电影是什么？电影和真实的关系是什么？现实主义又是怎么回事？说实话我觉得现在很多中国电影，包括在国外得奖的影片，中国老百姓一看说这个"不中国"，外国人一看说"太中国"了，其实是与中国人的生存状态不相符。我们自己拍的东西到底真不真、好不好，我们的内心里难道没有一杆秤吗？

现场提问与交流

陈阳：主流大片应该面向更多人类的责任、道德、境界等，就像战争片不是一个简单的谁胜谁负的问题。按照新主流大片的标准，《战狼2》确实还有很多需要调整的地方。如果真的把它确定为新主流大片，那么它确实应该更多地考虑战争、道德、责任等人类的基本价值准则，而不是简单的"犯我中华者，虽远必诛"。

左衡：觉的十九大的讲话里讲到了学术民主和艺术民主，所以未来的路还是很宽广的。

MMIA（院外旁听）：前几天我听了肖鹰老师的演讲，觉得在座的三位老师都好温和。我很赞同肖教授的说法。这部片子给我的感觉是，如果不考虑票房以及媒体炒作的话，就是一个中上等的影片。说它多好也没有，说它多烂也没有，但它确实"德不配位"，是很一般的片子。我相信吴京导演也应该不会想到电影会有50多亿元的票房，而且在全国范围内带动了一个热潮。其实我不认为它很燃，也不觉得它很新。电影宣扬的是什么？我们是中国人，我们不被欺负了，我们很强大。我认为这跟样板戏年代的电影没有什么区别。《敦刻尔克》这样的战争片会带给人一种思考：战争是什么？它带给我们的是什么？我们的思想是怎样的？看完《战狼2》，我的感觉是有一种灌输性的东西在里面。模仿好莱坞的模式是没问题的，因为好莱坞的画面和故事值得我们去学习；作为新导演制作粗糙也没问题，问题是要粗糙到什么程度。很大的一个问题是舆论，网络评论似乎是一边倒的很燃、很棒，很难听到其他的声音。总之，我觉得这部电影与真正的新主流电影还有距离，当然画面、打斗还算漂亮。

陈旭光：新主流的"新"，是要把各种文化都容纳进来；代表国家的、代表民间的都要有，这样才能真正称之为新主流。这需要充分的协商，有时候还需要妥协。平心而论，我们已经过了那种东西方对立、敏感于"是不是你欺负我了"的时代。当然，在表现国富民强等方面，电影不一定非要那么敏感，还是要平和一些。

左衡：我有一个朋友认为，《战狼2》是B级片，还没有到达大片、巨片的程度。那么它到底有没有往B级片的方向走呢？有时候我会想，难得有一个情商高的导演，别逼着他真的往B级片的方向走，还是要好好聊。我们三个人温和是好事，激烈是容易的，但更重要的是大家一起想办法，让电影变得更好一些。

陈旭光：这是一个应该容纳各种声音、容纳各种差异的社会。今天两位老师精彩的见解，包括同学们发出的不同的声音，我觉得很好，让我们对《战狼2》，以及《战狼2》所引发的现象和背后的各种因素都有了更加深入的理解。难得的是，我们北大的同学们保持着独立思考的精神，努力发出自己的声音。我们共同推动着社会的和谐发展，也希望新主流大片越来越好，真正无愧于"主流"二字；希望《战狼2》不是一个孤立的现象，以后也不要成为一个孤立的案例。今天的沙龙就到这里，谢谢大家。

整理：孙茜蕊

第五讲

当代中国影像的诗意表现、历史想象与"中国学派"问题

——《不成问题的问题》《妖猫传》研讨

主持人 陈旭光

主　讲 高　原　李诗语

嘉　宾 赵卫防　吴冠平　李道新

编者按

2018年6月14日下午，由北京大学艺术学院、北京大学影视戏剧研究中心主办的北京大学艺术沙龙第9期、北京大学"批评家周末"文化沙龙第41期活动《当代中国影像的诗意表现、历史想象与"中国学派"问题》于北京大学红六楼举办。活动由北京大学艺术学院副院长、北京大学影视戏剧研究中心主任陈旭光主持，北京大学艺术学院博士研究生高原、李诗语主讲。同时邀请中国艺术研究院影视所副所长赵卫防，北京电影学院教授、电影文化研究院执行院长吴冠平，北京大学艺术学院教授李道新担任点评嘉宾。北京大学访问学者、博士、硕士研究生等数十人参加了对话活动。

本期沙龙从《妖猫传》《不成问题的问题》两部影片入手，对近年来中国电影所展现出的艺术自觉、美学自觉等现象进行了探讨。结合电影工业制作、中国美学理论、中国电影传统等对两部电影进行深入剖析，挖掘其背后所呈现的美学趋势，并针对中国美学的特征、"中国学派"的构建等问题展开了激烈探讨。

活动海报

陈旭光（北京大学艺术学院副院长、北京大学影视戏剧研究中心主任）：老师们、同学们，大家好，今天是艺术沙龙第9期、北京大学"批评家周末"文化沙龙第41期活动。我们的论题是两部影片——《不成问题的问题》和《妖猫传》，它们都是《中国电影蓝皮书2018》中高票入选的电影。虽然从某种角度来讲，这两部电影相差十万八千里，但是它们又都跟中国现实、中国民生以及独特的历史文化想象相关，因此我们把它们放到一起讨论。今天的主讲人是《中国电影蓝皮书2018》中这两个案例的主笔、我的博士生李诗语和高原。这次的嘉宾阵容非常强大，有中国艺术研究院影视所副所长赵卫防，北京电影学院教授、电影文化研究院执行院长吴冠平，还有我们北大艺术学院的李道新老师。其他参会的朋友都是我们的博士后、访问学者和研究生同学们，等发言的时候再逐一介绍。首先有请第一位发言人高原。

高原（北京大学艺术学院博士研究生）：老师们好，同学们好，我给大家带来的是《妖猫传》的影片分析。

（一）《妖猫传》案例简介

简单介绍一下这部电影。它于2017年12月22日上映，导演陈凯歌，原作日本作家梦枕貘，编剧王蕙玲，摄影指导曹郁，主演黄轩、染谷将太等，该片由新丽传媒股份有限公司、角川映画、英皇电影、二十一世纪盛凯影业共同出品。

1. 原著小说。《妖猫传》改编自日本作家梦枕貘的小说《沙门空海之大唐鬼宴》。用陈凯歌导演本人的话来说，梦枕貘是一个唐痴，他非常喜欢大唐，所以这本小说写了十几年才完成。同样热爱大唐的陈凯歌看到这部小说后，就觉得这是一个非常好的题材，于是新丽公司就开始了立项与洽谈版权等工作。

虽然梦枕貘在日本名气很大，号称"日本魔幻小说超级霸主"，但《沙门空海之大唐鬼宴》这部作品在他的整个创作中并不是一个大IP。他最为知名的作品还是《阴阳师》，该小说已被改编为电影、电视剧，还有前一段非常火的游戏。所以电影《妖猫传》可能具有一定IP改编的成分，但不能完全以IP的角度去分析。

2. 中日合拍。《妖猫传》是2017年中日两国最大规模的合拍电影。可以看到，在制片方中就有日本的角川公司。新丽公司的总经理李宁在采访时透露，最早他们是找到角川公司洽谈原著小说的改编版权。其间，角川公司主动提出要进行合拍。小说的主人公空海法师是日本真言宗的创始人，而真言宗在日本的影响力至今都是非常大的。在日本人看来，空海这一形象的塑造，代表了一种文化上的传承。所以我们可以看到，角川公司在影片摄制期间直接派驻了监制，并且推荐了相关的视效、音响、美术等团队。影片也启用了日本的一线演员，比如染谷将太、阿部宽等。主题曲也交给了演唱动画电影《你的名字》主题曲的日本乐队。《妖猫传》的日本版《空海》也已于2018年2月于日本上映，获得了非常好的反响。

3. 襄阳唐城。《妖猫传》另一个比较吸引眼球的地方是拍摄地襄阳唐城的建设。实际上，《妖猫传》这个项目在《搜索》结束后就已经启动，但是一直在全国找景。当时襄阳正好也有发展旅游地产的意图，于是双方一拍即合，开始了唐城影视基地的建设，这实际上是一个长达六年的制景过程。在此期间，屠楠、陆苇等美术老师被直接派驻当地，唐城的许多图纸也都直接源自影片的美术设计。比如青龙寺等场景都与电影高度融合，可谓量身打造。

这就使唐城形成了一种影视旅游与文化空间的构建，政府、地产公司、电影三方共建，旅游与影视相辅相成、共同推进。而这也与陈凯歌拍一片建一城的传统有关：1996年拍摄《风月》时与上影厂合作建设了上海车墩影视基地。1997年拍摄《荆轲刺秦王》时在横店搭了秦王宫；当时该片的拍摄成本创了新高，而秦王宫在横店的地位也是非常重要的。2009年拍摄《赵氏孤儿》时在象山影视城建设了春秋战国城。也正是有了这样的先例，政府和地产公司才敢把这样的项目交给陈凯歌的团队。

4. 创意营销。说完影片的前期准备，再来说一下影片完成后的宣发环节。如今电影营销模式越来越模式化，主要分为以下四种：（1）常规物料。（2）大型活动。（3）路演、点映提升口碑。（4）硬广、票补等促销活动。这次《妖猫传》采用了和京东网深度合作的网络营销方式，把影片本身的素质与目标受众结合在一起。影片不缺乏以文艺爱好者、高级知识分子为代表的高层次受众。比较困难的是如何触及三、四、五线城市的观众。京东网作为一个年活跃用户达2.6亿人的大型接口，不同于传统电影网站，可以触及大量的非影迷爱好者群体。恰逢近年来京东也在做文

《妖猫传》海报

化战略,2017年就与包括《妖猫传》在内的四部电影合作,于是当时两家公司便一拍即合,各拿出约1亿元人民币的资源,进行了一个《妖猫传》主题的圣诞节活动。简单来说就是购物兑换电影券,同时也做一些电影相关的延伸产品,如花草茶、首饰、碗、服装等。

12月14日活动启动,12月21日是《妖猫传》电影日。通过猫眼数据可以看到,"想看日增数"在14日和21日分别达到两个高峰。据李宁说,21日前《妖猫传》的互联网预售票其实是低于同档期的两部影片的,甚至比更早的《芳华》预售票还低。但是伴随着活动的展开,预售迅速超过其他影片,所以从这个角度来看,《妖猫传》的网络营销非常成功,也为未来的电影宣发提供了新的思路。

5. 电影衍生品。《妖猫传》这次的衍生品是将IP集体打包授权给京东,然后由京东开发产品。从本质上讲,这些产品都是广告品。目的不是通过电影去销售商品,而是通过衍生品去吸引观众进入电影院看电影。这实际上涉及中国电影产业面临的一个非常严重的问题，就是电影以外的价值是否被开发出来？我们知道在美国和日本，很多时候这些衍生品的价值远远高于电影本身。比如说最近刚刚上映的《复仇者联盟3》，其衍生品无限手套的售价是7000元人民币。更不要提日本动画，它的周边模型的商业价值远高于电影。还有我们熟知的迪士尼乐园、环球影城等，而这些是我们之后应该努力做到的。

可以看到，整部《妖猫传》在产业、商业上的运营是非常完善的。它具有得天独厚的制作条件，可以去建设唐城，具有非常创新性的营销。那么最后影片获得的口碑、它的艺术表现怎么样呢？在这里我截取了一些评价。张颐武认为："《妖猫传》的艺术探索和商业之间……能够平衡的作品。"程波认为："将思想性和可读性、类型感和作者感高度结合。"石川表示："（这是）一场以'盛世体验'为主题的化装舞会，一场诉诸大众感官并可彼此分享的'极乐之宴'。"基本来说这些正面评价认为影片在体验、感官、美学上还是可以的。相反，董阳认为："创作者跳过片中人物，直接跳出来讲解阐释的味道……难以令人动心、动情。"钱瀚表示："（影片的）重心放在象征上……把叙事当成了第二位的工具。"尹鸿分析认为："片中人物都是导演假定出来的……能看出作品有女性主义倾向，还想探讨文人与政治的关系，但不知道他究竟想要表达什么。"用王一川老师的话来总结，那就是："《妖猫传》是陈凯歌近年来一部重新'正名'之作……基本完成了这项中式奇幻片或东方奇幻片的创作任务。……（但）没能树立起一两个特别深入人心的人物形象……（且）把全部复杂题旨自我归结为具有画龙点睛之妙的一两句浅显易懂的语言。"

我们知道陈凯歌上一部奇幻电影《无极》被广大网友恶搞了二十年。相较之下，《妖猫传》基本完成了中式奇幻片或者说东方奇幻片的创作任务。但在人物塑造、叙事情节上仍存在一些问题。为什么会这样呢？

（二）陈凯歌作者论

在分析影片本体之前，还是让我们先聚焦在导演陈凯歌身上。作为第五代导演的代表人物，他具有一定的反叛性。在第五代中，他是最具有诗人气质的导演。同时，他又很追求理念表达。综合来说，我们可以将陈凯歌的特点简要地提炼为三个关键词：少年、诗人、哲人。

少年在陈凯歌的电影中一直占有重要地位。不只是在不同电影中将镜头聚焦于少年之上，在电影之外，陈凯歌本人也是一位充满少年热情的导演。比如在《黄土地》的导演诠释中他曾提到的"青年摄制组热情高"，抑或在谈《无极》时所说："那样做是死路一条。唯有把整个市场做大，才可能出现新的发轫之作。"他自己也承认，他创作中的问题都是因为他的童心。

诗人，则源自陈凯歌对传统诗歌文化的热爱。出生于知识分子家庭的他从小受过良好教育。对于诗意，他也有自己的理解，认为诗意是中国文明的基本支柱。具体来讲，他认为："中国的叙事传统中间有一个特征，这个特征就是省略……从诗歌而来。"在电影中的传达方式就是光影、视觉。

哲人，指的是陈凯歌电影中理念的符号化表达。这是他最大的特点，也是最被人诟病的问题。陈凯歌在影片中总要试图阐释道理，而方法是将理念进行符号化表达。比如在《黄土地》的导演阐释中他就写道："引导着整个民族去掬起黄河之水的就是共产党。翠巧，是觉悟到了应该掬起黄河水的人们中的一个。"在影片中，他还经常用一个角色去代表所要表达的理念（在之后的分析中可以看到），可以说，这成就了也破坏了他的影片。

（三）《妖猫传》的美学呈现

下面就让我们进入到《妖猫传》影片本身。我将影片的美学特征总结为以下三点。

1. 回归中国传统。《妖猫传》在影片美术定调上就强调了要回归中国传统。陈凯歌对两位美术指导提出了要以"文人画"作为风格基调的参考，强调意境，不拘泥细节。在实际创作中，则大量参考中国古代绘画，包括敦煌壁画、唐宋绘画、明清绘画、院体画、古代的舟船图等，包括在"宣正之殿"等皇宫的设计上，也参考了大量的古代图纸。用屠楠、陆苇两位美术指导自己的话说："我们从意境这个词里深挖创作，反复观看了王国维的《人间词话》和宗白华的《美学散步》等著作。"基于中国传统美学以及对古典文献的参考，使得影片展现出不同风格的传统美学特征。我们以影片中的三次宴会为例，看一下《妖猫传》中不同风格的传统美及其所参考的实例。

《妖猫传》剧照

影片初始的胡玉楼宴会，主要参考了敦煌壁画。对比莫高窟第 112 窟的《伎乐图》和影片中胡人妓院胡玉楼中的舞蹈，可以看到在舞蹈形态、色彩表现以及整个布局上，都是对敦煌壁画的参考。

第二场宴会是在花萼相辉楼举办的"极乐之宴"，作为影片的重头戏，它主要参考了金碧山水。在金碧山水的代表作《明皇幸蜀图》中，我们可以看到画面中山峦的形态走势、配色以及对于山水的整体气韵表现，比较花萼相辉楼的设计效果图，不难发现，在主体结构及影像表现上，花萼相辉楼都参考了金碧山水。而在细节表现，尤其是配色上则又回到了莫高窟上。屠楠、陆苇说："大量色彩运用事实上都与敦煌壁画的色调相近，极乐之宴里的石绿、朱红、赭石，都是按照青绿山水和敦煌壁画的传统用色进行组织的，但是在使用时控制了颜色的比例，所以看起来会很华丽但不艳俗。"

最后一场宴会在陈云樵宅，主要参考的是通俗绘画。主要是为了与之前的花萼相辉楼拉开距离，显示出一些民间特征。同时，关于陈云樵宅的布置，尤其是卧室，其实还参考了春宫图中对于住宅的描绘和布置。

2. 对 CG 的合理使用。影片在回归中国传统的同时，也展现出对现代技术的合理应用。相信很多人和我一样，在初次接触《妖猫传》时，本能地将它归入奇幻片类型，认为是一部用大量特效 CG 去轰炸视觉的影片。但从实际效果看来，影片的 CG 应用是十分克制的，这主要是因为陈凯歌认为"特效做的东西没有魂"。我们将从三个方面来讨论这一点。

第一，是使用实景拍摄与数字绘景的问题。六年的唐城建设实际上就是一个大型美术制景工程，所以影片大多也是实景拍摄，绿幕使用大概只占了 3%。实际上，数字绘景也就是 mate painting 的制作成本是低于像唐城这样的实景建设的。与《妖猫传》2.5 亿元的成本相比，唐城的造价在 20 亿元左右，如果没有地产商支撑是无法实现的。但是由于陈凯歌认为 CG 是没法表现中国文化的，所以影片制作最终选择了实景拍摄。比如最后的镜头，空海与丹龙面谈时背景要有佛头，所以制景时平台要高、佛要大。这种实景的震撼力与数字绘景相比还是更强的。影片的绿幕镜头主要还是应用在荡秋千等具有危险性的镜头上。我们也可以看到，在这些镜头中依旧还有抠绿后所出现的阴影泛绿等问题。

第二，是使用 2D 与 3D 的问题。我们知道 3D 电影在票价和市场号召力上都强于 2D 电影，但为何《妖猫传》最终还是使用 2D 呢？影片摄影曹郁在接受采访时说，为了表现唐城的空间感，一开始采用了 3D 拍摄，但拍出来的味道不对，感觉不够中国。他们回到中国传统上去思考，就发现中国画是平面的，是散点透视。于是就跟制片方沟通，最后为了艺术表现，选择不做 3D 做 2D。这就又回到了东西方美学的差异上了。我们看伦勃朗的《夜巡》，重光影与空间表现，是焦点透视、定点观察。再看《千里江山图》，就是漫反射、散点透视，是在画卷中游历。如果说《阿凡达》继承了西方美学带来了光怪陆离的光影体验的话，《妖猫传》就是回到了卷轴式的平面纵览体验。所以面对技术我们要谨慎对待，不能因为 3D 先进就什么都用 3D。比如最后贵妃去世的镜头，通过窗栏借景形成了汉画一样的构图。汉画石用于墓葬，与贵妃去世的情节呼应，形成了独特的中国审美意蕴。但如果用3D，那么前景的遮挡会形成出屏效果，虽然很有冲击力，但也丧失了中国韵味。

第三，是奇观与真实的关系。我们刚刚说影片的CG使用是很克制的，但制片人李宁认为影片在视觉特效上是具有获奖潜力的，那么《妖猫传》的特效主要用在哪呢？用片中的话来说就是"还要到猫身上"。虽然剧组当初通过大型海选请了一只猫演员，但是影片中的猫不只是猫，而是一个人。而动物是没法表演人的。陈凯歌说："我们要用相当大的力量做一件事，这件事就是猫的表情。"在这里，导演很清楚奇幻电影的视效不是为了展示奇观，而是要展示真实。要让人感觉它是真实的，而一个东西只有是真实的才可能打动人。可以看到，影片在猫身上倾注了大量的心血，具体的3D制作过程就不赘述了。比如影片最后白龙神入猫身，神入后，猫的表情变得具有人性，嘴角、眉毛、眼泪都表现出角色的特征。我们知道特写是很考验演员演技的，第一部CG电影《最终幻想》就因为僵硬的表演而惨败，但《妖猫传》的CG是经得住特写的。

3. 气韵生动的中国化呈现。刚才说到陈凯歌对于中国精神的基本认识是诗意，而诗意要用光影表现。在影片中，光影、光晕晕染充实了整个画面空间，营造出有意味的形式。比如贵妃第一次出场的镜头，陈凯歌的要求是贵妃一个转身要有光，曹郁说这个镜头打了八重光。还有一个镜头，空海遭遇海啸后风平浪静，这也是他首次开悟"无上密"的时刻，天边云彩都弥漫在雾霭之中。李白创作的《清平调》是白居易的行动根基，而在写最后这两句诗的时候，可以看到伴随着镜头慢慢推上去，逐渐打出的光印染了画面。我们还可以看到极乐之宴开场的云雾缭绕、贵妃幻影于樱花树下消散等。通过光影表现，影片的画面呈现出云雾、雾霭的氛围，在画面中形成一种空气感，这种空气感也构成了《妖猫传》的中国美学呈现。

整体来说，通过回归中国传统、在中国绘画中汲取营养、配合合理的技术运用，《妖猫传》达成了传统与现代的统一，营造出直观的中国诗意表达。

(四)"诗意"的叙事结构

1. 割裂的影片结构。整部影片可以分为三个部分：（1）白居易与空海探案妖

《妖猫传》剧照

猫案。(2) 晁衡与妖猫叙述贵妃之死。(3) 大家一起开悟无上密。这其中，前两部分是具有一一对应关系的。陈云樵与唐玄宗、春琴与杨玉环、白居易与李白、空海与晁衡，这四组分别对应的是父权、女性、狮子、遣唐使。为了明确这个联系，影片借妖猫之口还问过一次："她是你的女人，死到临头你救不救？"作为对比，当下是清冷的，三十年前是辉煌的，通过晁衡的日记更是形成了升华。长诗《长恨歌》中说："忽闻海上有仙山，山在虚无缥缈间。"影片中的镜头则穿越云层，带领观众和白居易一同梦回玄宗朝。影片这种前后对仗、美人出场等，可以说是部分模仿了《长恨歌》，前半部分叙述爱情故事，后半部分是仙境重逢。对于盛世的回顾，影片中一共有三重：(1) 观众回顾唐朝。(2) 白居易回顾开元盛世。(3)《长恨歌》"以汉代唐"。陈凯歌曾说过要进行一次伟大时代的诉说。从影片结构来看，他确实做到了。前半部分唐朝的展示已经让当代观众惊叹于历史景观，而三十年前梦回盛唐将这种体验拔得更高。但是，跳跃式的两段之间是否又有什么缺失呢？

影片的第一部分实际上构成了一个悬疑片的结构，通过悬念→调查→结果，让观众自然沉浸于影片中。但是在结果揭示之后，影片一下跳到了贵妃之死的故事上。在这期间，叙事视角从白居易与空海转到了晁衡。而晁衡在第二段故事中只是单纯的叙述者，并没有涉及剧情。这种割裂使得影片在叙事上无法继续推动，只能使用对白解释剧情。比如直接让白居易跟空海说："安禄山扬言一定要得到杨玉环。"所以他才进京造反，所以李隆基带着杨玉环从宣武门跑了。还说："难道除了生死之外没有另外一路吗？"以此解释杨玉环活着，底下人造反；死了，皇帝地位不在。还有丹龙出走时说："人性这么黑暗，我想找一个不再痛苦的秘密。"等等。这些断裂的话语严重影响了观影体验，而其原因则又回到了陈凯歌对于中国诗意的独特理解上来。

2. 景观化与故事崩塌。为了解决这种前后割裂，影片设计了极乐之宴作为故事的核心。在影片中，这场戏的作用是：（1）表现李杨之爱。（2）安禄山出场，衰败出现。（3）晁衡爱上杨玉环开始写日记。（4）白龙丹龙相遇杨玉环。（5）李白撰写《清平调》成为白居易追赶的对象。可以说极乐之宴是故事的起点，但是从人物动机出发的话，会发现所有人都是因为爱上了杨贵妃，而爱上的原因是杨玉环倾国倾城的美貌。这么看来，极乐之宴在影片中的作用也就是让所有人见到杨玉环。对于整部影片的故事来说，这里既没有突进也没有转折，也就是说没有产生实质性的变化，而是作为景观一样摆在这里。实际上故事缺了它并不会受到影响，极乐之宴和它当中的角色一同被作为传达理念的符号，丧失了活生生的人与情感。

让我们回到原著中看一下故事本来的样貌。小说中的剧情很简单，就是空海为了拿到无上密斩妖除魔，白龙为了引诱丹龙出现一直在长安城作祟，最后双方在永乐宫进行了一次大决战，这时师傅黄鹤出现，最后解决了黄鹤与李隆基间的爱恨情仇。故事以空海成功降妖除魔，获得灌顶，三藏回归故里结局，是非常经典的三幕剧结构。

而在电影中，空海降妖除魔与白龙作祟的冲突被消解了。空海从一开始就说我没事了，要回国。白居易说我要写《长恨歌》，要真相。作为妖猫的白龙则是要让世人知道贵妃的死因。二者的动机是一致的，顺着就下来了，所以故事平铺直叙没有扣人心弦的感觉。华清宫斗法更是替换为花萼相辉楼会谈。原作本应是以一种好莱坞式的视效轰炸结束，而在此，陈凯歌却采用了安静的会谈。为何如此？我们要进一步进入陈凯歌所认为的诗意之中。

3. 作者的诗意。陈凯歌认为，中国的叙事是会意式的，是高于西方直接告诉你的达意式的。达意的方式是1、2、3、4、5、6、7，中间一个也不能缺。会意的方式是1、2、4、5、6，中间是有省略的。

《妖猫传》的主旨是与大家分享一个伟大的时代，我们刚刚谈到，这种分层式的结构确实烘托了这种伟大的时代感。但是这种奇观表现、说教式的叙事也确实冲淡了影片的故事性，破坏了作为叙事艺术的电影本身。这就导致很多人看完《妖猫传》后不知道在说什么，觉得没意思，而这也是网络上对《妖猫传》的主要负面评价。可以说，陈凯歌为了大量的理念表达，牺牲了影片的叙事完整性，让影片的故事无法与他的美学相统一。这直接导致了影片观赏性大打折扣。

（五）《妖猫传》的文化内涵

1. "无上密"中的人生哲学。"无上密"即唐密。密指的是佛教的密教流派，它起源于印度，是大乘佛教与婆罗门教、印度教结合的产物。传入中国后在长安发展成了中国佛教的一个宗派，在当时的长安非常流行。它的基本思想是宇宙万有，大乘如来的显像分两个：一个是胎藏界，一个是金刚界。前者是说我们本身的身体是具有佛性的，理性本身是可以成佛的。后者指的是我们的意识可以进行修炼，而修炼是可以成佛的。历史上，惠果大师同时得两界灌顶，然后他又给空海灌顶。之后空海将密教引入日本，就成了今日的真言宗。密宗在中国后来失传了，但日本的真言宗今日依旧很兴盛。这也成了影片合拍的基础。

那么影片中的"无上密"究竟是什么呢？可以从最后开悟的四个人入手：丹龙、白龙、白居易和空海。一开始，丹龙、白龙爱上了贵妃，白居易要写《长恨歌》，空海要寻求无上密。之后发生了突转，贵妃死了，《长恨歌》的故事是假的，空海进入青龙寺被拒。此时四人的选择分别是：丹龙去寻找没有痛苦的办法，白龙决定复仇，白居易说你不能说我的诗是假的，空海说我要回国了。那么什么时候开悟呢？影片没有指出丹龙开悟的时间，但其他三人基本上都是在会谈时开悟的。白龙说"我一直知道她已经死了"，白居易说情是真的一字不改，空海则进入青龙寺。通过这样的比较，可以看到他们都开始于对一件事情的执着，开悟于对执着的放下，所以片中的"无上密"可以认为是"放下"。

可是"放下"又不是那么简单的一件事情。首先在于中道宗对二谛义的解释，第一层是我们认识到万物有，万物非，是俗世中的通常认为。第二层是万物非有非无，认识到一个东西存在，但是同时也是不存在的，不存在的同时它也是存在的。第三层是认识到万物非有，万物非无这件事情本身也是存在偏差的，万物非非有，非非无。对此，饰演丹龙的成泰燊老师举了天台宗三观的说法，说俗世中有俗观，然后是是非之间的中观，最后是对中观的再认识也就是空观。可以说，"无上密"是彻底放下有无的执念，不仅是不执着于对错，更是从根本上消解对问题本身的认识。

我们再回看陈凯歌的电影。在《黄土地》中，压迫下的翠巧选择出走，是一种"我革命不成，我灭亡了，也要有这样一个个体"的体验。但是在《妖猫传》中，白居易则是选择对问题本身进行消解，通过对自身认识的改变消解了问题。我认为这种转变与陈凯歌对于时代态度的转变是有关系的。《黄土地》时的中国是可以批判的，但是当代中国已经脱离了对时代批判的阶段，而变成大国想象。

2. 中国式的大国想象。陈凯歌说："我要与大家分享一个伟大的时代。"这个伟大时代指的是哪个时代？他分享的是唐朝吗？我们刚才说影片有三重回望：第一，我们看唐；第二，白居易看开元盛世；第三，唐朝的诗歌中素来有"以汉喻唐、以汉带唐"的传统。那么陈凯歌是否在"以唐喻今"呢？我们是否只有在大国的时代下才可能产生对大国的想象，我想可以从影片中去一窥导演的想象。

传统帝国想象是西方殖民主义、后殖民主义的一个话语，它是一种从中心到边缘的、通过知识、通过话语权对第三世界国家进行的统治。首先，我试图用这样的角度去分析《妖猫传》，但随后发现后殖民主义对这部影片所展现出来的盛唐景象并不适用。影片中最美的杨玉环本身就是胡人血统，并且正因为她有胡人血统而备受

《妖猫传》日本版海报

宠爱。这种说法后来又被否定掉了，说她是一个奇女子，是因为她的见识才受到唐玄宗的喜爱，而不仅仅是因为胡人血统。其次，空海是倭国的驱魔士，但是来到唐朝就被人拉到宫里去给皇上驱魔去了，甚至奉命调查皇上命案。晁衡是倭国人，但是作为日本人他在本朝为官。胡玉楼主要是胡人妓女，影片中胡人舞蹈也并没有作为一种奇观进行展现，似乎大家都很随意地接受了胡人、倭人、汉人等平等地处于唐朝社会中。这在极乐之宴中更加明显，李白说抹削阶级、抹削性别，甚至让高力士给他脱靴。宴会里有男有女有君有臣，甚至还有画了两撇胡子女扮男装的，汉人、倭人、胡人，包括蛮夷安禄山都来参与，并且皇上亲自披发击鼓欢迎。

　　这种无有尊卑上下之分，展现的正是唐对于多元文化的尊重与包容，是不同于西方殖民主义的大国构建的。这又回到了我们中国文化上，习总书记在党的十九大报告中所说的互利共赢的开放战略。所以，中国的大国想象不是西方的、殖民化的、帝国式的、零和的，不是"我大了你就得小，我多了你就得少"的思维。我们是合作共赢，是包容的。这构成了我们与西方文化的根本区别。

最后回到《妖猫传》本身，电影在美学上将中国传统文化与现代电影技术有机统一起来，构建出具有中国气质的奇幻电影美学的影像表现。但是对于诗意理念的过度诉求，却破坏了作为叙事艺术的电影自身的完整性。在文化层面上，影片依靠"无上密"等东亚儒家文化，表现了兼容并包的大国想象。在制片方面，依靠导演号召力进行了大规模制片，但不具有复制性。以上就是我的报告，谢谢大家。

陈旭光：我先简单说两句。我感觉这是一篇洋洋洒洒、鸿鹫凤立、多角度多层面、纵横古今、跨越东西，同时跨越小说、历史、影像的阐释，我觉得对得起陈凯歌导演的雄心大志，以及这部有多种复杂意向的电影。我特别感兴趣的是，通过这样一个尝试，高原也从一个技术男，到现在有了一种文艺范儿，我觉得这样的跨越相当好。尤其是刚才的论述跟写《中国电影蓝皮书2018》的时候又有所不同。有些方面是一致的，但是在色彩和中国画的关系上，我感觉有新的思考。我们这个题目，也是跟前段时间吴冠平老师开的中国学派会议的讨论相关的，包括李道新老师曾提到的中国早期电影的空气问题。我也提到了中国文化中除了写意、意境这样的文化传统外，还有一种繁复绮丽的绚烂，这方面从汉大赋开始，到唐代的各种壁画一直都有。这个传统可能在文化中不占主流，是边缘的，甚至有时还转化到民间，比如年画当中。所以，你从这个角度把它开掘出来，我觉得跟上次电影学院我们听张艺谋的美术师所讲的很相似，属于英雄所见略同。你是从研究的角度，他是从实践的角度。陈凯歌作为一个大导演，从20世纪80年代的《黄土地》一直走过来，我个人感觉你对他的很多判断都是比较准的。包括他有意无意地去投合当下的主流想象，甚至想象得比以前还要厉害，我觉得挺好。接下来请嘉宾老师们对高原的报告进行点评、质疑。

赵卫防（中国艺术研究院影视所副所长）：高原比较详细地解读了影片的好几个角度。从影像角度、文化角度、叙事角度仔细剖析，让我们对这部影片以及陈凯歌的整体风格有了更为清晰的认知。我觉得这是非常好的，确实学到很多东西。不只是从美学的角度，而是从产业的角度、合拍的角度，对这部影片进行了全面的分析，甚至达到了人类学层面的解读，对创意营销、电影旅游文化也有着全面深刻的介绍以及认知。这一点非常棒。再一个，从美学层面上更注重艺术与技术关系的解读，这也是我们认识陈凯歌电影特别需要注意的角度。确实，陈凯歌的后期影像与前期有一个巨大的变化，从技术角度来进一步解读陈凯歌，我觉得这个也是非常好的。这部影片还没公映时，曾通过电影学会举办过一次研讨会，我在上面有一个发言。在这里我简单地说一些观点，和高原同学的认识也有相同或不同的地方。

陈凯歌的电影，不管票房怎样、口碑怎样，我们必须承认它在电影史上，特别是当下中国电影中，都具有一定地位。这个是不能否定的。他在美学上的特色，对中国电影的贡献，他的个性，都是非常鲜明的。在这里你从少年、诗人、哲人这几个层面来甄别，我觉得也是比较恰当的。诗人也好，哲人也好，最主要的是突出一种思辨。陈凯歌的电影从早期的《黄土地》开始，一直到后来的作品，这种思辨性是他最重要的特点。商业化转型后，他的电影与原来相比有了很强的故事性，但他的故事必须服从于思辨，服从于意念。所以我们有时看他的片子觉得有一些问题，实际上是他作为一个艺术家的一种个性的坚持。他就认为讲故事并不一定要按照大众所接受的来讲，这有我的思辨、我的观念在里面。除了你刚才说的理念，陈凯歌的另一个特点是关照女性。从《黄土地》开始的每部影片，他不刻意去表现女性，但是他非常关照女性。他在这部影片里写杨贵妃，实际上就是一大群男人的事，安史之乱的事，最后让女性负责。这也是陈凯歌始终贯穿的理念，在这部影片里也得到了比较完整的延续。你最后讲到"无上密"的核心就是放下，这个可能是最重要的。白龙一直放不下，所以他一直复仇。最后所有人都放下了，空海进了青龙寺，白居易完成了《长恨歌》。所有人放下后又都得到了，这实际上是陈凯歌的一种思辨。这个我觉得你分析得非常对。

但在这个叙事过程中，为什么出现这么多问题？以极乐之宴来说，我觉得这就是陈凯歌追求思辨价值的一种体验，就是追求个性理念的一种体现，对他来说叙事要让位给思辨。但是在这个里面，像你刚才分析的技术的应用、大场面的使用等，陈凯歌是有他的灵魂的。他的这个魂是什么？实际上是他对幻术的一种表现。电影里面侧重于幻术，整个极乐之宴就是一个幻术。这个幻术不等同于我们一般的叙事逻辑。中国电影也好，好莱坞电影也好，都追寻一般的叙事逻辑，讲究叙事的因果。前因后果怎么回事，人物行动要符合怎样一个叙事因果关系。但是幻术就不同了，奇幻的"幻"就是人的一种想象，人的想象是一种意识流，跟正常所理解的因果逻辑不一样。那就是我想象到什么程度，它就到什么程度。所以要理解这个幻术，你就得跟上陈凯歌的意识流来理解他的叙事，理解他对大场面的营造。在这种情况下，这就成了陈凯歌的独特之处，反倒不是他的劣势，而成了他的优势。不是人云亦云，不是大家都做我也来做一把，不是那样的。所以说，即便是我们批评最多的《无极》，它都是追寻一个非正常的而不是正常的因果叙事逻辑的结果。在《妖猫传》里，正是因为有一个幻术表现，我觉得才能更体现出陈凯歌的一种大师风范。就是别人做不了的，我来做。你可能不理解，你可以不理解，但是我就这样做了，我追寻内心的召唤，追寻内心的逻辑。

我非常赞成你说电影叙事断裂的判断，前面的叙事和后面的叙事确实存在严重的断裂。比如说春琴这个人物设定，我觉得是有严重的问题的。这个角色在前面费了那么大劲，但是到后面一点作用都没有。所以，从这一点来讲，我略微对你刚才所说的前后人物的对应有一点质疑。我觉得春琴不能对应，这是陈凯歌过分追求意识流所产生的叙事断裂。在这一点上，我跟你有相同的地方，也有不同的地方。不过都没有关系，我觉得你从头到尾的分析都非常深刻，也非常值得学习。谢谢。

陈旭光：我们蓝皮书的规模、深度就是这样的，继续。

吴冠平（北京电影学院教授、电影文化研究院执行院长）：确实，高原同学的案例分析我觉得真的是挺全面的，从营销到制作到叙事到分析整个影片深层的意义。刚才卫防说得挺好的，把高原的优点说尽，我想这是我们对你案例分析的共识。我觉得我们现在缺少这样一种对案例的详细解剖。所以我也很期待看到新的蓝皮书，如果都这么做的话确实是有意义的事情。因为今天这个时代过于碎片，过于快速，很多东西都讲得短，所以我就一直希望看到更多长的东西。我们现在都习惯了五分

《妖猫传》剧照

钟、八分钟的分析，其实需要坐下来就一个案例好好说透，这是非常有意思的事情。这是第一点，关于你的案例分析。

第二，这部影片我看了很久了，最近又重看了一下。坦率地说，我还是很喜欢这部电影的。我觉得陈凯歌的电影除了《黄土地》《荆轲刺秦王》，再下来就是这部《妖猫传》了。陈凯歌导演处理这样一个历史场景中的故事和人物，有他独特的地方。过往评论界有一些评价，认为陈凯歌的电影意义大于故事，不会讲故事，但道理说得很深刻。但这部电影我觉得陈凯歌是试图叙事的，特别是想要与普通观众建立一种我称之为亲缘性的关系。在好莱坞叙事套路中植入他自己对于不同情节、人物、发展阶段的富于哲理的思考。

我觉得你在故事分析上基本是准确的。其实他还是有层次的，从一个悬案入手，进入一段历史爱情，最后发现爱情中的人物都找不到北了。你刚才提到，杨贵妃真的是很美。从我的角度来讲，我认为这是陈凯歌的一种匠心，就是让大家执迷其中，大家也不知道为什么，反正是被眼前的表象、被一些很绚丽的东西给迷住了眼睛。整个情感陷入其中成为执念，在执念中大家都找不到真相了。到最后，陈凯歌是希望把这样一种执念，也就是每个人都被眼前的纷乱所影响的，也不知道是真是假的意识加以升华——我觉得你分析得非常好——其实就是放下。没有人真正知道什么是真实，什么是不真实，并且真实和不真实也没有那么重要。正如你所说："事情不对，但是我在这个过程中的情感是真的。"情感是真的，但所有我眼前看到的东西，都不是我的身体和情感能够体会到的。陈凯歌对这个层次的把握，我觉得挺有意思，这也是我看这部电影特别感动的地方。

当然你说在叙事上有断裂的地方，当然会有。制片人李宁也提到，电影还是受到很多限制，包括片长、发行等，可能会有很多取舍的问题。有些地方有主观性，带有陈凯歌自己的偏好，但在大的方向上，我认为他已经照顾观众了，小的东西就满足一下自己吧。虽然有这样那样的取舍，但陈凯歌在这部电影里的叙事基本上是流畅的，你对此的分析非常到位。

第三，是中国性的问题，这个问题一直困扰着我。上个星期大家都在讨论，中国性是不是能够形成一种美学观念，或者一个美学传统，在我们一部分电影里面呈现。并且这个传统可能在不同的形式中附体，也许是文人化传统，也许是民间文艺的小传统，或者是其他形式的附体。这两天开会下来，我也在反思，也在修改我的文章。我想从以下几个层面来讨论这个问题。

其一，从表层来说，这部电影本身所呈现的景观、人物，包括里面所提供的日常生活的方式都是中国的。实际上把这些呈现出来，没有人会说是好莱坞电影或者法国电影。它是大唐的日常生活，虽然有胡人，但基本上就是中国的。从人的行为方式和人的着装等表层来讲，肯定是中国的。

其二，叙事方面。这部影片陈凯歌还是遵循好莱坞的规律，一波三折，起承转合，基本上是遵守这样的叙事规律的。这个叙事规律，在中国文学、民间传奇中很俗套。说一个案子，来了一个神人，最后发现一个坏人，解了一个谜团。所以从叙事上讲，中西方没有太大差别。

其三，精神层面。你分析的"无上密"是比较东方文化的，在日本、韩国的一些宗教的、价值观的认识上会有相通性，可能与西方世界不同。但是这种东西在电影里毕竟不同于宗教典籍——必须通晓文字,知道来龙去脉——电影其实就是要在两小时之内,通过很具体、很具象的人物、事件和动作,让观众明白这件事情的一门艺术,或者说这样的文化产品。所以在这个意义上,电影更追求一种日常性和普世性,不能太深入。因此你提到的到底是中国性服从电影性,还是电影性服从中国性,这又是一个问题。

其四,景观的问题。你刚才还提到了烟雾、纵深。在之前的一次会上讨论时,有一位老师的发言特别好。他从美术设计的角度讲,强调在美术设计中找一个动作的支点。他呈现了很多画,用来表明在中国的很多场景中动作支点是什么,是桌子。他列举了好多电影,20世纪80年代、90年代的电影,动作的支点都是桌子。首先是美学动作,其次考虑动作环境,最后考虑整个空间。因为拍摄是以一个动作支点为中心来建构的。

《妖猫传》的景观设计上也包括了用云、用雾。陈凯歌曾经谈到过他看《末代皇帝》时受到的启发。那部片子启蒙了一大批中国电影不同行当的创作者,包括灯光、道具、服装、摄影,原来还能这么拍电影。你说从呈现上看电影有中国味道,但实际上技术是一个世界性的、有标准的东西。那么,技术到底是怎样和中国性融合在一起的?我在听你的分析时,特别想讨论这个问题。会上的那位老师还说道:"以支点为中心的空间造型方式,形成了最经典的、中国主流的电影空间的格局样式,在电影中更像是一幅幅主题性情节绘画,又像是一场场戏剧舞台的布景,但是唯独缺少电影空间变化的特质。"如何理解层次性,不同国家的艺术家有不同的理解。不能说中国是平面的,西方是透视的,因为对于电影来说都是透视的,我觉得这是重点。绘画的意境和电影画面的意境是可以对比的,但绘画和电影是不一样的,画可以是没有透视的,电影一定是透视的。张艺谋执导的奥运会开幕式上的转轴画与电影的画面也是不一样的。电影一定是透视的,怎样在透视的过程中建立电影的空间感和运动感,就必须要有一个支点,这个支点就是焦点。电影建立起的空间感,跟绘画是不一样的,画可以从上往下,电影从景观的呈现上一定不是这样的。

我上面提到了诸多层次,就是想讨论对于电影这门艺术而言,中国性到底是在什么层次上显现的？其实这也是中国电影学派一直在讨论的问题。电影在什么样的层次上可以显现中国性？因为电影是有共性的，如技术共性、叙事共性等，在这些共性里，中国特色是一种解读性的因素，还是一个感受性的因素？这需要我们在做理论阐述的时候做得再细致一些。谢谢。

李道新（北京大学艺术学院教授）：高原的发言让我对《妖猫传》有了更加全面的认知，我也只是在影院看了一遍，后来想在网上再看一看，但没有时间，也没有专门对这个案例进行过讨论。高原刚才从各个角度进行了分析，各位老师评价得非常全面，不仅符合蓝皮书的思路，也确实在各个层面上达到了一定的深广度，我觉得都是非常有意义的。

我在这个过程中，发现高原是在对这部影片和陈凯歌的艺术探求中进行阐释与评价的。在评价过程中认为陈凯歌对诗画的追求、对观念的追求使他达到了正反两个方面。反的方面是它的诗性过度和观念过度导致这部影片似乎跟观众口碑有一点差距，确实从一般意义上来说是这样的。

但是我同时在想，实际上高原也启发我重新思考陈凯歌的电影。我们目前讨论《妖猫传》，到底是为了达到什么目的。我觉得他所提出的这种诗性过度、理念过度的认识，我们还可以进一步展开讨论。我也是在上课的过程中从同学那里得到了启发，说漫威是自成宇宙的，然后有很多电影现在都在创造自己的宇宙。这个电影的宇宙，我觉得很有意思。包括张艺谋、陈凯歌这一代人，他们通过特定的时代形成自己的地位和风格，在世界影坛上具有独特的个性。并且到现在为止，他们还是中国典型思想、艺术和产业的引领者。在某种程度上，是不是意味着张艺谋、陈凯歌他们内心深处一直想建造自己的宇宙？张艺谋我就不说了，陈凯歌至少从《黄土地》开始，到《霸王别姬》再到《无极》《妖猫传》。我们对他无论是认同还是不满，其实都建立在我们是否走进了他的宇宙的前提上。或者说，对他的电影宇宙有更多的理解，以及我们用什么方式去理解他这么做。我觉得可能就变成这样一个命题。对于当下中国来说，对于整个世界影坛来说，我们要去理解陈凯歌的宇宙是非常重要的。

那么也可以从诗性和理念的角度来探讨陈凯歌的宇宙。我觉得陈凯歌之所以是陈凯歌,就是因为他是诗性的,同时又是理念的。他这种诗性和理念又非常矛盾,并且奇妙地交织在一起。《黄土地》当然是诗的,可以看到它的隐喻方式,但同时它又是理念的,每个镜头都是象征、理念的扩展。到《霸王别姬》,他开始找到了自己,某种诗性和理念结合在一起的东西。那就是通过京剧这样一种形式,来完成这种诗性和理念的交织。而京剧在我看来也是中国文化艺术当中,将诗与理结合得最好的一种表达程式。每个细节其实都是诗性的,同时又是象征的、理念的。

所以从这样的层面来讲,我觉得《无极》或许也在延续着这样的理念,只不过他用了奇幻、玄幻的形式来呈现。在《无极》和《妖猫传》中,有诗一样的奇幻造型、舞台化、京剧化的唯美或者说不太真实的风景。在襄阳建设的唐城,也可以说是诗性的过度,也是为了表达他的一种处处象征的理念。在这样一个程度上,我个人觉得,或许陈凯歌和《妖猫传》,通过这样一种方式回到起点,回到《霸王别姬》,作为中国电影在世界领域最高评价的返归,力图把这样一种诗与理,通过新的方式呈现出来。当然这个呈现过程中,我们可以从各个角度去进行评判。但是要找到它一以贯之的脉络,在脉络的基础上再去讨论细节。反过来说,我个人感觉影片好像还是挺有韵味的。

陈旭光:刚才李老师谈到京剧文化对陈凯歌的影响,特别是在《霸王别姬》里所表现出来的。因为京剧文化也是中国文化,通俗易懂比较大众化,是底层的艺术、大众的艺术。这个传统流脉到《妖猫传》里,我觉得陈凯歌通过这样一种绚丽的色彩、奇幻的景象,刚好把中国文化传统中繁复绮丽的一脉与当下大众文化的诉求融合在一起。这是他的一种沟通和试验,我想是有这个可能的。刚才李老师让高原将作品放到陈凯歌电影的整体发展脉络中去考察,这个也是很好的。我们的个案分析一定要放到背景里,在时空上要往后扩展,考虑整个历史以及全球化下的时空状态。还要向历史回溯,不仅仅是导演自身的历史,也包括同类型题材的开拓。不是孤立、机械地分析作品。下面有请李诗语同学做有关《不成问题的问题》的分析。

李诗语(北京大学艺术学院博士研究生):老师、同学们,大家下午好,感谢大家参加此次"批评家周末"文化沙龙的活动。本期讨论的主题是历史想象的诗意表现和中国学派,并讨论《妖猫传》和《不成问题的问题》这两部电影。刚刚陈老师也说了,这两部电影其实差别挺大的,放到一起讨论,既有共同点,也有一定的差异性。最主要的是,这两部电影的创作者都在创作观念和创作实践中关注到了诗意表达的问题,但这两位作者却有着完全不同的创作理念,最后的呈现效果也十分不同。除此之外,这两部电影从资金规模到运作方式上也有很大的差异,甚至是相反的价值取向和诉求。因此,这两部电影在贯彻中国美学观念、彰显中国诗意时的立足点是完全不同的。

今天我想就电影《不成问题的问题》中有关历史想象的诗意表达,以及中国电影学派及北京电影学院的"新学院派"电影创作的问题与老师和同学们进行交流。电影《不成问题的问题》改编自老舍的同名小说,片长133分钟,于2016年末在日本东京国际电影节首映,2017年12月21日在中国大陆上映,在档时间只有两周左右,所以可能在座的有些同学没有看过这部影片。影片讲述了抗战时期,在大后方重庆郊区的一个叫作树华的农场,在主任丁务源的运营下走向衰败的故事。这部影片斩获了很多电影节奖项,也是北京电影学院"新学院派"计划的代表作品。这部电影获得的主要奖项有:东京国际电影节艺术贡献奖,以及台湾电影金马奖和北京国际电影节天坛奖的最佳(改编)剧本和最佳男主角奖。可见,作为一部改编电影,这部电影的改编创作还是受到了一定的认可,也有着自己的特色和贡献。

同样是改编电影,这部电影的改编策略和《妖猫传》有哪些不同呢?我们先来看看大家对于这部电影的几种评价。在诸多有关这部影片的评论中,有三个标签是非常重要的:一是"经典电影美学",二是"新学院派",三是"新文人电影"。除此之外,还有一个颇受关注的问题:这个故事的原作本来是一部非常辛辣讽刺的短篇小说,但故事到了大银幕上就变成了一部气质非常温柔敦厚的文人电影。那么,从原作到电影,这种跨越和改变又是如何实现的呢?电影中呈现出的诗意,也是小说中可能未曾体现出的诗意,又是如何通过电影这种视听形式呈现出来的呢?这也是分析这部影片的一个重要的立足点。

《不成问题的问题》海报

值得一提的是,和这部影片同时完成的还有一本书,算是本片导演兼编剧梅峰老师编著的一本"电影专辑",书中编录了电影的原著小说、剧本、主创的创作阐述和一些重要的采访,最后还附上影片的场景设计和最终的拍摄通告表,给我的研究带来了很大的便利。这本书的名字叫《从老舍小说到梅峰电影》。从书名就能看出,跨媒介的改编和跨时代的表达是这部电影非常重要的创作立足点。

首先,我们来看一下这部小说是怎么变成电影的。刚刚提到了一个问题,那就是老舍先生辛辣讽刺而简练的小说拍成电影为何会显示出完全相反的意境和气质呢?评论家李长之先生在评价收录有老舍这篇作品的短篇小说集《贫血集》时提到,老舍在写这些短篇小说时身体不太好,因此认为自己"其人贫血,其文亦难健旺",所以老舍对自己这部作品的评价不是很高,这部小说集在老舍整个创作序列中也不太受重视。但李长之评价这些短篇小说,包括《不成问题的问题》在内,有一个特点,那就是"都有着战争的烙印,都有着新的体验和新的智慧,文字上都超越了干脆俏皮而入于坚实硬帮，一点也不油滑"。

老舍的文字也确实非常直接、不油滑，比如说到爱钱的丁主任和爱名的秦妙斋臭味相投时，老舍的批评和不屑毫不保留，他写道："丁主任爱钱，秦妙斋爱名，虽然所爱的不同，可是在内心上二人有极相近的地方，就是不惜用最卑贱的手段取得所爱的东西。因此丁主任往往对秦妙斋发表些难以入耳的最下贱的意见，妙斋也好好地静听，并不以为可耻。"这是非常直接且毫不留情的判断，但是我们看影片中并没有呈现出这样的效果，或者说是用另一种方式呈现了它所表达的内容。回到电影，刚刚提到，大家都认为这部电影是非常温柔，非常有诗意，非常有文人气质的。从讽刺辛辣的小说，到文人气质的电影，梅峰老师也在书中收录的对谈里谈到了他将小说改编成电影的创作构思和基本出发点。他认为："老舍的原著小说带有一些漫画的味道、夸张、讽刺，而且看似没有什么态度，就是这些人，这些事。我们如果仅仅停留在故事本意，那是一回事，但另外一回事是，我们完全可以通过这个具体，来寄托一些情怀，这就是诗意的部分。"

其实，从结构上看，原著小说的结构还是比较规整的。这是一部以人物塑造为核心的短篇小说，主要介绍了丁务源、秦妙斋和尤大兴这三个人。剪辑师将这三个人的名字做成了黑底白字的字幕卡加到影片中，这是仿造早期电影中打字幕卡的方式把电影直接划分成了三个段落。主创们认为，这部小说是一个结构严密、环环相扣、布局均衡、线索完整的三幕剧。在这一点上，跟《妖猫传》的情况差不多。

不同的是，《不成问题的问题》在改编中需要考虑如何表达出老舍作品本身的幽默感。因此，创作者在改编时非常注重留白，但这种留白跟《妖猫传》的留白方式不太一样。演员和导演都认为应该在叙事上进行一定的留白。因此，电影保留三幕剧的结构，但又不是简单的三幕剧，而是根据小说的结构，每一个新出现的人物都会成为新一段的叙事中心。也就是说，影片将电影的三幕剧结构和小说中以人物为段落的结构进行了结合，在保证用三幕剧讲述一个完整故事的基础上，将故事的讲述转移到对人物的塑造上，因此也可以忽略一些更为写实的内容。

除此之外，影片中另一处大的改动就是调整和增加了女性角色。除了小说中原有的明霞外，还增加了许太太和佟小姐两个女性人物，与三个男性人物一一对应，三个女性构成了一条与故事主线相辅相成的暗线。

电影首先把小说中不太突出的尤大兴夫人明霞这个角色提到了非常重要的位置。小说中对于明霞的描写是非常苛刻的，她最大的特点是"呆"。小说中描写明霞是呆滞的，不知道在想些什么，但电影中的明霞，尽管有发愣的时候，但更多的时候，她是美丽的、忧伤的，有自己丰富的情感，有美好的情韵和神态。由此可见，电影对于小说中人物的刻画是有自己的态度的，这就是梅峰老师所说的，要在电影中体现出一种情怀，以及它所展现出来的诗意。所以影片中给了很多人物独处的时刻，即便不是主角的人物也有很多独处的时刻，摄影机只是静静地观察着他/她在做什么。这其实是导演的一种创作观念，即影片的整体视角是观察式的，不要强化主观介入。但最终影片呈现的效果与他的设想还是有一定的偏差。

梅峰老师在这部电影的创作阐述中，对整部影片的基调、风格、视点以及各个部门的创作立足点都有着非常具体的要求。他认为，这部电影整体的美学就是要在写实和写意之间寻求平衡，要在古典和现代之间寻求平衡；对于摄影的要求是平稳、简洁，因为大部分都是室内戏，因此要有强烈的封闭感，要与外部环境产生反差；美术上，要做到朴素，要努力营造现实的真实。要放弃一切虚饰和反复，而达到克制、简约。这一点与《妖猫传》有很大的差别。声音上要以同期声强化戏剧空间内部的吸引力，要选取自然环境声渲染气氛。尽可能减少音乐的使用带来的主观诱导。总体要求就是，从最终的完成性上考量，即使电影对原作有所取舍，但始终还是要跟随还原老舍先生作品的精神基调。这个基调，就是在"哀其不幸"的感叹里，有"悲伤与同情"。

这就是他对老舍原著小说中体现出的精神基调的判断，因此我们要从梅峰老师所提到的创作观念的几个角度去考察，影片是否呈现出了他的创作构想，他的创作观念与最终影片的呈现效果是否有差异。除此之外，还要考察一下影片的整个拍摄实践。创作观念的呈现实际上非常受现实状况和制作条件的制约。因此接下来，我们就从"写实与写意""古典与现代"和"新学院派"这三个角度对电影《不成问题

《不成问题的问题》剧照

的问题》进行分析。

  首先,从"写实与写意"的角度考察影片对所谓"民国美学"的想象和复现。《不成问题的问题》整部影片讲的是一个民国故事,也弥漫着民国趣味。这个民国趣味不只是对民国历史的具体展现,更是对于一种民国想象的呈现。刚刚在《妖猫传》的分析里讲到,《妖猫传》强调的是意境而不是细节,但《不成问题的问题》是既强调意境又强调细节,甚至是通过细节去展现一个想象中的意境和氛围,也是一种虚实的结合。

  这就要求创作者的创新。因为没有办法完全复制当年的民国,当然所有的历史想象都没有办法完全复制当年,所以就要根据资料加上创作者的美学选择,然后尝试打造属于自己的影像风格。关于这一点,影片的摄影和美术在创作构思中曾有具体的阐述,导演明确要求以《小城之春》和《万家灯火》等民国时期的经典影片作为全体创作人员的参考,并要求电影的影像风格要传达出一种东方美学,即中国传统美学的意蕴。在这一点上,《不成问题的问题》和《妖猫传》的出发点是一致的,但到了具体操作上却有很大不同。《妖猫传》是从中国传统文化和艺术中非常广泛地借鉴了那些有代表性的、被认为是能够代表中国美学典范的艺术作品;《不成问题的问题》借鉴的作品则是电影,是像《小城之春》《万家灯火》这些被认为是中国经典电影美学风格代表的电影作品。中国美学,以及电影中呈现的中国美学本身就是丰富驳杂的,而这两种不同的参照系和借鉴方法也最终造成了两部电影不同的呈现效果。

回到《不成问题的问题》中写实与写意相结合的问题上。从造型上看,电影中的人物造型和细节是写实的,但整体的空间造型是非常写意的。写实的部分,创作团队主要参考了民国时期的很多视觉系统,包括民国时期的军队摄影、《良友》杂志上的人物造型等,来为人物造型和细节设计做参考。尤其是服装,也是高度还原当时的样式和风格。包括农场里农民的造型,也都非常写实。相比之下,空间造型就更加写意一些,但也分为两个部分,那就是细节写实,整体写意。在创作阐述中,导演强调要体现出风物志和极简的风格,这其实是两个要求。风物志要求的是细节写实,像鱼缸、怀表、镜子、风铃这些细节,既有符号性,又是在小处做到写实,还原民国时期风物的质感和特征;极简要求的是整体写意,主要是空间上的写意。电影中诸如办公大厅、丁务源卧室等空间都是很空旷的,造型也很简练,而且是高度抽象化,跟我们实际生活中看到的一些场景还是有很大不同的。所以最终呈现出的效果,就是写实与写意相结合。就像电影中人物海报呈现的那样,空间是象征性的、符号化的,可是空间中的人又是具体的、真实的。

说完"写实与写意",现在从第二个问题,也就是"古典与现代"的角度来讨论一下这部电影在中西不同视觉美学风格中的选取和运用。从电影语言的风格和源流上讲,《不成问题的问题》既有非常现代的电影语言,同时它在一些构图和剪辑方面的手法又是非常古典的。

梅峰老师在采访中谈到了电影语言的问题。一些采访者提出,这部电影的电影语言并不完全是东方的,梅峰老师也直言,在电影语言方面,布列松和费穆对他的影响是最大的，还包括小津安二郎、库布里克等一些导演的视听语言风格也都在这部电影中有所呈现。但从电影最终的评价来看，我们都认为这是一部非常有东方意蕴的电影。联系刚刚吴冠平老师提出的问题，我们在考察作品中来自东西方不同文化和艺术资源是怎样选择和借鉴的时候，要具体考虑它是技术层面上的还是观念层面上的选择和借鉴，选择的美学体系究竟是东方的还是中国的，这与我们最终呈现出的作品的美学立足点到底有怎样的关系？我觉得，在这个问题上，《不成问题的问题》的主创们想得还是非常清楚的。而且，这个问题并不是现在才有的，费穆当年在从事创作的时候也遇到这样的问题。一方面，费穆提出了"空气"这样的创作观念，这是非常中国美学的一种艺术观念，但同时，正如李少白老师所分析的，费穆的电影技术也并不完全是纯中国式的，或者说，他有非常先进的电影技术观念。《小城之春》中有很多复杂的镜头运动，这些调度复杂的长镜头都与西方电影语言的发展有密切的联系。这是技术观念与美学观念之间的张力。

《不成问题的问题》中，导演选择了在主观表达和客观表现之间游走的风格，但这与导演本人的设想还是有一定出入的。尽管导演强调他的视点是观察式的，不强化介入，但其实影片中还是有很多带有情感的，或者说是态度的"观察"。虽然影片整体的景别是比较大的，几乎都是全景加中景，近景和特写几乎没有，但是也有很多虽然不是特写，但专注于人物独处的镜头。比如刚刚提到的对于明霞独处时的状态的描写，以及对于丁务源独处时的观察，都带有导演所说的"悲伤和同情"。

除了视点和景别外，电影的影调和镜头语言也是在主观与客观之间游走的。先说影调。导演曾说过："即使是黑白影像，也都千差万别，像《鬼子来了》这样绚丽影调、大反差、用光塑造时间感的做法以及黑泽明电影中明确的灰调语系，都不太适合这部电影……在本片中，摄影不再有意帮助叙事，而着重强调表演、剧作、节奏感，摄影后退一步，用朴实的方法来表现画面。当然，这种方法只适用于这部电影，而不适用于其他任何影片。"但在影片中，还是有一些光比非常大，造型感非常强的镜头。比如明霞收下农民的鸡蛋这场戏。这是夜间，明霞坐在白墙前缝衣服，画面上的光源只有地上的一盏油灯，因此墙上就投出了明霞一个非常巨大的影子,这是非常表现主义风格的一个画面。尤其是在那些平缓的、观察式的全景构图中突然出现这样一个镜头,就更加与众不同。而且,送鸡蛋这场戏也十分重要,之后以这筐鸡蛋为借口,秦妙斋诬陷明霞和尤大兴,并以此为机会把二人弄走了。所以,用这样一个大光比的影调和表现主义的构图来展现这场戏是有辅助叙事的意图的,并不是像导演所说的,摄影只是用客观的方式进行叙述,而不辅助叙事。还有一些与电影整体风格不太相符的镜头运动,按导演的话说,就是"非常危险""几乎要越界"的一些镜头。比如秦妙斋和佟小姐闹别扭的一场戏,摄影机是从水面推到岸上的,摇晃得非常厉害,显出一种不安定来。这个镜头跟其他那些平稳的镜头太不一样了。而且,电影中的摄影机高度是以梅峰老师的视觉高度定的,但这个镜头像是一个在船上的视点,非常低。还有在此之前秦妙斋出场的一段。教授不见了之后,秦妙斋一个人慌张地在森林和田地里奔跑,那是一大段主观长镜头,森林晃动着,很容易让人想起安东尼奥尼和黑泽明。跑出森林后,秦妙斋又回头望向镜头方向,非常惊慌失措。这是一个非常抢眼的人物出场,也用到了与整个影片不太相符,或者说与导演创作意图中想要用非常客观的方式进行表达的效果很不相符的表现手法。

  在讨论主观与客观的问题上,我还想提一下,电影中人与环境的关系。刚刚《妖猫传》提到了景观与叙事之间的关系,《妖猫传》中的景观都是为人物服务的,但《不成问题的问题》不是。这部电影中的场景和风景的作用不只是为了展现人,甚至有时人物的出场是为了展现风景。很多电影都是用景物衬托人,但这部电影很多时候是人在景物之中,人在自然之中。电影中有很多人在自然中的场景,比如有人在砍竹子的场景,很大一片竹林,甚至都看不太清竹林中的人。还有丁务源从树华农场上船去重庆,画面中的丁务源也是很小的,置身于农场外的自然环境之中。包括最后的演职人员字幕,也是在山间雾霭中出现的。因此,电影不仅强调人,还强调了人与自然的关系。这是非常有中国美学特色的一种表达,这种特色也体现在电影的构图中,即用大全景和大远景去表现人在自然中的状态。人和景物的关系不是景物服务于人,或是表现人与景物的张力,而是人天然就是景物、自然的一部分,

《不成问题的问题》剧照

是一种天人合一的审美境界和态度。

  刚刚提到了费穆的"空气"说。费穆所说的空气是指摄影机、导演、人物、作者在与观众发生着关系,这种同化会产生一种空气,因此他说电影就要强调空气,作用就是要让观众与剧中人同化。费穆说的空气不是具象的空气,但《不成问题的问题》中确实有一种弥漫着东方韵味又很"具体"的空气。不知道大家有没有注意到,《妖猫传》中也有"空气",有很多的烟和雾,但《妖猫传》的空气更写意一点,更创造性一点,是一种想象的空气。而《不成问题的问题》中的空气是生活中自然产生的雾气和烟气,就是南方那种扑面而来的潮湿滋润的气息,从山林间弥散开来。也不只是自然烟雾,还有表现社会氛围的烟雾。比如农场烧秸秆、生火做饭的烟气,这是人在烟火气中生存的故事。这部电影讲的故事也是这样。这个故事的讲述充满东方美学的情怀和诗意,同时也是非常有趣又接地气的故事,非常烟火气的故事。因此,《不成问题的问题》中的东方意蕴,不仅体现在费穆所说的"空气"中,还具体体现在真实出现在电影的空气中,不只是一种关系,一种接受上的氛围,更直接呈现为电影影像,一种可以直接感知的气韵。

最后,想讲一下这部电影作为"新学院派"作品的这个标签。刚才讲了很多创作理念,这么多的想法,又是怎么落实在实践中的呢?实际上,创作观念的呈现与实践过程中的具体条件有着很大的关系。

首先,是资金规模与创作。这部影片选用的是黑白影调。最近也有很多艺术电影拍成了黑白的,一旦用了黑白拍,很多人就会觉得这个非常的东方、传统,会从这样的角度去进行分析。但其实《不成问题的问题》并不是一开始就想拍成黑白的,说得直接点,是因为资金有限所以才拍了黑白。不像刚才分析的"不差钱"的《妖猫传》,财大气粗,可以拍得很华丽,满足导演的创作设想。这部电影在各方面都非常受资金规模的限制,"新学院派"计划最早给这部作品投资了200万元,之后不够又追加了100万元,整个制作经费最终算下来不到600万元,其中还有梅峰老师自己拉来的100多万元。所以整个拍摄过程中最大的困难就是没钱去实现创作构想。因为资金少,所以置景就比较简单,虽然说确定了用极简的风格去表现,但实现好也有很大的困难。这部片子是用彩色模式拍摄的,最后进行了黑白转制,其实就是受到了资金的限制。如果真的要做成彩色的,那么视觉风格就是另外一套系统,就不能使用如此极简的效果,因为一旦有了颜色,很多细节的效果就很突出,过于简单的置景就很不好看。就这样,因为资金问题,最后就确定了用转制后的黑白来做电影的色调,因此电影的整体视觉风格也是从黑白影像中选取的。书中介绍了摄影和美术部门具体从布列松的所有影片,以及中国的早期电影中来确定电影影调的各项参数。所以,从最终的操作层面来看,电影确实是黑白的影像风格和美学风格,但这个选择并不完全直接出于创作者的美学意图。

其次,是电影项目的运作问题。在采访本片的制作人俞剑红老师的过程中,我觉得这个项目最终能够完成并在院线上映面向观众,其实跟项目运作的规划有很大关系。在此次采访之前,我自己也很少了解这样的艺术电影的运作历程,因为在很多艺术电影的采访和分享中,主创们谈的都是自己的创作观念,很少有人去谈更实际的操作问题。《不成问题的问题》投资是 600 万元左右，最终院线的票房是 170 万元，按照一般的计算方法，票房是成本的三倍左右可以收回成本，这部电影是赔钱的。但实际上，这部电影并没有赔钱。这部电影在创作前期资金紧张时就联系了电影频道，电影频道在影片还没拍完时就收购了这部影片的电视播放版权和网络播放版权。这也是之前我为什么说现在网上还看不到这部作品的原因，因为电影频道还没在网上把片子放出来。卖出版权后，这部电影的投资基本上就收回来了，后期加入的一些资金主要是用于电影的制作。

这部电影于 2016 年末在东京电影节首映，但一直到 2017 年末才在电影院跟观众见面，中间差了一年的时间，这其中还是有些波折的。这部电影不仅在东京电影节获了奖，而且在第二年的北京国际电影节也拿了两个大奖，当时应该是影片发行的最好时机。但当时为什么没能发行？是因为这部电影的发行合作方一直在变，这其中还有法国公司撤资，对影片的海内外上映都造成了很大的影响。在影片获奖之前，大部分公司都持观望态度，很多合作伙伴都是在影片拿奖后才联系制作方要加入发行工作的。但从接手发行工作到最终上映，其实是有一个工作周期的。这部影片的发行方北京文化其实入局不算晚，在电影的前期拍摄时就跟制作方有接洽，但因为对这个项目没有准确的判断，就一直没有确定开展发行工作，以至于最后档期推到了 2017 年 11 月。应该说，上映档期不是很有利，对最后的票房表现还是有很大影响的。北京文化是以全资买断的方式发行这部影片的，按照俞老师的说法，北京文化还是在这个项目上赔了一些钱，但其实整个项目的着眼点也并不完全在此。这部电影的最大目标就是取得艺术成就，获得电影节的认可，这一点是做到了的，所以这个目标应该说已经很好地实现了。从这个角度讲，这部电影是成功的。这也是"新学院派"计划的作品，与一般商业运营的商业片，甚至是艺术片不一样的地方。

同时，这部电影的投资回报还有一项，就是扶植导演，辅助教学，为电影学院的创作和发展拓展平台。在一般人看来，我们看这部电影成不成功就是看它有没有赚钱赔钱，我们看到的只是一部电影，但从电影学院"新学院派"建构的角度看，这部电影的创作只是整个学派的理论与实践规划中的一个环节，更重要的是，通过这部作品，为"新学院派"的发展拓展了合作平台，为人才培养提供了助力。这个项目立项时，电影学院对梅峰老师的要求和期待非常简单，一是拿奖，二是带学生。除此之外，和北京文化的合作与电影学院的人才培养规划也有很大关联。北京文化在这次合作中确实赔了钱，但这个项目也为之后的合作奠定了基础。所以，从这个角度看，《不成问题的问题》就不只是一部单一的电影，它也是整个"新学院派"的产学研链条中的一个环节。更重要的是，这部电影的创作不仅呈现出当下电影创作中难得的审美自觉和理论责任感，更有着独特的美学特征和时代价值。同时，这部电影还以创作和实践的形式思考了一个美学问题，即当下中国电影应当选择怎样的审美体系？中国电影美学从哪里来？在这个时代我们又将怎样呈现中国电影独特的美学风格？它又将走向何方？我们既要回溯历史，进行反思，又要把作品放到当下的视野中，让观众去参与选择和判断。

今天讨论的这两部电影，都呈现出了当下中国电影中的诗意想象，由此引发我们对于中国电影学派是什么、中国电影的特色和气质是什么等一系列的思考。我认为，两部电影选择的路径、表现的方式、受到制约的因素和最后达成的效果都是很不相同的。两部影片放在一起讨论，在一个比较的视野下进行对话和交流，一些问题也更加突出。

不仅是这两部电影，我们今年蓝皮书中的每一个案例都是独特的，但整体上也反映出一些问题。我和一些写作的老师和同学们交流过，深入到这些案例中，我们发现，这些作品在创作过程中充满了很多偶然因素，很多偶然因素的影响甚至超过了必然因素。一个电影的完成，它作为一个实践的项目，它的影响因素是非常复杂的，跟我们平时在学习中进行分析时所设想的那种简单的因果关系完全不同。很多项目遇到的问题都是独一无二的，所以有时候也说不好哪些经验是可以借鉴的，哪些经验又是不可复制的。但尽管如此，这些宝贵的实践经验都是电影的产业建设和具体创作中值得分享和重视的。如何在当下的产业环境中把握创作，如何让当下的创作既关照现在又面向未来，这也是每个电影研究者和从业者应该思考的问题。

以上就是我今天的报告,请各位老师批评指正,谢谢大家。

陈旭光:今天的报告非常精彩,可以说是高潮迭起。两位主讲人在研究和准备报告的过程中还有过交流和沟通,也让我们今天讨论的话题更加集中,两个案例的分析也相互呼应。这非常好,在研究的过程中也能够相互交流、借鉴,相互学习。

《不成问题的问题》这部电影是这本蓝皮书的十个案例中最特殊的一个。尤其是它的产业部分,我当时跟李诗语就很头疼这个分析该怎么写,因为这是一部根本就不追求票房的作品。它的口碑和艺术成就很好,上院线好像也只是顺带做的一点推进工作,因为片子本身已经达到预期的目标了。但是经过刚才李诗语的分析,我们还是能够看到,作为一部艺术电影,《不成问题的问题》还是有自己的路径的,它并不一定要追求票房,但还是成功地实现了这个项目的预期目标。还有一点,这部电影开始拍的是彩色片,这有点让我始料不及,我一直以为他们一开始就设想用黑白来拍,因为这样才能够更好地表现他们希望表达的中国经典电影美学的特征。

不管怎样,这部电影就是以这样的方式呈现出来了,这是一部很有意思的电影,也是这一年度绕不过去的一部电影。在我们这次的蓝皮书影响力电影评选中,这部电影的得票率也很高。这其中值得借鉴和分析的内容非常多。现在我们进入点评和交流环节。首先有请吴冠平老师。

吴冠平:谢谢陈老师。我觉得李诗语把这部片子的很多情况都说得很清楚了,分析得也很对。在讨论影片之前我想先说点题外话。听了高原和李诗语今天下午的分析,我脑子一直在转。过去我们总说,电影学院培养的学生好像对电影的内部运作更了解,尤其是对电影中技术性、工业性的部分更在行一些,因为我们是了解其中的"门道"的;而综合性大学的同学可能更多的是了解电影外部的东西。但是今天我听了两位的发言,我觉得这个差异已经没有了。拜信息时代的技术条件所赐,现在没有什么是大家不知道的事了。而且,年轻人对于电影这样一门艺术,大家关注的很多地方都很相似。所以我听完后,觉得两位的分析都很专业,包括李诗语提到的"新学院派"计划中项目的成本问题、运作方式等,就是她说的那么回事。刚才李诗语和陈老师都说到了黑白还是彩色的问题。这部电影先是拍出来彩色的,大

《不成问题的问题》剧照

家发现没法看。用彩色拍出来的视觉效果非常粗糙,转成黑白后,有些缺点反而变成了优点。这一点也确实跟这个项目的资金情况相关,看来李诗语在采访过程中,俞校长说了不少情况,包括这个项目确实有电影频道的预付,还有跟平台的各种合作等。

这个项目确实没赔钱。电影学院这些年一直在推出这样的"新学院派"的作品。抛开所谓的概念(因为有时候所谓"新学院派"这个概念也不是十分清楚),其实有一点很重要,电影学院非常希望我们的老师,特别是中青年老师能够通过各自的创作,把新的电影观念推向电影界,同时在创作的过程中还能对我们的学生进行培养。这部作品的主创都是我们美术系、录音系等各个专业的同事和他们的学生,编剧之一的黄石就是梅峰老师的学生。"学院派"在具体实践过程中是有一定的时代语境和出发点的,所以我们这一代就是"新学院派"。那天我开玩笑说,"学院派"的新人新作品就是"新学院派",新人就是中青年教师加上我们年轻的学生,作品就是这些新人的作品，这样也就不用纠结了，不然我们内部讨论的时候总是纠结方向性的问题。最后书记也说，就用大的概念——"新学院派"，把这些意涵和设想都囊括其中。

言归正传，说回李诗语同学对这部影片的分析，正好也结合刚才高原同学提到的《妖猫传》的中国性，谈谈我个人的理解和一点感想。我觉得老舍的作品，在民间文艺小传统这个方面最具代表性。在最近的中国学派的会议上，我也以此为题提交了一篇论文。其中有一部分是讲民间文艺中的三个基因，其中之一就是民间性，因为民间有它日常的生活性，因此我们看所有的民间文艺中都有日常生活的景象。我就此特地分析了老舍的两部作品——《骆驼祥子》和《茶馆》。老舍作品中的中国性，也特别体现在这种民间性中。刚刚李诗语也说了，《不成问题的问题》是一部充满人间烟火气的电影，也有很幽默的表达，这确实是老舍作品中生动的民间性。因此我认为，是否具有民间性也是判断一部电影是否具有中国性的一个很重要的维度。虽然《不成问题的问题》讲的不是老北京的故事，而是大后方重庆山里的故事，但其中的人情世故、人物的仪态举止、语言和思维方式都是有市井气息的——市井的思维、市井的行为、市井的语言。我之前分析的《茶馆》和《骆驼祥子》，还有今天李诗语分析的《不成问题的问题》也构成了呼应，提示我们可以从民间文艺性这样的角度，去理解中国电影中的中国性问题。

第二点，我想谈谈镜头呈现形式的问题。我刚才说，《妖猫传》是好莱坞式的，大开大合，强度很高，整个叙事激情澎湃，很有张力；而《不成问题的问题》则看上去云淡风轻，它和《小城之春》《万家灯火》这些作品的风格更接近。实际上，我们在讨论风格问题的时候，有两点我觉得特别重要，那就是语气和节奏的问题。东方人和西方人说同一件事的态度和节奏是不一样的，这跟语言的差异有关，他们是字母文字，我们是象形汉字，因此影响到人的气质也是不一样的。叙事的语言和讲故事的节奏往往能够带出民族性和地域性。具体到电影中，语气和节奏就是我们使用的景别和剪辑。一部影片用怎样的景别和构图来叙事，用怎样的剪辑节奏来建构故事，这是我们所说的东方性、民族性、中国性中很重要的形式特点。这部电影的剪辑师廖老师有一个很重要的观点，他说他剪片子剪的是气韵。他说，我剪电影不走动作，大家都知道剪辑中的动作重要，但是我走的是气韵。关于这一点，他本人有过很长的一段论述。他说他在跟侯孝贤导演合作的时候用的就是气韵式的剪辑，他们强调每场戏之间的节奏和气氛带给人的感觉，而不太强调按照动作的剪辑点来完成叙事性的剪辑。气韵式剪辑的强度和速度与景别和构图有关，大景别速度就慢，特写速度就快，这是由叙事的强度决定的。所以通过景别与构图和剪辑的交互变化，让这部影片更呈现出一种中国性。

所以我一直在想，所谓的中国性从某种意义上讲，是不是从这个角度切入更为恰当，而不应该简单地停留在景观和画面的角度分析上。因为有些电影在景观上一看就是中国的，所谓画面上的散点透视，对于电影来讲它也还是透视的。因此，从景别和构图与剪辑的关系，即强度与速度的关系来分析则更是电影性的分析。我们要从电影的形式和电影性本身来理解中国性（民族性），我觉得是更为恰当的。刚才李诗语同学的风格与形式分析也很有意思，包括从诗意和意境的角度对影片进行阐释和解读，都很不错。在创作上，我觉得也可以有更加技术和电影性的切入角度，进行更加深入的分析。

感谢陈旭光老师对于今天这场讨论的安排，把两部影片放到一起，也让我在这种比较的视野下更加有层次地去思考这个问题，还有机会表达我个人的看法，谢谢陈老师。

陈旭光： 谢谢冠平老师。其实冠平老师刚刚讲到一个问题，等赵卫防老师点评完了之后，可以请娄逸同学来讲讲，她是研究"慢美学"的。这种"慢下来"是不是中国文学、中国风格独有的特征，一会儿跟老师同学们讨论一下。下面先请赵卫防老师来做点评。

赵卫防： 确实，李诗语同学刚才对《不成问题的问题》的分析非常到位，也抓住了关键。围绕影片的一些分析以及对相关情况的介绍也很重要，刚才吴冠平老师点评的时候也说到了。关于"新学院派"这个概念，李诗语同学主要是从产业层面上来论述的。刚刚吴冠平老师也说，当我们在认识这个概念的时候，可能从产业层面去理解更具意义。不过，我还是想从美学的角度来讲两个问题，毕竟我们具体分析文本的时候还是要回到美学层面。我想说的第一个问题是关于新文人电影的，第二个是关于中国学派的。

首先说说新文人电影。从美学层面上，我觉得现在有两个创作上的"新"很重要：一个是新主流大片，另一个是新文人电影。我跟陈旭光老师都曾经就新主流大片发表过一些文章来进行阐述。我个人认为，当下中国电影的创新，已经从粗犷式的发展跨越到了提高艺术质量的阶段，因此这两个"新"也就非常重要了。这是我们想要实现电影质量创新的观念。

如果说新主流大片的创新主要体现在商业上，那么新文人电影的创新就是艺术层面的。不过新文人电影跟过去所说的艺术电影，比如作者电影，或者其他的艺术电影还是有不一样的地方。当下新主流大片已经取得了比较重要的成就，新文人电影这一块的成绩也很突出，像《嘉年华》《村戏》《暴雨将至》和今天讨论的《不成问题的问题》等电影，一批这样的影片构成了新文人电影的方阵。这个方阵跟新主流大片都是带动中国电影实现美学升级的重要力量。刚刚李诗语对新文人电影进行了一个总结，我也想在此基础上做一个较为详细的读解和总结。

新文人电影关注现实，关注人文。具有实验性的价值是它的重要特点，这个特点与其他艺术电影也是一致的。

新文人电影注重在写实与写意之间寻找平衡。《不成问题的问题》在这一点上特别有代表性。像《村戏》等电影中的镜头也很有代表性，会着意追求写意和写实的平衡。刚才在这方面的讨论已经很详细了，如果再看看《村戏》这些电影的话感觉就会更强。

新文人电影会有影像风格的尝试。比如有些作品的影像会向黑白靠拢，或者干脆拍成黑白，有时这些作品在某种程度上比彩色电影更有表现力和冲击力。新主流大片一般是不敢进行这种尝试的，但新文人电影一般都会有一定的影像风格探索，不管它的初衷是什么。

新文人电影会减少主观的诱导，更强调客观的观察和呈现，尽量减少创作者明显的个人干预。

新文人电影不会特意去叙事,但绝对不排斥叙事。这也是新文人电影跟一般艺术电影的不同之处。我觉得今天从李诗语的报告来看,这一点确实给予新文人电影更加深刻、全面的阐释。我建议诗语,如果你感兴趣的话,不妨继续这方面的研究。

我想讲的第二个问题,就是关于中国电影学派在《不成问题的问题》中的体现。影片中呈现出的意境,包括写实和写意的结合、动与静的结合、主观与客观的结合,我们确实可以将其归结为中国电影学派的一次实践,这其中体现了中国传统艺术的精神,同时也与像《小城之春》这样的经典电影文本有传承关系。影片的构图、视点等与中国国画的特色非常吻合,这与侯孝贤的电影追求是一样的,这些作品都体现了中国传统艺术的精神。说到对传统艺术精神的继承,其实就画面效果和风格在这方面的借鉴和追求上讲,可能商业电影会做得更极致、更完美一些,比如刚才分析的《妖猫传》。刚刚高原就分析了《妖猫传》中一些构图与中国画相近,当然吴冠平老师也分析了其中的透视感的问题。单从构图这个角度讲,确实商业片在传统艺术精神上体现得更完美一些。反而是新文人电影,并不是完全遵照或者继承了传统艺术的某些精神和规范,尽管你会说这部电影有多么"费穆",但影片有很明显的个人影像风格。比如《不成问题的问题》中的雾,这种表现你可以说是中国特有的一种自然景观,但电影中呈现的意境和中国的传统写意已经是不一样的了。法国20世纪30年代的诗意现实主义电影中有很多作品里都有大量的雾,两者之间有异曲同工之处。包括这部电影的剧照中的影子,还有变形的影子的投射,刚刚李诗语也说这是一种表现主义风格,而不是中国传统精神的体现。这些电影作为艺术作品,有着自己的艺术范畴和艺术追求,因此也就与中国传统艺术精神的距离更远一些。这不是创作者的误判,因为它的呈现效果确实就是这样的。因此,当我们在研究中国电影学派与中国艺术传统的时候,是不是也应该更多地注意这些方面的问题。怎样能够更准确、更全面地诠释或者定义中国学派的概念,也会给我们的研究提供更多的启示。谢谢。

李道新:我觉得两位老师说得在理,对我的启发也很大。可以从画面和声音的角度去探讨相关问题,但中国电影学派的风格还有许多其他的层面,比如剪辑等。

刚刚赵老师对于新文人电影的概括我觉得非常准确。李诗语对于《不成问题的问题》的分析中有与高原研究的比较和互动，他们两人的研究也已经点明了我们当下中国电影的两种诗性表达方式，或者说中国电影学派的两个方面。并不是说中国电影学派只有两个方面的内容，但至少在当下，这两个方面是非常具有代表性的。我也是通过他们的讨论来慢慢理解这个问题。

《妖猫传》中的诗性是一种理念式的，这其中融合很多因素，比如戏曲，以及作为一种景观的诗意。作为奇幻类型的电影，《妖猫传》对于物象本身的表达是堆叠的、夸张的，这确实也是中国电影呈现中国传统的一个非常独特的路径，那就是力图在创作主题中，以一种宏观的定位来抒发自己的诗性；《不成问题的问题》恰恰是另外的走向，我觉得它也是一种诗性，但又跟《妖猫传》的诗性不同，它是通过一种更加平滑的感性来完成的，是诗意中的感性，或者说是感性中的诗意。刚才各位老师也都说到了，它的观念和呈现跟陈凯歌来自戏曲的、呈现为奇幻类型的方式是不一样的。它更多的是"空气"。我把空气理解为对空间和气韵的一种建构。因此，如果说《妖猫传》呈现的是一种景观和物象，那么《不成问题的问题》更多的是呈现一种"空气"，就是空间和气韵。《妖猫传》阐释的是一种宏观的宇宙观，《不成问题的问题》则努力想去阐述微观的人文理念。我想，这或许就是两部电影在这个问题上的独特之处，而这又跟这两部电影自身的产业状况和工业流程上的差异有关。我认为，当下的中国电影在主体定位，在对观众的询唤，以及中国电影学派建构的过程中，还是能够回归，或者抓住来自中国文化和精神的或感性或理性的诗意，但又会用两种相当不同的方式去表达。这是今天这两个案例给我的启发。非常感谢两位主讲人，还有两位评议老师给我的启发，我觉得非常受用。谢谢。

陈旭光：道新老师说得很有道理，关于这个问题，我也思考过。我们经常会很自豪地提起中国传统美学的精神和传统，但其实它本身的意涵是复杂的，既有繁复绮丽的美，也有清水出芙蓉的美。我接着李老师刚才的观点说，我觉得这两部电影都有点这个味道，但好像都不纯粹。《不成问题的问题》里面不仅有诗意的精神，还有很多世俗性，就是对人生经验的关注，因为老舍先生的作品本身就一贯带有批判

《不成问题的问题》剧照

性的反思。因此,也不能说它对于这种相对静态的美感和诗意是一种纯粹的赞美,其中还是有一些反思的内容。

我特别感兴趣的是刚才李诗语说到的,这部电影中很多的镜头语言其实是受西方电影美学影响很大的。我前段时间也写了一篇思考中国电影学派问题的文章。我在文章中首先肯定了中国电影学派要有自己的文化姿态,这是非常必要的。就是要有自己的立场,也有自己的市场。但同时,我也认为中国电影学派又不可能是封闭的。即便是我们的语言——历史悠久的中文,也跟古汉语不同了,很多表达也受到了翻译语汇的影响,甚至改变了我们汉语的思维方式。所以,一切都是在发展当中的,重要的是要有一种姿态,还要有主体立场,想明白什么是占主导地位的。如果说是纯粹的中国立场、中国风格、中国美学,我觉得都很难再有了。

我们还有十分钟的时间,在座的同学们有没有想要发表的观点,两位主讲人也可以就刚才的点评和讨论进行对话。娄逸同学是研究慢美学的,可以谈谈你的研究和李诗语今天的分析有什么关联，有没有什么新的想法。

娄逸（北京大学艺术学院硕士研究生）：这个问题我和李诗语讨论过，我们有一个结论，那就是《不成问题的问题》它是不慢的。因为《不成问题的问题》在叙事上仍是非常经典的三幕剧叙事。我们说侯孝贤、小津安二郎的电影是慢的，而《不成问题的问题》不慢，是因为从叙事的角度上看，侯孝贤在叙事中加入了很多沉寂和空白的时间。如果从剪辑的中观、微观和宏观这三个层次上看，侯孝贤在剪辑的中观层面的段落处理中，插入了很多没有任何事情发生的时刻。比如《刺客聂隐娘》中舒淇和周韵打斗的那场戏，电影在打斗这样非常有戏剧性冲突的内容中，插入了天上的云缓缓飘过的镜头。我在论文中把这个镜头和单纯的空镜头做了区分。这个镜头是承担叙事功能的，如果是空镜头的话，它往往在叙事和风格中承担一个转场的功能，然而这个白云的镜头则承担了电影风格叙事中的意义，但又不是叙事性的意义。这种镜头在小津安二郎的电影中有很多。德勒兹曾经在《电影2：时间—影像》一书中讨论过《晚春》中非常有名的花瓶镜头。其实德勒兹并没有解释什么叫沉寂时间，没有给它下定义，但在目录上，这部分分析的章节标题是"时间的形式"。所以我认为，这个镜头影响了电影的风格，是导致电影变得缓慢的原因。德勒兹在讨论《晚春》时有这样一个表述，他认为，时间影像的发生是因为动作影像的消失，因为这时候电影成了观看的电影而不是动作的电影。

但如果我们完全把中西割裂来看，这个地方就有一个不妥，那就是小津安二郎作品的美学到底是属于西方的还是东方的呢？因为德勒兹这里谈了西方的现代电影，但他选取的案例则是来自东方的。这就需要之后的学者去提供阐释的可能性，就是用东方的审美去看待现代电影谱系下，如何处理叙事和电影风格的问题。这也是我对刚才吴冠平老师所说的剪辑问题的一个回应和交流。回到《不成问题的问题》上，我觉得这部电影中有非常多的景观，但是我跟李诗语都认为《不成问题的问题》中的景观并没有承担什么特殊的叙事功能，就是没有特别要减缓整个叙事的进程，它的景观强调的就是这个景观的特质，然后承担一个转场的效果，并不是说放慢了整个叙事节奏或者打断线性的时间感，给观众一种非常缓慢的感觉。我觉得不是这样的。

陈旭光：好的。其他同学有没有新的想法？

高原：我想回应一下赵老师刚刚提到的问题。赵老师刚才说到《妖猫传》里的女性问题，其实在案例分析时有一整节讨论了杨贵妃这一形象。我个人觉得《妖猫传》作为女性分析的文本的话会特别有意思。按照陈凯歌的创作意图，他想表达的是为什么在终极问题上，一个女人超越了所有男人。但是如果我们抛开这条导演阐释，这部影片呈现出来的是一种非常让人恐惧的费勒斯中心主义。整部影片对于杨贵妃的残害，体现了一种夫权的阉割恐惧。因为女性本身就是阉割恐惧的实体存在，所以男性对于这种恐惧的消解有两种方式：一种是使其死亡，这在黑色电影的蛇蝎女身上经常可以看到；另一种是使其物化。回到这部影片，首先在极乐之宴中，我们很明显地看到李隆基已经不再是夫权的象征——一切核心都是杨贵妃，李隆基是拖着裙摆出现的。如果说贵妃代表了恐惧的形象，那么此时的李隆基已经屈服于恐惧。对于夫权的丧失、陈玄礼起兵起义，他的选择是杀死使他恐惧的事物。而最后的解决方案尸解大法，正是李隆基等人对于贵妃的物化，而且最后做这件事的是阉人高力士。在这部影片以及陈凯歌的其他电影中，我们能看到导演对于女性的怜悯，但这种关怀其实是站在完全男权的立场上去同情、去悲悯女性，他并没有揭示出女性本身的力量。我觉得在早期的几部作品还有些女性主义的意味，但是到了《妖猫传》，让我最受不了的是为什么所有人、所有事都赖到杨贵妃头上。这是我对这部电影的女性问题的一个回应。

陈旭光：在这部电影中，你觉得哪个角色最能代表陈凯歌自己？哪个悄悄代表了男性？

高原：如果说陈凯歌在其中有一个代表的话，我觉得还是白龙，猫本身。

赵卫防：我觉得可能是丹龙，最后真正大彻大悟。

高原：我觉得惠果大师是理念上他认同的我们应该是的那个样子，但是在采访中陈凯歌曾说过"如果我还有少年心"这样的话，可以说，陈凯歌的少年情怀还在。整部影片中他最看中的，就是在所有人都打算陷害贵妃时，只有一个少年说你们不能杀她，这个人就是白龙，也就是妖猫。他可能在心理上认同超脱的丹龙，但就他个人的最本真的想法来说，可能还是要回到猫身上。

陈旭光：我觉得高原的这个分析很深刻，表面上看电影好像是同情女性的，其实在恐惧之后，反而是一种反向的表现，不是真实的表现。

李诗语：我也想简单地回应一下几位老师的点评。非常感谢几位老师的指点，尤其是把我之前没有想明白的最重要的问题提出来了。赵老师说的问题非常重要，但落实在具体分析的过程中难度非常大。要想弄清楚是从形式上、观念上还是呈现效果上来分析是很难的，因为正如陈老师说的，这些内容都混杂在一起。比如镜头语言的问题，我觉得吴冠平老师提出的问题很对。其实我们现在在看国画长卷的方法都是不对的，长卷要边展开边看，跟着图像的变化来改变视点，这才叫移步换景，散点透视，这是运动中的透视。因此在单幅画面里，如何去表达这种透视中蕴含的中国审美，如何在现代性和传统性混杂的产物中去剖析和分辨，我觉得是很难的。如果把中西拆开，那么其实是割裂的，也会造成很大的问题。我觉得吴冠平老师提供的解决思路很有启发性。什么是气韵，到底是什么技术具体呈现了气韵和节奏，还是要考察电影的剪辑。吴老师提到的廖老师所说的气韵剪辑理论，我觉得和我的分析也是一致的。

关于《不成问题的问题》是否呈现出慢美学的问题，我和娄逸曾经比较深入地讨论过。我们认为"慢"和"慢"是不一样的。其实娄逸所分析的慢美学中的慢，虽然是在东方电影中呈现的，但它是现代性的慢，是一种反思的慢。但《不成问题的问题》中的慢则是一种"气口"。如果说慢美学中的慢是打断人说一句完整的话，让他不得不在说话中间喘一口气，那么《不成问题的问题》中的慢则是让一个人恰好在说完一句话的时候喘一口气。它是符合叙事节奏的，它没有打断叙事，没有故意让人意识到时间的存在。所以这种慢和我们平常感觉的时间的快慢是不一样的。娄逸分析的慢美学是让人意识到慢，意识到停滞，这是沉寂的时刻，是沉思的时刻，但这跟我所分析的影片的呈现方式是不一样的。所以说，这两种慢是有区别的。

我们今年蓝皮书分析的十部现象电影各不相同。就像李老师说的，我们所说的中国电影美学，或者当下的中国电影学派、中国电影风格，其中的内容和关系是非常复杂的。有些问题难，并不是难在具体的技术分析层面，而是从基本观念上看，中国美学本身包含的面向就太多了。把什么样的观念、什么样的内容归入其中，还要形成我们与众不同的观察和立场，这其实也是很难的。但这也是研究的基础，这个基础工作虽然难，但还是要做的。我想，这也是建构中国电影学派的一个重要意义。就像陈老师说的，这是我们的姿态和立场，更是我们在全球化环境下的责任和使命。我们的理论研究和创作，都要服务于整个人类文化的发展。我们要从中国的视角，给整个世界的发展提供新的经验，这是我们的责任。理论研究上也是如此，从20世纪60年代以来，电影理论经过半个多世纪的发展，已经进入瓶颈期，如何在中层理论提出之后，重新寻找电影理论发展的突破口，能不能从我们中国电影和电影理论发展的历史经验出发，提供一个新的维度和视角去突破瓶颈，能不能让中国的电影理论开启新的理论时代，这也是我们这一代中国学者的责任和价值。

陈旭光：谢谢两位主讲人的回应，非常精彩。今天的"批评家周末"活动是一次很有深度、很有质量的研讨。两位主讲人准备得很充分，配合得也很好，视野开阔，也有面向未来的雄心。这一点很好。嘉宾老师的点评也是高瞻远瞩。最后请三位嘉宾每人给他们今天的报告做个总结。

赵卫防：今天的讨论质量确实非常高。关于今天这个命题，开了这么多会，解读了很多影片，我觉得今天是最深刻、最全面的一次。我个人学到了很多，希望你们能够在感兴趣的选题下进行更深入的研究，取得更好的成果。

吴冠平：我先补充两点感受。第一，我觉得今天两位主讲人的PPT都做得特别好，尤其是李诗语的PPT。第二，我这两天在研究生的课上一直在说，我们的研究一定不要丢掉电影本身的特质，作为现代性的产物，它是有技术性的。电影一百年来的发展都围绕着它的特性展开，因此一定不要丢掉电影本身的特性去谈所谓的其他性，因为其他性都是围绕着电影性展开的。我们在结合文化资源分析电影时一定要谨慎，要注意将这些性质与电影建立起联系。最后李诗语说得非常好，雄心开阔，我觉得有这种志气在，未来一定会有新的理论进展和新的作品出现。

赵卫防：我现在非常期待蓝皮书的问世了。

李道新：我觉得高原和李诗语是一对超人，学术超人，真的挺厉害，应该说各方面做得都很棒，而且已经做出的成果和提出的问题都特别有价值。这让我和陈老师，以及吴老师和赵老师都很有收获。各位嘉宾的点评也很有意思，也是对相关问题的新的发声。稍微有点遗憾的是，今天时间比较有限，在座的同学们应该多参与到讨论当中。难得有外请的专家在，大家畅所欲言，这种机会和交流的气氛还是蛮好的。我们可以把问题谈得更深、更广一些，并且提出新的问题。这些问题经过思考，就能形成一些观点，甚至上升到方法、研究框架和理论。我觉得这种研讨的机会和问题发展的空间非常重要。

陈旭光：非常感谢大家，感谢远道而来的嘉宾和现场的同学们。我们的"批评家周末"还会继续办下去，这次两位主讲人给后来者树立了一个标杆，希望大家向他们看齐，并且超越他们。今天的活动到此结束，谢谢大家。

整理：高原、李诗语

二 艺术前沿

第一讲

作为类型的艺术电影

主持人　陈旭光
主　讲　周学麟

编者按

2017年11月26日下午，由北京大学艺术学院、影视戏剧研究中心主办的第34期"批评家周末"文艺沙龙活动在北京大学艺术学院红六楼215会议室举行。沙龙由北京大学艺术学院副院长、北京大学影视戏剧研究中心主任陈旭光教授策划、主持，邀请到了新西兰奥克兰大学周学麟教授。周教授是新西兰奥克兰大学电影电视传媒系教授、博士生导师，是海外研究中国第四代、第五代、第六代导演以及青年文化的专家，研究兴趣主要集中在中国电影和跨文化电影媒体研究，著有 Young Rebels in Contemporary Chinese Cinema（Hong Kong University Press, 2007）、《全球化与当代中国电影：论张艺谋类型电影》（Palgrave Macmillan, 2017）、《华语电影中的青年文化》（Routledge, 2016），以及《类型、战争、意识形态：台湾与大陆抗日战争电影比较》（载 Chinese Studies in History，第49卷第4期，2016秋季）、《变化中的中国青年电影呈现》（载 Sungkyun, Journal of East Asian Studies，第14卷，第1期，2014）等。他此次报告的主题是"作为类型的艺术电影"，电影研究简单的"二分法"是将电影分为以好莱坞为代表的类型电影和艺术电影，但是周学麟教授从另外一个新颖的视角，试图从世界电影和中国电影史的维度，运用类型电影的研究方法来分析艺术电影。

活动海报

陈旭光（北京大学艺术学院副院长、北京大学影视戏剧研究中心主任）：今天是北大"批评家周末"第34期，我们很高兴请到了新西兰奥克兰大学周学麟教授。他在海外研究中国电影，特别是在第四、五、六代导演，以及青年文化等领域是很重要的专家，他的一些著述大家看题目就会觉得非常有意思。今天他给我们带来关于艺术电影的研究，而且是从类型的角度看世界范围内的艺术电影，最后落脚在中国。

对艺术电影进行类型分析，是很新颖的话题。类型可以说是中国电影这几年的显学，评论家、艺术学、新生代电影人都在做类型电影的实践。他们不太像以前第六代导演以欧洲艺术电影作为模仿，可能更喜欢做好莱坞式的类型电影。他们的电影观念和第六代导演的观念已经非常不一样了。前段时间我也带着同学们做了一组关于中国电影的类型格局和文化表意的研究，在《民族艺术研究》上发表了五篇文章，分别涉及喜剧、青春、玄幻、魔幻、警匪侦破。当下中国的类型研究中经常会提到艺术电影，特别是这几年艺术电影也有了一个回潮之势。近年来的《路边野餐》《二十二》等，这些曾经被忽略、被冷落的艺术电影在受众看了大量的类型电影，不断增长了艺术感觉、艺术兴趣后，也有了自己的生存之地。我们在做年度电影总结的时候，各个类型分析了以后，肯定会给艺术电影留出一个位置，说明该年度艺术电影的发展状况。在中国语境下，也许不会把艺术电影看作一种类型，但是它肯定是一类，很独特的一类，无论是它的投资、宣发还是盈利模式，和类型电影都是不太一样的。这几年有一个可喜的趋势是，哪怕很小众的艺术电影看的人也在增多，而且很多艺术电影一不小心变成大众欢迎的作品，不一定是商业化的，但是受众很广。有的电影在艺术电影和类型电影之间很难划分，像《罗曼蒂克消亡史》，总之情势非常复杂。

我们今天请周学麟老师为我们讲述电影全球化背景下，他对于艺术电影、类型电影的一些理解。我相信周老师的开阔视野和独特的角度，一定会给我们带来很多新的启发。周老师讲过后，也欢迎大家一起来对话、探讨，继续把这个问题带向深入。下面我们以热烈的掌声欢迎周老师。

周学麟（新西兰奥克兰大学电影电视传媒系教授、博士生导师）：很高兴和大家

陈旭光发言

一起交流,感谢陈老师给我这样一份荣幸,也非常感谢在座的老师和同学们利用周末的时间来到这里。我汇报的题目是"作为类型的艺术电影"。陈老师刚才谈到,我们总结每年的电影形态时都会留一个窗口给艺术电影。艺术电影一般来说是不作为类型的,因为谈到类型电影,或者电影类型,大多侧重于它的商业性,艺术电影似乎和商业这两个字的关系不是那么密切。我在想如果把艺术电影分成一类的话,有没有可能把它作为一种类型加以探讨。由于我对最近的电影不是非常熟悉,是非常不熟悉,所以我汇报的内容会往远的地方走一走,我试图从它的源头谈起。我的源头在哪里呢?如果是第二次世界大战,这种分类显然是有问题的。因为从世界电影范围来谈艺术电影的话,很显然20世纪20年代的德国表现主义电影,可以被看作艺术电影,尽管德国表现主义一开始它的生产、摄制不是作为艺术电影,而是作为商业电影来进行的。这是另外一个话题,我们今天不谈。我们就从第二次世界大战开始吧。什么是类型艺术电影?我这里有几个界定,这个界定大家可能会发现都是从西方学者的一些著作中摘选来的。我的这个题目一开始是为一个会议准备的，这个会议其中有一个主题是西方艺术理论对中国文艺作品的影响。我比较侧重于这三个西方学者对艺术电影的界定。

一般来说，艺术电影有别于商业类型片，它不是大众化的，是小众化的。商业类型电影和艺术电影常常被看作两种不同的电影传统、不同的电影模式，因此在叙事常规、影像风格、销售渠道和目标受众等方面都有不同指涉。艺术电影在"二战"以后成为一种现象，一种非常显著的现象，有非常明确的历史原因，我们可以从各个方面考虑。比如说从经济方面来看，"二战"以后若干年欧洲资本主义国家都步入了经济发展快车道，社会变得富裕稳定，社会也变得更加包容，同时也更加世俗化，宗教对人们的控制大大减弱，失去了原来的吸引力和强制性权利。由于社会变得富裕，消费主义开始大行其道，一些传统的价值观受到质疑和挑战，这是从经济和宗教方面看。

如果从其他的方面看，"二战"在道德标准方面给人类社会带来了很大的影响。比如说法国，我们知道法国在"二战"时期有一个傀儡政权，倾向于德国，同时在法国南部有自己的政权，在伦敦有戴高乐领导的地下组织。对于很多人来说什么是对什么是错，不再是像小葱拌豆腐一样一清二白。"二战"以后经历战争的人，特别是知识分子对生命的意义产生新的诠释和疑问，尼采的上帝已经死了，都可以追溯到"二战"所发生的事情上。

"二战"以后迅速发展的教育，特别是高等教育使电影观众的层次更加趋于多元化，为新浪潮电影提供了深层发展空间，使得艺术电影在市场上占有一席之地变为可能。我们知道20世纪50年代初期和中期电视的发展给电影工业带来巨大冲击，电影工业应对电视挑战改变了制作模式。制作模式可以从两个方面来看：一种是拍一些所谓的你这一辈子只有一次机会看到的、电视上永远看不到的电影，比如《宾虚》，大片、彩色的、宽银幕的；另一种是小众化的艺术电影。这是大的背景。

战后的经济繁荣和社会稳定也孕育了青年反叛文化，或者说青年亚文化的诞生。这和艺术电影产生密切联系，社会富裕让一部分经历过经济萧条和战争动乱的人们满足于眼前的安逸,但是在年青一代的眼里这种安逸成了保守、短视、狭隘的代名词,相对宽容的社会氛围加上经济独立,使得年青一代变得不再安分守己,不再顶礼膜拜传统规则。他们企图在社会上发出自己的声音,寻求自己的价值,由此出现了我们通常所说的反叛的一代,或者愤怒的一代。有意思的是反叛和愤怒这两个词都是来自电影和戏剧。

20世纪50年代中后期,一些西方主要资本主义国家的情感结构中都弥漫着叛逆的因子,这种因子深入到社会的各个领域。在文学艺术界,创作反思传统、惯例、约定俗成,具有现代主义的艺术作品成为时尚——非具象绘画、无调性音乐、荒诞派戏剧、意识流小说、新浪潮艺术电影。与这种反叛有关的电影出现两种类型,一种是青年电影,青年反叛电影,比如《无因的反叛》,还有马龙·白兰度主演的《男儿本色》《码头风云》,这些主人公是反叛青年的电影在当时西方社会的青年观众中间非常有影响力。他们当时看《无因的反叛》,就像我们20世纪70年代末80年代初看《追捕》一样,一遍遍地看,看的过程中观众会和主人公一起说出电影的对白。电影结束后,一些年轻人会非常激动,站在桌子上把椅子砸碎,闹事,整个社会弥漫着不安定的因素。另外一种就是新浪潮。这些新浪潮电影从现代文学和哲学领域汲取营养,与传统题材、风格、叙事分道扬镳,重视对现实事件和现代人物精神心理的刻画。比如,20世纪50年代末60年代初法国新浪潮和英国新浪潮电影,以及随后出现的德国新电影、意大利新浪潮电影,另外还有瑞典、捷克斯洛伐克、波兰、墨西哥、巴西、南斯拉夫以及亚洲的日本都出现了新浪潮电影。我们再往后推的话就是中国香港、中国台湾和中国大陆电影新浪潮。与传统电影相比,这些艺术电影更加强调个体或者主体的表述和题材的新颖,重视影片的艺术性和前卫性。这些艺术电影的叛逆特征各不相同,所谓反叛电影新浪潮,有时候新在题材,有时候新在风格,有时候既是风格也是题材,有时候只是风格不是题材,有时候只是题材不是风格。比如法国电影新浪潮最具有代表性的导演戈达尔,他从题材到风格各个方面都具有一种反叛的特性。如果我们对几乎同时发生的英国电影新浪潮有所了解的话,我们就会发现英国电影新浪潮的反叛内容大于形式,它的新颖表现在题材而不是风格上。

艺术电影的诞生与现代主义的兴起有千丝万缕的联系，具有作者电影的特征，强调主体或是个体表述。所以艺术电影常常被称作作者电影，或者品质电影。对于艺术电影的研究通常也是从作者论的角度，探讨影片导演如何运用电影语言、画面构图、叙事结构等，在作品中表现对生活社会的思考、对时代和人生的感悟。我在这里提出，艺术电影作为现代主义延伸出来的一种历史、文化、美学现象，在颠覆传统模式和传统视角时呈现出某些共性，这些共性为我们从类型研究的角度观察和分析艺术电影提供了某种可能。

什么是类型研究？类型研究是对具有相同或者相似题材、人物、风格、主题的影片进行探讨，梳理和总结同一类型影片所呈现的相同或者相似的特征，以及这些特征与不同时代的关联。属于同一类型的电影可以来自不同的地区、不同的国家、不同的时代、不同的导演。一方面，类型电影可以来自不同的国家；另一方面，美国、中国都有艺术电影，其他国家也有艺术电影，但是我们谈艺术电影作为一种类型的话，往往把它局限在某一个国家之内，或者就是跨文化的比较。

我现在做这样的假设，艺术电影在人物塑造、叙事结构、视觉风格和主题上都有属于自己的特点，我今天只是想把重点放在它的叙事结构方面，探讨把艺术电影作为一种类型予以研究的可能性。

首先，我们有没有这种可能，这种可能成立不成立？通过总结、归纳某一种电影的叙事结构来得到我们假设的这个结论。我认为这种可能性是存在的，因为我们通常对电影进行分类，或者对电影类型进行分类，我们所用的标准是不一样的。类型电影分类原则不是单一的，也不是固定的；不同的类型，它的标准是从不同的层面来进行的。比如好莱坞20世纪四五十年代的黑色电影，构成黑色电影最主要的类型特征是它的视觉风格，它的灯光运用、场面调度设置，它的镜头的位置、角度，大致是这些方面。我们再看美国的西部片，显然不是从它的视觉风格，而是从它的故事场景来区分的，所谓经典美国西部片都发生在美国的西部。青春片，什么是青春片？既不是从影像风格也不是从故事场景，而是从人物的年龄、人物的身份来区分的。青春片的主人公应该是年轻人,反映的也是年轻人的生活状态和人生态度。不同类型的电影分类我们用的标准是不一样的,所以从叙事结构的角度试图来界定艺术电影,分析作为一种类型的艺术电影,在理论上似乎也是可以成立的。

下面我试图对艺术电影的叙事特点做一个非常宽泛的归类。我们都知道电影是一门讲故事的艺术,如何通过人物、事件、音效、画面讲述故事,方式千千万万。世界电影在进化的过程中,各个国家、地区的电影人逐渐摸索出一套行之有效的模式,简称为商业电影叙事模式,实际上有些时候也把它称为好莱坞经典叙事模式。无论是商业叙事模式还是好莱坞经典叙事模式,它的主要特征就是它的清晰度,它非常清楚,非常直截了当,非常明确。它的叙事结构是单一线性结构,无论电影情节多么复杂,发展轨迹总是沿着环环相扣的事件展开,最大限度地让观众感受到时间和空间安排的连续性、一致性、清晰性,所以它的目标甚至也是非常清晰的。它的目标,男主人公、女主人公,或者男女主人公的目标是什么?怎样达到目标?过程中总有反派出现,反派的出现延迟、阻止了男女主人公实现目标的进度,最后反派所有的努力都是徒劳的,英雄人物总是会实现他的目标。随着目标的实现,整个叙事也迎来一个封闭式的、比较完美的结局。故事开头被打破的次序又得到了恢复。电影这样讲故事和我们的现实生活有相当大的距离,但是这样讲故事能吸引更多的观众,在更广泛的层面上得到观众的认可。电影这样讲述故事,让我们日常生活中一地鸡毛式的生活在光影里、在幻觉中变得可以控制,一切变得井然有序。我们经常会听到一句对电影的概括:电影就是一场梦,看电影就是在做梦,就是在梦幻中去感受、去经历,远离我们日常生活中的一些东西。

这是我们一般意义说的商业类型电影或者好莱坞经典叙事模式,这样的叙事模式显然是不能用在艺术电影这种类型上的。艺术电影的类型有什么样的风格呢?我大概总结了这样一些特点。

首先叙事结构是非连贯的,尽管非连贯叙事也可能是沿着单一线性叙事发展,但是叙事中心不再是故事发展的递进关系,以及造成叙事矛盾和系列事件间的因果关联,不再是环环相扣的、具有非常紧密逻辑关系的事件构成。艺术电影的时空转换显得随意，有些甚至是不合乎逻辑的，好像从现实生活中随便抓来的一个一个片段，把一个一个片段不是很有机地组合在一起。或许为了更加贴近生活，故事情节有时候插入与结构没有关联，对叙事发展不起任何实际功能的所谓余景，也就是多余出来的一个人物或者一个桥段。

我举几个例子。戈达尔的《筋疲力尽》中，它的主人公回到巴黎以后，走到一家咖啡馆点了一杯咖啡，拿了一份报纸，然后走出去了。下面再没有交代，这场戏为什么要这样？是戈达尔忘掉了吗？漏剪了吗？还是怎样？意大利新写实电影《偷自行车的人》，父子俩寻找自行车的过程中天上下起了大雨，他们在屋檐下躲雨，这时候在他们身边出现了一群牧师，大概一分多钟，整个镜头的焦点聚集在牧师上，讲德语，没有翻译，没有字幕。镜头对着他们在讲，雨停了牧师走了，父子俩继续寻找自行车。为什么牧师走过来讲了半天？这里也是一些多出来的场景。

另外一个例子，陈凯歌拍的《黄土地》，有一场腰鼓戏不知道是什么意思。我引用他的一段话，他阐述这场戏时是这样说的："腰鼓这场要下大力气去组织，景地既非道路，也非村落，而是一片空地。因为这场戏并不负担具体的任务，并不需要具体的时间概念加以制约，它是一种意向、一种情绪、一种精神的外现，在服装、化妆、道具方面应该依据写意的原则进行工作。"这场戏在剧情发展过程中不承担任何实际的功能。

这种开放的故事结构，决定了艺术电影主人公的动机和目标设置的不明确，他们要么没有目标，要么目标非常渺小或者琐碎。另外一种情况是他们有目标，但是他们缺乏实现目标的能力。鉴于艺术电影非戏剧化的故事情节和降低矛盾冲突的尖锐性，反派人物的出现也变得可有可无。他们同样目标不明确，或者没有目标，或者目标非常渺小。叙事的中心更倾向于描述人物与周围环境的关系。所以在更多的时候，影片或者摄像机似乎在聚焦刻画这些人物的内心世界或心理活动，而不是人与人之间的对抗与矛盾。由于这样一些特征，艺术电影没有所谓的最后一分钟大营救和皆大欢喜的大团圆结局。相反，艺术电影的叙事结尾往往是开放式的。我们不能说只要开放式的叙事都是艺术电影，但相当多的艺术电影是开放式的结尾，因为

《筋疲力尽》海报

《黄土地》海报

开放式的结尾表示故事发展过程中产生的矛盾没有得到彻底解决。一个开放式的结尾带来更多的偶然性和不可知的观影效果。艺术电影这种非逻辑性、碎片化的叙事可能是更加接近现实生活的无序、无奈和没有明确的意义。

我们看一些经典的欧洲艺术电影，有时会感觉很困惑，但是我们换一个角度来看的话，这些电影离我们现实生活是更加接近了呢，还是更加更遥远了呢？我们看施瓦辛格的动作片，与看这些艺术电影，首先观影效果是不一样的。如果我们从所谓的现实主义这个角度来考量的话，哪一种电影更加具有现实意义呢？

传统商业类型电影强调故事的透明性，尽一切可能让受众认同故事情节和影片中出现的人物，线性叙事的目的就是满足观众的期待，给他们带去欢娱的观影体验。观众的愉悦来自影片对经典准则的遵循，特别是影片的连续性、一致性和明确性。由于艺术电影的叙事冲突和复杂的现实事件更为靠近，无法简化成一系列二元对立的人物或者事件，对剧中人物心理精神活动以及他们与周围环境的关注，使得艺术电影的叙事风格具有多样性和模糊性。叙事因素的取舍和组合更像是随意的、偶发性的，叙事发展有时候还会借助意向、象征或者是隐喻，其隐讳的表现手法让故事情节失去透明性和连贯性。要求观众借助他们对电影语言和影片背景知识的掌握赋予影片意义。

这就带来了下面一个特点，也是最显著的特点，即导演常常把个人生活中的经验和态度、对世界的看法、对历史文化的反思、对人生的探寻，融入艺术电影中，一些电影也因此呈现出鲜明的主观性。导演对作品的主观投射，让作品主题意蕴更加丰富，更具有层次，从接受的层面来看，观众也能够根据自己的背景和立场去审视、诠释某部作品。我们每个人的视角不一样，理解的意义也不同，其间没有绝对正确的真理可言，因为没有一个视角可以去涵盖另外的视角。如此一部艺术影片成为供观众反复阅读的公开文本。由于影片的意义存在于叙事结构的浅层字面上，其宏大深邃的意念和思想深藏在看似漫不经心组合在一起的一段段叙事结构之下，在观看艺术电影的过程中观众不太会沉浸在故事情节中而无法自拔。因此他们需要调动自身一切的视听功能，运用一切所掌握的知识充满想象力地寻找画面或者叙事背后复杂的叙事意蕴。而叙事结构中嵌入碎片化、开放性特征以及其他种种智慧的策略手段，都在很大程度上降低了观影的愉悦性。相当一部分艺术电影的目的就是让观众感到模棱两可，让观众感觉到混乱困惑，从而促使他们去思考、去反思，改变自己的态度或是对生活的理解。戈达尔曾经这样说过："只有剥夺了观众的观影乐趣，才能从根本上刺激、影响和改变他们。"

概括起来，艺术电影叙事具有如下的特点：主观性、疏离性、模糊性、多视点、非愉悦性。这样一些特点使得我们把艺术电影作为一种类型来看待，产生了某种可能，这是我自己的看法，接下来老师和同学们肯定会有不同的观点、不同的视角，我们可以进一步去讨论。

最后我用一部中国电影的几个镜头来强调，谈谈艺术电影所具有的这样一种主观、疏离、多视点、非愉悦性的叙事特征。这部电影就是1984年陈凯歌导演的《黄土地》。《黄土地》也是中国电影新浪潮的代表影片之一。它的故事大家都很熟悉，我个人认为，这也是我个人的偏好，《黄土地》是我最喜欢的。从我个人来看，《黄土地》在中国电影中的地位相当于《关山飞渡》在美国好莱坞电影中的地位，从各个方面看似乎都是一部非常完整的电影。它的故事情节其实并不复杂，一名八路军战士到陕北偏僻的地区搜集民歌，搜集民歌的目的是把它改编成革命歌曲，在革命队伍中传唱，起到打击敌人、鼓励人民这样一个效果。这种故事叙事结构包含了成为另外一部《白毛女》或者《红色娘子军》的条件。但是《黄土地》的叙事并没有按照红色经典的模式进行下去。首先，影片的主人公——八路军战士顾青，这个人物对当地农民家庭，或者当地村民的宣传并不成功。他的到来和他的离去没有改变任何关系。影片也没有去关注他走村访户、一家一家地宣传革命道理，他只是和家里的小孩谈起过，教他唱革命歌曲。唯一受到他影响的就是影片的所谓女主人公翠巧，一位年轻的少女，是一个封建买卖婚姻的牺牲品。受到顾青对革命队伍的描述打动，她向往男女平等、自由的生活。没有月亮、没有星星的夜晚，她想横渡黄河去找公家人，但是一下子就没有了，一下子消失了，究竟发生了什么，我们也不知道。你们去问问导演他知不知道，他肯定不会说。这不是故事的最后结尾，女主人公在电影四分之三地方消失（不知有没有可能受到《惊魂记》影响），对后面故事的进一步发展没有任何影响，好像也没有任何关联。

《黄土地》整部影片的表现手法，是以含蓄进行的，正面人物、反面人物的一系列二元对立的关系冲突，带来了影片叙事的发展。在《黄土地》中没有正面和反面人物之分，谁是我们的敌人？谁是我们的朋友？这是革命的首要问题，在这部影片中似乎不成为首要问题。一方面表现当地农民善良、敦厚和艰辛，另一方面展现他们的愚昧、呆滞和无知。时间转换也看不到有效的连续性，有时甚至出现与主题叙事脉络没有任何关联的人物或者场景，比如说我刚才说的腰鼓。影片结尾几乎所有人物的命运都被悬置在半空中，没有任何清晰的交代。如果说《黄土地》有叙事矛盾的话，也没有得到完整解决。从电影类型的角度来说，松散的叙事结构和开放的叙事结局让影片描绘的事件和塑造的人物具有了更多的可能性，让影片蕴含的社会文化意义在接近现实的同时又超越现实，这可能就是《黄土地》能成为经典的一部分原因。

我们看看《黄土地》的一组镜头，是由八个镜头组成的。影片一开始连续用了八个全景或者远景叠化镜头，表现一望无际的黄土高原，黄昏中或者月亮下的黄土地显得雄浑凝重。在这八个镜头中，有三个长焦距镜头对准八路军战士顾青，他从镜头中出现，迎着镜头走来。由于使用了长焦距镜头，顾青一直走，一直显得那么渺小模糊，似乎被周围的环境包围着、压抑着。人物和环境的关系在某种程度上决定了整部影片的基调和风格。

从三个方面来谈这八个镜头的组成，以及这个组合所产生的一些意义。第一，客观现实主义。第二，主观现实主义，即我们所说的表现主义。第三，作者立场。

首先，开场场景借助长镜头自然光源拍摄，在时间和空间上营造出一种真实的氛围。无论是场面调度还是镜头运用，都不是为了展现惊险刺激的乌托邦式的梦幻奇观，而是呈现现实的某种真实。借助叠化镜头，顾青日夜兼程地赶路被简化成数个彼此间没有逻辑关联的瞬间；重复的镜头和距离，强化了叙事的跳跃性和不可捉摸性。陈凯歌在拍摄这个场景时是这样要求的："这组叠化镜头要在黄昏或者阴天拍，顾青走三次，走的速度不要变，别东张西望，正常走，不让动作和脸发出感慨，别激动，别想什么天地万物，将来效果自然有，画面比咱们谁的力量都大。"导演告诫演员画面本身表现剧中人物的情感、动机和目的，在强调客观现实多面性和不确定性的同时，传达了影片所谓的第二个层面——主观现实主义，或者说表现主义。

艺术电影对叙事冲突和逻辑关联的淡化往往通过表现主义的手法完成，而淡化叙事元素的逻辑性意味着强化人物心理状态的描写。与主流商业类型主人公相比，艺术影片中的人物不具备与天、地、人斗其乐无穷的进取性格，人物叙事过程中经常表现出无力、不作为。有人分析20世纪50年代到80年代的欧洲艺术片时这样说，当代艺术电影的主人公常常和周围的环境格格不入，具有孤独、疏离和压抑的性格特征。《黄土地》的开头如何呈现顾青的脸，显然成为塑造这个人物贯穿始终的指导原则。整部影片中没有看到顾青为实现搜集民歌的目的而做出很大的努力，比如说和当地的人民打成一片，以此弘扬我们非常熟悉的军民鱼水之情。在婚宴一场中有一个非常有趣的镜头，强调当地农民的贫困。特写给了碟子里面的两条鱼，不是真的鱼，是木头的鱼，村长有点不好意思地对顾青说，这只是一个摆设。我对这个镜头印象非常深，有一段时间想写篇文章就叫"顾青作为一条木鱼"。他只是一个摆设，对现实无能为力，似乎构成了顾青这个人物最鲜明的性格特征。这种表现主义不仅仅在叙事策略上与客观现实主义背道而驰，叙事风格也呈现出自己的特征，通过一些不寻常的技术手段含蓄地传达出多元信息。比如借助镜子，实现摄影镜头的非连续性或跳跃剪接，以及场面调度的处理，暗示了文本以外的意思的产生。

我记得在海外有一个西方学者，在讲《黄土地》时，开始也是放了这几个开场的场景，并提出了一系列疑问：他从哪里来？他到哪里去？他的目的是什么？如果从一个泛泛的角度来说，这是一幅具有深邃的哲学意义的画面，或者一系列组合镜头所产生的镜头之外的、存在于浅层次上的意义。

在《黄土地》的镜头下，黄土高原本身已经不是土地了，它就像特吕弗镜头下的巴黎，已经被人格化了，被赋予了生命，成为数千年中国历史、中华文明的象征。它的电影主观性大家应该非常熟悉了，陈老师在一篇文章中说，《黄土地》主体精神强大充沛到仿佛要溢出画框。《黄土地》成功以后，无论是陈凯歌还是张艺谋，在接受访问的时候都说，他们是背着沉重的十字架在拍摄这部电影。想象一下，陈凯歌在前面走，张艺谋紧随其后，每个人的背上都背一个十字架，民族的十字架。《黄土地》如何通过画面去描述中华民族的文化、精神与特征？我想应该有很多这方面的探讨。

可能正是由于《黄土地》作为艺术电影的出现，正是由于它对主观现实主义、客观现实主义和作者的主体投射这三种关系非常好的把握和协调，使得这部影片成为中国电影发展史上一部具有里程碑意义的作品，也是为数不多的可以让外部世界在更深层次上去理解中国文化与文明的电影。

从我今天汇报的题目来说，《黄土地》由于它对叙事风格的背叛，对经典红色叙事策略的背叛，也让我们看到了一部本来有可能成为《白毛女2》或者《红色娘子军2》的电影，如何成为一部视觉风格上标新立异，闪烁着深邃的哲学思辨光芒，又在某种程度上具有意识形态颠覆性的艺术影片。

活动现场

　　最后一句话,我们是否可以这样来推断,我们今天谈中国电影"走出去",向国际社会讲述中国故事,让外部世界听到中国声音,感受中国软实力,既需要有像《战狼2》这样正面展示中国作为负责任大国、作为新兴崛起力量的新主流电影大片,也需要有像《长城》一样借船出海、与好莱坞合作的合拍片,但同时,我们也需要像《黄土地》这样润物细无声的艺术电影。

　　我的汇报就到这里,欢迎大家批评指正,谢谢。

　　陈旭光：周学麟老师的演讲,既是一堂非常精彩、丰富、生动的世界电影史专题课,关于艺术电影的界定以及在世界范围内发展的来龙去脉;也是一堂中国电影史的专题课,特别是对20世纪80年代中期的第五代导演,以《黄土地》为个案做了非常细致的分析。我觉得周老师的观点在学术上很大胆,用了一个类型的视角,但是又把我们所说的发源于美国好莱坞的类型中的商业性的部分去掉了。类型有很多层面,有视觉风格的,也有叙事程式的;有市场运作方式的,也有资本运作方式的。周老师从类别的叙事模式、风格、主题这些方面进行界定，我觉得这是一种很大胆的学术研究。我们今天谈中国类型电影的探索与格局，其实也是一种特定的类型性。从某种角度讲，美国好莱坞类型电影有好莱坞的特性，有美国的国民性、国民风格，及其独特的文化在里面。到中国肯定要发生变革，也就是我们现在说的本土化。有很多类型，像《白日焰火》《火锅英雄》等，你会发现好像有一个美国类型电影的源头在里面，但是又和原发状态的美国好莱坞电影类型非常不一样，它叠合了很多东西，接上了中国的地气，有很多的改造。类型性研究还是很有必要的，也肯定是成立的。我听了周老师的演讲后有几点很受触动。

第一，我最近正在思考新力量导演群体，也就是第六代之后新的青年导演，怎么来概括他们？代际的观念已经不适用了。他们主体性何在？他们可能没有主体性的困惑，甚至没有作者性的欲望，他们主体性消散在网络化、商业化的时代当中。怎么来概括这些人？在听的过程中我也冒出了很多新的想法。

第二，艺术电影从文化定位上讲，还是现代主义的范式，强调主体性、作者导演的独立性、风格化的追求等。主体性是非常坚固的、稳定的、自足的，是一个或现代或前现代的概念。到了后现代社会、后人类社会，主体性没有了，已经碎片化了。那么，接着周老师的思路讲，当下中国的艺术电影到哪一步了？中国的艺术电影何去何从？到底是怎样一个状况？这是一个非常有意思的问题。中国原来有一个约定俗成的，大家认为很实用的三分法，就是中国主旋律电影，当然西方没有。大概在2006年我写过一篇关于艺术电影的文章——《艺术电影30年》，也梳理了一下关于艺术电影的概念。我当时认定的中国艺术电影，从第四代导演开始，到第五代导演探索，周老师也举了很多例子，包括第六代导演。从主体性上讲，第四代导演确立了一代人的主体性，知青的一代、受伤的一代。第五代构建出群体主体性，当然是通过导演表达的，那就是文化反思，向西方寻找蔚蓝色的文明等。第六代构建的是一个个体的主体性，包括个体知识分子、摇滚歌手这样一些青年先锋分子、前锋性的艺术家。现代主义文化在中国短暂恢复以后在他们手上达到了一个高潮。我觉得是真正进入了现代主义，前面可能是伪现代派、假现代主义，借了一些东西。

第五代的视觉风格、电影语言,有一点现代主义的味道,但最后落实在"我是一个民族觉醒的代表,我要为我们民族发言、发声",他们有这样一个宏大的民族理想,所以是群体主体性,不是真正意义上的个体主体性。

再回到我们今天思考的新生代导演,有的叫网生代导演,有的叫新力量导演,有的叫新势力导演。这些导演真正进入了后现代社会,他们身上没有强大的主体性,没有太多的痛苦;他们游刃有余地在中国当下商业化的社会里面做偏向商业的电影,不做艺术电影。不像第六代导演那样痛苦,王小帅、娄烨这些人非常痛苦,他们那种主体性的现代主义、个体精神和当时的转型社会矛盾非常大,但是新生代导演好像没有这样的冲突。

所以今天我们说三分法好像已经越来越捉襟见肘了,它难以概括当下电影的发展态势,包括主流电影也很商业,也用大量的明星、大量的资金,以及香港的导演、演员等。商业电影也很主流化,寻找国家主题,打造国家形象,达到政治正确。有些艺术电影也很商业化,像我刚才说的《罗曼蒂克消亡史》,你很难说它是一个黑帮类型,还是一个玩弄叙事游戏的艺术电影?所以这个问题目前在中国可能有着一种前所未有的复杂性。

所以周老师刚才的演讲,让我们回顾了当下正在消失界限的艺术电影的来龙去脉,在它的世界范围的背景下。对于让今天的我们如何再认识艺术电影,有着非常重要的意义。

对于艺术电影,我的界定和周老师的概括基本一致。周老师是从"二战"以后讲起,也有人是从20世纪20年代讲起。艺术电影能够生存,特别是西方的艺术电影院线,不依赖于大的投资体系、商业体系。中国现在也说要建艺术院线,很艰难,电影资料馆也在建,但好像没成什么气候。艺术电影更多地特指"二战"之后并持续到现在的一种叙事电影,它们展现了全新的形式观念和形式内涵,并以知识文化阶层的观众为主要对象,尤其是高端的知识观众。

周学麟:战后经济的发展带来了教育的发展、教育的普及,特别是受高等教育的人数越来越多。受高等教育的知识分子对生活质量的要求越来越高。

周学麟发言

陈旭光：有时候东方和西方是"这山看着那山高"，也许西方已经走过了那种拼命追求现代性、追求 GDP 的年代。说不定他们更看重艺术电影，我们这边拼命说类型、说娱乐，艺术电影的生存还是比较艰难的，非常小众。

周学麟：刚才陈老师谈到 20 世纪 20 年代，我不知道是不是指德国表现主义？

陈旭光：是德国表现主义。"一战"之后，影评家越来越倾向于在主流商业电影与支流的艺术电影之间进行清晰的划分。

周学麟：有意思的是什么呢？德国表现主义电影的出现，一开始并不是一批志同道合的人士说，我们现在来拍一些小众化的艺术电影吧。它起源于与好莱坞之间的互动。20 世纪 20 年代好莱坞电影在欧洲占有主导地位，德国电影很大程度上是公有化的，为了抗衡好莱坞，他们要拍一些另辟蹊径的电影。这有点像 20 世纪 90 年代初好莱坞占领中国大陆市场以后，以张艺谋为代表的导演们以小搏大拍了《我的父亲母亲》《一个都不能少》这样的作品，避开和好莱坞的正面交锋。当时德国的

陈旭光发言

一些导演、制片人、摄影师开始了新的创作，好莱坞这样拍，我就那样拍。所以德国表现主义的一些经典作品，比如《大都会》，拍摄的初衷就是为了赚钱，只是后来人们反过来发现，这是一批具有很明显的视觉风格的电影，而这种风格的电影又和当时的表现主义绘画紧密相连。

我们谈类型电影，商业类型电影也好，非商业类型电影也好，是不是所有的电影——中国每年至少要拍五六百部故事片——都必须划分类型，都要落在某种类型上？还是说我们谈类型电影，实际上只是其中的一小部分？换句话说，是不是我们可以这样推断，并不是所有的电影都能被称作类型电影，包括好莱坞电影，我们通常所说的好莱坞大片只是它的冰山一角吧？好莱坞一年拍数百部电影，我们所知道的所谓好莱坞大片是其中的10部、20部、30部，其他的好莱坞电影是什么片子？好莱坞一年拍200部、300部电影，是不是这些电影都属于某种类型？我个人觉得未必。我们谈类型电影，很多时候是事情发生之后，一些学者专家回过头来看，发现这些电影具有相同的或者相似的风格，并称之为一种类型。最典型的就是黑色电影，当时拍电影就是这样拍，这样可以赚到钱，大家一窝蜂拍。20世纪50年代初，法国一批影评人发现这批电影是从比较类似的通俗小说中演变而来的，描写的都是美国社会的底部或者黑暗面，由此把它们称之为黑色电影。我不知道中国是不是也是这样的。冯小刚拍《甲方乙方》的时候没有贺岁片这个概念，贺岁片概念是谁第一次运用的？我们是不是也需要考虑一下？

另外一点，陈老师您在文章中也写到，没有一种类型是纯粹的，总是一种混合体，包括最纯粹的类型电影——20世纪50年代好莱坞拍的歌舞片，也不是100%和其他类型没有重叠的；它的年轻性、浪漫性，可以看出爱情电影或者青年电影的影响。角度不一样，得出的结论也不一样。回到所谓的艺术电影作为一种类型，我是从叙事结构的角度来说明的，另外还可以区分为大类型和小类型。

陈旭光：主类型和亚类型。

周学麟：大的划分，比如说剧情片和非剧情片，纪录片也是一个类型。那么戏曲片是不是一种类型呢？中国特色也是一种类型，陈老师谈到的中国特色，也是我的另外一个疑问。我们谈类型电影的标准，是不是一定要按照比如说好莱坞制定的标准？很多时候是好莱坞制定了规则，有时候我们是不是也需要与时俱进，和当地的特色结合起来。比如有中国特色的类型电影、喜剧电影，还有陈老师所说的主流电影。我也很困惑，类型的标准究竟怎样去划分？

陈旭光：类型就是提供了一种批评方法、一种参照、一种批评话语。我们所使用的类型，其实经常是把它变成类型化或者类型性，这个就活络多了，也"狡猾"多了，不一定按照好莱坞的类型来衡量，有些类型要素、类型痕迹，到中国是要本土化的。我在一篇文章中归纳了类型话语进入中国的特点，一个是本土化，一个是类型杂糅。因为中国的观众层非常大，非常复杂，很多人做电影希望受众面广更一些，做到极致的合家欢电影，老少皆宜，便会选择在一个主类型的基础上复合其他类型。类型是一个总结、一个后发式的术语，前面的很多实践以后再来概括，概括以后进一步引发和触动实践者，更加自觉地按照这个路线走。这是相得益彰的，说

活动现场

明学术理论和电影实践有了很好的互动。大家做理论研究要有信心,只要做得好,就能够概括出类型的理论,这是没有问题的。

杜若飞(北京大学艺术学院硕士研究生):周老师今天比较详细地讲了类型电影和艺术电影的不同特征。今天的题目是"作为类型的艺术电影",我其实到现在还不太明白艺术电影如何作为类型?您为艺术电影提出了很多特征,这些特征都是在类型电影具体的特征前面加了一个否定意义的词汇,如非连续、不明确、疏离的、模糊性、多层次的。是否可以说艺术电影内在地拒绝被认为是一种类型呢?艺术电影如何作为类型呢?

陈旭光:你先解释一下你认为的类型。

杜若飞:类型可以从不同的视角来说。从观众来说,你告诉我这是一个动作电影,我可以有一个期待,我可以看到一个什么样东西,观影行为可以有一个具体原因。从陈老师说的批评语境来说,我们用类型把电影划分出不同的种类,可以用不同的话语体系进行讨论和描述不同的电影。从制作者的角度来说，不同类型意味着我可以选择不同的剧组分工，比如不同的编剧、武术指导、美术等，他们适合制作不同的类型，制作过程中可以减少成本，或者成本是可控的。从产业到观众到批评界，我认为类型是一个比较具有操作性的、便捷的划分方式，我不觉得艺术电影是可以被看作一种类型的。

周学麟：你刚才说的商业类型确实是这样的。我们谈到电影学，或者电影研究，最基本也是最重要的方式，一个是类型研究，一个是作者论。谈到类型理论，实际上更多的时候强调的是商业性，主流商业类型电影。你刚才说的都对，作为一种类型，实际上是一种手段，它既帮助制作方也帮助受众方。比如从制作方来说，我可以来定位，可以加上一些类型因素在里面，在这个基础上再考虑惯例和创新之间的平衡。在类型电影的制作过程中可以分工生产，20世纪30年代到60年代好莱坞鼎盛时期，它的分工合作是非常紧密的，这个棚子全部拍这个桥段，那个棚子专门拍那个桥段，然后再像机器一样把它们剪接在一起。从观众的角度来说，这是一部动作片，或者歌舞片，或者黑帮片，我知道可能是我想要看的。我在看一部动作片或者歌舞片之前，我的脑子里面有两种期待：第一种期待是，我会遇到这样的人，会看到这样的情节；第二种期待是，在此基础上我不知道会看到什么突然发生的、意料之外情理之中的东西。作为类型片，很重要的一点是在它的惯例和创新之间达到一种平衡。当然，如何平衡是另外一个问题了。

你说艺术电影不可能成为一种类型，因为它不具有商业性。第一，我们在划分某种类型时，是不是一定要考虑商业性。第二，是否艺术电影就没有任何商业性可言？未必啊，《黄土地》赚了很多钱，我不知道谁赚了钱，给导演、陕西电影制片厂或者海外发行。当然，不是所有的艺术电影都赚钱，田壮壮的两部电影《盗马贼》《猎场札撒》都没有赚钱，这是另外一回事了。现在的焦点在于，我们对一种电影划分类型，是不是一定要考虑它的商业性？

比如说有些喜剧片是大卖的，像冯小刚的《甲方乙方》《不见不散》，但是不是所有的喜剧片都卖钱呢？都给导演或者制片公司赚了很多钱呢？我们说的是具有社会效应并成为一种现象的、所有人都在谈的电影，它显然是大卖的。反过来，我们中国每年要拍多少喜剧片，有多少没有在卖，这些电影会因为不大卖而不能称为喜剧片吗？你说到了一点，我似乎用了很多的"非"字，因为这个观念太根深蒂固了，我们谈到艺术电影和商业电影，就是两个不同的类别，一面是商业的，一面是非商业的。

陈聪聪（北京大学艺术学院MFA）：您是怎么理解巴赞的？他认为电影表现的是现实连续性。除了现实连续性，巴赞还强调了电影的真实性，其实意大利新现实主义也属于艺术电影，它能划分吗？我觉得能划分。还有一个问题是您怎么看巴赞说德国表现主义在美学上是失败的？

周学麟：这是一个很大的问题。我们谈一下表现主义为什么失败这个问题。在我回答之前，在座的诸位有多少人觉得德国表现主义美学形式或者风格是失败的？巴赞是在什么情况下说德国表现主义是失败的？

陈旭光：从一个理论家的角度讲，某一个运动失败了，某一个美学有问题，都是可以的；但从电影史的角度讲，这是一个绕不过去的存在，而且对后世有影响。

周学麟：刚才我谈到三个特点，其中一个是主观现实主义。主观现实主义可能是表现主义，让画面本身说话，而不是通过对话。正面人物和反面人物出场，你马上就知道他是正面的还是反面的。有一部西部片叫《侠骨柔情》，你会感觉到，主人公三兄弟一开始赶着一群牛出来，从机位、角度、镜头的运用，特别是背景音乐，都能显示出他们是阳光的、积极向上的，是正面的人物。而后来的父子两人坐着马车出来，整个画面立刻变得阴暗，背景音乐也完全改了，非常消极。像这种电影，人物一出场你就知道哪些是好人，哪些是坏人。但我们看的《黄土地》，它没有任何暗示，当然我们知道他是八路军。但如果是对中国历史、中国革命一无所知的人来看这部电影，他会搞不清楚顾青究竟是以什么样的身份、什么样的形象出来的。

德国表现主义通过画面本身塑造人物、刻画性格、阐述影片的主题。陈老师也说了，在某种意义上说，德国表现主义不符合巴赞倡导的连续性或者真实性。但是德国电影本身对世界电影，尤其对好莱坞电影产生了巨大的影响。我们谈20世纪

30年代的黑帮电影、40年代的黑色电影，都是不仅受到德国表现主义美学的影响，而且当时的一批德国导演、剧作家、摄影师也是直接参与的。这就是好莱坞的高明之处，它看到一个地方的电影开始欣欣向荣，对它有可能构成威胁，便立刻向对方伸出橄榄枝。一般来说，人们很难拒绝好莱坞伸出的橄榄枝，包括我们的张艺谋导演。我记得《长城》发行的前几天，剧组在北京开了一个媒体发布会，会议主题是"终于轮到我们了"。好莱坞的发展历史就是挖墙脚的历史，20世纪20年代挖取了德国表现主义，到现在差不多一百年终于轮到我们了。轮到我们意味着什么？我不认为德国表现主义是一种失败，但我尊重巴赞的看法，他可能是在某种具体的背景下得出这样一个结论的。我们探讨艺术电影的主观性，主观投射所带来的对于阅读的影响，没有一种视角可以代替其他视角。我不知道这样说是不是合适？

陈旭光：要大胆假设，小心求证，理论创新实践。

周学麟：创新的基础是批判性的，不能认为一切都是理所当然的。我心里有障碍，谈这些自己说不清楚，表达不准确，有这样的问题在里面。

陈旭光：理论就是一种话语方式，特别是批评要借助于某种理论。理论家就是通过某种视角，面对斑斓驳杂、纷繁复杂的作品，给它一种秩序。从某种角度讲，世界要有光，要有一条路。当然要大胆假设，小心求证，这是咱们老校长胡适先生说的。科学就是在一步一步地证实和证伪中不断前进的。

王欣涛（北京大学艺术学院博士研究生）：刚才您多次提到青春电影，我现在正在做青春电影的研究，那么青春电影是不是一个类型？我个人认为是一个类型。关于青年文化，如果找理论基础的话，您认为哪种理论能够阐述这一文化？

周学麟：先说第一个问题。我觉得青春电影或者青年电影绝对是一种类型。我们如何来界定青年电影？泛泛来说所谓青年电影就是表现年轻人的电影。但从更广的范围来说，我们知道当今电影有两大特征：一个是动作性，一个是青年性。这样来看的话，可能世界电影当中三分之二可以被称作青年电影，因此要有某种规定或者缩小的范围。在研究过程中你可以自己来设置。这里我想谈两点：第一，我们谈青年电影，我们怎么谈？我们研究青年电影可以从两个方面来谈。一是把青年看作人生的一个阶段，二是把青春期看成一种经历。阶段和经历是相差很远的。把青年看作生命成长中的一个阶段，如果从这个角度来看的话，我们得出的结论就是，世界是你们的，也是我们的，但归根到底是你们的，因为年轻人朝气蓬勃，像早晨八九点钟的太阳；把青年看成一个阶段，青年是祖国的未来、民族的希望，通向未来的钥匙掌握在年轻人的手里。1949年以后，我们很多年谈青年电影都是从这个角度来谈的，因为毛主席的这段语录家喻户晓，《村里的年轻人》《青年之歌》都是这样的电影。

现在我们研究青年电影，更多的是从第二个角度出发的，也就是把青春期看作一种经历，青年在主流社会中处于边缘位置。"二战"以后社会变得宽容，经济得到发展，青年有了更多的可能性，自己工作，自己买车。从青春期作为一种经历的视角来谈这些电影，就是要表现这些处在边缘地带的年轻人如何发出自己的声音，寻找自己的身份。在这个过程中，他们可能是反叛的，可能是反抗的，也可能走的是一条非主流的道路。

我们从什么视角来表现这些所谓的反叛青年？一个是主流视角，从成人的视角来看；另一个是非成人视角。什么意思？同样一部青年电影的某一个片段，我们从不同的视角可以得出完全不同的结论。比如最近比较火的《速度与激情》系列电影，里面经常有青少年飞车的情节。如果从主流视角来看，这些年轻人不务正业，给社会、居民、街区带来危害，这些人是问题青年，都应该送到某一个地方接受再教育。但是如果我们从另外一个角度看，我们可能得出不同的结论。新时代的年轻人张扬自己的个性，想说就说，想干就干，那么这个桥段就是在承认年轻人的冲劲、干劲和一种无所畏惧的态度。不同的视角、不同的态度决定了我们研究的角度，得出的结论也是不一样的。没有一种视角是可以代替另外一种视角的，这也牵扯到你提的第二个问题，也就是理论问题。

用什么理论做参考？从文化研究的角度来说，战后伯明翰学派出过一部论文集叫《疑似的反抗》，这部论文集谈的不是青年电影，而是青年亚文化或者反叛文化。其中的一个核心观点就是说，青年文化的呈现是测试一个社会变化的晴雨表。我想

陈旭光教授与周学麟教授合影

这一理论阐述可以作为研究青年电影的参考。

另外就电影本身来说,最早的青年电影研究在美国。20 世纪 80 年代初,大卫·康斯丁写过一部著作叫《青少年电影》,这本书是研究西方青年电影的第一部专著。简单来说,通过研究青年文化,可以折射出整个社会的翻天覆地的变化。我想中国青年文化也是这样。

我个人有一个见解,中国真正意义上的青年文化发生在 80 年代,实际上是一种青年亚文化,或者说青年反叛文化,比如王朔写的小说。

陈旭光:上一次课我和同学们讨论了亚文化、腐女文化等问题,这是一个非常的研究空间。要想把论文写好,不能仅仅局限于规规矩矩的表面文化,要潜入网络里大量隐藏着的真正的青年亚文化当中。当下的电影里面很难表现青年亚文化,可能会悄悄地改换头面地表现,需要我们认真地梳理出来。

今天周老师的视野非常开阔,内容涉及了世界与中国,并在方法论上带给我们

与会人员合影

一个启示,也就是大胆假设,小心求证。我们是人文学科,求证不一定完全排他,也不可能完全精确化,一个反例都找不到,人文学科的研究肯定不是这样的。文化研究更重要的是呈现,得出简明扼要的多价值判断,用某一种范式、某一种视野和角度对作品重新进行划分。只要言之成理,自圆其说,就意味着一种学术理论话语的诞生。

周老师的课题很复杂,也很难,周老师自己也很谦虚。类型本身就是一个很模糊的概念,甚至有美国电影理论家认为,从某种角度讲,任何电影都是一种类型。对类型的界定在是与不是、是与相似之间,只能进行大致模糊的界定。而且在古典好莱坞时期,类型刚刚被总结出来的时候,可能还比较明晰,但是随着理论和实践的发展,出现了大量的反类型、超类型,类型变得越来越模糊。类型术语本身就比较难,就像柏拉图说的,美是难的,艺术电影也是难的。

周学麟: 大卫·波德维尔说,艺术电影证明了清晰的最高原则是模糊,这是真理。

陈旭光：我当年写文章的时候引用了《世界电影理论思潮》里的一句话："艺术电影的概念永远不会被完全固定下来，然而它总会在标准化和多样化的张力之间，结合特定的历史情境被提炼出来。"它没有办法固定，永远是一个标准，永远是一个存在。它的存在，会让我们更好地认识当下的电影类型格局、商业化的趋势，更好地认识其他类型电影的情况，因为有它作为比较的存在。

如何接着第六代导演的艺术电影往下走，中国现在的艺术电影在界限模糊了之后是一种什么样的形态？我想可能会往商业电影上跨越，甚至可能会融合主流的东西。那么艺术电影在当下的受众是不是固化了呢？现在的青年文化跟当年不一样，一个很重要的原因就是网络普及。网络普及会生发出大量的青年亚文化，非正统的，非官方的，官方所不屑和不齿的，都可以大量地在网络上滋生，在暗地里成长。因此这个时代艺术电影的受众也不一定会固化。在中国这么大的受众群体里，艺术电影未尝不可以变得商业化，看的人多了商业性就来了。很多艺术电影市面上的票房不好，但是网络上的口碑特别好。这些都是一些新的话题、一些新的现象，希望大家以周老师的演讲作为一个开始，在今后的研究和讨论中继续讲下去。

今天的讲座到此圆满结束，让我们再次以热烈的掌声感谢周老师带给我们的精彩演讲。

周学麟教授的发言引发了在场老师、同学们的强烈共鸣，同学们针对艺术电影和类型电影的分类，以及青年电影的相关问题和周学麟教授展开了充分的交流。周学麟教授的海外研究经历开阔了北大学子的研究视野，沙龙活动在轻松愉快的氛围中顺利结束。

整理：张立娜

第二讲

中国电影的产业升级与美学建构

（北大人文论坛）

主持人 张　卫　陈旭光
嘉　宾 王一川　饶曙光　叶　宁　贾磊磊　刘汉文　杨真鉴　左　衡
　　　　 刘　藩　司　若　徐远翔　聂　伟　范志忠　庞　洪　赵卫防
　　　　 柯利明　索亚斌　李　洋　肖怀德　李道新

编者按

2018年12月15日下午,第15期北京大学人文论坛在北京大学红三楼均斋博物馆举办了"迎向中国电影新时代——产业升级和工业美学建构"高层论坛。电影学界、产业界、创作界嘉宾济济一堂,献计献策,共同探讨了中国电影的新时代与新发展。

本次论坛由北京大学人文学部、北京大学艺术学院、中国电影评论学会、北京大学影视戏剧研究中心共同主办。中国电影家协会秘书长、中国电影评论学会会长饶曙光,中国电影评论学会常务副会长张卫,中国艺术研究院研究员、北京电影学院特聘教授贾磊磊,华谊兄弟电影有限公司总经理叶宁,国家新闻出版广电总局电影所所长刘汉文,真鉴影业董事长杨真鉴,阿里影业前副总裁徐远翔,儒意欣欣影业执行董事柯利明,上海大学影视学院教授、上海文艺评论家协会副主席聂伟,浙江大学国际影视发展研究院院长、传媒与国际文化学院副院长范志忠,中国艺术研究院影视所副所长赵卫防,中国传媒大学戏剧影视学院教授索亚斌,麒麟影业董事长庞洪,中国电影艺术研究中心电影文化研究室副主任左衡,中国艺术研究院文化战略研究中心副研究员刘藩、肖怀德,中国传媒大学戏剧影视学院副教授司若,华海时代影业董事长王海斌,以及北京大学艺术学院院长王一川、副院长陈旭光、影视系主任李道新、艺术理论系主任李洋等教授出席。

本次高层论坛,专家学者、业界从业者、管理者济济一堂,思想碰撞、分享观点、交流经验,共同探讨中国电影质量提升、产业升级的重大命题。无疑,在人口红利和影院银幕等刚性增长之余,中国电影产业发展仍有待于全面优化和升级。而电影作为一种独特的产业或工业,兼有艺术的品性、文化的力量,它期待理性的规则、可持续发展的内生动力,也呼唤美学品格的坚守。我们所期待的"电影工业美学",应该既在电影生产领域遵循规范的工业化流程和社会体制的要求,又力图兼顾电影创作的艺术品质、文化精神的保障,进而推动中国电影产业的新发展。这是迎向新时代的中国电影人践行、追求的高远目标和共同使命。

活动海报

活动现场

张卫（中国电影评论学会常务副会长）："迎向中国电影新时代——产业升级和工业美学建构论坛"现在开始。我们的主办单位是北京大学艺术学院、北京大学影视研究中心、中国电影评论学会，现在我们先请陈旭光老师介绍一下到会的各位嘉宾。

陈旭光（北京大学艺术学院副院长、北京大学影视戏剧研究中心主任）：谢谢各位嘉宾老师和同学，我介绍一下出席这次会议的嘉宾。（介绍嘉宾略）

张卫：下面我们请北京大学艺术学院院长王一川教授致辞。

王一川（北京大学艺术学院院长、教授）：这是一个寒冬的下午，我们很高兴在红三楼欢迎各位。正当东西南北中认识新时代、研究新时代的过程中，北京大学很高兴迎来了各位共同研讨电影新时代的话题，我代表北京大学艺术学院欢迎各位专家和客人的光临。这是第一个意思。

第二，这么多年来，中国电影评论学会在中国电影评论界做了大量的工作，我

王一川发言

们很高兴能够配合中国电影评论学会的工作,承办这次学术研讨会,特别感谢饶曙光秘书长、张卫会长、赵卫防所长对我们的信任,我们一起研究中国电影迈向新时代的话题。

第三,我和陈旭光老师商量选题的时候有过讨论,今天人人都在谈论新时代,社会已经进入新时代,我们的电影是否也已经进入了新时代?是否还没有?社会进入新时代了电影就一定进入了吗?电影艺术的新时代跟社会的新时代是一回事吗?特别是电影产业,今天的话题是聚焦产业升级和工业美学建构,这些是否已经有了新时代?这是一个严肃的产业问题、学术问题以及电影欣赏的问题,可能涉及方方面面,今天请来对这些问题有研究、有心得、有创建的各位专家,正好可以碰撞出思想的火花。

北大历来就是思想自由、兼容并包的园地,我们学院又处在北大的"心灵地带",有未名湖、博雅塔这样一个景观带,在这样的地方研讨,自由地驰骋我们新时代电影发展的思想，是很好的平台。衷心欢迎各位，也衷心希望今天的思想交流、思想交锋能够碰撞出火花，它会照耀我们迎接中国电影新时代的旅程。谢谢各位。

张卫：下面由中国电影评论学会会长饶曙光致辞。

饶曙光（中国电影家协会秘书长、中国电影评论学会会长）：非常高兴在这么寒冷的下午来到北京大学均斋博物馆，这里很后现代，我从前现代来到了后现代，很有穿越之感。党的十九大刚刚召开，中国社会进入了新时代，中国电影也进入了新时代。中国电影应该有新气象、新发展、新境界，特别是中国电影要面临升级换代，要面临工业体系的完善，相关的问题我们怎么去应对？这个研讨的题目是旭光老师、张卫老师在一次谈话中碰撞出来的，他们有一个非常好的命题，"中国电影的美学"这个话题可供大家探讨的层面非常广泛。宏森部长经常问我一个问题，你们能不能出一些谈电影语言现代化的文章？我个人觉得我们现在好像不是一个产生大师的时代，也不是一篇文章能够改变电影风向，形成一个电影思潮或者潮流，影响出电影发展思源的时代。但是我一直坚信一个观念，虽然我们个体成不了大师，单篇文章成不了引领性的文章，但是我们依靠集体性和全体的力量，依然可以发挥中国电影评论对于中国电影可持续发展的重要的支撑作用。因为中国电影发展到今天确实面临很多新的问题，包括过去结构性的问题以及新时代提出的一些新的问题，所有的问题都需要我们来回答。

我觉得在座的各位都是我们业界、学界、电影理论评论界大佬级的人物，对当前中国电影的发展、问题、对策，以及推进升级换代的路径，包括工业层面、美学层面都有着自己的思考，都有着很多有益的观点。通过这样的交流，大家都能够把自己的智慧和能量释放出来，我们以群体性、集体性的力量来成为推动中国电影可持续繁荣发展的一个重要的支撑。中国电影如何走向新时代？如何实现升级换代？对于这一系列的问题，我们提供的智慧和能量一定可以为电影业界，也包括电影管理层提供有益的参考和思路。我个人特别期待我们所有的参与者，包括我们的学生把自己对中国电影的思考和想法贡献出来，我们一起努力为中国电影走向新时代，为中国电影的繁荣发展，为中国电影从大国走向强国，做出我们自己的贡献。谢谢大家。

张卫：我们的会议分为两个部分，有相对的主题，但是不是那么严格，有一些参会专家可能会提前走，他们先说。因为会议的时间比较紧，每个人讲话的时间有限，要求八分钟，八分钟以后会有提醒。下面有请饶曙光先生发言，他的题目是"新时代与中国电影的升级换代"。

饶曙光：非常高兴有这样一个机会跟大家交流。2016年中国电影新力量论坛举办时，中国电影出现了增速放缓，紧接着就是美国好莱坞大片完全侵占了中国电影市场。也就是在2016年春节档之后，到2017年《战狼2》之前，美国好莱坞大片在中国市场占据了很强势的地位。当时大家都觉得2013年到2015年我们单靠喜剧片、青春片、动作片来跟好莱坞打游击战是奏效的，但是不完全是，我们需要推进中国电影的重工业产品，需要有足够量级的影片在好莱坞大片进来的时候不避让，能够跟它正面抗衡，有打阵地战的能力。当时宏森部长提出这些问题的时候，我们电影业界对此认识并不高，特别是还没有意识到中国电影业当时已经蕴藏着一种危机，现在我们都看得很清楚了。像《智取威虎山》《湄公河行动》《战狼2》，中国电影市场需要这种重量级的作品，不叫重工业产品，至少是重量级的作品，能够赢得我们的市场，让我们的游击战和阵地战相结合，让中国电影获得更大的话语权。现在大家已经形成了共识，我们中国电影需要升级换代，但是如何升级换代？如何找到方法论？如何找到有效的路径？这些是我们当下中国电影面临的重大问题。我们的工业体系如何完善？我们的工业布局如何有效地带动国民经济的发展，拉动就业？如何实现电影工业对工业更好的贡献率？我们如何在产业链上摆脱对票房的依赖，获得电影更多的衍生品开发？这一系列问题和电影工业联系在一起，没有一个坚实的工业基础，我们后面的很多事情是很难实现的。对中国电影产业的升级换代我们已经有了共识，但是我们如何找到实现的路径和方法，这是我们今天召开这样一个会议的目的。

中国的大片发展也有一些经验和教训值得我们去总结。从2002年的《英雄》一直到《无极》《夜宴》这样一些当时的中国式大片，它们带来了很多问题，甚至一直

饶曙光发言

到现在还有负面的影响,包括价值观混乱、叙事逻辑无序、创意和想象力不足,都造成了我们对中国式大片的诟病。重工业也不是没有美学的,也不是粗鄙的,要从中国文化、中国电影传统当中吸取更多的营养,也就是说,我们中国电影的升级换代一定要有中国电影史的维度,所有的问题都需要我们今天进一步地研究。在我看来,我们独特的文化传统,我们中国电影的一些值得去阐释的传统,包括中华美学经验,包括我们的"一带一路"倡议,其实都是我们中国电影在今天升级换代、争取更大的国际化生成空间,并且通过"一带一路"沿线更有效的国际合作,来构建世界电影新秩序的一个新的历史性机遇。我这里还是要强调一点,我们要辩证地看中国电影的重工业和轻工业,重工业也不是万能的,因为任何一个重工业的发展都需要强大的工业体系、技术体系、人才体系准备,需要充分的文化、美学、技术准备。我跟杨先生也聊过这个问题,如果没有这样的国际高端合作,没有这样的技术支撑和人才准备,以前的情况就有可能再次发生。最近半年时间,《摔跤吧!爸爸》

《看不见的客人》《天才杀手》给我们一个很重要的启示，我们两手都要硬，两手都要抓。一方面我们要坚定不移地推进电影工业体系的完善，支持我们的电影重工业；另一方面我们在中小成本电影上要下更大的力气，提高我们中小成本电影的艺术质量和市场竞争力。最重要的是重工业和轻工业相互配合，游击战和阵地战相互配合，用这种方式赢得更多的市场和更多的话语权。谢谢大家。

张卫：饶曙光会长从各个方面给我们阐述了中国电影工业升级换代的问题，并提出了一个重要的概念——阵地战，和好莱坞打阵地战也是一个非常专业的问题。《战狼2》取得了56亿元的成绩，上映时没有好莱坞对手，是在一个比较特殊的情况下取得的成绩。我们在五一档、端午节档的阵地战中都是惨败的，可能都不到5%的占有率。下面我们请叶宁先生发言。他曾经在两家业内排前三位的企业中工作过，也一定对不同类型的中国大型电影企业有过不同的研究，他的发言会让我们更深入地了解中国工业化、类型化以及升级换代的问题。

叶宁（华谊兄弟电影有限公司总经理）：谢谢院长的邀请，第一次来到均斋看到近百年的建筑和前辈们的传承。对于中国电影市场，我的第一个判断，毋庸置疑，它才刚开始，深度和广度非常大，保守估计2020年票房会成为世界第一，现在我们的电影真的是被中国电影观众推动着走。每一个档期、每一部新作品都会引起我们的思考。因为一直站在一线，这几天我和我的团队一直处在战斗的状态中，处理各种问题，看各种报表，有各种数据可以共享，随时可以提供。当下的中国电影，当然非常让人兴奋。一路走来让我们深知，呈现在观众面前的每一部电影都必须全力以赴，而且必须有创新的地方。我刚去苏州探班《八佰》，非常振奋，一千名矿工在现场重现当时的历史，这部电影会开创中国电影的新风向。包括《战狼2》，也包括我曾经参与的《寻龙诀》，让我觉得在现在的电影市场的深度和广度的情况下，中国电影和工业必须走向联合。工业化一定要靠重要的项目，而且要形成重要项目的逻辑，这条路不能放松。得不得奖，得不得奥斯卡都在其次，关键是要占领我们的市场、票房和观众。不要对立地去看，我们要努力赢得人心，在当下没有票房会有话语权吗？全世界只有中国电影市场还有可能和好莱坞比拟，有可能超越它。一部电

叶宁发言

影如何取得市场的认可,这是大的电影公司、大的电影企业一直在全力思考的,工业化这条路必须要走。拍了这么多年电影,看到预报也会比较兴奋,但是每一个项目的背后都蕴含着巨大的未知,这是我们现在面临的问题。电影必须要多方力量联合在一起,我们现在一谈到电影工业化,很多老师不愿意谈,学生不屑于谈,脑海里都是大师的形象,无法真正诉说心里的故事。我们也看了很多的剧本,看到很多很年轻、很有激情的创作者,但就是不能老老实实地讲一个故事,写一个人物,里面的东西都是借来的,都是别人的,心脏都不是自己的,这怎么行啊?不管多大的制作,现在真的就是要写出中国故事,要能够回归我们自己的故事本身。在创作上,我们现在还有很多迷茫的地方。

回到中国电影市场,现在的观众太可爱了,并没有说哪个类型就一定受欢迎。有同学问我这个能不能拍,那个能不能拍,我的理解是都可以拍。类型性技法没有形成,任何故事都是新的故事。更别说《战狼2》了,它解决得最好的地方是前期的人物塑造,让观众觉得英雄人物真的是非常重要。要匹配很多创作思维,当然还有市场成本等,这些都需要工业化,不是靠一个人干出来的,更不是想象出来的,都是一步一步走出来的,每一个镜头、每一件服装、每一个炸点,所有一气呵成的东西,都是扎扎实实干出来的。

关于人才培养,我觉得一定要在实践中培养人才。我强烈建议产学结合,可以前校后厂,也可以前厂后校。我们需要的人才应该能够知行合一,能够在现场拿出摄影机完成自己的表达。这是需要传帮带的,野蛮生长到现在也留下了一批种子。我感觉我们是冒着枪林弹雨往前扛,未来五年到十年对中国电影至关重要,而且中国电影的强大要靠中国电影人,靠中国电影的故事,当然外来的技术和资源也可以为我们所用。谢谢大家。

张卫:来自白热化的阵地战前线的叶宁董事长为我们讲述了电影工业和电影人才的重要性。下面我们有请中国艺术研究院研究员、原院长贾磊磊先生发言,他的题目是"新时代电影创作的资源"。

贾磊磊(中国艺术研究院研究员、北京电影学院特聘教授):大家下午好,各位老师,各位同学,很高兴参加"迎向中国电影新时代——产业升级和工业美学建构"这样一个研讨会。这种研讨会的意义在哪呢?它处在一个比较纯粹的学术的语境当中,大家讨论问题的时候可以针对一些具体的电影的创作、产业、历史等方面畅所欲言,我非常喜欢这种方式。我大概有三个方面的问题和大家分享。

我讲的题目是"新时代电影创作的资源",首先我觉得我们现在的中国电影除了对现实生活和过去的电影积淀进行总结以外,还要特别强调对传统文化的弘扬、借鉴、汲取。在这个维度上,我们很容易对传统文化做出二元性的判断,什么是优秀的传统文化,什么是负面的传统文化?什么是好的,什么是不好的?我们现在遇到的问题是什么?很多优秀的传统文化改编成电影后并不是很成功,比如《红楼梦》。《红楼梦》的电影拍摄都不是很理想,谢敏先生拍了六部,我们研究电影的时候把它拿来当作负面的东西讨论。这类鸿篇巨制的电影失败的教训真的很多。包括《白鹿原》,96个人物,那么大的篇幅,是不是一个电影的题材?和小马奔腾讨论的时候

贾磊磊发言

我就特别反对,长篇小说、鸿篇巨制很多都是我们文化中的经典,是我们优秀的传统文化,但并不适合拍电影。电影资源的选择和确认要符合电影自身的规律,符合电影院播放 90 分钟的长度,三四个主人公的基本诉求。我们现在对传统文化的认知,不是一般价值观的认知,关键在电影创作的框架语境下,哪些东西是可以界定的?哪些是不可界定的?对我们来说,这是非常重要的选项。从中国传统文化的角度来说,《花木兰》是一个特别好的正面故事,替父从军,向传统致敬。那么,美国人拍的《花木兰》在美国电影叙事结构里变成了什么样子呢?实际上,也是认同中国文化传统的——皇上想让她当宰相,花木兰拒绝了皇上,回家侍奉父亲。我觉得这就是一个很好的例子。我们中国有很多优秀的传统文化,是有共同价值的,这种共同价值是能够被传承和接纳的。我们也有负面的东西,我们经常讨论什么是电影的命题,什么不是电影的命题。现在修一座桥还是炸一座桥是电影的命题吗?我们拍了很多修建铁路、桥梁、港口的电影,虽然也是电影的命题,作为一个纪录片未尝不可，但是炸一座桥才更接近电影的命题。草原上的一家牧民可能是一个电影命题，还拍了一部《天上草原》，但草原上的一家土匪或者一群土匪肯定是一个电影命题。所以有些东西在社会生活当中处在负价值地带，但很多可以成为电影命题。比如孔子当然是一个电影命题，胡玫拍《孔子》的时候很感慨，说孔子是一个教育家。我说老师讲课你怎么拍呢？反过来说将军更容易拍成电影，比老师更容易变成一个电影命题。在主流的电影工业层面上，一个好题材就是一个好电影命题，题材选坏了会冲撞电影的基本规律，这样会很难做。安宁、平静的生活是我们每个人都希望的，却很少能拿来拍电影，相反战乱的生活却有很多人拿来拍电影。对于传统或者说对于我们的电影创作资源，一定要寻找到它的接口；电影自身的规律是不能僭越的，你不能先把电影破坏了，再说我要做这部电影。在正面的价值和负面的价值之间我们选择什么？这是一个很重要的命题。

其次，对于新时代来讲，我们现在面临的电影命题有两重含义：一是创作，二是生产。我们仔细看习主席的讲话，在讲到艺术的时候从来都是把创作和生产放到一起来讨论，很少单独提出创作的概念和生产的概念。艺术的创作和生产是并行的，工业的意义是生产，美学的意义是创作。我们今天讨论产业升级和工业美学，它的特别意义在于，我们现在不是抱着单纯的艺术创作在讨论，那样没有意义，电影的生存语境是工业化的、产业化的。第四代、第五代导演拍了很多电影，追求电影语言的现代化，在没有市场压力，没有经济负担的情况下，可以随意提美学上的要求。说实在的，尽管有一定的操作上的难度，但没有什么界限是不可跨越、不能践行的。现在不一样了，你提一个美学概念，要考虑谁会用资本去支撑它；反过来，如果没有美学，你想拍成电影也是非常困难的事情，我们现在的电影创作和生产一定要兼顾。法兰克福学派过多地批评电影工业，现在看来是不实际的，最起码电影工业不像法兰克福学派说的那么邪恶，把人类的整个历史给颠倒了，把美学都破坏了，显然不是那样。生产意味着我们要考虑市场，我们要考虑消费和需求。如果我们的电影不能进入电影院和市场，所有的文化、政治、道德层面的思想和价值都没有人看，一切只能归零；而单纯强调生产概念、忽略美学概念的工业产品，最后也会变得毫无意义。所以在现在这个环境下，在创作和生产并行不悖的框架里面进行电影创作是很重要的。

最后，我们要的是个性还是共性？艺术一定强调个性，它的品牌塑造很重要，但共性也不能忽略。在普遍意义上观众对一部电影的需求，特别是类型电影，需要适应一批对这个类型感兴趣的观众。如果你忽略了这一批观众，那么你的投资会非常危险。我觉得这几年好几部电影都做得特别出色，《智取威虎山》《湄公河行动》把不同的类型整合在一起，包括电影的叙事，如《智取威虎山》整个的叙事段落、场面调度都模仿了黑泽明的《七武士》。如果没有经典的艺术做支撑，单纯的工业概念根本表达不了你的个性，这一点是非常重要的。前段时间我和旭光在佛山开会，遇到吴思远，吴思远就说，任何电影都不能逆势而为，要么是创势而为，要么是顺势而为。他讲1949年以后全部电影都是逆势而为，怎么理解？一个导演是要做一个艺术家，还是鼓励他做一个产业家，或者一个制片家？这种要求对一个导演来讲确实是非常艰巨的。对于现在的理论批评来讲，我们更应该关心的是电影观众走出电影院以后对电影的认知是什么。这是我们最关心的，起码是我最关心的。电影留下的记忆是什么？对精神的认知和文化的认知有什么影响？历史记忆产生了什么样的文化记忆？我们特别看重这个。对于一个创作者来讲，他可能更关注的是怎样让观众走进电影院。一进一出有很大区别，我们希望创作者既要关心怎样把观众引进电影院，又要关注观众走出电影院后他的认知是什么。更好地兼顾这些方面的关系，是我们希望看到的。

张卫：贾老师讲到了电影资源的选择和电影与观众的关系等诸多问题。下一位发言的是北大艺术学院院长王一川教授。

王一川：很高兴今天能够有机会谈一下自己的想法，本来作为东道主应该安排到后面，因为要出差还得去机场。刚才听了几位的发言讲得特别好，有业界的弄潮者，也有领先的评论家。对着题目说一说我的想法，社会已经进入新时代了，而且我们知道在2013年就已经进入了，我们正在体会这样一个新时代。电影是不是也已经进入了新时代了呢？我觉得电影要慎重一些，电影新时代可能在未来。但是社会新时代和电影新时代之间有中间环节,有很多重叠的地方。往往是社会进入新时代了,再向艺术提出要求,诗界革命、文艺界革命、小说界革命,文艺的变化要晚一些,艺术的变化有很多特征,艺术新时代有很多标准。艺术新时代的鲜明标准首先是产生了新型的艺术作品,出现了艺术的佳作和杰作。总书记说要有三种作品,纲领、传世、不朽之作。对于电影而言,则是要生产新型电影、新型企业家、新型电影艺术家以及新型电影工业专家、新型电影工业体系管理专家。同时,还要出现新型电影理论家、电影评论家。这样一些标准我们是不是都满足了?特别是第一个,纲领、传世、不朽之作现在衡量是不是有点早?这些都是需要重视的。我讲一讲社会新时代和电影新时代相结合产生的新时代电影,有一些征兆是可以考虑的,它们终将影响电影新时代的到来。

第一,从制作成本看,中小风流。2003年到2012年是中国电影大片时代,以大为上,如《满城尽带黄金甲》《十面埋伏》等。大家都争先恐后,但是没有产生什么好作品。现在中小成本的电影,尤其是《人在囧途之泰囧》创了国产片的票房新高,它引发了一轮中小制作影片的脱颖而出,《烈日灼心》《推拿》《煎饼侠》《夏洛特烦恼》这些影片创造了很好的效果。第二,在筹资方式上,网络众筹成为一个新潮流。电影《十万个冷笑话》是比较早的,后来的《叶问3》《西游记之大圣归来》等,有的是网络众筹,有的是朋友间众筹,很多电影都有很多的出品单位,有的甚至十几个。第三,营销方式上的新媒体营销。2015年暑期档给我印象很深,我到电影院买不到票了,逼着我网上买票,新媒体营销很火。第四,电影类型和样式上喜乐为上,轻喜剧片、动作片占了上风,《美人鱼》和《战狼2》,一个是喜剧片,一个是动作片,创造了国产电影的票房新高。第五,内容中蕴含了情义无价或者信义无价的价值观。中国人注重承诺,亲人的承诺、恋人的承诺、朋友的承诺,以及自己心灵的承诺。《战狼2》创造了这么高的票房,这其中就包括冷峰对女朋友的承诺、对战友的承诺、在非洲对中国同胞和外国同胞的承诺。义占了上风,所以它的卖点很重要。第六,电影工业上有一个特点——赶风美国。现在香港电影的北上,同以北方电影文化为代表的内地电影合在一起,拍出了新主旋律电影,取得了很好的票房效果。《中国合伙人》《智取威虎山》《湄公河行动》《战狼2》等，风格越来越成熟，这是一个很重要的现象。第七，网民自己娱乐自己，自己管自己，不再听凭著名电影评论家的意见，而是听从网民自己的意见、网络大咖的意见，所以他们自己来寻找电影并创造票房。网众自娱成为新的态势，当然还有偶像争宠的现象，"吴亦凡"们在银幕上争宠，一部片子又一部片子，甚至《建军大业》《战狼2》都用了很多青春偶像演员，这些说明了一些新的现象。

我简要地说了一些新的现象和新的元素。新时代电影正处在产生、成长时期，什么时候才会真正进入中国电影艺术的新时代？我想可以慢慢观察，慢慢体会，也可以期待。今天的会议就来了很多业界和评论界等各方面的人，可以带给我们不同视角下的新观察。谢谢各位。

张卫：王院长从中国电影工业方方面面的新气象、新元素谈了对电影新时代的理解。下面请国家新闻出版广电总局电影所所长刘汉文先生发言，他的题目是"中国成为世界电影制作中心的初步思考"。

刘汉文（国家新闻出版广电总局电影所所长）：非常感谢，这不是我的思考，是领导的思考。到这里来感觉非常温暖，群贤毕至，听到很多新的观点和见解。上个月在杭州举办了第三届中国电影新力量论坛，宏森部长做了重要讲话，他认为到2020年，预计中国电影市场会成为世界第二大电影市场，而且会带来中国电影产业和世界格局的变化，中国有可能成为继好莱坞之后新的世界电影制作中心，对世界电影资源聚集效应更强，对世界电影文化多样化贡献将更大。目前来看我们制作的产量应该还是比较多的，2016年故事片产量772部，电视剧产量334部、14912集。同时还有已经备案的网络电影，现在网络电影已经不是微电影的概念了，很多微电影长度都达到了60多分钟，甚至已经接近90分钟。备案的网络电影去年有5556部，网络剧也有很多，有4568部，今年前10个月备案的网络电影有5620部，可以说产量非常大。对照宏森部长的讲话精神，针对世界电影制作中心的发展方向，我认为应该做好以下几个方面的工作。

第一，我们要考虑建设电影题材库系统，各省我觉得都可以考虑建设电影题材

刘汉文发言

库,同时从中挖掘题材,将它优化、戏剧化。前段时间我去了福建的一个镇,这个镇只有24000人,但是海外华侨有将近6万人。中国人在海外特别恋家乡,回来盖房子,每一个家族都是一个故事,其实题材非常多。所以我想国家可以有国家层面的电影题材库,各省可以考虑建设自己的电影题材库。第二,更加重视剧本创作,加大推动力度。目前有夏衍杯电影剧本征集评选,也有青年剧本扶持计划,很多省甚至县级市都有自己的剧本扶持计划,这些可能还是不够,应该用更大的力度来支持剧本创作。第三,要吸引外地乃至国际剧组来拍摄,国外有很多制作费的补贴,我们应该学习。上海成立影视设置服务机构已经三年了,三年时间里免费为1300个剧组提供了咨询和服务,服务指南上将全市2000多个拍摄点列入其中,并且有联系人和联系电话。这些工作都是在聂伟部长亲自指导下完成的,我感觉其他地方也可以借鉴,因为中国地大物博,景点资源非常多,但设置服务机构的目前还比较少。第四,促进形成影视基地发展的新机制。我们国内的影视基地非常多,而且这些年一些影视基地发展得非常快，除了横店、怀柔这些传统的基地以外，像浙江象山等地这些年也都发展得特别快。存在的问题是多而散、专业性不够，这些影视基地之间应该形成一个沟通协调的机制，互相弥补各个基地的短处。第五，促进各个电影节加强交流合作，形成联盟。近些年电影节也非常多，除了传统的四大国际电影节之外，还有北京、上海等地的电影节。有些电影节影响非常大，但同质化的程度比较高，相互协调不够，应该形成一个沟通协调的联盟，比如在电影家协会下面设置一个机构，健全颁奖体制。第六，要促进我们电影教育的产学研结合。我个人感觉促进电影教育的差异化发展，可以更加贴近实际，深入实践。前段时间做国家电影电视剧剧本评审项目，其中有一个环节要求剧组深入生活。我觉得到成立剧组后再帮演员深入生活，可能不是特别现实。我们的学校，这么多的教育机构，在这方面能不能有更多的探索，一个月或者三个月深入剧组，或者深入到农村偏远地区，这样的话，学生毕业后自然而然会对他产生好的影响。

2010年我们做中国电影十年发展规划，当时全国电影银幕有6256块，做规划的时候希望到2015年能有1.2万块，到2020年达到2.4万块，现在已经有4.9万块了。同时我们还有这么多的点播影院，也有支持点播影院发展的政策。我们还有网络视频用户6.5亿人，网络付费用户近1亿人。新时代的用户和观众层面非常巨大，随着"一带一路"的拓展，我个人感觉世界电影制作中心这个目标应该是越来越近了，目前是初露曙光，还需要在理论准备、政策安排、行业规划等方面进一步发力。谢谢大家。

张卫：刘汉文所长给我们勾画了一个振奋人心的美好图景。下面我们请杨真鉴董事长发言。前几年我们就一起谈到过电影工业的发展，如今他带的《阿修罗》团队里美工、摄影、后期制作等都是世界顶级专家。作为一个中国制片人带着国际团队，想做中国最大的电影，投资1亿美金，我们请杨真鉴讲讲实践中的思考。

杨真鉴（真鉴影业董事长）：各位老师好。我觉得中国电影的主要矛盾，我们面对的是全新的一个观众主体，我定义是"95后"，这一群体是全世界最先进的，移动互联时代中国遥遥领先世界其他国家。这些人是看视觉图片、视频长大的，而我

杨真鉴发言

们是看文字长大的。他们在生活中通过手机看视觉性的东西，是看着广告、大片长大的。现在的主要矛盾是他们日益增长的观影需求，与我们电影人无法满足他们的需求之间的矛盾，这个矛盾非常可怕。坦率地讲，做《阿修罗》根本不是为了别的，我觉得我快被淘汰了。我对中国电影产业的看法是，我们的电影处于后手工业阶段和前工业阶段的过渡期，这是一个很严峻的问题，我们根本不知道中国电影是什么。在这种情况下《阿修罗》投资7.5亿元，在中国电影史上并不多见。实际上2013年没有做《画皮3》，是因为我认为如果做《画皮3》，不做到庞大的产业升级，绝对卖不出一个好价钱，从此《画皮》平台的溢价就没有了。可是我们遇到了中国历史上的一个难得的机遇，也就是文化作为一个主流产业的历史性时刻，而所有人都知道文化产业的龙头是电影。这种情况下快速推动市场往前走，我们没有技术使《画皮3》升级，我们不敢对这个"妖"做理论描述，庞大的CPI处理过程、设计过程、美学过程，就是好莱坞电影都害怕。难道东方魔幻代表作还玩爱情吗？所以我们觉得在每年30%多的复合增长率下，敢不敢为四五年后的中国市场拍一部电影，如果市场没有30%多的增长，我们就不要想这个问题。爆炸性的市场环境下要做创新的事。我们的想法很简单，再过五年中国的电影票房达到北美状态，我认为2019年可以达到。支撑我们这么做的原因，一方面是中国庞大的市场和观众，那一天到来的时候，只要拿出符合观众期待的作品，五六十亿元不是了不起的事，我们的市场还在发展。一谈起产业，这么多年来我们一直在思考这个问题，也特别想跟专家交流。关于《阿修罗》庞大的制作过程，我们不是请了几个专家，而是35个国家、300多位顶级主创在我们的剧组里。我觉得我们中国人很幸福，我们有我们的文化根基，这是能够赢过他们的根本保障，其余的都是短时间的问题。文化根基指的是我们的文明没有中断，有的人不知道中华文明是什么，中国思想的方法论是什么，中国人的算法体系是什么，所以我们必须要深入其中，夯实文化基础。我们是物质资源的人均小国，是文化资源的人均大国，需要有一流的思想观念、现代意义上的人格以及庞大的科学技术。

我认为完善中国文化的题材，要有四个步骤：第一，一切文化必须现代解读。第二，必须落地。所有东西都是作用于今天的，今天的人不能表达，就是原汁原味的博物馆价值。第三，国际级呈现。呈现出来就是美的，就是时尚的，必须是国际级的。第四，世界级制造。出来就是精品，没有什么可说的。今天的观众是看美国片子长大的。我们今天的年轻人看中国电影，有时是怀着原谅的心情看的，他进电影院看电影时，就不认为是精品电影，这是我们电影人的耻辱。长此以往我们真的对不起观众，甚至被人家淘汰，不是美国把我们淘汰了，而是我们自己把自己淘汰了。在这样的情况下我们要怎么办？我认为任何从事电影工作的人必须要建立产业思维。我也参加了杭州的会议，很多年轻导演都是文艺范儿的，事实上我觉得他们不懂电影。伟大的电影人，是那些无论多么复杂都能通过镜头解决的人。特别重要的一点是培养技艺合一的制片人。我们这300人是怎么找来的？我们找人家，人家理都不理。所有的制片人首先是制艺术的，否则不叫制片人，叫后勤管理，管钱管物，是总管。只有具备这样的艺术能力，才能真正成为顶级的制片人。我们这次的合作是一步一步走出来的，电影不是拿到1亿美金就能拍出来的，而是筹备出来的，整整四年的筹备，把所有的镜头，不仅是分镜头，全部用实拍状态扫描下来，一个镜头一个镜头地模拟出来，十几个部门在一起探讨，前后什么关系，什么东西用时效来做，什么东西用艺术来做，以及这里的费用问题、艺术表达问题等。剧组一个月4000万人民币的开销，如果导演说让我想两天，就破产了；必须构建起产业的工作方法和工作思维，我们不能盲目崇拜美国人，但是我们在基本的力量上，在技术的运用上还得向他们学习。希望用我们的文化做根基来驾驭技术，我在剧组中制定了所有的艺术标准，解决所有的关于艺术的问题，当然也有制片的问题了。欢迎各位老师、各位同学有机会去我的工作室，只要谈电影我们都热烈欢迎。

张卫：杨真鉴讲了中国电影工业的一个实践。我记得在20世纪80年代初期听电影史的课程时，老师们对大制片人都是痛批的。我们现在就是需要来自电影工业实践的理解，这个不是指艺术片，艺术片是另一个山头的事，到什么山头唱什么歌，我们谈的是产业问题。下面我们有请左衡先生讲话，"想象力的美学价值与工业标准发展"，把两个极端的概念放到一起了。

左衡（中国电影艺术研究中心电影文化研究室副主任）：特别荣幸能够到这里来学习，首先我想谈一下想象美学的价值问题。想象力是电影创新中很重要的一个因素，现在中国电影的创新已经是迫在眉睫的任务。2017年春节档的几部主要影片都是已有IP的复制，到2018年暑期档后期的《三生三世十里桃花》，大家都不太接受。在今年的第三届中国电影论坛上，我发现很多导演同时兼任编剧，而编剧代表则第一偏少，第二偏弱。想象力受限不是升级的问题，我听宏森部长谈过中国电影的困境，他有一个可怕的想象。他说如果有一天中国电影观众突然流失了怎么办？这个危险是不是存在？前两天我遇到一个二三线城市的电影公司的人，他说他们城市里面有十几家影城竞争非常激烈，这个问题已经很明显了。我们想象一下中国电影的未来，电影的终极杀手是什么样子的？会不会有一天中国电影观众突然流失，大家不再接受电影这样一种媒介？如果是这样的话，替代者是游戏，是VR，还是AR呢？想象力是一种心理建构的过程，一是来自现实，二

左衡发言

是来自经典性文本。中国电影的现实和想象其实一直是脱节的。举个例子,前段时间我看了两部电影,一个是《嘉年华》,一个是《暴雪将至》,都是在电影节得了奖的,但是这两部电影的戏外故事比电影本身还要精彩。尤其是《暴雪将至》,故事发生在湖南,但里面的主人公讲了一口流利的普通话;看起来非常写实,经常使用长镜头,但没有真实,也不现实,这样的想象力是没有多少含金量可言的。想象力是有美学标准的,这个标准要适合艺术规律、叙事模式、作品体系,包括与电影史的关联。因为存在着相对稳定的标准和标准体系,所以这种美学的呈现也应该是可以衡量、比较甚至是可以量化的。未来也可以大数据化,这是早晚的事情。计算机可以写诗,可以完成作品,会不会有一天美学标准也可以由人工智能来完成?而一旦有了美学标准,也就具备了工业应用的可能性。想象力是有价值的,这种价值在进入工业体系后,考量的标准应该可以去估算、去核算。因此逆向想象,用工业思维反过来推动创新、刺激创意,并以此提升想象力,也是下一步工作的重点之一。最后我想说的是，这种美学标准有时候会带来一种有趣的隐喻性。今天上午我还在帮第三届中国电影论坛上很多功成名就的电影人报会务票据，我们当时不断地说请在几日内完成报销工作，但遗憾的是，规则意识对中国电影来说仍然非常奢侈，大家都以不守规则，你左衡必须帮助我完成来获得某种快乐。这些都是非常奇怪的事情，我认为虽然我们讲的是想象力问题，但实际上我们会慢慢发现，带着工业伦理的要求，很多程序还没有落实到位。

张卫：一般来讲工业标准对想象力是一个束缚，左衡突发奇想工业标准可能促成想象力。下面有请中国艺术研究院研究员刘藩，他的题目是"成熟的观众需要成熟的美学"。

刘藩（中国艺术研究院文化战略研究中心副研究员）：第一，成熟这个话题，我想在座的各位可以达成一个共识。今年以来可以看到，我们认为票房会比较好的拥有大IP、流量明星、大宣传力度的电影，结果都很不理想。这说明观众在成熟，我们的观众有鉴别好片子的能力，烂片子很难忽悠观众了。第二，成熟工业美学这件事现在还达不成共识。昨天我和陈老师还商量这个概念，以前也一直在沟通，他提出这个很有号召力和吸引力的概念，里面的内涵怎么理解？今天我可以展开讨论。

首先跟大家分享一下我对电影工业的想法。刚才杨真鉴讲的判断是符合现状的，我们还处于手工业向工业的过渡。现在说我们的电影尤其是制作，不说放映和发行，已经达到工业水平是不准确的。我最近去了好几个影视基地做调研，包括比较成熟的横店、象山。我们知道横店是最早的，象山近年来异军突起，现在有全国最多的62个摄影棚，一年之内建成好多棚，然后其他的要素，比如说器材、道具、服装、群演也跟着聚集起来了。全国的影视基地有好多，能达到象山、横店这种程度的很少。海口的冯小刚电影公社现在一直处于亏损状态，其中的南洋、民国街、外景街投资很大，他们的三个棚是亏损的。原因是把基地建在海口，难以聚集起拍摄电影所需要的条件，海口太贵了，很难把人吸引过来。海口旅游旺季的时候，一张飞机票要5000元，成本太高，象山、横店都有固定的群演队伍。电影公社拉部队的战士过来拍，后来拉当地的不上课的大学生来拍，但是群演不能都是年轻人，也有

刘藩发言

很多问题。从基地前期服务能力来看,我们离工业化还很远,全国的影视基地成熟的不多。后期来讲,我也了解了一些公司,像倍视、天工异彩都是国内比较成熟的。做《捉妖记2》的倍视公司有一个很大的困扰,就是人员流动比较大。一方面是游戏公司挖人,另一方面其他的后期公司也在挖人,他们成了"黄埔军校",不断培训新人。因为整体国内的后期制作投入比较低,公司本身已经是维持的状态,更严峻的是现在还面临外国同行的竞争。我们的大片后期制作预算并不高,单凭做后期很难盈利。天工异彩是通过在上游投影片来赚钱,不管是前期还是后期,属于制作环节的专业公司维持运转、盈利的能力看起来都不是很乐观。在这样的情况下,我们谈工业化的物质基础又在哪里?我们的物质基础还不够好。在这样的基础上再分析我们的大项目是怎么运转的。在塞班国际电影节的一个论坛上,吴思远很痛心地说,20世纪80年代他做导演的时候,演员和非演员的成本比例最多不超过30%,现在演员占七成。1亿元的成本演员拿去七成,剩下3000万元来拍,怎么不粗制滥造呢？后期公司怎么不艰难呢？天工异彩公司做《寻龙诀》赚了点钱，那个片子也成为我们重工业电影的标杆，但是接下来一年没有做这样的片子，队伍还得养着，不得已只能接其他的活。生存不是那么容易的，这是我对工业化的一个判断。

对"工业化"这个词我们学界应该有一个正确的导向，这个词最早是陈凯歌在《道士下山》的一个访谈里面提出来的，他说我们的拍摄要过工业化这一关。《寻龙诀》出来以后，我们的重工业电影有了标杆，甚至电影局里面讲我们要做重工业电影。其实用重工业形容电影有不科学的地方，我们需要大投资、高技术含量、拼好莱坞的大片，但是其实电影并不是重工业，要重返电影作为创意产业的地位，它不是重工业，而是凭创意取胜。我特别提出来，我们应该关注皮克斯创作的流程和方式，采用团队合作创新，一部动画片要做好几年，但是一个好的作品要经过团队的层层优化刺激，然后不断地提出意见才能够出来。和它类似的是国内的开心麻花团队，也是集体创作，以导演和制片人为主，然后有一个强大的智囊团反复提意见，改得越来越好。皮克斯内部往往把一个项目的最初版本叫作"丑陋的婴儿"，这个"丑陋的婴儿"往往和下一个版本大相径庭，然后在不断的修改往复中越做越好。皮克斯的创作流程代表了电影作为创意产业的一个机制，重工业电影这个说法有点误导大家了。正好今年有两个爆款，一个是《战狼2》，一个是《羞羞的铁拳》，按照传统说法一个是重工业电影，一个是轻工业电影，但我们应该超越以前为了方便而想象出来的电影工业化的各种形容词，因为电影是创意，是故事，是情感，是想象力。

张卫：刘藩讲到观众成熟以后，讲到物质基础薄弱，没有物质基础何谈工业，对重工业和轻工业提出了自己的想法。在这个分析下，工业成了资金规模大小的问题，小规模资金有没有工业的问题。可能后面的发言会谈到这个问题。下面我们请中国传媒大学戏剧影视学院副教授司若发言。

司若（中国传媒大学戏剧影视学院副教授）：在座的各位老师，我其实要分享一个近年来的研究报告，大家可以看一下。我必须要用PPT讲，因为这里面涉及大量的数据和图表，在这里和大家展示一下会比较直观。我们在座的各位专家，无论是实践市场和生产，还是做研究，可能在面对中国电影市场的时候都会有一个特别大的疑问，我们的观众到底是谁？观众在哪里？观众有什么特征？观影的动机是什么？无论做哪一环，做IP开发的、做投资的、做制片的、做宣发的，可能都对这个问题有非常强烈的探知欲。我们从去年12月到今年1月，用了两个月时间做了对中国线下受众的大规模调研，覆盖两万份以上的有效样本，其实这些数据在今年的北京电影节上也发布过，最近又有一些更新和大家分享。这次调研当中我们使用了多样的方法，在分析观众特征的时候主要是会关注人口、社会、心理特征。在此基础上我们今年正在启动全国第二次大规模受众线下调研，在这次调研过程中会建立固定样本库，事后可以做可持续的调研，针对某一部电影、某一个档期，做实时可跟踪的调研，这个是比较方便的。这个月已经开始启动了，在座的同学可能已经看到我们发布的招募令。作为全国第一次受众线下调研，其实我们在做分层抽样的时候，是基于数据挖掘的方法来做的，包括前期的抽样设计经历了一个多月的时间。我们用了很多维度设计抽样的方法，最终确定了四个指标，周边的这些蓝点是我们参考的指标，四个红点代表了受众规模的人次和辖区人口的指标，以及代表市场规模的储蓄余额和累计票房的指标。我们的调研以地级市为最小单位，县级市和乡镇归属到所属的地级市市场里面。经过前期分层抽样的设计，一共分成了七层。第一层，特大超级都市，全国四个城市，北、上、广、深。第二层，一线发达城市的票房也是非常出色的，大概有十来个城市入选，代表性的城市有成都、武汉、南京、苏州。第三层，重点省会城市，票房处于第二梯队，郑州、长沙、济南、哈尔滨。第四层，发达地级市。第五层，欠发达的地级市，这是一个票房洼地，票房产出不太理想的。第六层，区域的中心城市，可以推动票房。第七层，票房非常少的城市。在分层抽样的基础上，我们用了一级抽样法。第一个抽出城市，最终全国36个城市入选。第二个在每个城市抽取影院，北京有12家影院，第一层城市、第二层城市根据票房产出和辖区人口与储蓄余额这样的指标，抽取的影院数是不一样的；影院不是同质化的影院，是有特征的影院。第三个抽取真正的受众。如何具体执行这个调研呢？我们连续两周，每天都有调研员做调研，全国启动了500多名调研员，经过了两周培

司若发言

训,并且有了厚厚的手册,完成了第一次线下大规模的调研。全国有 36 个城市超过 200 家影院需要做调研,所以工作是非常辛苦的。这里有一些老师带领学生一起参与过我们的调研。我们每一份问卷填下来至少需要 15 分钟,采集的数据非常多,我给大家分享一些基础的数据。在这个调研当中,我们看到全国的受众男女比例是女性占到 60%,男性占到 40% 左右。从年龄上来说,平均年龄是 24 岁到 30 岁的受众将近 90%,绝大部分没有结婚。受教育的情况,大学以上受教育情况是最多的,包括大专、研究生等,平均收入将近 6000 元钱。从观影的频次上来说,每周都观影的观众也是非常多的。我们的观众目前已经形成了观影习惯,不是偶尔进行的。大家在电影宣发期所关注的,我们看到三项,一个是故事简介,一个是主创,另外一个就是影评,这些信息是通过互联网尤其是社交媒体推动的。在大家喜欢的电影类型里,男女有一些差异,喜剧片是大家都喜欢的类型,其次是科幻、动作类型。男性明显更偏好战争、灾难类型,女性明显更偏好爱情类型。档期选择上观众没有明显偏好，电影好、有时间的话都很愿意观影。现在电影不是仪式性行为，已经成为消费习惯了。大部分观众选择下午和傍晚时间观影，女性偏早一些，多是下午的时间，男性多是午夜的时间。观影的时候对于剧情、画面等是非常关注的，其实对演员的关注程度不是特别高。植入式广告大家接受的程度还是比较的乐观的，对植入式广告持反对态度的不到35%，对硬性广告持反对态度的只有20%左右，对电影来说植入和映前广告都是可以接受的。最终决定购票的原因是什么？大家的选择很多，我们也总结了一下。大家前期的时候会看重影评、故事等，但是最终的购票动机还是支持自己喜欢的导演和演员。对普通观众来说，陪同自己喜欢的人或者家人看电影，这是观众比较普遍的心声。我们可以看到，对于在电影院观影的行为，观众其实是非常有热情的。"90后"已经成为观影主力军，而电影的主创者大部分是"60后""70后""80后"，"80后"都不是特别多。我们观影的主力是"90后"，恰恰对"90后"的关注是非常滞后的，希望这一点能成为大家研究的课题。看电影并非大事件，而是随意的小事件，而且随着购票平台的便捷化，大家非常容易去消费。

张卫：工业的目标是为了客户，这个报告的意义很重要。我们现在有请北京大学艺术学院副院长陈旭光教授演讲。

陈旭光：我觉得在当下这样的形势下，我们和电影评论学会一起开这样一个会非常重要。回溯一年前左右，有几个术语在不断地变化，通过术语的变迁我们也可以发现中国电影产业晴雨表似的变迁。2016年广电总局提出2017年是质量提升年，因为当时鱼龙混杂、泥沙俱下，节节攀升但是内容、质量成问题。但是后来突然好像下降了，我们回到新常态，整个国家经济都是新常态，更何况中国电影。《战狼2》现象出来后，一下子又像是吃了兴奋剂赶紧要上升。这之后又出现了几个名词，如产业升级、工业品质等。这些发展都不奇怪，当然也触发了我们学界、业界对中国电影现象进行深度思考，所以我们精心策划了这样一个会，包括邀请的人员也都做了精心安排。对于选题，我们希望达成产学研各界的一个对话，真正回答如何提升电影质量这一课题。质量提升需要机制保障，那么该如何保障？回到新常态以后，如何打造电影工业？这些问题促使我们思考，面对电影这样一个非常复杂的局

陈旭光发言

面——既有艺术品质的基本要求,又有工业生产、商业化的性质等——我们该怎么去统摄?怎么去真正提升?刚才刘藩对重工业提出了自己的质疑,这样的概念、这样的术语,也是我一直关注的。曙光秘书长、张卫会长也都特别感兴趣,真的是一个比较重要的命题,这个命题不是一个方面,不是某一个侧面,而是一个体系、一个构架。那么工业美学体系怎么建构?我觉得是由我们大家一块来建构的。大家的发言当中有的是很宏观的,是全面战略布局;有的是选取某一个侧面,提出自己的真知灼见。我觉得这个体系的建构大体上无外乎这样一个局面。

第一,侧重于文本、剧本层面。你要叙述,要讲好中国故事,这里面的叙述既有类型化的、商业化的叙述,也有艺术化的叙述。这两年艺术电影也在变局,很难用单纯的艺术电影来衡量,而是向类型化靠拢。还有超级电影大片,以及各种类型杂糅、类型量化的新主流电影大片,都需要讲好中国故事。贾老师所说的如何转化的问题——传统文化如何现代化、传统文化必须现代化——都是从这个层面上为我们提供了很多思路。

第二，无外乎技术标准、重工业的问题。电影是视听艺术，需要视听的震撼力；电影语言要符合我们的生理习惯，符合当下年轻观众的接受心理，包括司若老师阐述的观众的转变问题。但是技术难道就是一切吗？仅仅重工业就够了吗？我们一直在反思的《战狼2》现象是可遇也是可求的吗？《战狼2》中吴京集编、导、演于一体，这样的票房成功其实具有文本内外、国家内外的大量的偶然性，它不具有一种可复制性、一种可持续发展性。尽管杨真鉴董事长说以后五六十亿元的票房不会是一个特殊的现象，我也希望如此；但我觉得我们在一种工业化的品质之下，经过细致的推算，在观众、市场、制片等各个层面都经过精密的工业化打造以后，哪怕最后《战狼2》只有十几亿元的票房也是正常的。对于中国电影生态来说，一部《战狼2》56亿元票房，不如今年五六部十多亿元的中大型电影工业产品更合理，更值得我们欢欣鼓舞。北京文化保底发行《战狼2》也就是8亿元，如果《战狼2》的票房在10亿元到15亿元都是正常的，但是50多亿元绝对是可遇不可求的。

在这样的情况下，我们来到第三个层面——机制保障。刘汉文所长代表总局，在政策、拍摄基地、电影节等层面都提出了很多宏观的思考。杨真鉴董事长核心的思想是制片人精神、工匠精神，真正地在技术品质上打造重工业产品。除了重工业，还有大量的中小成本类型电影，不一定是重工业，但是它的运作机制、体制要工业化。我设想的工业美学原则，既尊重电影的工业性，也尊重电影艺术上的要求，它的折中，能不能打造和造就电影工业美学？关于这一问题的思考，我是以新力量导演为主要研究对象的，我非常欣喜地发现，在新力量导演群体当中，他们自觉践行了电影工业美学原则，他们和第六代导演已经有了天壤之别。

工业美学是整个美学体系的分支，我也很希望听到在座的各位老师讲到艺术电影美学、艺术电影产业化、美学形态，包括小众电影如何工业化等。美学发展到19世纪中后期，包豪斯等学派非常讲究实用，讲究设计，所以出现了实用的美、合理的美。这种美跟欧洲人发明然后又转到美国的作为大众工业、大众文化的电影相结合，美国人保守的、实用的态度大大催生和强化了工业美学原则，体现在与工业发展、技术发展关系最密切的电影上,所以我觉得在好莱坞电影工业美学是水到渠成的事情。我们强调和提倡工业美学并不是完全抹杀导演的个性,只是要压抑自己的个性,甘心服从于一种制片人中心制,戴着镣铐跳舞,在限制中求自由,做好体制内的导演。我觉得现在的导演面临三个生存问题:一个是技术化生存,他要懂技术;一个是产业化生存,他要懂投资,对制片人负责;还有一个是网络化生存,他要懂得网络层面上的运作甚至创作的网络化思维。我对新力量导演跟电影工业美学的关系做了一些思考,最近的《电影艺术》和《当代电影》上面都有我的相关文章。一个是产业观念,一个是对于制片人中心制的服膺。其实《画皮2》做得就比较好,肖怀德博士论文里有对《画皮2》从制片人角度的一些很深入的分析。制片人中心制甚至可能会落实到我们的教育体制中来,电影学院不培养导演了,导演是可遇不可求的,那么制片人能不能培养?刚才叶总的发言最后也落到影视教育的问题上,用他的实战经验对我们的影视教育提出了很多中肯的意见。电影工业美学原则的建构表征之三是体制内的作者身份。新力量导演应该在体制内寻找自己有限的个性,而不是放纵自己的个性。电影工业美学的表征之四是类型电影的生产。也许是大鱼带小鱼的模式,大的是合家欢电影、重工业电影,小的是大量的类型电影,我觉得新力量导演在各个方面都做得非常好。

下面我们请会议第二阶段的第一位发言者张卫老师,他的题目是"细腻分工与电影工业升级"。

张卫:我们经常会回忆起伟大导演的时代,那时候每一个导演都有自己的摄制组,有自己的个人风格。但实际上那时还是手工业阶段,手工业阶段突出的是导演中心制,导演中心制就是作者论。作者论时代对电影的细致分工是不强调的。邵牧君写的《世界电影史》曾痛批好莱坞大电影制片厂制度、工序化生产和制片人中心制。但进入21世纪以后,到了《画皮》《画皮2》的时候,庞洪和杨真鉴在总结经验的时候就说,我现在画好了一张图纸,导演来完成这张图纸。我是对市场做出调查以后设计出这样一个产品,如同工厂一样,导演作为工种之一来执行这张图纸。这引起了编剧界的轩然大波。做剧本不是一个编剧完成,有的编剧专门改IP,有的编剧写对话,有

张卫发言

的编剧写结构,最后攒出一个剧本,这个东西实际上跟《世界电影史》写的好莱坞大片制度是一样的,每一个工种都要达到它的极致。编剧里面对话写得好的只写对话,场景写得好的只写场景;导演里面擅长拍大场面的拍大场面,擅长拍对话的拍对话。编剧和导演都做了细致的分工,更不要说灯光、摄影、后期制作等方方面面。很多年前我在一个工厂里面工作,生产混凝土搅拌机,我知道我们厂里的八级钳工、车工是谁,每个工种都可以达到极致。八级工的工资和厂长的工资差不多,大家都特别崇拜他们。我想当每个工种都变得特别强的时候,我们的作品肯定是好的。徐远翔说到编剧中有的人写对话,有的人改故事,说完以后所有的编剧都对徐远翔口诛笔伐,他的细致分工理论遭到了整个编剧界的批评,自己成为焦点。今年8月我们在青岛开会,把杨真鉴、庞洪、徐远翔都作为我们的重要专家请了过来。

对于大制片厂细致分工的概念,我们要不要有一个整体的布局,在管理上要不要一个价值追求?我原来和侯咏关系特别好,某世界著名纪录片大师找到侯咏,说他是中国最好的摄影师。其实侯咏根本不想当最好的摄影师,他想当最好的导演。何平是最好的美工,他说过美工是"孙子"专业,摄影是"儿子"专业,导演是"爷爷"专业,我要当爷爷。如果每个工种都没有自己的价值追求,每个工种没有最好的人才,怎么做出最好的作品?我们和好莱坞打阵地战的时候,你的工业布局,你对各类人才的布局,是不是每个人都能到达极致?庞洪专门到好莱坞去学习,连财务都请来最专业的人士。我们在做工业布局的时候,哪怕是中小成本作品,都需要所有的工种、所有的环节都是最顶尖的人才和最专业的队伍,而不是进行反工业的举动。最近比较典型的反工业举动是《空天猎》,非导演掌握了丰富的资源。当然吴京也管得很多,包括融资,并且取得了巨大成功,但他的成功能够复制吗?最近陈凯歌提出了工业的话题,张艺谋做他的最新大片时也说这是一部工业化意义上的电影。作为工业的组织者,或者说整体布局者,我们是不是在各个工种上都有细致的布局和组织思维?刚好会议把我的发言和徐远翔排在一起,我希望徐远翔能把在电影圈引起轩然大波的事情说一说。

徐远翔(阿里影业前副总裁):谢谢,坐在我左边的都是我 20 多年前的老师们。我以前也是一名官员,后来去了阿里,大家知道我是一个喜欢说真话的人。IP 理论因为我发起,争论很久,今年 9 月我用三句话给争论画了一个句号。我说担心编剧丢掉饭碗叫杞人忧天,担心 IP 已死叫掩耳盗铃,但是出去不拥抱时代的变化叫刻舟求剑,这篇就过去了。很多人认为我从阿里辞职是因为这个事件,马云先生是一个很大度的人,他短信说过很多次,没有什么我们一起努力。后来我发现了一个很有趣的现象,当时黑我的编剧 80% 来自某个编剧公司。我在阿里的岗位上最后一次演讲,讲的是影视资本化浪潮的三个金融风险,讲大量的导演以把自己与资本绑定的方式获取股权,演员把片酬作为股份参股,大量影视文化类上市公司在资本泡沫下对自己进行并购,做一个虚拟的股值,业绩无法完成后造成中国影视界的一个巨大的倒退。这些话是我去年讲的,今年有很多公司觉醒,我们看到很多上市公司股价腰斩,很多目标无法完成,最终受伤害的是我们中国电影本身。所以我今天讲的主要问题是过度资本化,当然资本化不是坏事,但过度资本化则有相当大的伤害。

徐远翔发言

举两个真实的案例。一个是姜文导演,姜文跟我说过你别去大公司了,我们一起弄个剧本得了。我说我不希望弄剧本,我帮你搭建股份公司的框架,我对金融熟,你去搞上市。姜文说我对这个没有兴趣,我不想赚钱,虽然我对钱很尊重。我在阿里期间请他演《鬼吹灯》网剧,给他开的片酬是税后1亿元,他说我不认为这是好主意。他是我见到的第一个拒绝资本化的导演。另一个是国际大导。我在积极推动中外电影合作的时候,遇到了意大利导演托纳多雷。他是国际级的大牌导演,得过奥斯卡最佳外语片奖,我们国内现在还没有一个导演问鼎最佳外语片奖。我认为大导演就应该拍摄成本很高的那种电影,结果人家很简单,他的成本并不高,折算下来也就是8000多万元。他很愿意拍中国题材,我离开阿里后这个计划泡汤了。我们今年在座的有一位是当代优秀的电影制片人柯利明先生。当所有人在追逐资本、夸耀资本的时候,他的公司估值20亿元,但他拒绝了资本化的进程。我问他为什么,他说他需要他的团队安静地创作,拍好电影。这是非常了不起的举措。

关于产业和美学如何对接的问题，今天在座的更多的是我们的同学、年轻人。我们年轻的导演还有制片人，以及在一线打拼的年轻人，因为你不是成功的导演和演员，所以很多时候成了被资本化暂时遗忘的一群人。

在这个过程中，我认为你们如果想成为电影界的新力量，第一不要想很难的事情，一定要按照一些既定的成长方式慢慢来。刚才各位老师讲了很多，现在大学的影视教育和产业脱节的东西太多了。让自己野蛮生长，成功的概率比较低。同学们可以思考一下，虽然可能暂时被资本化遗忘，但如何在资本化浪潮里保持清醒并找到自己的位置，这是学校和业界都需要努力的。令人欣喜的是，现在柯总他们推出的一批新的导演，如大鹏等，很多都是"80后"，这是很了不起的贡献。我看到一个数据，很多年轻导演没有机会和资本接触。他们拍网剧，网剧很检验导演的才华，我在阿里的时候淘汰了很多年轻导演，两年时间他们在网络上成熟了很多。前100名里平均年龄很小，只有30岁左右，年纪最大的36岁。新的力量让我感觉很欣慰，他们在资本化浪潮的夹击下找到一线生机，非常不容易。与其反复讨论产业和美学的对接，不如从具体的实践中来解决问题。我们能否请一些像柯利明、庞洪这样优秀的电影从业者给大家授课，我相信他们也会提什么报酬的。第二，在内容的开发、专业化、系统化、精细化上，让大家多下功夫。我们传统的大学教育，讲的都是经典，一开口谁都讲《教父》，说实话这个东西是基本功，但是一个学生毕业后却很难用上。很多电影技术方面的学习是绕不过去的，一些新的技术必须提前掌握。第三，关于新的宣传发行技巧，大学课程中可以更多地涉猎，同样可以请做宣发的业界人士和大家交流。第四，关于电影评论很有意思，我们有一种分裂倾向，主流报刊大家不看，自媒体写得再烂，错别字再多也有人读。我们怎么建立电影评论的新生力量？可以尝试在协会的引导下在著名高校里寻找。第五，打造网络评价体系。网络评价体系在美国和中国都备受争议，但是你必须承认它在互联网中的合理性，当然有的体系贡献不多，最终会失去公信力。可否集中同学们的力量，打造一个新的评价体系？评价体系不止一家，美国好像有三家，我们中国也有一家；评价体系不应该只在一个平台发声，我们的大学有义务一起努力，我们业界的领袖可以支持他们。

我最近在做一个小成本的电影，策划一年多了，剧本基本成熟后我选择了一个新的打法。我选择与华中师范大学新闻传媒学院合作，将邀请500名学生参与剧本的创作并提出意见，最后再请500人做网络营销和宣传发行。借助互联网传播，以传播量的有效数据作为片尾依据。剧本马上要出来了，我们实行企业和学校的合作，这样的话每一个参与的同学都有一种自豪感，而且能够真正地投入创作中来。这是一个小制作，不会引起多大风浪，但是对于培养产业人才，也许是一种有意义的尝试。我希望有机会和在座的同学们一起参与到电影的制作中来。谢谢。

陈旭光：徐总的发言呼应了张卫秘书长的观点，尤其是提到内容创作领域的细化，以及分工合作的可能性，我也非常赞同。这样一种合作完成的剧本，也许不是最高精尖的、最天才化的，但可能是带来最大观众量的、折中的、大众化的。这种中间性的美，也是我所期待的大众工业美学的美。徐总的视野特别开阔，对高校的影视教育，包括影视评论发出了很多很切实的呼唤的声音。下面我们请上海影视学院教授、上海文艺评论家协会副主席聂伟老师发言。

聂伟（上海大学影视学院教授、上海文艺评论家协会副主席）："迎向中国电影新时代——产业升级和工业美学建构"这个名字太好了。接下来我讲今天的话题，产业升级和工业美学建构。工业特别重要，人工也特别重要并且更重要，产业研究需要说实话，徐远翔常常反话正说然后再进行正话反说。上一次听到徐总发言是在2015年底，那时候徐总在上海做的自证，逻辑链比较长，今天又被张卫老师提及，但是今天的情况云淡风轻了，陈老师让我们深入产业对接的层面。王一川老师提的特别重要，他对电影模块的构型——北方模块、南方模块。众多的产业模块聚合在一起，中国有可能实现刘汉文所说的世界电影制作中心的愿景。这个目标需要有一个明确路线图，我们注意到今年以来各地都出台了相关的呼应，在地方的政策资源方面给予支持。我们今天不仅是学者，也是电影政策的读者。2017年8月，针对浙江省加快影视产业繁荣发展的若干意见，范志忠教授他们有一个说法，说到2020年将浙江打造成全国影视产业的副中心。我要向你投诉，因为这个政策出来后浙江的兄弟企业分流了不少我们的影视项目，被你们挖去了。这个事也很正常，我们的产

聂伟发言

业本身有资本属性，资本和创意有非常强的流动性，你们的行为给我们中国电影升级文化建设带来帮助，不管是浙江还是上海，或是北京，我们完全尊重他们的工作。刚刚我们上海发布了加快本市文化创意产业创新发展的若干意见，其中涉及影视的一条非常重要。你们是2020年，我们是2022年，未来五年我们要成为全球影视创制中心。因此我要对业界研究者、业界一线的专家，以及我们未来到一线工作的青年学生们说，欢迎你们到上海来。

建设全球影视创制中心，把影视产业作为文化产业着力点，第一，要构建影视产业的培养体系。培育一批后期制作和发行的标志性企业，另外要建成具有现代化和支撑整个影视生产链的基地。第二，政策方面给了很多支持。比如说优化影视产业布局的机制，加大影视产业载体的建设。培养一批技术领先的后期制作企业，我们支持影视企业参加国家高新科技企业的认定，这非常重要。我们把影视企业后期制作和我们国家高新科技这样一个科创中心建设连贯起来，就把很多业界壁垒打通了。第三，提升产业链的发展。我们要通过基地，通过人才，通过投资，通过影视取景和行业服务机构将整个产业打通，最后实现你的购物、你的服务、你的拍摄都在上海，我们鼓励企业衍生品的发展。又回到了范教授这里，你把我们的项目拿走我们不担心，我们上海是一个全产业链的扶持，分阶段、分环节进行。有选题孵化，有剧本创意，有拍摄扶持，以及后期制作、市场宣发和业绩奖励，你做一段给一段钱，现在进行分段管理，这样我们不会把很多鸡蛋放到一个篮子里面去。

业绩奖励上我们也做了一些标准。在社会主义新时代，对于社会主义的文艺，我们首先要看到社会价值，比如参加国际A级电影节竞逐奖项，获得精神文明建设的五个一工程奖、百花奖、华表奖等，都会有业绩奖励。其次，在量化考核方面我们对市场情况也进行奖励。不管你投资多少，只要你票房达到1亿元，哪怕你是赔钱的、不赚钱的，我们都可以通过政府给予补贴。如果是纪录片、动画片，你只要拿到5000万元的票房，政府也会给你支持。再次，扶持青年导演。只要是45岁以下，前两部作品不管是什么形式，只要在上海拿到3000万元以上的票房，也给予奖励。这个票房不能造假，国家有数据每天会更新。接下来出现另一个问题，社会效益好，政府奖励，可是有一些小片，比如说郑大成导演的戏投资非常小，只有几百万，票房也没有那么好，两头都不靠，怎么办？你只要具有较高的艺术品位、独特的技术个性，获得业界一致好评，豆瓣各方面评分很高，我们也会给予相应的支持。通过这样几个层面，做一个立体的、全面的扶持。扶持的目的还是回到刚才叶宁说的话，我们希望能够保护中国电影的工匠精神。前天我跟他交流，他说今天的电影教育让人看不懂，因为电影需要非常专业的技术，比如摄影等，但现在的电影专业里面好像是不教这些的。在以前的电影体系里面，一个人一辈子做一件事没问题，可以做非常资深的副导演或者场记，现在大家都想做导演。以前的大制片厂里有专门的绩效，有专门的人才培养；今天的大电影体系里这些都没有了，变成了一些勤恳的、聪明的、有实践能力的人，他们在淘汰竞争中自然胜出，把发小一个一个从老家带过来形成团队，很多都是不专业的。去年冯小刚说要打造电影的蓝翔技校，最近周迅和陈坤成立了三峡学堂，都是要做培养演员的学校，所以到今天我们不怀疑中国电影产业升级需要工业建构,但更需要专业工匠的人才培养。

陈旭光: 谢谢聂伟老师。他站在管理者的宏观层面上,但是又不忘自己的学者身份,将两者做了结合,在产业机制、管理体制以及技术进步等方面提出了一些期待。下面请浙江大学传媒与国际文化学院副院长范志忠教授发言。我们跟范志忠教授的国际影视发展研究院正在合作,我们两家准备编两本书,一本是《中国电影蓝皮书》,一本是《中国电视剧蓝皮书》,都是精选十部年度最有价值、最有影响力的影视作品进行分析。

范志忠(浙江大学国际影视发展研究院院长、传媒与国际文化学院副院长):谢谢主持人,有机会来到北大学习,我套用一句很老套的歌词:冬天里的一把火,感觉很温暖。不管北京还是杭州,现在的天气都很冷。刚才司若老师列了七个大城市里面有杭州,聂伟讲到北京和上海时也没有忘记拉浙江一把,这使得我有勇气给大家报告一下我自己的看法。这个会恰逢其时,在很长一段时间里面,中国电影谈产业化的过程,意味着我们开始从原来的电影体制里进行转型,开始探索产业化的新路径,现在我们探索的是电影产业升级和工业美学的建构,在关键词的演变轨迹中,我们也感觉到中国电影产业非常清晰的一条发展轨迹。

在中国电影产业发展的历程中,中国电影产业升级之所以形成可能,我在报告中围绕着文学性命题谈一些看法。中国电影走向产业化的过程中,第一个阶段采用了否定立场,这种否定的立场之所以显得必要,是因为新中国的电影主要是建立在对好莱坞工业体系的否定上,以及对苏联电影模式的整体迁移,所以新时期开始探索电影影像本体。第一个环节在电影命题上对文学性进行了解构和反思。比如我们的主持人张卫当时在《电影的文学价值》一文中这样说,电影的时空手段和视听表现方式,决定了电影具有独特的美学价值。张卫先生非常强烈地质疑把电影视为文学表现形式的观点。他的原话这样说,似乎电影这门独立艺术的灵魂只能托付在文学躯体上才能生存。郑学来在《电影的文学和电影的课题》这篇文章中也说,把电影视为一种文学,表面上看是抬高了电影的地位,事实上否认了它作为独立艺术的存在。所以这种对文学性的否定,更多的意义是电影本体的一种觉醒,这种觉醒也

范志忠发言

伴随着电影实践,如第五代电影对影像的挖掘,以及影像表达的中国新电影运动开展。电影产业化的第二个阶段,电影开始注重工业体系的建构。有人认为陈凯歌的《霸王别姬》代表了从第五代的只注重影像视觉化的表达,开始转向一种好莱坞式的情节话语以及奇观化的表达。

电影的工业化体系建构体现在几个方面:一方面我们从张艺谋的《英雄》开始,注重电影技术化,注重电影视觉奇观化的表达,以及注重电影观影的影院院线化的一种建构。这些建构最大的意义在于:第一,激发了观众看国产电影的热情;第二,特别是电影院线的发展,在银幕数跃居世界第一后,极大地拓展了中国电影市场;这种拓展使得第三成为可能,电影的生态不再是几部大片。很长一段时间里,电影产业化的过程中国内只有三个半导演,他们的电影是有市场的,其他人只能拍小成本电影,基本上谈不到产业化的状态。随着电影市场不断拓展,电影新力量成为新的主题,电影升级和工业美学建构使得电影新力量成为可能。这种可能主要表现在对文学性有了新的发现和重构。这种新的发现和重构表现在两个方面。一个是IP热重新激活了电影的文学性，但是IP热激活的文学性跟我们传统的电影文学性在着力点上有着本质的不同。传统的着力点，是计划经济语境下包含在文学中的命题性政治话语、意识形态话语；而带着IP热的文学性，是商业经济语境下浅含在粉丝经济中的商业消费话语。所以电影文学性的重构，从原来的电影着重作为一种意识形态的话语，重构为粉丝经济的消费话语。在这样的意义上，文学性重新被电影的制作人挖掘并获得认可，同时也得益于电影工业体系在建构过程中电影技术的不断完善，特别是数字技术的日新月异降低了电影制作的门槛。比如现在的一个新现象，原来只是文学创作者，像郭敬明、韩寒，他们有大量的粉丝，这时候不再满足于做电影内容制作者，而成为电影导演，这也是由于电影技术的完善。我们可以发现，我一直在注意这个问题，现在北京电影学院培养出来的电影人中，文学系转型成为导演的人特别引人注目，在电影类型的拓展上都很有突破。

最后总结一句，产业升级和工业美学建构体现了电影业的一种发展，而这种发展，使得电影的文学性在产业升级和工业美学建构这样一个宏大背景下得到了新的重构与发现。

陈旭光：范志忠教授讲的实际上是对张卫和徐远翔老师的一个呼应，对在新时代里电影的文学性以及与文学性相关的剧本创作将有什么样的变化，做了很好的概括和总结。下面请麒麟影业董事长、著名制片人、《画皮》系列制片人与操盘手庞洪先生发言。

庞洪（麒麟影业董事长）：非常高兴接受邀请出席今天的会议。作为一个制片人，我观察到今天所有的报告人，大部分是学者、教授、专家，我想从制片一线这个角度来简单做一下报告。杨真鉴老师也是《画皮》系列的营销、艺术总监，我们都是一个团队的，他刚才也讲到了中国电影的一些未来的工业化的思索。为什么我们在《画皮2》以后没有拍《画皮3》？他也讲了原因。今天我们是两个不同的企业，但是我们分别在不同的领域来思索和探索中国电影工业化当中制片人中心制的道路。杨真鉴老师这些年一直在做《阿修罗》，2019年上映后能不能回收成本？我不能做

庞洪发言

一个结论。

《画皮2》成为2018年上半年票房冠军时我就在思索,以后中国电影市场将成为世界第一大市场,我们如何与好莱坞同台竞技?于是我去了好莱坞,参与了去年12月份上映的《血战钢锯岭》,还包括《美国制造》《日月人鱼》,三部电影基本上是我们全盘控股好莱坞进行影视制作的,同时我们深度参与、学习了整个制片过程,包括国际退税、国际销售、北美发行等。当然有两部影片我们国内没有上映,也对麒麟影业造成了很大的负面影响。去年有一些媒体报道,大家可能也留意到了。我们遇到一些官司,我们被国际中间商企业黑了,实话实讲,恶有恶报,善有善报,不管国际还是国内的官司最后我们全部打赢了。这两年的国际化之路很艰难,但是我不后悔,并没有在《画皮》最成功的时候去一味地追求资本,或者上市。我们没有做,我要说不做未必就是对的,可能是因为方方面面我没有把握住。

回到我今天的题目,和我们会议的大的标题略微有一些差异。从我的亲身经历看中国电影的一路发展,从 2002 年中国电影开始走向市场化,到 2008 年计划经济转到市场经济;从 100 亿元票房,到现在已经达到 500 多亿元了。这些发展是综合性的,而且需要方方面面的整合,所以我的题目叫作"开启操纵战略下的中国电影泛娱乐化产业新篇章"。这篇文章的具体内容发布在今年的上海电影节上,麒麟影业请了方方面面专家做了论证和讨论,大家在网上可以看到。简单来说,电影不是一个人干的,是需要团队的,需要方方面面的人才和资本。我们需要超级融合,需要一个综合素质相当高的制片人或者制片团队来整合这些资源。为什么说要开启新时代呢?这里我主要是想到四个"xīn":第一个是不忘初心;第二个是创新的新,拍电影本身就是创造新的故事;第三个是互联网时代芯片的芯,我们有互联网的思维;第四个是诚信,做任何事情我们都要有信念、信用,最后还要有诚信。我们通过一个强有力的制片团队,整合所有优质资源创造新模式下、新类型下、新题材下的新产品。我觉得用这样一个思维方式才能把我们中国电影搞活,不能单一地依靠票房来回收我们的成本。这些年很多人在做文化艺术特色小镇等项目,实际上我觉得影视产业完全可以在其中发挥第一工厂的作用,把文化艺术小镇、文化产业基地中的影视方面的内容写进我们的宣传报告,把成本摊入文旅地产项目的开销当中,你的压力就会小,甚至可以量身打造定制产品。演员也好,创意也好,方方面面把它的产业链拉长、拉深,帮我们分担。在这里我只是抛砖引玉,给大家提出这样一个现象,我相信很多人都已经认识到或者在实践中了。我们麒麟影业也做了一些这方面的探讨,也在执行当中,也希望有机会跟大家做更深入的沟通、探讨。刚才徐总说的意见和观点我还是赞同的,他从一个官员到进入一个大企业,然后现在自己做,可能有更深的感受,希望以后有机会向你学习,谢谢。

陈旭光:庞总是在一个大的文化产业背景下看中国电影产业升级,不仅仅局限于电影工业问题上。好莱坞三年取经归来视野大不一样,我们也希望看到麒麟影业更多的跨电影产业的大项目。下面我们有请中国艺术研究院影视所副所长赵卫防研究员发言。

赵卫防(中国艺术研究院影视所副所长):我就从我自己认为的学理角度谈一下关

于中国电影美学升级的问题。今年年初《当代电影》编辑部做了一个访谈,谈到新主流大片,这是他们命名的一个词。这里面就谈到了中国电影美学升级的问题。我认为这两年来尤其是2017年以来,中国电影美学从事实的角度来看已实现了升级,升级有各种各样的路径,新主流大片相当于主流价值观+类型+人物个性化表现,这样的各种元素叠加起来形成的新主流大片,确实是我们美学升级的重要路径。很多专家和业界大咖也谈到了关于工业升级的问题,我认为中国电影的工业升级从新世纪起就已经开始了,新世纪前十年出品了那么多国产电影大片,从《英雄》开始我们一直在进行技术层面或者技法层面的升级,但是到最后出现了什么结果呢?2010年出现了比较严重的同质化问题,大量大片叙事孱弱、意义苍白,到了严重同质化的尴尬境地。后来我们反同质化做得很成功,新主流大片应该是反同质化成效比较显著的。除了保留原来的那样一种大片技术层面的美学升级以外,更多地赋予了这些影片的思辨价值。我们现在的这些新主流大片,特别是主旋律升级以后的新主流大片,有着思辨价值的提升、叙事价值的提升,这是很重要的。更重要的是,中国电影的美学品质也获得了提升,当然从类型、技术层面的提升也是很重要的,思辨价值的提升使这些影片摆脱了原来的同质化、意义苍白等问题,晋升为新主流大片。刚才范教授谈到现在这些影片文学性的发现和重构,确实是在叙事层面、意义层面提升了中国大片、中国重工业影片的价值,这样的例子这两年有很多,比如大家谈到的《智取威虎山》《湄公河行动》《战狼2》等。还有一些票房不是特别好,但是也能够引起关注的影片,如《明月几时有》《建军大业》《芳华》等。正是这样一些影片,从整体上提升了中国主流大片的思辨价值,是一种叙事手段上的提升,从这方面真正突破了原来的同质化大片,实现了美学升级。我觉得这可能也是一个比较重要的途径。

另一个途径是艺术电影。我们总有一种概念,好像产业升级纯粹是重工业大片的升级,实际上也是电影美学的升级。一定不要有这样的想法,艺术电影进不了影院,从今年的艺术实践来看不是这样的。去年我们有一些艺术电影反响很好但票房不行,今年我们有很多艺术电影票房特别好,从去年的个别现象提升到今年的整体方阵,这也是我们进行国产电影美学升级所应该关注的一个问题、一条重要路径。艺术电影是

赵卫防发言

电影产业的一个重要方阵,是能够获得观众和市场的,也能够打破我们的固有观念。实际上就看到的势头而言,可能以后会有更多的艺术电影进入市场,获得比较高的票房,被市场认可。这也是我们进行国产电影艺术升级的主要路径,而且这条路径能够给商业片,给新主流大片提供重要的人文支撑。我们有好多大片都有着自己的思辨价值,实际上正是受益于这类电影的支撑,比如在《明月几时有》《绣春刀2》等影片中,我们能明显看出其中的人文意义或者人文价值。它们同样能够获得票房,赢得观众,这也是我们进行电影美学升级的一个重要现象。我主要是从电影美学升级的角度来讲的,可能不是从整体工业化的角度来谈的,请大家批评指正。谢谢。

陈旭光:谢谢赵卫防先生。在今年电影生产格局的大背景下,新主流大片如何升级换代,尤其是在人文维度上如何升级换代,赵先生做出了非常细致的分析。下面有请柯利明先生发言。他们这几年做了《北平无战事》等很多成功的影视剧,他本人很低调,也是再三邀请,今天终于来了。我们有请柯利明先生提供他们的经验和智慧。

柯利明（儒意欣欣影业执行董事）：特别感谢陈教授还有北大提供的这个机会，我对北大特别尊敬。我个人不是学电影的，国内很多论坛特别看得起我们，经常邀请我们去。我们公司的主要业务不是电影，更多的是电视剧。我特别愿意参加论坛，但一般都是坐在下面学习，作为嘉宾这件事情我感觉很神圣。真的没有能力和大家分享更多有价值的东西，我想就用十分钟时间，把我们作为制片公司在商业电影上的一些想法和大家分享一下。

今天这次会议的主题是工业电影。我目前在做的一部电影《西游记之敢问路在何方》可能与此相关。我去过杨真鉴老师的公司，看过他做《阿修罗》所有的图片，的的确确是非常难的。我们的这部电影已经做了两年多了，做了一万多张图，用了70多名美术人员。为了使用美国的动态捕捉技术，我去美国不下十趟，学习《星球崛起》的技术，真正认识到电影工业化不是简单意义上的工业化，需要太多的专业人才和技术团队了。我去看《变形金刚》的团队，非常羡慕也非常仰望，有几百个工程师在后面，包括电脑技术，不只是美学成像，真的是高科技、高频率的工业化的生产。这部电影是我入行以来遇到的最大挑战，我在一线亲自作战，所有的制片人全都上了，感觉路途遥远，够不到它的方向。我是学数学的，2008年进入这一行，徐远翔老师一直是我尊敬的大哥，他知道我对剧本、剧作抓得非常认真。我认为所有的东西最终都是为故事服务的，而故事是由人物和情感等不同因素构成的。因为我是理科出身，对每个项目的落地、结果和效率是非常看中的。在我们公司和我们这个团队中，既要满足年底的财务指标，又要为投资负责，做最大商业化的考虑。因为市场的最终抉择是最公平的，它能告诉你一个结果，不管你有多大的想法，有多好的情怀，商业的最终结果会告诉你是活下来还是离开。人的观念是不一样的，在我们公司收视率、票房和情怀是不冲突的。我们每一个制作人一年下来拿出什么样的故事，做出什么样的电影，是很重要的。一部好的商业电影让更多的人喜欢或者买票去看，这是很民主的事情，是一张一张票投出来的。不管是单口相声还是评书，还是几百人、几千人的剧组，最终还是要讲一个故事。如果这个故事不能获得

柯利明发言

更多人的认可，只能说明你的团队和操盘手没有实现市场的最大公约数。

入行十年以来我参与了30多部电视剧的制作，在商业包括资金回报上，每部电视剧都算成功，但面对市场日新月异的挑战、当今互联网化的消费者，压力也是巨大的。每个人在互联网时代接触的文化都是不一样的，对世界的理解也不一样。要尽可能地让他对你的电影、你的海报、你的故事产生兴趣，产生思考，我认为这是非常难的事情。这几年我们参与了很多畅销书的改编，我自己是电影《致我们终将逝去的青春》的制片人，也做过娱乐性很强的电影。我们公司很怕用从专业院校里出来的学生，感觉他们在心态上太懦弱，遇到困难爱抱怨，预期太高，对名利太过向往。电影是一个很寂寞、很辛苦的事情，我们跑了很多电影院，看了很多剧本，包括很多故事，这些都是需要潜下心来做的，而且要不断提醒自己要刻苦，要很有耐心地沟通每一个环节。剧组是混乱的，财务是复杂的，艺术家都有自己的个性，做一个项目要历经好几年。我们做《北平无战事》的时候，每天要做的就是不断地去沟通、去协调。今天我们做商业上的思考、人才的应用、组织的管理,包括公司和个人的不断优化与学习,这些都是非常重要的。每个到我们公司来的人都要经过不断的沟通和培训。这样在需要他的时候,他才能冲得上去。我需要一个扛旗的人,当部队冲锋的时候,他不会因为畏惧而插不上旗。未来同学们如果选择去做电影,就一定要尊重这个产业的规律,包括票房,包括做事本身,包括从事这个产业的个人修养和心态。工业电影需要人,人需要专业,专业需要用诚恳的态度去学习,需要尊师重教。有才华的人也要经历很多的挫折和不公正的对待后才能产生韧性,加深对社会的理解。只有这样的年轻人多了,我们才能形成一个庞大的军团去做一部电影。我特别希望中国电影的工业力量能尽快崛起,有更多优秀的年轻人,包括在座的每一位北大学子,带着崇高的理想,刻苦学习每一门专业。每个专业都是重要的,每个专业都会形成工业洪流中的一滴水,千万滴水汇成小溪,小溪汇成河流,河流汇成大海,最后产生巨大的力量。希望有更多的人能够为我们中国电影的未来携起手来。

陈旭光:谢谢柯利明先生非常深刻也非常诚恳的总结,讲到了对于艺术教育、电影工业制作、剧本重要性的看法,最后还提到了对在座的北大同学的期待。这些对于我们丰富和建构电影工业美学是非常有帮助的。下面我们请中国传媒大学索亚斌教授发言。

索亚斌(中国传媒大学戏剧影视学院教授):我想从我所理解的工业美学的角度,对这两年被称为"小鲜肉"的年轻偶像明星的走红原因给予分析。这两年"小鲜肉"的走红,规模之大,速度之快,热度之高,在电影史上是特别罕见的,尤其是在社会、时代没有发生重大政治变化的情况下。从大众文化的角度分析,可以看作年轻人身上的二次元、亚文化属性逐渐抢占主流的一种象征。前几天我从陈旭光老师的公众号里学了一个词叫"鲜肉美学",他说了很多在大众文化领域里的"小鲜肉"的表现。从电影发展的角度来看,"小鲜肉"的迅速走红是中国电影市场迅速发展和扩容的一种市场倒逼行为,面对急剧扩容的市场和代际更新特别明显的新观众,既往的电影创作经验显得捉襟见肘。所以大概从2013年以来,中国电影经历了一次强度非常大的调整,年轻偶像明星的涌现也可以说是其中的一个表现。大概五年的调整,

索亚斌发言

是对以往暮气比较重的、几乎积累了三四十年的中国电影的一次整体清算或者爆发。七八年前最卖座的导演还是张艺谋、陈凯歌，好像美国当下最卖座的导演还是斯皮尔伯格一样，并不是一个健康、正常的状态，无论导演还是演员的成长空间都比较狭小。五年以后，大概到了 2017 年底，这样的调整基本告一段落了；还没有完全结束，但是主要的东西基本上看得出来新的面貌了。年轻偶像明星的走红，我把它放在很多与电影以往现象的对比以及内在联系的挖掘上，从我所理解的工业美学的角度去稍微梳理一下。

从大众文化领域来讲，"小鲜肉"的流行可能是年轻观众对韩流等外来年轻偶像的反攻，放在中国影坛上可以看成对前些年中国电影"丑星"当道的反动。2010 年底葛优演了三部卖座电影，2013 年郭敬明拍《小时代》的时候，所有的明星里面只有杨幂一个人是内地身份，很多年轻演员没有机会。爱情、喜剧除了葛优，还有孙红雷、黄渤、文章、包贝尔、王宝强，基本上是"丑星"当道。我们也可以在香港电影里面找到一种呼应，20世纪80年代香港电影中，文有许冠文，武有成龙，现在这种情况已经过去了。当大众流行文化进入电影时，在它的发展初期，某种被压抑的审丑趣味或者说恶趣味引发泛滥，是一种开闸放水后泥沙俱下的现象。现在的"小鲜肉""颜值为王"可能是面向另一个角度的反动，往左摆一下，往右摆一下，今年下半年的《建军大业》基本上给"小鲜肉"的走红画上了一个句号。左右摇摆过后，可能是一个更健康的、产业化与工业化的常态情况。"小鲜肉"现象告一段落了，那些已经走红的年轻偶像明星特别幸运，赶上了中国一百年电影史上极少见的一个窗口期。现在这个窗口关上了，不是说以后再也没有走红的明星了，但是快速、高强度、大规模走红已经不太可能了。年轻偶像明星的走红和IP热的兴起前后衔接，他们是真正的观众通过网络、通过社交媒体海选出来的作品和明星，也是工业文化体制下做出的产品。以往明星的培养，需要在电影表演院校学习，有老师认真把关。"小鲜肉"的路径完全不是这样的，年青一代的观众通过对偶像和明星的追捧，实现自我身份、自我代际的确认。这样的变革为什么在2013年左右开始，是因为到2013年时"95后"观众已经18岁了，他们是浸泡在网络时代里长大的一代人。

还有一个特点，"小鲜肉"虽然都是男性，但偏向于中性化审美，这也是很有意思的现象。20世纪80年代有过奶油小生的热潮，被大家怒斥拍死了，大家吹捧的是高仓健而不是唐国强。被精英文化、传统亚文化压制的中性化审美浪潮，其实在21世纪初先是以女性为主角开展了一次，有了一点点的铺垫。前几天陈旭光老师发的公众号里面提到，"小鲜肉"的流行可能是一种女性复权的体现，女性的审美权利开始得到体现了。司若老师说到现在观众女性占到60%，因此女性观众的推动起到了至关重要的作用。我感觉以往的中国电影明星没有得到现在这样年轻观众的崇拜，我们看明星时更强调的是一种认可感，并不一定是崇拜感，骨子里有一种前现代式的、居高临下的优越感，但在当下的对年轻偶像的追捧中，这种感觉消失了。IP热、"小鲜肉"现象等市场倒逼形成的乱象，经过开闸放水、泥沙俱下之后，在2017年基本展现出了真正建立在产业化、工业化、市场化条件之下的中国电影发展的态势。

陈旭光：索亚斌教授分析了年轻偶像演员、"小鲜肉"演员商业价值虚高等现象，为我们思考如何建构电影工业美学、明星演员如何有机纳入我们的工业化进程，提供了很好的思考面向。下面请北京大学艺术学院教授李洋发言。

李洋（北京大学艺术学院艺术理论系主任）：关于工业美学的问题我研究得不多，说一下独立电影的问题。我们谈工业化的时候，潜在的意思是手工作坊的创作时代是不被认可的。我们来重新理解什么是电影工业。我们谈工业的时候脑海里想的是什么？大概有两种，一种是理想主义关于工业的解释。我们期待着中国工业电影可以形成一个高密度的、集团化的、长周期的、覆盖面广的、能够获得高票房并尽最大化避免风险的电影生产机器。它足以保证我们在投入巨大的精力、时间、生命和资本以后能够有效地获得回报。这是它的几个特征，是一个比较理想主义的关于工业化的理解。它的愿景中最主要的是能够克服风险，既是美学的风险，也是资本的风险。我们无论上什么项目，讨论来讨论去大概都希望这个项目不要赔钱，不要过不了审查，这就是风险机制非常重要的对中国电影工业化的一个指标。第二个指标趋向于完美，希望这个电影在技术投入、视听效果以及它的故事、人物上被更多的群体所接受并且买账。目前我们谈工业化时经常会谈到这两个特点。但在这两个特点的背后，我们发现工业化的发展会带来负面的作用。第一，内容越来越平庸，这个故事想让更多的人听，这个故事就越没有特色。第二，创作周期越来越长，一个项目投入越高，风险越大，周期越长。在现实层面，我去年做了制片人，我个人的体会是，中国现在要谈电影工业化还为时过早。我们真的工业化了吗？我们认为带着工业化印记的电影，它的脑海里想的真的是工业化吗？是不是工业化的标准只是落实到具体的视听指标上面，在创作层面——关于这个项目的选用、题材的来源、团队的合作、与国外电影人合作时的自我认识、真正达到工业化和现代化的意识——并没有现实所谓的工业化。我认为香港电影最辉煌的时候，也不是我们脑海里想的纯粹的工业化，其实还是手工作坊或者小团队，往往冒着很大的风险进行短期操作。他们不追求作品的完美，但是追求高效运作。所以我想在强调工业化的前提下，可以回应陈旭光老师对于工业美学的质疑。同时，我也希望和他一起呼应一下独立电影的概念。

李洋发言

独立电影的概念这两年我一直在思考。21世纪的前十年谈独立电影，往往是指以特殊的敏感题材为核心，以社会边缘人群为对象的纪录片创作。这些纪录片的创作主要出现在北京、南京等地的独立影展上，表达了对社会的比较激进的介入方式。我发现2010年之后在中国电影当中再谈独立电影的时候，这个独立的概念发生了变化。我们说21世纪前十年独立电影的概念其实和好莱坞最早期的独立电影的概念是不一样的，好莱坞的独立概念是指六大制片厂之外的独立。其实只是一种制作方式、题材选择和创作风格的独立。而我们早期的独立往往强调价值观，是一种社会立场的、批判性的独立。这几年中国中小成本的独立电影并不一定完全是我们所说的艺术片，其实有很多电影，年轻导演也希望在小成本的前提下能更加好看，不是所谓不好看的艺术电影。最近几年独立的含义在发生变化，独立电影生产者的分布方式也在发生变化。他们既在整个中国社会意见分布的边缘，又在中国电影工业资本的边缘。比如毕赣之前没有享受过中国电影兴起所带来的辉煌票房，他的整个创作一波三折，最后是他的老师投的钱。在座的很多业内的大佬，你们建立了这么多年的年轻人鼓励和培养机制，那么为什么《路边野餐》是在边缘的地方而不是在电影工业内部出现呢？除了毕赣还有《八月》的导演张大磊等，这些年轻导演并不追求一种我们传统意义上的与意识形态相对抗的影像，也不是想拍摄"高大全"的、想占有市场票房的、完全工业化的电影。他们确实有表达的欲望，他们带来了一些非常丰富的题材，在资金有限的情况下希望把电影拍得在技术层面能满足工业的标准，在内容层面能够满足不同人对于题材的要求。这是我们需要重新理解的独立电影。独立电影不追求工业化、集团化、高密度、长周期、大团队创作，往往是一个小团队，一个项目从酝酿到完成，可以克服工业化带来的长周期讨论、剧本的研讨、团队的扩容，以及更多的时间和创作成本。

我发现的另外一个问题是，一个好导演被工业吸收后，他的第二个项目变得非常漫长，投入大量资本后导演的主观意识体现越来越淡化。就是由于我们投入了更多的资本进去，投入了更多的明星参演，投入了更多的欲求在里面，创作被工业化的情况所阻挡。应该是分离式的、小团队式的，追求大概是1000万以下的中小成本的类型电影，这个领域的电影应该成为中国商业电影的一部分，不一定是主流，但应该是一个非常重要的组成。给年轻的导演们一些资源，我们的大的电影公司允许他们去冒一点风险。据我所知，很多年轻导演的剧本被不断讨论，很多制片人开会的时候会说，我们扶持青年导演；到了看剧本、看项目的时候，他们考虑的还是收益——项目本身是不是有演员已经参演了，这个故事是不是有吸引力——这些工业化的价值观往往对青年导演有负面的作用。希望大家不要带着过去的关于独立电影的观念来看中国新一代青年导演的独立创作，他们可以在商业上或者美学上带来更多的想法，应该允许他们冒险，应该多看看、多了解他们的剧本。独立电影有一种智慧，这种智慧是一种野生的智慧，在边缘，在底层。如何带领一个团队把电影做出来，这是独立电影带给我们的启示。欧洲一些小国在发展商业电影的时候都是小成本的，制作非常快捷，在一定时期内形成了一个市场或者一种美学趣味。在工作层面，好莱坞工业化的机制对我们很重要，但中国式的协作也需要考虑在内。一个电影团队是按照好莱坞商业契约精神来组建，还是按照中国的人情社会，组建一个彼此信任的团队,可以发挥彼此的能力,并通过人情关系实现资源互换、就地取材、激情创作?我们看上去不太规范的手段,往往会使电影很快得到落实。比如《中邪》这部片子告诉我们,在产业之外我们也有着生长恐怖片的可能性,这种可能性看上去是独立的,但会给我们的电影工业提供非常丰富的想象。

陈旭光:李洋教授给我们开辟了一个独立电影和小成本电影有没有可能商业化的课题。他也做过小的独立电影的制片人。我个人觉得,因为中国电影的受众市场足够大,分层足够复杂,审美趣味足够不平衡,包括在座的影视界的大佬,从培养青年电影人才的角度出发,只要控制成本,未尝不可以将小成本电影纳入工业化生产、工业美学之内。肖怀德博士后的论文,写的是中美制片管理机制的比较,下面请肖怀德发言。

肖怀德(中国艺术研究院文化战略研究中心副研究员):我是陈老师的学生,离开北大五年,今天本来没想发言,但是借这个机会想表达一下我的感受。我觉得在北大召开这样一个人文论坛应该具有某种意义,无论是电影学者还是从业者来到这里,离开平时工作的场域,超越平时工作的心态和环境,会产生更多新的思考,这是北大能够带给我们的可能性。在我的眼中,电影之所以有魅力,在艺术与文化领域里有这样的意味,是因为它背后的两样东西:第一个是人性,直接触摸到人的本质;第二个是想象,无限的想象。我今天跟大家分享两个问题。

第一个问题,对工业化、工业美学概念的理解。我个人研究美国的电影工业,我发现美国好莱坞的电影工业经历了从工业化到去工业化的过程。我们今天理解的电影工业不仅仅是一个我们所谓的工业化的东西,新好莱坞时期是一个去工业化的过程。处在今天互联网的时代,我们是不是需要去重新定义工业这样一个概念?我甚至在想,好莱坞电影工业这样一种电影生产方式,是不是我们人类电影生产的最终形态?是不是最理想的状态?我们是否应该把它作为一个目标去追寻?现在的互联网时代,很重要的一个特点是,不再是自上而下的认知灌输,可能更多的在于你和受众之间的共同创作与完成;不再是线性的或者因果关系的生产方式。我想中国在今天的移动互联网时代之所以能够弯道超车,很大程度上基于中国互联网时代有着更多的文化基因和土壤，创造了一个与西方工业化体系不一样的方式；电影是不是也有这样一种可能性，这是我一直在想的问题。

第二个问题是，从电影大国到电影强国，"强"和"大"一字之别，"强"怎么体现，"大"怎么体现？我个人理解，电影强国不在乎电影市场或者电影的生产量，而是你的文化或者说用电影的方式来传递的一种文化表征，是不是对其他国家的民众有一种文化的感召力。你的电影出来后，别人是否理解你的文化，是否尊重你的文化。所以我觉得强国不一定有多大，伊朗这样的国家也是强国，它的一些电影表达了民族和国家文化的力量。中国要建设电影强国，可能在电影界和电影学界讨论更多的是，我们的电影传递着东方的文化和智慧，怎样把东方文化用影像的方式传递出去。包括各位老师谈到的中国电影的人才问题，我觉得人才问题涉及很多面向，是不是具有产学研的经验，是不是一定要到现场去做？在中国的大学教育里，这些人是不是具有科学和艺术的双重基础训练？是不是具备数理思维，同时具备艺术造诣？如果具备这两种能力，是否需要通过工业片场中的自我学习来构建其他能力？我们今天讨论的所有问题，都是基于电影是可以被我们认知的框架下的。电影可能永远存在，但今天的电影和电影院的艺术形态在未来会发生什么变化？电影这样一种形态是不是永远不可取代？人工智能的时代电影还是不是理解、体验文化的重要形态？所有这些问题都需要大家共同的思考。

陈旭光：肖怀德探讨了工业美学的重新落地、寻找人文根源等问题，其实工业美学不必然以舍弃这些东西为代价，而是要真正建构美的电影工业美学。

张卫：下半场的讨论非常丰富，既有宏观布局，又有重要制片人的参与，还有对观众的研究，使得对工业化的探讨更加深入，也更加立体化。把几个从一线产生的具体问题上升到文化和整体布局的高度，取得了更为丰富的认识，而且有不同的观点。比如对于独立制片人的认识，其实这个概念也可以商业化。诸如此类的不同角度的观点，使我们下半场的讨论更加完整，更具有现实关照意味。希望北京大学艺术学院可以组织更多这样的研讨和研究。

陈旭光：下面我们请饶曙光秘书长做闭幕致辞。

饶曙光： 首先感谢大家的参与，我们在北京的冬天为中国电影烧了一把火。各位专家从不同层面对中国电影做了思考，我相信对大家都有很大的启发和刺激。

其实中国电影的复杂性、矛盾性、多面性可能是其他任何国家都不具备的，刚才叶宁谈到中国电影有很多未知，但也给我们带来了很多空间。我们走向工业化了吗？我们离工业化到底有多远？很多地方还处在手工小作坊的状态，我们要不要工业化？我们如何实现工业化？所有这些现象，其实都给我们提供了不同的层面的解读。我个人对中国电影有点"杞人忧天"，我自己搞了三四十年电影，中国电影有撕裂的危险，比如冯小刚与万达的撕裂，还有《建军大业》的撕裂，这些撕裂对中国电影资源都是一种伤害，因为中国电影资源一直都很有限。我一直觉得我们中国电影评论学会，要与电影观众搭起一座沟通的桥梁或平台，通过更多的交流，尽可能地化解这种撕裂，这是我们应该承担的责任。面对好莱坞大片，我们建起了五万块银幕，我们必须有更多的内容生产来满足观众的需求。中国电影如何升级换代？没有重工业产品，就不能和美国好莱坞打阵地战；我们不能保护自己的工业，不能满足观众的需求，中国电影也会出现更大的问题。我们的五万块银幕，过两年可能八万块，不能只给好莱坞做嫁衣。我们必须调动观众，我感觉中国观众有流失的危险，今天上午我跟爱奇艺、腾讯、优酷讨论网络电影的问题，爱奇艺平台每年的播出量是2900多部，它对电影分流是很明显的。观众一定要进电影院看电影吗？电影的形式是永恒的吗？如果中国电影观众流失了，我们与会的很多企业都会有生存的风险。

中国电影要升级换代，要发展自己的重工业产品，能不能有效避免《满城尽带黄金甲》《夜宴》的负面影响？能不能给新时代的观众提供更好的满足？在技术上我们可以去借鉴、利用包括好莱坞在内的国外先进技术，但是我们传递的精神一定要是中国的，一定要有中国文化的内涵在里面。我们都认同工匠精神，但我们知道电影是创意的事情，是想象力，是情感，是这样一种满足，没有创意，工匠精神便毫无作用了。还有一系列关于工业化/后工业化、全球化/后全球化给中国带来的叠加的矛盾，其实我们也不一定要完全达成共识，因为在这样一个时代，达成完全共识是不可能的。但是经过沟通，我们可以更辩证地看待问题，更能从对方的表达中提

与会人员合影

升自己的思考,共同为中国电影的未来寻找一条健康发展的道路。我们进入了新时代,也面临很多新的问题、新的矛盾,如果我们没有新的思路,如果我们不能寻找到更多有效的方法,我们就很难推进中国电影的可持续发展,推动中国电影从产业黄金时代走向创作黄金时代,推动我们走向电影强国,包括在国际环境中扩大中国电影的话语权,用中国电影来提升我们的文化软实力和文化影响力。所有这些问题都亟待我们大家共同努力、共同思考,共同提供思路和智慧,我想我们应该可以为中国电影的发展做出我们的贡献。

陈旭光:饶会长为我们做了非常精彩、全面、深刻的总结,让人意犹未尽。感谢大家在寒冷的冬天来到北大,这样的会议我希望以后每年都会召开,共同为中国电影进入新时代做出我们的贡献。谢谢大家。

整理:张立娜

第三讲

如何理解怪物

——怪物的历史与未来

主持人　李　洋　陈旭光
嘉　宾　姜宇辉　蓝　江　张智华　贾　妍

编者按

2018年4月8日,由北京大学艺术学院主办的第39期"批评家周末"文艺沙龙活动在北京大学全球大学生创新创业中心举行。沙龙由北京大学艺术学院副院长、北京大学艺术学院艺术学理论系主任李洋教授和北京大学影视戏剧研究中心主任陈旭光教授主持。华东师范大学哲学系教授姜宇辉、南京大学哲学系教授蓝江、北京师范大学艺术与传媒学院教授张智华和北京大学艺术学院助理教授贾妍,作为嘉宾与北大学子一起参与了对话和讨论。

此次的"批评家周末"以2014级艺术学院本科生毕业创作展"人形怪物"为依托,探讨艺术史中的人形怪物形象。"人形怪物"图像展按照图像学的历史关系和谱系关系呈现各种人形怪物的图像和造型,以揭示不同历史时期、不同文化中,艺术家乃至民众对人体、异形的认知与想象。以此为话题,本次沙龙探讨了人形怪物中涉及的各种宗教、历史和社会问题。

人形怪物在艺术史中是一个重要的母题,早至亚里士多德,晚至康吉莱姆,都对其进行了讨论,涉及整个西方哲学史的核心概念。从历史上来看,古代两河流域出于域界贯通需要产生的拼接式怪物,中国的动物精灵、植物精灵、工具精灵等都是人形怪物的表现。从现实来看,如果从一些特殊的主体认识架构来评判的话,生活中很多有着不同常人行为的人都会被界定为怪物,怪物成为一种司空见惯的现象。为什么怪物在电影银幕、游戏作品等艺术形式中频繁出现?对怪物概念的认知经历了怎样的历史沿革?中国历史上是否存在西方意义上的人形怪物?而中国影视再生产中为什么缺少后现代意义上的人形怪物形象?这些都是本次研讨会深入交流的核心话题。

活动海报

李洋（北京大学艺术学院副院长、北京大学艺术学院艺术学理论系主任）：各位同学大家上午好，非常高兴大家能来参加今天的沙龙活动，今天的活动是2014级艺术学院本科生毕业创作展的活动之一，这个主题图像展的名字叫"历史中的人形怪物"，策展同学以2014级本科毕业生为主体，以及2015级和2016级本科生，还有少部分研究生同学。我们在艺术史上以"人形怪物"这个主题找到了几百个形象，经过讨论和筛选，最后选择一些图像进行展出，同学们为每幅图像撰写了说明。这个展览与我们经常在美术馆看到的展览有所区别，本质上是带有研究性的图像展，它既不同于博物馆中展出的实物，也不同于美术馆中展出的艺术作品，更倾向于把历史上各种各样的人形怪物的图像、造型，按照图像学的历史关系和谱系关系呈现出来。这些图像背后隐藏了在不同历史时期、不同的文明和文化中，艺术家与劳动者对人的形式、人的身体、人的变异的想象与创造，其中涉及宗教、历史、社会等问题。因为这个展览带有一定的研究性，所以我们在展览的最后一天，邀请几位学者举行学术沙龙作为结束活动。我们先请陈老师就这个展览简单给我们介绍一下。

陈旭光（北京大学影视戏剧研究中心主任）：这次的人形怪物展是一次艺术学院本科毕业生的教学实践活动，更是同学们学术思考、学术探索的结晶。今天是展览的最后一天，我与李洋老师商量，把艺术学院的艺术学沙龙与影视戏剧研究中心的"批评家周末"整合起来，做一次学术研讨。我们请到了豪华的学者阵容，为我们的毕业展做总结并进行学术探讨，曲终奏雅，是一次亮眼的收尾。

这次策展的教学意义不必多说。我觉得这种学术性很强的策展是一种知识的再生产。本来我并没有专门研究，虽然也看过里面的很多画，看过里面的很多电影，但是没有从"人形怪物"这个角度把这些东西串起来，进行艺术史的串联，并在背后寻找深刻的哲学依托。这个角度，李洋老师的创意功不可没。李洋老师在《当代电影》上发表了《电影中的人形怪物》。同学们肯定是结合文化产业专业和艺术史论专业的特点，把电影史往大艺术史上延伸。原来我并不从人形怪物的角度来认知某些艺术作品，比如说半坡出土的那个著名的陶罐上，那个像鱼又像人的奇形怪状的东西。我就是觉得这是栩栩如生的原始艺术，是先民的生活，和鱼、羊相关，但

《人面鱼纹彩陶盆》，新石器·仰韶文化

这只是一个肤浅的对原始艺术的理解。现在突然可以从这个角度来看，甚至可以追溯到中国的人形怪物的始祖，我有一种豁然开朗的感觉，所以这是一次知识的再生产。我希望同学们在花了这么多心思做了这样一个有学术含量的策展之后，这个知识再生产要继续下去，并扩大再生产。我觉得很多同学的毕业论文、硕士毕业论文，甚至博士毕业论文都可以从里面找到话题，找到切入口。策展的同学们让我写一个跋语，我说这是一次我们与历史的心灵对话，也是一次中西文化的对话。里面的内涵非常丰富，很多内容我觉得可以从比较诗学、比较艺术史学的角度进行研究，所以我期待大家的"再生产"。

最近我看了电影《头号玩家》，里面有一个细节我特别想跟艺术史论专业的同学们分享，这个细节似乎说明了艺术史论学习的重要性。里面的主人公要闯关，但总是不成功。他的办法是什么呢？他回到设计游戏的人，借用一种影像的方式还原。在资料库里，他搜出游戏设计者在设计游戏时跟别人谈话的场景，他在旁边仔细观察，在里面发现蛛丝马迹，然后调整自己的游戏方略，独辟蹊径找出另外一条道路，于是顺利闯关。我觉得这就是艺术史论学生的工作——还原历史，回到原初。这是我的一个心得。

另外，我也一直在考虑中国的科幻电影为什么这么薄弱的问题。《三体》怎么永远拍不出来？更不用说在电影里展出这些人形怪物，在中国电影里几乎没有。也许由于中国人的世纪末意识、宗教意识缺乏，像这种后人类阶段的对自身进行反思、对人种变异、异化进行反思的科幻类电影，在中国不一定能够很顺利产生。中国可能是回到了天地和谐、人神共处的阶段。科幻电影不发达，我们有玄幻电影，这几年也有票房非常好的《画皮》《捉妖记》。虽然新中国成立后是不语怪力乱神妖鬼的，但是香港有鬼电影、僵尸电影，包括像《聊斋志异》改编的《聂小倩》这样的电影，里面都有大量人形妖怪。但是这种人形怪物很明显和后人类时期的人形妖怪是不一样的，大部分来自大自然，来自各种动物或者植物，里面可能有很多话题可以延展。

我关注的是这样一个展览之后、一次艺术再生产之后的再生产，怎样去开掘中国文化当中很长时间以来被视为另类的边缘文化、民间文化、异文化。我们是否应该在文化自信的情况下，大胆地开掘自己民族文化的丰富营养，把它转化为当下的艺术生产力。不仅仅是非常严肃、和谐的讲仁义礼智信的儒家文化，还有那种寄托了想象力，寄托了中国人特有的甚至和西方对人形怪物的想象和生产创作方式完全不一样的。这些边缘文化遗产我们如何化用？换句话说，在科幻电影不可能一蹴而就的中国，我们如何去开掘我们中国特有的玄幻电影、魔幻电影？

所以看这个展览时也略有不满足之感，好像东方的、中国的内容略少，然后电影好像也没有开掘。电影里的人形怪物形象还是很多的，当然这可以是另一个"接着讲"的话题。

我还想到一个问题，人形怪物是不是一个首先源于西方的学术话语？这个话语现在被拎出来了，它融贯中西，汇聚了各种怪物形象。在中国如何适应或者说如何让这个术语本土化？如何强化中西怪物的比较？在比较之下如何不丧失自己的主体性立场？如何在人形怪物的背后去开掘不同民族、不同文化、不同时期的历史、哲学、思维等特点？我觉得由此生发出来的艺术再生产是非常丰富的。

所以我是带着这些问题来的，一是对策展的成功表示祝贺，二是带着这些问题来听各位专家的见解。谢谢大家！

李洋：我们按照顺序，先请华东师范大学的姜宇辉老师讲一下历史上西方人的怪物观念问题。

一、"怪物"概念在西方哲学史上的发展

姜宇辉（华东师范大学哲学系教授）：我可能更多的是讲作为一个哲学的概念，"怪物"是怎样一点点从古希腊演变到20世纪的。大家看了这么多丰富、新鲜、刺激的怪物形象，可能要先听一点比较抽象的哲学思辨。

首先，我觉得怪物在我们这个时代并不仅仅是图像，刚才李洋说做这个展览的初衷是展示怪物的形象、怪物的想象。但是我看了很多资料，包括我体验的这个时代，我觉得怪物就是现实，我们就是生活在一个怪物的时代。有一本书叫作《怪物读本》，一个文化研究学者研究了我们这个时代的怪物状况，第一句话就是："我们进入了一个怪物的时代。"他就用这样的表述，他没有说我们创造或者想象了一个怪物的时代。这是很强烈的论述，怪物对于我们生活的时代来说就是一种现实。各种各样的怪物，从银幕到科幻小说，比如赛博格形象，脖子上插一个洞；还有各种各样的荧光兔子，本来是一只兔子，但是为了研究它的生物构成，输入化学药剂，这个兔子就会发出红黄绿的颜色等。在这个时代，我觉得我们对怪物是司空见惯的，通过各种媒体和各种渠道，我们都看到了层出不穷的怪物：怪物是我们这个时代司空见惯的现象。

但是，我想说的恰恰是福柯在《性史》第一卷开始所表达的意思，他在这个部分讲到了在维多利亚时代大家都在谈论性，每个人都在讲性，围绕性有各种各样的故事、各种各样的八卦。但是他在第一卷就得出这样的结论：我们越是谈论性，性这个东西就越被压抑，甚至面临着沉默和消亡的命运。其实，这个观点我觉得放在我们时代的怪物上也同样适用。我们在所有的地方都看到了怪物，各种各样的怪物

姜宇辉发言

层出不穷地涌现，大家在电影银幕上看到僵尸，在手机上玩植物大战僵尸，在小说里看玄幻或魔幻的形象，好像怪物已经变成我们身边一个非常常见的甚至喜闻乐见的形象。但这能说明我们真的很了解怪物，认为怪物就是我们这个时代的一个非常熟悉的主题吗？我想提出的就是一个福柯式的反题，我们之所以如此谈论怪物，狂热地消费怪物，恰恰是因为我们想掩饰我们心中对怪物的恐惧，我们想压制它们的力量，我们想不停地谈论，用喋喋不休的话语把怪物的力量推到我们的流行文化之外，让怪物的暴力跟我们保持距离。

就像在维多利亚时代，所有人都在谈论性，因为性对他们来说是一种危险，是一种破坏的力量。所以在这个意义上，我觉得哲学应该做的工作是非常严峻的，甚至我觉得是必需的。我们必须面对这样一个怪物泛滥的时代，进行清醒的、深刻的反省。而且我们必须要知道怪物到底是什么，我们给它一个清晰的脉络，重新去唤起怪物在思想上的暴力，在图像中的暴力，让它去搅乱、去动摇我们已经非常陈腐的甚至日益崩坏的世界，去唤醒那种创造的力量和潜能。当我们带着哲学背景去重新思索这些进入时尚领域的概念的时候，会发现它唤醒的是一种沉睡已久的思想潜能。在这个意义上，我想稍微谈一下怪物在哲学史上的背景。在古希腊文学发端时期，怪物就是一个非常重要的问题。从正面来说，怪物涉及整个西方哲学史的最初、最核心的一个概念，就是"原因"这个概念，或者叫作"始因"。如果"怪物"这个概念没有办法理清楚的话，那么整个西方哲学史在根源上就会被动摇，就是薄弱的，就没有办法去解决，要回避它根源的一个悖论。所以我们甚至可以极端地说一下，为什么怪物这个概念在整个西方哲学史上非常重要，而且一直都是刺痛所有哲学家神经的一个概念，但它却很少出现在哲学文本里面。因为所有的哲学家面对这样一个概念时都会感到恐惧，一个怪物入侵这个宇宙是能够从根本上动摇逻各斯中心的，这是一种非常可怕的力量。所以从亚里士多德开始，他为什么要把"怪物"和"怪胎"的概念混合在一起甚至一致化呢？就是因为对于逻各斯来说，怪物对整个西方思想来说都是毁灭性的力量。

大家知道，西方哲学史发端时期的一个核心问题就是来自苏格拉底对诡辩派的反驳，但是苏格拉底自己对这个思想的发展有一个反省，他说他之所以发现自己哲

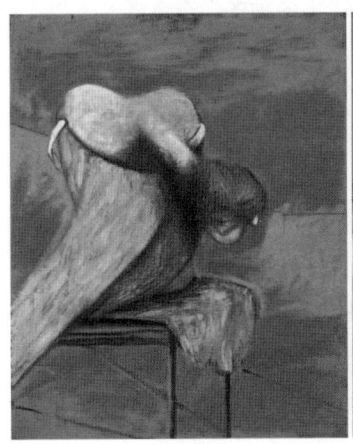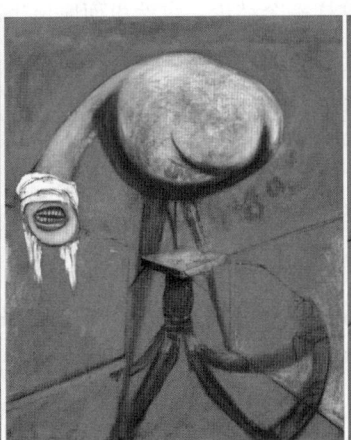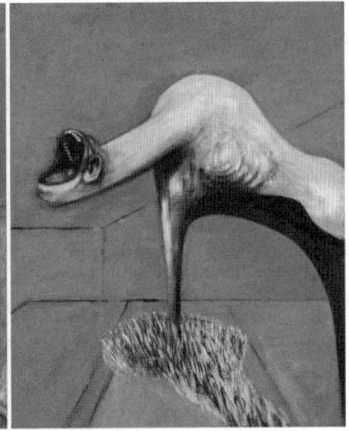

《以受难为题的三张习作》，弗兰西斯·培根，1944，描绘了希腊复仇女神厄里倪厄斯

学的新路，就是因为进行了心灵的第二次航行。他自己讲过一次，他思想的转变实际上来自对原因、对始因这个概念的反省。这个世界，当我们去分析它的原因的时候，到底是物质的还是目的的？到底是来自物质的原因，比如说气、比如说水；还是说这个世界趋向一个目的，向着某个目的去运动？这是两个完全不一样的想法。所以正是在这个地方我们看到怪物的概念扰乱了整个西方哲学史对原因、对始因的思索。可以想这样一个问题，怪物这个概念为什么会出现在宇宙中？到底是物质的原因，还是说它本身符合宇宙的目的？当我们把这两个线索从不同的角度加以考虑的时候，我们发现都没有办法解释怪物的概念。

如果我们从物质的原因去解释怪物就会遇到一个非常严重的悖论，你就会发现怪物其实也是生产出来的，也是在自然里面产生的，那就意味着必然有一个自然的原因。如果这样，为什么世界上没有出现各种各样层出不穷的怪物？为什么这个宇宙里怪物没有人满为患？因为如果怪物的产生有一个自然的原因，我们就会想象怪物应该是最为丰富、最为多样的。我以前在法国读书的时候，商店里卖的番茄尺寸都是一样的，都是非常圆的一个一个摆起来，好像用尺量过一样，都是标准的圆形。但是这个东西是不可能自然产生出来的，而是人介入之后才产生出来的。我们看到自然里的番茄就是大大小小的，就是奇奇怪怪各种各样的形象。所以，如果我们从自然原因的角度考虑，会得出这样一个结论：自然里面应该生产出各种各样奇奇怪怪的怪物，我们在这个世界里面看到的应该是各种各样林林总总的怪物，但是却没有，我们看到的是各种结构非常完整、非常完备的集体，有着秩序的种族分类，而不是满地跑的都是博斯描绘的人间地狱的场景。

还有一个原因，如果从目的论的角度考虑怪物，也是让人非常困惑的。因为如果我们认为整个世界的发展趋向善的目的，那我们就难以理解为什么世界上会出现这么丑陋的东西，这么邪恶的东西。斯芬克斯这样的怪物，各种各样的妖魔鬼怪，它们不符合这个目的的原理。如果这个宇宙是趋向于善的目的的话，那这些邪恶的东西到底是怎么出来的，没有必然性，甚至没有必要性。

所以大家考虑为什么怪物对于整个西方哲学来说是如此困惑、如此棘手，甚至是如此釜底抽薪的一个概念，就是它既不是物质的原因也不符合目的。所以如果你是哲学家应该怎么做呢？我觉得亚里士多德的一个非常成功的地方就在于把它们混合在一起。后来亚里士多德写过两部研究动物的著作，一个叫《动物志》，一个叫《动物四篇》。他在《动物四篇》里实际上针对怪物用了两个不同的词，一个叫作monster，一个叫作teras。monster在今天译成"怪物"是没有问题的，但是teras我们一般译为"畸形"，或者"畸胎"，比如小孩生出来没有眼睛，或者少一只胳膊少一条腿的。亚里士多德做的一个工作就是想把这两个东西混合在一起，或者说想把monster拉到teras那边去。大家如果仔细去查一查这两个词在古希腊文里面的意思，就会发现一个非常鲜明的对比。teras在古希腊语里面就是"残疾"，比如参照一个完备的肌体稍微少了一点什么，参照平均标准有一点偏离等，是根据模型生产出来的残次品。但是monster在古希腊语里指一种非常邪恶、非常强大的力量，叫作"怪兽"，或者说来自外部的邪恶的、破坏的、侵入的力量。这两个词是完全不一样的，一个是来自外部的破坏力量，一个是生命内部稍微产生了一些偏移，产生了一些不正常或者变异的现象，可以被纠正，可以被治疗。

但是在亚里士多德那里已经意识到了两个概念之间的差异，他特别想把怪物，那种来自外部的暴力清除出去。所以他在《动物志》和《动物四篇》等一系列研究动物的著作里，想把"怪物"还原到"怪胎"，把那种怪力乱神的外部的力量变成在生物上可以解释、可以纠正、可以修正的力量。把那种让哲学家、思想家、历史学家感到恐惧的黑暗的力量，变成我们可以理解的、符合规律的甚至可以从因果的角度去解释的生物现象。这是西方哲学史上第一次，而且也是整个哲学史上研究怪物概念时第一个重大的事件，就是"怪物"概念的消失，或者"怪物"变成"畸形"。

自从亚里士多德把这两个概念混同之后，大家在西方哲学史上看到"怪物"的概念就很少了，非常少。如果像我刚才说的那样，在西方哲学史的发端就出现了根本性的问题，你可以想象，在亚里士多德之后，哲学家们肯定都会反思这个问题，反省这个问题，它应该是一个核心主题。但是为什么后来哲学家都不谈这个问题呢？因为他们觉得亚里士多德已经给出了一个线索，我们可以把"怪物"这种怪异力量清除出去，变成自然科学可以解释的现象、合乎法则的现象、合乎自然规律的现象，那又何乐而不为呢？在一个井井有条的逻各斯宇宙里面，我们不需要怪物，我们有办法把它们清除出去。

所以，后来在哲学史上仅有最多两次对怪物的讨论，一次是在康德的文本《判断力批判》中，他讲到"崇高"时用了一个我们今天用的"monster"这个词，表示巨大的、怪物性。而且，康德把这个概念与崇高的概念进行比较，他知道崇高虽然大而无度，但毕竟可以拉入想象的范畴，最后还是可以归属到人类的理性法则中。但是康德用了"怪物"这个词强调与崇高完全不一样的含义，这种力量是理性或者想象等任何人类的认知都没有办法控制的。这个概念在康德的文本里面闪现了一次，稍微出现了一下，然后完全消失，这是在西方古典哲学史上"怪物"的最后一次回光返照。

当然，在后面，你可能在尼采的文本里看到了一些怪物，比如大家会看到鹰、蛇等形象，看到各种各样的侏儒、矮人等，你会觉得它们是怪物。但是那就是尼采或者查拉图斯特拉作为先知、作为思想家的伴侣，他的一个对话者，并没有什么怪异的力量，往往扮演的是倾听者的角色，或者启示性对话者的角色，这些形象没有令以往的哲学家非常恐惧的那种力量。大家翻开尼采的《查拉图斯特拉如是说》，你看到蛇虽然可怕，但是它也可以和智者进行对话，进行启示，这是没有问题的。

所以大家可以想象，在整个西方哲学史上怪物是最重要的一个概念，但是也是被压制得最深的一个概念，这是非常值得深思的一个现象。海德格尔说过，"存在"这个概念被遗忘在它所存在世界的开始，他说这个概念被遗忘了几千年，但是我觉得其实最可怕、最可怜的是"怪物"这个概念，从一开始就被遗忘。当初亚里士多德提出这个概念的时候它就已经被压制住了，已经被还原了，它一下子被封存在阿拉丁的神瓶里面。到了尼采这里，大家也没有觉得这个概念可以被释放出来。

直到20世纪，第一个把怪物能量释放出来的哲学家是康吉莱姆，这是非常了不起的，是20世纪的核心事件。大家想象一下，如果没有对"怪物性"的发现，福柯也就不可能去写《疯狂与文明》；如果没有福柯的《疯狂与文明》，就不可能有20世纪 60 年代的法国哲学革命。所以，当怪物在 20 世纪哲学里面再度被唤醒时，其实起到的是一种非常强大的、掀起哲学思想的风暴的作用。所以当我们今天坐在这里谈到怪物时，我们是不是也能做到同样的事情，我不知道。

康吉莱姆在两本书里重点谈论了"怪物"这个概念，一本是《正常与病态》，还有一本是《生命的知识》。后者中有一篇文章叫作《怪物与怪物性》，这篇文章非常经典。我觉得大家如果对怪物的概念感兴趣，可以去读一下康吉莱姆的这篇文章，它道尽了整个西方哲学史上"怪物"这个概念所遭遇的所有的不公正的待遇，而且他能够把这个怪物概念的怪物性重新释放出来。当然，康吉莱姆有很多辩证思路，在这里就不多说了，说到底可以用一句话概括：对于康吉莱姆来说，其实怪物或者怪物性，并不是对正常标准的偏离。他对以往的哲学史或者医学史展开批判，以往的学者或者科学家都把怪物性变成一种疾病，是参照正常标准，对正常标准的偏离，所以怪物的怪物性是一个程度的概念。比如这个小孩的胳膊长得大了一点，或者小了一点，萎缩或者膨胀，那样怪物就是怪胎。但这是因为在你的脑子里面有一个完备的原型，你认为这个小孩在这个时候、这个年龄他的身体结构是什么样的，你参照这个原型然后给出标准说他是怪胎，他这个地方大了，那个地方小了，然后你治疗修正，大的砍下去，小的就拉长。所以康吉莱姆认为这是一个非常严重的误解，因为他认为其实怪物并不是一种疾病，并不是一个需要去修正或者去克服的现象，相反他用了一个非常强的概念，叫怪物性，其实就是生命的本源，生命从本源的地方来说就是怪异的。能够怪异，能够变得不同，甚至能够产生出千奇百怪的形象，这就是生命的本源的形态。康吉莱姆在《正常与病态》中有一句非常经典的话：能够生病，这就是生命的真正的力量。或者说，能够变成怪物，是健康人的一个标准。所以当他这样说的时候，你会觉得这个时代太了不起了，因为在亚里士多德之后两千年，哲学家们都是谨小慎微不敢去碰这个东西。康吉莱姆还不是一个哲学家，而是一个科学史家，他就把这个东西一下子放出来，而且是放到一个非常强烈的程度。我自己非常钦佩康吉莱姆，他对福柯有强烈的影响。不过读到最后还是觉得作为一个科学史家，甚至作为一个理性主义者，康吉莱姆有一些温吞的地方，他的文章读到最后给出的是一个非常折中的结论。

他有两个结论是我们现在觉得不够彻底的。第一个是他认为怪异性这个东西仅仅在生命的发端的地方才有,生命只有在起源的地方才充满可能性,充满未知和变异的这样一种形态。但与此相反,当生命这个形态一旦成长出来,从一个胚胎变成儿童,变成成人,当他进入成熟的发展阶段之后,是不可能有怪异的,而是变成规范了。所以康吉莱姆在文章里强调说怪异性、怪物性在生命里面是非常罕见的一种现象,只是在生命原初显现出怪物性,然后就变成正常人,不可能一直怪下去。这是他的第一个观点,我们今天觉得是不够彻底的。

后来还有一个观点,他认为怪异性这个东西在生命里面非常罕见,但是可以在艺术里面去寻求。用他自己的话说,比如在诗的领域,在想象的领域,我们看到怪物不断被生产出来。所以这里面有个对比,在生命里面非常罕见、非常贫乏的怪物的形象,反而在文学领域里面产生了一种增殖。

今天我们觉得康吉莱姆虽然重新唤起了怪物概念,但是这两点不能接受。在康吉莱姆之后,我认为对怪物概念有重要发挥的,就是德勒兹和加塔里的"生成动物",我认为生成动物是20世纪怪物概念最后一个阶段的形态,因为在生成动物之后再谈怪物就没有意义了。为什么?因为德勒兹已经告诉你了,生成变异就是生命的本来形态,而且不是生命的一个阶段,是生命所有阶段,从开始到结束都处在生成的运动中。变异,变得不同,变成怪物,变成各种各样的形态。变异本来就是生命常态,就是贯穿整个生命过程中最基本的运动脉络和线索,那你再谈怪物这个概念还有什么意义?怪物没有什么外部的强力,也没有什么毁灭性的力量,变成生命内在的一个创造性力量,不断地推动生命去生成。所以我觉得在生成动物之后怪物这个概念应该被抛弃,因为已经没有意义了。谢谢大家。

陈旭光:这个可能也跟人形怪物的想象是从人出发的有关,人是主体,然后人去拼贴、去想象、去变异。我非常欣赏鲁迅先生的一句话,大意是说各种神话传说、妖魔鬼怪这些东西,人的想象力再怎么发达好像也只是世上已经有的东西多一个角少一个角,多一只眼睛少一只眼睛。

二、"怪物"形象在中国传统文化中的体现

李洋：接下来请张智华老师讲一讲中国传统文化中的怪物。

张智华（北京师范大学艺术与传媒学院教授）：感谢邀请。我侧重讲中国的人形怪物。我在《中国社会科学》2000年第4期发表的《中国文学中精灵形象的演变与发展》，在《现代电影技术》2017年第10期发表的《论科幻片、魔幻片与奇幻片的视听特效》中，都涉及了我们今天的话题。我结合这两篇论文和大家交流一下。

中国的墓葬地点有些地方我都去过。中国墓葬里面的人形怪物非常多，从汉唐到元明清有很多人形怪物，我把它们概括为三种：第一种是动物精灵，第二种是植物精灵，第三种是工具精灵。脸是人形，但身体是各种各样的动物。在镇墓兽里面，出现大量这样的形象：头是人，但身体有的是老虎，有的是狮子，有的是龙，最主要的是起到了一个震慑的作用。

如果从发展演变来看，可以划分为三个阶段。从先秦到唐代是第一个阶段。这个阶段动物的精灵逐步成熟，有几个系列。第一个系列是老虎。老虎成精，变成美女，跟人谈恋爱，但是到了深山里面以后就现出原形把人吃了。第二种动物是猿猴。猿猴大家都看得比较清楚，六朝的志怪小说里面有大量的关于猿猴的描绘。猿猴精灵是有文化的。唐代有一个书法家叫欧阳询，他长得像猴子，唐代有一篇小说讽刺他，说他妈妈到山里面去，结果被一个猴子精灵掳去了，过段时间再回来，就生了欧阳询。从这里可以看出，作为经典艺术形象的猿猴后来逐步变化，到了明清大家很熟悉的就是孙悟空了。孙悟空是猴子系列的一个集大成者。还有一个系列就是龙。大家看龙，到现在都是作为吉祥物的，皇帝叫真龙天子，那么龙为什么威力这么大呢？在这种描述当中，龙能够在天上飞、地上跑，还能在水中游，海军、陆军、空军集于一身了，所以这个想象非常丰富，而且是千变万化的。大家看龙，龙生九子，九子都不一样。大家去看九龙壁，好多地方的九龙壁都是不一样的，不仅是颜色不一样，张牙舞爪的形状也不一样，这种形象的变化已经变得越来越成熟了。

到了宋代，非常有意思，大量的植物精灵变得成熟起来。很多花在快要开的时

张智华发言

候，比如说桃花、梨花、杏花，就变成百花仙子出来了，长得非常漂亮，这就是植物精灵。也有大树精灵，比如山上有一棵三千年的大树，有人在那里乱砍滥伐的时候它就变成一个老头，然后说我身上疼了，在流血了，你不能砍了，再砍的话我要发怒了。这是以想象的方式，以一种人形怪物的方式，在警告当地人不要乱砍滥伐，要保护环境。

　　第三个阶段是元明清时代。元明清是人形怪物的一个高潮阶段。在这个阶段里工具精灵非常发达，动物精灵和植物精灵更加成熟。我举两个例子，一个是《封神榜》，一个《西游记》。根据这两部小说改编了大量的影视剧，一个重要的原因就是工具精灵。我记得有一次开《封神榜》的电视剧研讨会，来了一些科学家，我觉得很有意思，开电视剧的会科学家来干什么？他们说《封神榜》里面有各种各样的制导性武器，制导性武器不就是现在的导弹吗？还有化学武器、生化武器。比如说两军正在作战，突然一道白光，气温降到零下40摄氏度，把人冻成冰雕了。科学家发言后，你会觉得中国人非常有想象力、创造力。我们要把我们的文化资源开发出来，这样我们的戏剧、电影、电视肯定会发展得更好，我们有资源。二郎神不是人形怪

《西游记》世德堂本插图

物吗？长的是人的形象，但是他的动作不是，这就是人形怪物。还有独角兽、姜子牙坐的四不像，四不像就是现在的隐形飞机，看着什么都不像就隐形了，而且水上、陆上、空中都行。我们现在造的新型武器，也是希望能够在水上漂，在地上跑，在天上飞，而且还看不见，是隐形的。所以我们的文化里面有很多的基因，充满着创造力，我们要把它发挥出来；中国人很有创造力，不比西方差。中国有很多的文化基因非常发达，很多东西值得我们去发挥创造。

到了元明清时代应该说动物精灵、植物精灵、工具精灵都达到了高峰，以《西游记》《封神榜》和《聊斋志异》为代表。还有民间传说，比如《白蛇传》一直在流传，还拍成电视剧，《千年等一回》大家都会唱。大家为什么喜欢，我觉得主要还是因为在讲人。只不过白娘子跟许仙断桥相会的时候，许仙不知道她是蛇，她就是一个美女。她不喝雄黄酒的话是不会现出原形，喝了以后把许仙吓了一跳，原来是条大白蛇。这个传说讲的是蛇精灵，打破时空限制，让人和蛇精谈恋爱，实际上是打破了很多世俗的东西。所以我们可以看到，到了明清时期，动物精灵、植物精灵、工具精灵、人形怪物都达到了高潮。

高潮的原因,第一个是道家文化。我们说儒家孔子不语怪力乱神,但中国文化博大精深,儒家只是一个方面,道家的影响也是很大的。大家可以去看看有些道观里面的道家的书,讲得非常多。道家觉得人只是大自然中的一部分,而道是非常大、非常广阔的,包括人但不限于人,包括宇宙甚至不限于宇宙。这里面有各种各样的精灵、各种各样的人形怪物都可以谈,这个影响就非常大了。为什么道家的影响那么大?你们看《封神榜》《西游记》里面有很多道家的思想,《聊斋志异》里也有。《聊斋志异》讲的是什么呢?就是花妖狐魅、牛鬼蛇神,以这种方式反映当时的文字狱,因为如果不采用这种方式的话会很危险。《聊斋志异》的想象力非常丰富。有很多道家的塑像非常有意思,其中有一些就是人形怪兽。

　　还有佛家的影响。佛家思想传到中国后,中国人进行了改造,强调人要行善,多做善事,不要做恶事;而且更强调天上、人间、地狱。大家看到佛教里面有好多的塑像。做善事的人会进入极乐世界,有很多塑像;做恶事的人会受到惩罚,又有很多塑像。

　　还有第三个方面,在中国可以说是源远流长、根深蒂固,一直流传到现在,叫精怪文化。精怪文化确实是存在的,我到全国很多地方专门做了调研,很多地方既不是道教也不是佛教也不是儒教,就是当地的一些精怪放在那里。我看到后一开始不理解,我说你们供奉的这个是什么呢,就是很大的树,一棵树的人形,但是它的身体就是大树。他要崇拜,他说这棵树给他们带来了很多福利,他们要崇拜树。为什么要崇拜树呢?大家都看过《狼图腾》,我到北方草原去采访了一些人,他们的确是崇拜狼的,把狼当成图腾,甚至有时候脸是人形,但是身体就是狼。他们觉得狼能够保护草原,能够把草保护住。狼要吃羊,羊大量吃草,有时候把草吃坏了,草根漏出来风沙就来了,这是有道理的。还有些地方崇拜,在我们看来都是一些动物、植物,但是把它放在寺庙里面进行供奉。这个精怪文化影响非常深远。我不知道大家有没有去过长江边上有一个地方叫丰都鬼城。我觉得里面佛教、道教和精怪文化都有,雕塑不完全是佛教,也不完全是道教,是把佛教、道教和精怪文化放在一起了,而且给人非常大的震撼力。各种各样的东西都非常夸张,牛鬼蛇神的像都在里面，很多干坏事的人受到惩罚也放在里面，非常有视觉冲击力。从这些方面我们可以看出来，精怪文化和道教、佛教结合在一起了。

这些民间文化第一个作用是教育。我们刚刚说到了，树怪仿佛在告诉我们，不要砍我了，我是三千年的大树，已经成为神了，保护着你们，你们还在砍我，我在流血，有的人就不砍了，结果这一方就安宁了。有的地方还在砍，结果水土流失，把村庄冲毁了。这是起到一个教诲的作用。

还有一个作用就是和戏剧影视关系非常密切，激发我们的创造力和想象力。我们经常说中国人的想象力比较弱，我觉得可以从这些当中去激发想象力，可以把这些文化资源转化出来。转化出来就不弱了，这里面有很多创造力，有很多想象力，而且我们可以把它变成文化产业。所以我觉得这些恰恰是第三个重要的作用，就是给戏剧影视带来丰富的资源，带来很多想象力。中国人的想象力其实是很丰富的，我们刚才讲了那么多的表现，动物精灵、植物精灵、工具精灵；那么有这么多的资源，有这么多的基因，关键是我们怎样进行转化。现行政策下可以适当地打擦边球，而且也能够做到。比如你说保护环境，他不让你拍吗？肯定让你拍，大家都喜欢。刚才陈老师说到的一点很重要，我们国家科幻影视不发达，怎样让它发达？魔幻、科幻、玄幻之间是相通的，西方、东方的精怪文化也是相通的。我看了好几部关于西方精怪文化的论著，有时候也是把东方和西方的资料一起用，这个方面是相通的。在这个基础上，如果我们能提炼出类似保护环境这样的主题，我觉得对于影视剧的发展是很有帮助的。总的来说，我觉得人形怪物非常有意思，从现有的一些文学和影视作品来看，都有一些比较成功的运用，这可以给我们提供一些借鉴。这样的研讨也非常有意思，通过这样的激发，我觉得在座的各位都可以对这一领域有更深的了解。

陈旭光：中国其实有很多隐形的人形怪物、精灵文化没有挖掘，这不太容易。因为西方有现成的东西、现成的图片，可以到博物馆去拍照，这是现成的。但是要去发掘刚才张老师说的东西，这可能是我们艺术史论的同学们要做的，民间考察，田野考察，去访问，去拍照。下一次说不定会是一个很丰盛的、中国式的、民间的人形怪物的展览研究。

三、古代两河流域的人形怪物

贾妍（北京大学艺术学院助理教授）：其实从材料方法上，我觉得这次展览是非常艺术史的，这是什么意思呢？首先有一个母题，人形怪物就是一个母题。我们有一个时间的经度和空间的维度，从东方到西方，从古到今，大家可以看到整个大盘是铺得很大的。另外我们有形式，我们有各种各样的图像作为整个承接我们这个展览的展示形式，我们还有很多同学在这个形式背后通过我们的讲解，通过我们做的图录等一系列的研究工作，试图挖掘这些形式背后的意义。整个都是非常艺术史的方法，但是同时其实是用了19世纪末20世纪初大家都知道德国的艺术史学者，也是现在艺术史通用方法论概念的创始者、图像学的创始人阿比·瓦尔堡的方式，也就是用一种类似于记忆图谱的方式展示我们的材料。其实看起来好像很随机的这样一张张图像的展示，但是它想给我们展示的是一个文化地图。打个比方，也是我们艺术史上面常常用的一个比方，我们在展区里可以看到的是一张张图片，好像是一颗颗天上的星星一样，时间上、空间上离我们或远或近，但是整个你看到的是一个很灿烂的星盘，凑在一起就变成一个无所谓时间或空间的形状，这是我对于整个展览的感受。

作为一个艺术史的学者，我所做的区域在时间和空间上都非常有限。如果从展区来看的话，是最早的那部分，我其实是由埃及介入历史学和艺术史的，但是我现在主要做的区域是古代两河流域，大家统称的亚述巴比伦这一带。如果从地图上来看，主要集中在古代伊拉克这里，两河流域就是幼发拉底河和底格里斯河的冲击形成的中间的一个人类文化的文明区。刚才张老师谈的是中国这部分，姜老师主要是从古希腊开始梳理怪物这个形象的精神线条。我讲的这个区域，从意义和文化来看，真的就是他们的东方、我们的西方。这个区域在文明史上占了一个先机，因为这是人类文明史的发端，大概在公元前3500年产生了最早的文字和城市，在靠近波斯湾

贾妍发言

入口两河最南端。这里最早是苏美尔文明,然后慢慢地阿卡德文化进入,在公元前 2000 年到公元前 1000 年,慢慢形成一个古代史的、上面是亚述下面是巴比伦这样一个格局。

  我们这个展览一开始学生布展,包括李老师跟我们讨论的时候,学生说老师我们对这一块不太熟,能不能给我们提供一些技术支持,我说绝对是义不容辞。因为这一块不仅仅是人类文明史的起源,从怪物起源或者人形怪物来说也绝对是最早的。我们这个展区里面选的图片已经是他们经过一轮筛选的,因为考虑到打印出来的视觉效果的问题。亚述巴比伦这一带最早是在公元前 2000 年左右,也就是古巴比伦时期。之前有学生在课堂上问过我这个问题,为什么这里最早产生了人形怪物的形象?其实就我而言,我觉得这就是宗教产生的一个很重要的契机。为什么呢?因为需要域界贯通的能力。什么叫域界贯通的能力?人形怪物最早是采用拼接化的形式,从形象上来看,人只能生活在陆地上,但是如果加了鸟的翅膀就可以在天上飞,如果有了鱼的心就可以在海里游。所以首先可以跨越不同的界限,其次可以在两个世界穿梭。尼采也说过这样的话,两个世界的精灵在不同的世界里起舞。域界贯通的能力是人形怪物产生的一个根本上的原因。

　　两河流域的人形怪物与刚才张老师和姜老师跟我们说的不太一样。套用姜老师的一个比方,我觉得那是怪物的形象还没有被封存到瓶里时的样子。那个时期在两河的文化语境里,人和怪物是可以愉快相处的。如果大家看到两河、埃及地区有很多长得很奇怪的妖怪,甚至在我们的概念里是非常丑恶的形象。但在他们的概念里丑不等于恶,很多是善神,这个其实是和我们不太一样的地方。我想原因在于域界贯通的能力,套用西方哲学或者西方人类学概念,叫作逾限性。在不同的时间和语境下,可以在门槛的两边不停地走。比如埃及的神有时候是人的形象,但也可以是动物的形态;像有一个经常出现的女神,她是一个牛头,标志就是带着牛角的形象,但是有时候又会以母牛的形态出现。还有一些怪物是半人半神,比如有的是豺狼的头、人的身体,永远以这样的形象出现。

　　我觉得两河的人形怪物更能体现逾限性,只站在门槛这里,真正的神就是人的形象,只不过带着一个角。这些怪常常作为守门神的形式出现,比方说地府的守门神。我所说的和人愉快相处不仅仅生活在神话里,还生活在图像里,甚至生活在日常生活中。他们会做一系列的小怪,鸟身人形,或者鱼身人形,或者是各种各样奇奇怪怪的,一共七组,埋在日常居所的门道下面,或者直接做成印章的形状戴在身上做护身符,这些都是他们和人形怪物相处的方式。而且这些怪物可以扬善惩恶,可以把好的东西更好地发挥,可以激发那些善的东西,可以斥退那些恶的东西,等于说是带有人和神集中起来的力量,所以可以达到这样的效果。两河的神在后来的文化传播里面,包括古代世界里两河文化传播都是非常广的,我们现在看到的包括古典世界,也就是希腊、罗马的很多人形怪物的母题都是来自两河的。比如我们经常说的天使的概念,最早的天使形象其实是来自两河的。包括《水形物语》这部电影里面讲到的美人鱼形象,最早的来源也是两河,至少在亚述时期的浮雕中已经有美人鱼了。当然在更早的时期还有人披鱼皮的形象,但是形象很奇怪;亚述浮雕里是鱼身人头,跟我们现在说的美人鱼已经很像了,而且是男性形象,跟《水形物语》里面的很像。

《水形物语》海报

刚才听大家聊，我觉得还有一个比较有意思的地方就是像咱们中国的白娘子，必须要以人的身份和人恋爱。不是像《水形物语》里面人类女性看到怪物男人的时候是很惊奇的样子，许仙其实是被吓到了。我觉得人与怪物是不是愉快相处，形式也很重要。在两河文化里面，他们是很能接受各种各样的拼贴形式的，而且这种形式在他们的文化里是比神距离他们更近的，可以作为守护神，有这样的一些效果。

李洋：那时候也会有人爱上怪物这样的故事吗？

贾妍：没有这样的故事，但是他们在各种神话里确实可以借助精灵的力量。比方说大家比较熟悉的吉尔伽美什史诗，吉尔伽美什跋涉很久去西方仙人所住的地方寻找长生不老的方法，仙人其实是诺亚本身。他到达仙人隐居的世外桃源之前要先到天边，天边这个地方由一个守门神守卫。这个守门神是蝎身人面，因为蝎子是生活在荒漠里的，真正的天边在他们看来就是这样的地方。而且这些神都是有名字的，我们现在叫人形怪物，这其中有好几层概念，有对照性的概念，就是"人"和"物"的对照，但是"怪"这个概念有一些价值评判在里面。因为我们想到怪的时候，至少在两河世界里它们都有自己的名字，这个名字其实是与它的形态相连，而不是和价值判断相连的，没有统称的叫作怪这样的概念。它们是既连着善又连着恶，既连着好的又连着坏的，所以有一种天使是和恶魔相通的，遇到好的可以发扬好的，遇到坏的可以斥退坏的，因为身上有这种力量。我觉得两河地区的人形怪物是很值得研究的，我本身没有做过这方面的专门研究，但是在处理图像问题的时候总会碰到它们，所以可以说和它们很相熟。我很喜欢两河地区的怪物，我觉得有点像"聊斋"里面的牛鬼蛇神，它们比正人君子更可爱，是离两河人民的生活非常近的一组神，我们其实可以把它们叫作神，不单单是怪而已，妖怪这个说法在我们中国会有一些价值评判在里面。如果大家有兴趣可以一起交流。

四、从空间维度看人形怪物

李洋：感谢贾老师的介绍。两河时期的文化中确实有很多怪物等待我们去认识。接下来请蓝江老师谈一谈他理解的怪物，前段时间他在清华大学的一个讲座上面提出了"怪物学"，现场有很多人质疑，并展开了争论。不知道你的"怪物学"研究发展到什么程度了？

蓝江（南京大学哲学系教授）：今天大家谈的都是对概念史或者艺术史的梳理，我这个不是，因为我这个既不算中国的，也不算西方的，也不是两河流域的，我说的是一个空间的概念。我们从这样一个故事开始，很多人可能看过《鬼吹灯》，《鬼吹灯》里面有一个情节，胡八一带着五个人进入一个山洞，有一个迷幻窟，在迷幻窟的作用下打开了一个盒子，盒子带有预言性，说他们五个人中只有四个人是人。这带来毛骨悚然的感觉，进去了五个人，却只有四个人是人，我认为这就对应了人形怪物的话题。如果你设身处地替主人公设想这个情景，你会觉得非常恐惧。因为你不知道在这五具人的躯体下面究竟哪一个不是人，你要做出判断，这是非常紧迫

蓝江发言

的状况。我要从这样一个话题开始讲起。我们今天看了展览，更多地突出了中文里"怪"的概念，没有更多地突出人形怪物。最开始使用人形怪物这个说法的，是18世纪瑞典的一个分类学家，他用了这样一个词去形容具有绝对的人的形体的怪物。不是我们不要变形、变异，而是与我们一模一样的形体，就像画皮。刚才贾妍老师说了白娘子的故事，她以人的形态与你谈恋爱，与你结婚，但如果要露出原形的话就会把你吓坏了。问题就在这里，真正的人形怪物是放在这个背景下讲的，可能它的形体在现有的层面上吓不坏你，真正吓坏你的是另外的东西，根本不是我们通常意义上讲的那些。

我经常与研究分析哲学的人辩论，他们首先会提出一个概念，你先跟我讲清楚"怪物"是什么，但问题是在我的心目中怪物是一个排他性的概念，一个否定性的概念。这个概念是什么呢？恰恰是因为你定义了另外的东西以后，剩下的东西你没有办法定义了，把它统统归入这个类别。这是个否定性概念，不是因为它某种东西你才把它叫作"怪物"。相对于怪物的概念是什么？就是人本身，因为人是我们可以把握的。

刚才陈旭光老师说得很好,我们在看怪物时,必须要有人的视角,一个主体视角。为什么要有主体视角?因为怪物的界定是围绕人的定义展开的。首先要搞清楚人是什么。首先人可以判定,我们大家都是人,还有某些东西是可以认识并且没有问题的,比如我们刚才讲了很多,实际上很多被认为是怪物的东西我们不说它是怪物,因为我们有一个很正规的范畴来定义它。刚才讲到亚里士多德把畸形和怪物两个概念合并了,到中世纪以后更重要的合并是,如果不属于上帝荣光的话,就必然属于恶魔。中世纪的时候是绝对分离的,要么属于白的一方,要么属于黑的一方;要么属于上帝天使,要么就是魔鬼。怪物是属于魔鬼这类的东西,所以没有剩下的余地。但是近代以来,随着现代科学分类学的发展,出现了怪物的概念。这比康吉莱姆要早。现代科学分类学出现时,人们分类了很多东西,也有很多东西难以分类,尤其是涉及猿和人的分类,出现了一个中间地带。考据学发现很多挖掘出来的骨骼之中,有一种东西没法定义,究竟是人还是猿?不符合猿的特征也不符合人的特征,我们都定义不了。于是想了一个词,这个词我们现在把它翻译成"人形怪物",它既不是人,但又具有某些人的特性,没有进化成人,处于中间地段,非人非猿,就成了人形怪物。

我们今天谈的很多怪物,实际上是有概念的,比如僵尸。僵尸我们可以定义,包括吸血鬼。我看到你们的展览中没有《暮光之城》的图像,可能我们现在已经不把吸血鬼看作特别怪的形象了,因为我们看了太多吸血鬼和狼人大战的戏,所以我们可以明确地定义吸血鬼和狼人这些概念了。我们现在看《暮光之城》,不是把它当作一个恐怖片来看的,因为它不恐怖,因为它的人物形象、它的吸血鬼形象我们可以辨识,在我们给定的知识范畴,在一个给定的子集之间我们是可以认识的,所以其实不怪。它是可定义的,你可以把它放在你可以理解和想象的范畴中,所以它不是怪物。最可怕的怪物是什么?是你不知道它是什么东西。有一部小说叫《迷雾》,后来拍成电影,怪物就没出现,只告诉你外面有一团雾,你出去就要死,根本没有办法描述它是什么形状,是不是人形都不知道,这就有无限的形象。你没有办法想

原上猿　　　腊玛古猿　　南方古猿　　直立猿人　　尼安德特人　　克罗马农人

人类演化史

象它长什么样，它的弱点是什么，你没办法分析，这才是真正意义上的怪物。你没有办法对它进行任何意义的归类。僵尸怕什么？如果它怕大蒜，怕十字架，那我拿着这些打它就行了。我经常举一个例子，就是半夜时有人敲门。你一个人在寝室里，半夜时门响了，最重要的是，你开门的时候什么都没有。我不相信你那个时候心情是平静的，你一定会左右张望一下，看看是不是旁边有一条狗把门给碰了一下。这个可以理解。如果连一条狗都没有，连一片树叶都没有，这个时候你没法解释这个现象。如果你是一个信鬼的人，你可以把它解释为鬼，鬼我也不怕，我们有法器。但如果这个连鬼都不是，怎么办？就只能是怪物。怪物是我们在所有概念穷尽以后也不能形容它的时候才出现的一个概念，因为没有了，必须要面对它，这时候我们就面临真正意义上的"怪物"的概念。怪物就是把所有可以定义的东西抛开之后，我们甚至不知道该用什么方法对待它，这时候就恐怖了。这就是恐怖片的效果。我们现在看僵尸片，僵尸片不能叫作恐怖片。现在这一代人，尤其是"90后"或者"00后"，对僵尸一点都不害怕。我儿子天天玩植物大战僵尸，一点都不可怕，僵尸是一个亲近的概念。我在读大学时，有一部很著名的恐怖片叫《午夜凶铃》，对于你们这代人来说，《午夜凶铃》不算什么，但是我们真的被吓坏了。吓坏的原因只有一个，就是影片的最后一幕。其实整部电影最可怕的就是最后那一下，前面都是铺垫，就是龙二最后面对贞子从电视机里爬出来的那一幕。对于现在的小孩子来说，这有什么可怕的？你们胆子也太小了。我后来专门分析了这个现象，因为你第一次接触到和经过别人解释以后成为一个经典形象，是不一样的。我们看电影的时候，有一个基本的安全感，有一个安全的底线，就是荧幕世界与我们的现实之间是有一个不可跨越的鸿沟的，这条鸿沟被跨越了就完蛋了。但是我们看这部电影的时候，并没有准备好，我们虽然是隔了两道鸿沟，但实际上是把它当作一道鸿沟，也就是说电影中的龙二也认为那道鸿沟是不可跨越的，就是荧幕和他的现实之间是不可跨越的。他最开始是不怕的，龙二最开始盯着电视机看一点都不怕，但是这个界限突然被打破了，他觉得这个界限怎么可能被打破呢，超越了他的认知范围，贞子爬出来了。贞子最可怕的时候是她的头发穿过来的时候，她站在我们面前时，反而恐怖感就消退了。

　　我提出"怪物学"，不是说我们今天到处都是怪物，而是说我们现在有一个怪物的心态，我们把某些人视为怪物，这是怪物学的一个很重要的前提。来源主要是阿甘本，他提供了一个思想启发。我们现在有一种排斥机制，但是排斥机制不是非黑即白，而是说既不是黑又不是白的那个中间地带。也就是说，把所有的概念排斥完之后，最后剩下的东西叫作怪物。比如说好人坏人，比如说恐怖分子，我们都可以定义，还有一部分人我们根本无法定义，只能叫怪物。我并不认为怪物是一个过时的概念，但是怪物本身不是一个有形的存在，只是我们心目中的"人类学机制"，阿甘本用了这个词，就是我们每个人在心目中建立起区分机制，把某些东西视为怪物。

五、对话

提问：刚才蓝教授所说的无形，我觉得最后还是一种形式。比如说这五个人里边如果有一个人打开一个盒子，那一点都不恐怖，还是赋予了一个人形，但是恰恰不是人。包括敲门后推开门，正常来讲应该是有路然后去敲门，没有任何东西可能也是一种形式，区别于我们日常自我建立的形式。所以我想从形式的角度来讲，如果白娘子可以完全变成人形跟许仙展开一场恋爱，但是白娘子整个故事里面没有变成蛇的形态，完全是修炼成一个完美的人，只是可能来自蛇，她从蛇变化而来，我相信白娘子的影响会大打折扣。我不知道大家有没有注意到，野人和外星人实际上是互为反义词的，外星人的形态往往被设计得非常简练、矮小精干，而野人往往十分巨大。外星人表面十分光滑，是银色的，而野人的表面充满了毛发。外星人代表了人的未来的一种感觉和样貌，而野人代表了过去我们祖先的样子。外星人往往是和人进行交流，而野人的传说里面往往有一张床，而且有大量的报告是和强奸男性相关，是女性形象。他们互为反义词。而且在与外星人接触的报告里面找到两三千例都是被性侵的，而从文学、从恐怖流传的角度来讲，野人和人在性方面的接触是从传统的人熊接触的故事中演变过来的，包括野人抓士兵生完孩子后士兵逃出来这种的，都是和人有性接触，然后呈现出不同的样貌，和人相关，又不隶属于人。

张智华：我说说野人。2017年暑假我到神农架找野人去了，找了半个月也没有找到。但收获挺大，有成群的梅花鹿，那里的的确确会给人带来想象。有很多头发长得很长的当地人，上山速度非常快，去摘果子吃，而且很多人长寿。好多人说神农架有野人，我说你们到底有没有看到过，其中有几个人说看到过，速度太快追不上。我说你们有没有拍照片，其中有几个照片我看了，就是一个侧影，也看不清楚，不知道到底是真的野人还是假的野人。

提问：科学方面也好，形式方面也好，或者哲学方面也好，我们都把人形怪物的重心落在了怪物上。如果把重心落在人上，把怪物当成一个定语，比如说连环杀人犯对我们大部分常人来说是一种怪物的存在。如果把重心落在人上，可能有两种对怪物的定义方法,一种就是人和人之间的划分界限,大多数人认为其中少数人是一种怪物,或者行为的某些方面有些怪。还有一种是人自身的时间线变化,只不过把这种变化定义为怪,这个怪只是一个名称,过去的人、现在的人和将来的人都可以在某一个层面上用怪物来理解。我们在谈论怪物,或者谈论怪物本身时就带有了主观色彩。

蓝江:因为我最近也在谈论这个事情,所以正好举一个例子。有一次在南京的地铁上,我忘带手机了,感觉非常难受。为什么?周围人都在看手机,就我一个人没有带手机,我觉得很孤独。我感觉似乎在那一瞬间被世界隔离了,因为带手机是今天坐地铁、坐公交车的标配,所以在这种情况下不是说我们今天觉得低头族是怪物,而是看从哪个角度去判断。今天我们谁敢随便抛弃一个手机号码?我在十年前会随便换手机号码,今天不敢了,因为你的手机号码与你的很多东西绑定了。手机号码等同于我在这个世界上的基本身份,假设这个手机号码或者身份证号码都不存在了,我可能就被这个世界抛弃了,在今天很多人看来就是怪物。有一个复旦的老师我们经常开他玩笑,他说我就不用微信,我说不能因为你一个人不用微信,这个世界就不是微信或者数字时代,相反你被边缘化了。他说我怎么被边缘化了呢,我开学生会议的时候别人都很尊重我。我说您是已经建立了这个架构,换句话说如果我们的青年学生不用微信很快就会觉得自己被这个世界遗忘了,这个遗忘是自身的怪物化,你失去了和这个世界根本的联系。关键是从哪一个主体的角度做出评判,每个人都是从自己的主体认识架构来做评判的,哪些是怪物,哪些不是怪物,在你认为低头族是怪物的时候,你是以一个前智能手机的时代价值做出判断的。如果你是站在一个深刻地融入到这个数字化时代的立场上,你连微信号都没有,包括我儿子都认为,你手机上没有微信这些东西,你就是怪物,你是老古董,你是清朝人,他们会这样评判。关键是主体,谁在这个主体的立场上去做出评判,因为怪物不是固定的概念,一定是站在某个角度上做出的评判性概念。

陈旭光:蓝江老师刚才谈到主体性的问题,还有从什么角度去看怪物的问题。我觉得今天我们能够这么从容地在这里谈怪物,这是人的伟大的一种表现,人的一种主体性表现。马克思说美是人的本质力量的对象化。我觉得无论怪物怎么怪都是从人的视角去看的，都是人的一种想象，人的一种拼贴，人的一种智力游戏。但是大致来说，我觉得从一个角度来讲，人对怪物的想象可能经历了几个阶段。

一个阶段是崇拜，人形怪物可能是神灵、上帝或者是天后赫拉这些。再往下看，那就是人从神到英雄再到普通人之后对动物的想象和拼贴，这可能也是一个阶段。我觉得更重要的一个阶段，也是在座的很多老师都很有研究的，就是"后人类"阶段。这个时候人对怪物的想象不是仰望的，也不是平视的，而是从自己的内心深处发出的对人的未来的恐惧。因为机器文明、机械理性、科技理性过度发达以后，生物基因变异，生化危机，或人造机器人反攻人类，对这些产生恐惧之后，再造出来的"后人类"人形怪物，这些人形怪物是扭曲变形的，或者是像刚才蓝江老师说的那样无形但让人恐惧的。从人类文明史的角度来讲，人对自己的想象经历了一个由高高在上到平视到内心恐惧的过程。不管怎样，能够这么坦然地来谈人形怪物，焦虑人类的未来，这是人类文明的一种进步。

这里我又有一个困惑。以前我们说后现代主义崛起的时候，说老庄哲学和后现代主义有相通之处，如"此亦一是非，彼亦一是非"式的泯灭是非、非理性，不做"非此即彼"的价值判断的模糊思维等，好像和老庄有相通之处。但也有一种反思认为，如果中国没有经过科技文明的高度发展，而一直是老庄式思维的话，可能会永远停留在一个前现代阶段。这就涉及一个实际问题，就是说中国的影视再生产好像缺少了后人类时期西方与科幻电影相结合的那种怪物电影，以及变态、变形这种畸形人或物的想象。我们现在的一些玄幻、魔幻电影还是停留在人和大自然和谐相通的状态，那么，这种状态是一种没有经过心理残酷阶段的前现代阶段，还是说我们已经超越了？这是一种更高的人和大自然、人和动物、人和各种精灵、人和自己的想象所达到平衡的状态？我们是要以西方为标准去经历那个阶段再来发展，还是干脆就跨越了那个阶段，就往人与大自然的和谐、人与妖怪的和谐的状态去发展？这可能是我的一个困惑，跟大家共享。今天没有时间展开讨论了，我们以后可以继续进行知识的再生产。

整理：高原

三 文化会诊

第一讲

中国当下喜剧电影的艺术、产业与文化

主持人　陈旭光
主　讲　张立娜　张艺博　沈　月
嘉　宾　刘　藩　张慧文　张慧瑜　陈　均

编者按

2017年12月14日下午，北京大学"批评家周末"文艺沙龙第35期活动，暨"影视文化研究专题"课程报告活动在三教207室举行。本次活动的主题为"中国当下喜剧电影的艺术、产业与文化"，三位主讲人是选修该课程的三位研究生同学：博士研究生张立娜、硕士研究生张艺博和沈月。北京大学艺术学院副院长、北京大学影视戏剧研究中心主任陈旭光主持了本次活动，中国艺术研究院刘藩、俄克拉荷马州涛萨大学副教授张慧文、北京大学新闻与传播学院副教授张慧瑜，以及北京大学艺术学院副教授陈均受邀点评此次报告并参与讨论。

本次沙龙活动的讨论主要是关于喜剧电影、喜剧文化在中国当下文化语境中的生产和再生产问题。当下的时代可以称得上一个喜剧的时代，喜剧已经成为这个时代一种基本的精神氛围。从电影的角度讲，喜剧成了一种养料、一种气氛，渗透在各个电影类型当中。本次讨论主要以"开心麻花"的作品和喜剧生产作为分析对象，"工业美学""黑色幽默""跨媒介改编"是本次讨论的关键词。

活动海报

活动现场

陈旭光（北京大学艺术学院副院长、北京大学影视戏剧研究中心主任）：大家好，今天既是我们影视文化研究专题的一次课堂报告，也是第35期北大"批评家周末"活动，今天的主题是"中国当下喜剧电影的艺术、产业与文化"。进行汇报的同学们都做了精心准备，我们也特意请来阵容非常强大的点评和对话嘉宾，我想这将是一场非常好的、高质量的学术对话和交锋，同学们也能够获得一定的提升。我先介绍一下这次活动的嘉宾，首先是中国艺术研究院的刘藩老师。刘老师在电影产业，尤其是在喜剧的创作与生产方面有着深入的研究，他也是年度电影产业报告最主要的设计者和研究者。今天到场的还有俄克拉荷马州涛萨大学副教授张慧文老师。张慧文老师是我们的校友，她在北大中文系获得了硕士学位。最近她刚好回来，正好有这样一个机会来跟我们一块讨论，也使我们的讨论有了跨国性的国际化视野。还有就是张慧瑜老师，北京大学新闻与传播学院副教授。最后一位是我们院的陈均老师，陈老师是在戏曲、戏剧方面非常有研究的重要专家。

今天我们的话题是关于喜剧电影、喜剧文化在中国当下文化语境中的生产和再生产。关于喜剧的艺术、产业、文化等问题，我曾在一些文章中提到，当下的时代可以称得上是一个喜剧的时代，喜剧已经成为这个时代一种基本的精神氛围，什么东西都可以用喜剧的方式加以解决。从电影的角度讲，喜剧成为一种养分、养料，一种气氛，渗透在各个电影类型中，几乎各个类型的电影都可以有喜剧的氛围，都可以跟喜剧进行一种重叠。另一方面，其实中国以前的喜剧谈不上是真正意义上的喜剧，应该算是轻喜剧。我们这一代人都非常清晰地记得，当年我们是不太讲喜剧的，至少你不能讲得出格，或者夸张、离奇到扭曲变形的程度。我们排斥这样的喜剧，我们的传统文化相对还是比较正经、严肃的。记得周星驰的那一批电影刚进入大陆的时候，曾引起了文化的一次震荡，真的是非常奇妙的记忆。但到今天，我们的喜剧文化早就从冯小刚式的中年喜剧，变成了一种青年喜剧。当下的喜剧文化中也有一些很有意思的现象，比如说开心麻花。开心麻花的刘洪涛也是我们中文系的校友。开心麻花最早是创作话剧，在话剧领域里面主打喜剧，非常有成效，后来又跨界到了电影生产领域，制作了《夏洛特烦恼》《羞羞的铁拳》等一些现象级的喜剧电影作品，这些都非常值得我们深入研究。虽然今天的无厘头式喜剧也已经深入人心，但我觉得这是青年文化对正统文化的一次反叛。其实喜剧在今天还时常承受着一些不公正的待遇，有时人们会把喜剧跟不严肃、不正经、庸俗、低俗这些负面的表达联系在一起。当然，确实有一些喜剧可能存在这样的问题，但是我们应该具体地分析当下的喜剧现象、喜剧的跨界生产、喜剧文化，以及喜剧与青年的关系等，这些都是值得探讨的、非常好的话题。希望今天主讲的同学，能够带着我们一起去观察和分析中国当下的喜剧文化，四位点评嘉宾也会贡献他们的智慧，参与我们的讨论。首先有请今天的第一位主讲人，博士生张立娜同学。请发言人注意控制时间。

张立娜（北京大学艺术学院博士研究生）：各位老师、各位同学，大家下午好，非常开心能够跟各位老师、同学一起来探讨中国喜剧电影的艺术、产业和文化这个命题，我今天汇报的主题是"开心麻花的电影工业美学实践"。说到开心麻花，相

张立娜发言

信在座的各位同学都不陌生。我们首先简单地回顾一下开心麻花的发展历程。开心麻花成立于2003年,主营的是贺岁舞台剧。2003年之后开心麻花的生产和创作节奏是一年出一部戏,2009年开心麻花的业务向北京之外的其他地区扩展。2010年对开心麻花来说是一个重要的时间点,刘洪涛加入了开心麻花。2010年开心麻花的演出场次是210场,2011年是337场,到2016年演出已经达到1679场,这是一个非常庞大的数字。2015年对开心麻花来说也是一个重要的时间点,因为电影处女作《夏洛特烦恼》上映了,而且斩获了4.41亿元的票房成绩,也是当年的一个票房黑马。2016年《驴得水》获得了1.72亿元票房,当然这个票房数字相对于《夏洛特烦恼》来说有很大的差距,但是相较于低成本的投入来说,这部电影完成了一个非常大的突破。2017年上映的《羞羞的铁拳》达到了22.02亿元这样的票房数字,在喜剧电影市场里面独占鳌头。11月20日中国电影市场达到了500亿元这样的票房容量,其中开心麻花的《羞羞的铁拳》贡献了特别大的力量。但是相较于之前的电影票房来看，喜剧电影在今年的市场上表现得并不是特别可观，除了开心麻花的《羞羞的铁拳》之外，成龙的《功夫瑜伽》、王宝强的《大闹天竺》票房表现还算可以，但是其他的喜剧电影都表现得差强人意。开心麻花进入电影市场的时间并不长，而且生产的数量也不多，但它每一部电影的口碑和票房都达到了一个双丰收的结果，所以我今天也是带着几个问题来跟大家探讨的。开心麻花电影获得票房成功背后的根本原因是什么？通过开心麻花的这种创作实践，它跟当下中国的社会变迁以及文化语境到底有哪些联系？开心麻花的成绩对于现在的电影产业升级以及产业格局的调整到底有什么样的意义？开心麻花的创作在整个中国电影喜剧市场中处于什么样的地位，甚至在整个中国电影市场中又居于什么样的位置？这些都是我想要探讨的问题。我也试图突破和整合之前关于开心麻花的单一的、传统的文本解读方式，从产业文化以及美学角度来探讨开心麻花的美学特色、产业效益等。但是今天的时间也比较有限，只能跟大家探讨两个问题。第一个问题就是开心麻花成功背后的原因究竟是什么，这也是我接下来主要的汇报内容，即开心麻花的工业美学特色。第二个问题是开心麻花在整个中国喜剧电影市场和格局当中到底处于什么样的位置。

　　说到工业美学，大家比较容易想到的是阿多诺的文化工业理论。文化工业理论第一次完整地提出是在阿多诺和霍克海默所著的《启蒙辩证法》一书中。阿多诺是在一定的时代背景之下提出文化工业这个概念的，"二战"时期他从德国逃亡到美国之后，看到光怪陆离的资本主义社会的文化工业生产。他说："文化工业是指现代发达国家运用先进的技术和设备大规模地复制和传播文化，如利用电影、电视、广播、报刊等，创造出一种被物化了的文化，实质是自发的虚假的文化，是一种比以往更为巧妙的骗术，对大众进行欺骗和意识形态的操控、奴役，这种文化已经是一种工业体系，已经意识形态化了。"从他的这段定义里面我们不难发现阿多诺对于文化工业的批判态度，他认为在现代社会里面，文化生产已经被商业化、被标准化而且被程式化了，这种生产对于艺术创造来说是有一定的抑制和破坏作用的。阿多诺也对电影领域做了论述，他认为，当一个电影类型被大众广泛接受后，电影生产者就会根据这个类型不断复制再生产，为了满足观众的观影期待。这也是好莱坞电影里类型的生产范式，因为类型电影本质上是一种规范、一种规约，或是一种惯式。对于这种大众的审美一旦被接受后，就不断重复生产，阿多诺也是持批判态度的。阿多诺的文化理论对如今的工业美学有一定的启发意义，因为电影本身具有矛盾性和复杂性，一方面从电影诞生之日起，就是商人为了利益而拍，它是具有商业属性的，但同时电影又是一种艺术生产、艺术创作，本身有一种艺术属性。随着电影历史的发展，这两个属性一直处在一种复杂的矛盾和斗争当中。这两种属性所产生的矛盾此消彼长，当商业属性压过艺术属性的时候，影片呈现的最后结果可能就是一部商业片，一部爆米花式的电影；当艺术诉求大于商业诉求的时候，影片最后呈现的效果可能是一个艺术品、一部没有商业诉求的电影。当然也有在商业属性和艺术追求之间进行调和、平衡的影片，既能获得票房上的成功，又能获得口碑上的成功。这种效果是我们目前整个工业发展体系里面的一个方向性的、趋势性的指引，应该朝这个方向发展。因此，基于这样的理论和背景。我们提出了工业美学的概念。

工业美学最早是一个学科的概念，在它之前的名称是技术美学，一些法国的电影研究者在技术美学的基础上，进一步提出了工业美学的概念，并指出电影工业美学首先要认同"制片人中心制"，并坚持大电影产业的观念及类型创作。下面我们以开心麻花为例子进行分析。

第一个问题先谈一下制片人中心制。对于开心麻花来说，什么是制片人中心制？其实这个概念是相对于导演中心制而言的，因为从中国电影史上来看，我们知道从早期的张石川、郑正秋，一直到开启大片时代的张艺谋、陈凯歌，都是通过导演的谱系把整个中国电影的发展脉络给勾勒出来的。中国电影在很长的时间里执行的都是统购统销的政策，没有一个专门的、专业的制片人机制。但是随着时代的发展、产业的发展，大家都在呼唤制片人中心制这样一个时代的到来。对于开心麻花而言，具体表现在哪几个层面呢？

第一个层面就是项目立项。开心麻花有一个非常重要的组织叫艺委会，是由开心麻花的几名高管和一些重要的导演组成的。对于公司重大项目的决策都是由这个艺委会一人一票投出来的。这样从项目立项的角度来说，就避免了个人的决策主导，

文化会诊   第一讲 中国当下喜剧电影的艺术、产业与文化   297

《羞羞的铁拳》海报

保证了作品是一个集体智慧的结晶。

另外一个层面是双导演模式，开心麻花的前三部电影都是双导演，《夏洛特烦恼》的导演是彭大魔、闫非，《驴得水》的导演是周申、刘露，《羞羞的铁拳》的导演是宋阳、张迟昱。这种双导演模式可以扬长避短、优势互补，比如《羞羞的铁拳》的导演宋阳负责表演和镜头掌控，另一名导演张迟昱负责剧本创作，而且两个人都是电影的共同编剧。双导演模式可以很大程度上减少单独导演的个性化印记，而形成优势互补。这也是开心麻花电影的一个很重要的特色。

还有一个层面是制片主任的统筹协调。三部电影有三个不同的团队，但是其中的制片主任是一个人，铁打的制片主任流水的团队，在这里制片主任起到了重要的、灵魂人物的作用。不管导演是谁、主演是谁，制片主任可以从一个管理者的角度来掌控电影的完成度以及工业品质。《夏洛特烦恼》这部电影当时导演想要找一个艺术特征比较明显的摄影师，当时的制片主任就给团队邀请了霍建起导演的御用摄影师。电影《钢的琴》的美术风格是比较符合《夏洛特烦恼》的需求，所以也邀请了《钢的琴》的美术老师。从这部电影的团队运作来看，制片人把协调者的作用发挥得淋漓尽致。到了《羞羞的铁拳》，从整个团队的人员构成来看，除了副导演、主演以及剪辑师，所有的人员都调换了。团队是新的，导演也是新的，但是这部电影的品质却得到了保证，根本的原因也在于制片人的统筹协调。因为制片人是一个管理者，他可以对电影生产流水线上的每一个环节进行把控，导演、摄影、美术，包括后期的服化道，他起到了一个统筹的作用，保证了电影的工业化生产。导演中心制是"人保戏"，一些个性化的、风格独特的导演，可以将自己的电影风格体现得非常强烈。但是在制片人中心时代，导演的个性化特征相对被弱化，电影是由整个团队运作的。在新导演、新团队的情况下，电影品质的保证很大程度上得益于这种工业生产的体制，以及编导团队的集体的配合。这是开心麻花对制片人中心制的践行。

对于开心麻花来说，还有一个重要的工业美学实践，就是它的电影产业观念。这个产业观念里面包括开心麻花前期的资本整合、后期的营销策略，都做了一些有益的尝试。《夏洛特烦恼》上映时有四个资方，包括开心麻花、新丽传媒、腾讯传媒和万达影视，其中的比例是4∶4∶1∶1。在这样的投资比例当中，万达和腾讯是有非常强的宣发以及院线资源的，所以能够保证开心麻花第一部电影就有一个很好的票房。第三部电影《羞羞的铁拳》中加了很多资方及新的出品方，包括猫眼影视、上海淘票等，这些院线资源的加入，对于电影最后达到20多亿元的票房起了很重要的作用。在营销手段上开心麻花也做了新的尝试，与一个游戏企业的产品进行了联合营销与宣发。这款游戏叫《神武2》，在捆绑营销之前开心麻花做过调研，《神武2》的用户与开心麻花的用户重合度非常高。开心麻花的第一部电影《夏洛特烦恼》前期上映情况非常不利，当时一同上映的有徐峥的《港囧》。在前期排片不占优势的情况下，后期能够逆袭成功，很大程度上在于它的口碑营销。观众走进电影院发现电影拍得不错，笑点非常密集，使得影片在微博、微信上的口碑不断发酵，最终促成电影厚积薄发，后劲越来越强。第一部电影的营销手段对开心麻花后来的营销也提供了有益的启示。到《羞羞的铁拳》时，同期上映的《缝纫机乐队》还在路演的时候，开心麻花已经在五个城市进行点映了，由此取得了先机。

第二个问题是开心麻花在中国喜剧电影当中处于什么样的位置。我们先简单回顾一下中国电影喜剧电影史的发展脉络。1913年的《难夫难妻》，1922年的《滑稽

《假凤虚凰》海报

大王游沪记》，1939 年的《王先生吃饭难》（汤杰），1947 年的《太太万岁》《假凤虚凰》《三毛流浪记》等，这些新中国成立前的喜剧电影，很多都承担了讽喻、讽刺甚至是社会教化的功能。新中国成立后，像 1959 年的《五朵金花》《今天我休息》，主要是为了讴歌主旋律，歌颂新时代。改革开放初期，陈佩斯、陈强两位艺术家拍摄的《瞧这一家子》《二子开店》等电影，一方面承载了对"文革"时期的反思；另一方面则是讴歌现代化，展现新生活。到了千禧年前后，说到喜剧电影谁都无法忽略冯小刚的"冯氏喜剧"。刚才陈老师也提到了冯氏喜剧是中年喜剧，从 1997 年《甲方乙方》开始，冯小刚的贺岁喜剧几乎陪伴中国人度过了每一个贺岁档。冯小刚的喜剧电影有很深的导演印记在里面，有着强烈的京味语言特色，冯小刚也以"市民导演"自居，用电影展现普通老百姓的生活。但是 2012 年的《私人定制》不仅票房差强人意，口碑也一落千丈。从中我们可以发现他对于最早的《甲方乙方》这种游戏化叙事模式的消费，包括"好梦一日游"，帮普通人去圆梦，在内容生产上已经没有创新的点，冯小刚可能很难再把握现在年轻人的脉搏了。

随着中国喜剧产业的整体发展，近年来出现了一些导演新势力、喜剧新势力，从2006年的《疯狂的石头》开始，它们以小博大，以很小的成本获取了很大的票房收益。投资人想要投资小成本的喜剧电影，因此启用了很多没有任何执导经验的青年导演，这在某种程度上打破了中国喜剧电影比较单一的类型模式和人才模式，从而出现了一批新的喜剧电影导演，如宁浩、徐峥、陈思诚、王宝强、邓超、大鹏、开心麻花团队等。对于徐峥、陈思诚、王宝强等几位导演，我在这里给他们的喜剧电影提炼出一个共同的特点，即"异域奇观电影"，当然这个名称可能还需要再探讨。从徐峥的《泰囧》开始尝到甜头，发现拍摄的场景选在具有异域风情的地点，可以承担大量的喜剧叙事，后来王宝强的《大闹天竺》、陈思诚的《唐人街探案》也都是在印度、泰国这样具有异域风情的地点拍摄的。对于中国的电影观众来说，这种奇观电影很大程度上带来了新奇的观感，并激发出一种探知欲。邓超的《分手大师》《恶棍天使》，无论影像风格还是表演风格，都有很强的周星驰电影的印记，是比较偏向无厘头喜剧表现方式的。但是开心麻花相较于这些导演来说，有一个非常重要的特点，就是它的团队作战和内容的原创性。我们会发现，大鹏的《煎饼侠》获得了很好的票房收益，但是《缝纫机乐队》却票房折戟了，很大原因在于大鹏的喜剧没有很强的个人风格和品牌效应。

开心麻花在喜剧电影方面培养了沈腾、马丽、艾伦等演员，这些演员已经有了比较稳定的粉丝群体和观众流。开心麻花的内容生产又是原创性的，而且经过了无数次舞台表演的检验。在一个以"内容为王"的时代，开心麻花无疑是靠团队和内容跑在了前面，而且能够保证喜剧品质的稳定性。像邓超、大鹏这种个人色彩比较浓的喜剧导演，往往第一部电影口碑还不错，第二部可能就会出现很大的偏差。像邓超的第二部电影《恶棍天使》，口碑评价一边倒，都认为非常之差。一个导演如果不靠团队，或是做不到制片人中心制下的协调统筹，在一个工业生产机制内，电影的品质是没有办法得到保障的。开心麻花在这样一个电影格局下，未来作品的品质是有保障的，而且会一直走下去。一个新的导演团队，必须依靠工业体制的生产流水线，依靠整体的联合联动，才有可能取得创作上的成功。这是开心麻花相较于其他喜剧电影创作主体的一种优势。与冯氏喜剧相比，开心麻花电影的另外一个优势在于它的笑点是非常密集的，这种密集得益于它的话剧舞台实践。在让人开怀过后，开心麻花电影还保留了一份社会讽喻和社会教化的态度，能够紧跟当代年轻人的时代脉络。现在观影群体的代际变化非常快，"80后""90后""00后"成为主要的观影群体；而对于喜剧电影来说，观影群体的这种变化很大程度上影响或者制约了电影创作的形式和内容。开心麻花恰恰是能够密切关注年轻人的发展、年轻人的需求、年轻人的审美趣味。同时，在整体运作上又有一个规范的、严整的生产机制。在这样一个电影产业升级的大形势下，开心麻花正是因为有了工业体制的保障，以及它的这种工业美学观念的一以贯之，包括对于年轻人需求的把握，才使得它在中国喜剧电影市场乃至中国电影市场上占有了一席之地。以上是我对于开心麻花工业美学的一些探讨。谢谢各位。

陈旭光：感谢张立娜同学。讲得很不错，有理论，有工业美学这样一个观念，在这个观念基础上还有分析，同时研究视野也很开阔，有喜剧电影史视野下的比较。可能因为时间关系，你的分析还不够细致，没有举一些案例来做具体分析。你的报告非常概括，因为你的这个题目本身就比较大，历史背景又很宏阔，所以我希望你加入一些具体的案例分析。比如具体说说这些喜剧在笑点的设置上和之前的电影有什么不同。

刘藩（中国艺术研究院文化战略研究中心副研究员）：我觉得这个话题可以继续下去。我提一个问题，《唐人街探案》中把故事放到国外讲比放在国内讲有哪些优势？

张立娜：《唐人街探案》的故事放在国外讲，其中就会有很多的不确定性，正是因为在异国他乡，才会出现这种不确定性。如果是放在的国内任何一个城市，大家都会觉得大同小异，而国外的环境、文化和风土人情都和中国不一样，所以会有碰撞，会让喜剧效果更加突出，戏剧矛盾的冲突也会更强烈。

刘藩：我觉得这个观点还是有道理的。我把喜剧电影分成十几种亚类型，其中一种叫文化喜剧。比如电影《上帝也疯狂》，讲现代人到了原始非洲的故事，这就是

刘藩点评

进入异域空间后引发的喜剧效应。但我觉得，对于中国喜剧电影创作来说，选在异域讲述故事，文化输出是第二位的，主要原因还是在异域讲喜剧故事，可展开的想象空间会更大。比如《唐人街探案》，王宝强大闹泰国警察局，这么一段精彩的戏，放在国内是绝对不可以的。因为我们的电影创作审查流程是先报梗概，如果梗概有问题就得报完整剧本，如果审查时看到剧本中有大闹警察局这么一段很搞笑的戏，还把警察局长、副局长都讽刺了一通，这是不行的，这个笑点根本没有办法这么设置。所以这个系列的第二部电影把故事又放在了纽约，按照这个思路还可以一直做下去，包括王宝强的《大闹天竺》等。

陈旭光：关于在异域讲喜剧故事的优点，我也想补充一下。一个是可以规避审查。在国外讲故事，就像我们不写当代戏，要把故事放到民国，这样会好一些。另外一个就是可以利用异域奇观，展现通往异域的行程，以此打造一种公路亚类型的电影。张慧文有什么见解？

张慧文（俄克拉荷马州涛萨大学副教授）：2014年以后我就不在国内了，所以这次回来听完刚才这个报告就特别有亲切感，有一种接地气的感觉，特别解渴，非常好。我的第一个问题跟刘老师不谋而合，我也想问一下你所说的喜剧背后的现实讽刺的度的问题，会不会有一种自我节制。美国电视上有很多晚间节目，都是非常敏感的节目，虽然他们那里没有所谓的中国式的审查制，但是有一个媒体与大众无形的监督机制。比如，一个非常有名、身价亿万的喜剧演员，他对特朗普进行戏仿，可以，但到了一定的程度就不可以再往前走了，这种自我节制的意识和机制在开心麻花的创作中有没有？如果有的话，你可以举一些个案与美国这种自我节制或大众监督的机制做一个比较，这样就把中外的状况接轨了。我觉得现在中国的问题都是世界的问题，中国的现象也是世界的现象，这是一个很好的契机、很好的时代。

另一个是我自己的一个问题，因为我并不是做电影研究的，但是我对电影特别感兴趣。由于我自己是做文学研究出身的，所以我对作家电影很感兴趣。你们在说这个团队的时候，我当时就有一个很偏激的质疑，我就觉得这个团队的创作跟创新是对峙的。之后你说，其实是它的团队保证了它的创新，因为它采用的是双导演制。我听到这里第一反应也是质疑，双导演制的话两个人打架怎么办？或者是否有可能负负不是得正，而是负负变成了二负呢？你说是优势互补，可以避免作品中的个人印记，但是我认为，个人印记难道不正是让一个作品有个性的前提吗？所以我觉得这些都是特别有意思的问题。怎么处理合作和创新之间的关系，可能很多像我这样有偏见的人都会认为这二者是对峙关系，但是你通过分析认为这实际上是一个相辅相成的关系，我觉得这是一个很好的点。

最后是一个小建议。听了你的报告后，我跟陈老师的想法是一样的，我是很想继续往下听你的案例的。因为如果你先点出理论的话，大家会觉得即使你不用这个理论，也许一样可以分析，就会有一种理论先行的怀疑。我觉得有一个方法可以参考。阿多诺的表述是非常有力量的，但同时他的理论也一定有他的历史限度和局限性。所以，你在分析开心麻花的时候，是不是可以通过这些个案，反过来考察你所使用的理论的历史语境，它的有限性、当下的有效性以及产生新理论的可能性。这样想也许就可以做一个拓展,这是有可能的。这样的话,你对开心麻花的分析就不是用阿多诺的理论先行,而是在你的个案分析之后,再把阿多诺的理论拿出来,做一个对比,对这个理论做一个分析和印证。这样的方法可能会更好一点。这是我个人的一点建议。谢谢。

陈旭光：张慧文老师刚刚的提议非常好。确实应该从实践出发到理论,然后理论再回头来指导实践。张立娜的整个论述,确实是有一点理论先行了,如果按照你这个顺序的话,那就要在用理论论证了实践之后,还要再回头来校对自己的理论是不是扎实,或者是否暴露出一些问题。这是张老师给你提出的方法论上的指导。非常好。下面有请张慧瑜老师进行点评。

张慧瑜（北京大学新闻与传播学院副教授）：谢谢陈老师的邀请,那我也接着张慧文老师的话题继续说。你一开始提到文化工业,之后展示了它的工业特色。喜剧电影为什么是一种文化工业呢？你又提到了制片人中心制,提到了它依靠制度来保证它作为一种喜剧工业生产的特点。但同时要注意到,文化工业还有另外一个特点,那就是文化工业是一种意识形态,它要表达意识形态,这是文化工业的一个作用。喜剧电影是近些年中国中小成本电影中比较能挣钱的类型,这说明喜剧片是比较接地气的,喜剧片和当下的主流观众之间是有某种互动的,大家会愿意去看。你举开心麻花这个例子,也很有意思。就像陈老师说的,你一开始有意识地讲了中国喜剧电影的传统。确实,中国有喜剧电影的传统,1949年以前就不用说了,那时候的作品很多都受到美国喜剧片的影响；新中国成立后也有喜剧电影的传统,毛泽东时代有毛泽东时代的喜剧,20世纪80年代有20世纪80年代的喜剧。陈佩斯的喜剧就是80年代的,90年代最重要的喜剧要数赵本山了。很有意思的是,恰恰是在赵本山时代落幕后,开心麻花开始登上春节联欢晚会。它一开始是一种都市白领文化,而一旦进入春节联欢晚会,一旦进入电影市场,就成为一股很重要的喜剧力量。在这个意义上,你可以通过比较不同时代的喜剧形态,来观察中国社会文化的变化。我也想过这个问题。为什么开心麻花能够取代赵本山？从90年代一直到21世纪初的那些年,赵本山是中国最重要的喜剧符号。喜剧是一个非常本土化的艺术,不同的文化、不同的民族，笑料和包袱是非常不一样的。就像我们很难去欣赏一个美国本土的喜剧。当然我们也欣赏美国的喜剧片，但美国的喜剧片在中国获得很高的票房是比较难的。也就是说，喜剧与观众是有关系的，与这个时代也是有关系的。这就涉及我们在什么样的时代把什么样的人表现为一个喜剧式的人物的问题。比如说陈佩斯，他塑造的人物很有特点，全是待业青年，或者是开店的、私营企业主之类的，是一个社会边缘的身份和形象。当时的社会主流是体制里的工人、农民或者干部，陈佩斯演的全都是开店的小商小贩，这也符合那个时代的特点。赵本山就是一个农民的形象，好像是有一点落后的这样一个形象，这也很符合90年代我们从一个农业社会变成一个工业社会的发展阶段的特点。我们以城里人的眼光去嘲笑笨拙的、文化水平不太高的这样的人。开心麻花能够取代赵本山，我觉得恰恰可能意味着中国已经在某种程度上完成了工业化，我们不再需要嘲笑一个农民了，或者说，我们已经把农民放到我们主流文化的景观中了。我们开始欣赏开心麻花式的喜剧。开心麻花其实是非常都市的，他们的作品中有很多年轻人、白领的一些想法和生活状态。大鹏拍的《煎饼侠》《缝纫机乐队》这两部电影都是"屌丝"的故事，讲的都是一个小镇青年的奋斗过程。开心麻花的《夏洛特烦恼》讲的也是一个小镇青年的奋斗故事，所以我觉得在某种意义上是能够接地气的。就像我们现在看《吐槽大会》，吐槽我们自己，吐槽年轻人，吐槽我们生活的不如意。我们不能嘲讽政治，但是我们可以嘲讽自己，这是没有问题的。从这个角度看，开心麻花正是借着这种工业团队的基础，加上他迎合了我们这个时代的观众，也就是主流的青年观众的一些想法，才获得了这么高的票房。我就说这些。

陈均（北京大学艺术学院副教授）：张老师刚才谈到赵本山和开心麻花之间存在的一个变化，这是时代的变化，也就是它所反映的现实和关注对象的变化。但是有一个问题，赵本山做电影其实是不成功的。赵本山做电视剧是比较成功的，但他做电影不成功，这也是电视剧和电影的受众之间的差异。为什么赵本山或者郭德纲做电影就不成功，开心麻花同样是喜剧，但是转向电影之后就成功，为什么会有这样一个差别？我认为正好也跟张老师刚才说的电影观众的变化有关。刚才你还谈到了

陈均点评

《泰囧》这部电影,其实这也是和我们现实生活相关的,因为现在去世界各地旅行的中国人很多。所以我认为,在异域讲喜剧故事,不仅仅是为了制造笑点和逃避审查。还有,我注意到你在谈中国喜剧电影史的时候并没有把周星驰列进去。

张立娜:我在报告中没有单独提到他,就是在谈冯小刚的时候提了一下。在当时能与之相匹配或者相竞争的就是以成龙为代表的香港功夫喜剧,以及周星驰的无厘头电影,还有王晶的赌王系列。这些作品在那段时间还是占据了很大的电影市场的。

陈均:周星驰是很重要的。他不仅是香港电影的一个重要人物,同时他也是中国大陆喜剧电影进入电影喜剧时代的一个原点。

陈旭光:刚才各位老师的点评一下子就把张立娜讨论的问题的思考深度给扩展了,特别是引入赵本山喜剧作为一种参照,来思考喜剧变化背后的文化含义。陈均老师提的观点也非常有意思,可以进一步地研究。开心麻花做电影,赵本山做农民式的电视剧,这些观察都非常重要,值得深入讨论。

张立娜：谢谢各位老师。其实,我当时是准备与赵本山的赵家班,还有德云社这些团体做一个比较的。因为开心麻花的作品不仅有电影、话剧,还有小品,在《欢乐喜剧人》和《跨界喜剧王》这样的喜剧综艺节目中,各个喜剧团队进行PK,其中就包括赵家班、德云社和开心麻花。通过这样一个PK的过程,就能看出喜剧文化的一个变迁。如张慧瑜老师所说,赵家班的喜剧是一种农民式的喜剧,展现的是东北的风俗人情、家长里短,用的都是东北方言。这一点他们很占优势,因为东北方言本身就有一种搞笑的特点,对东北方言的接受也很广泛。德云社的相声代表的是传统的中国喜剧,但是有碍于单一的表演形式,就是两个人站在那里聊,所以就要对内容进行革新。比如加上一些网络的段子,或者找二次元的内容试图与现在的年轻人拉近距离。但还是因为单一的表演形式的限制,在整个舞台的PK过程中,德云社还是有点吃亏的。开心麻花的舞台剧,一方面内容非常贴近现实、贴近社会,又有一种讽喻的性质,它的舞台效果和舞台手段也是非常丰富的,所以从观感或者审美体验上说,开心麻花是非常占优势的。正如张慧瑜老师所说,随着这种城市化的发展,越来越多的人成为城市中的人,成为市民阶层,农民阶层的比例可能在慢慢缩小。而喜剧本身就是一种"出丑",喜剧最早的实践就是滑稽,如《史记》中的《滑稽列传》,记载的就是靠出丑让皇帝一笑这样的表现形式。但随着时代的发展,嘲笑农民的时代可能也在慢慢地过去。

还有之前张慧文老师提到的有关文化工业这个理论,以及开心麻花的双导演制是不是有碍于创新的问题,这恰恰也是我当时提到的一个问题。一部电影好不好,这涉及评价标准的问题。电影有两个属性,一个是商业属性,一个是艺术属性,因此,判断一部电影好不好的标准不是唯一的。但是我们可以问,对于一部电影来说,我们能达到的最好效果是什么？既有票房上的好成绩,同时又有助于作者的艺术化表达,这当然是一种非常理想的追求。这也是中国电影人,不管是制片人还是导演都应该追求的一个方向。不能因为过分地想要表现自己的主观性而把票房的地位弱化掉。电影是一种工业产品,也有投入产出比的问题,所以这也涉及之前说的评价

张艺博发言

标准的问题。其实对于开心麻花的电影来说,它的诉求和定位很明确,这就是一部商业电影,就是想挣钱的。它不想做拿来投海外电影节这样的电影,因此导演自己的东西可以适当地弱化,所以它采用了双导演的模式。尽量做到相辅相成、相互配合,以此保证整个电影的品质。针对开心麻花这个案例,以上就是我想回应的,谢谢各位老师。

陈旭光:好的,下面有请张艺博同学。

张艺博(北京大学艺术学院硕士研究生):我今天讲的可能与另外两位同学不太一样,其实一开始我也是想讲开心麻花的,但是我发现大家讲的都是这个话题,所以选了一个其他的。我今天要讲的是宁浩的电影,刚刚做报告的学姐也提到宁浩。我今天的报告主要分为四个方面,先简单地介绍宁浩导演,然后是关于黑色幽默的一个介绍,重点是宁浩电影中体现出来的黑色幽默,最后是它的价值体现。

关于宁浩导演,其实他一直是学习美术的,后来学习摄影,在考取北京师范大学后开始学习导演,在此期间拍摄了《星期四、星期三》这部电影。随后他做了一段时间的摄影师,然后考进北京电影学院进修。在北京电影学院期间,他拍了一部学生作业,这就是《香火》。这部电影其实一开始宁浩是打算找投资人来投资的,但是因为没有找到合适的投资人,最后他自己投资,担任编剧、导演还有摄影,完成了这部电影,并且在东京国际电影节获得了一个奖项。随后又拍摄了《绿草地》,标志着宁浩真正开始了自己的电影事业。2006年对于宁浩来说是非常重要的一年,刘德华投资的"亚洲新星导"计划要在大陆找一位导演,在看了宁浩的《绿草地》之后,决定给他投资300万元。正是这300万元拍出了《疯狂的石头》这部电影,宁浩因此成为大众追捧的新锐导演,获得了很多的奖项。2009年,宁浩又拍摄了疯狂系列的第二部电影《疯狂的赛车》,取得了过亿元的票房成绩,成为国内继张艺谋、冯小刚、陈凯歌之后第四位进入亿元俱乐部的导演,也获得了"鬼才导演"的称号。随后宁浩拍了《黄金大劫案》《无人区》,《无人区》在搁置四年之后于2013年上映。2014年国庆档期上映的《心花路放》,票房超10亿元,成为该年度的国产片票房冠军。以上是对宁浩及其电影作品的简单介绍。

接下来是关于黑色幽默的解释。《不列颠百科全书》中对黑色幽默的解释是:"一种绝望的幽默,力图引出人们的笑声,作为人类对生活中明显的无意义和荒谬的一种反响。"斯坦利·库布里克说:"黑色幽默就是绞刑架下的微笑。"郝建在《电影类型学》中说:"带有黑色幽默的荒诞喜剧突出描写的是人所处的世界的不合理性以及环境和个人之间的不协调状态,在看似很搞笑的背后隐含着令人深思的、沉重的思想情感。"黑色既是指人们在社会生活中所面对事物时无奈、悲伤、绝望的情绪,也是指黑色的社会现实。综合分析有关黑色幽默的各种定义,我们可以总结出黑色幽默的综合特征,即黑色和幽默两种效果。首先,这种幽默是黑色的,不同于传统幽默。黑色幽默的整体色调是灰色的,它是一种变形的喜剧,凭借喜剧的外衣向我们传达的是悲剧的内容,也就是它所要表达的黑色内容。

"黑色幽默"一词产生在法国,关于这一部分简单地说一下。文学上的黑色幽默代表作有约瑟夫·海勒的《第二十二条军规》。在西方,具有黑色幽默风格的电影的出现，要远远晚于同领域的文学作品，但两者产生的背景是相似的，都是在"二战"后经济虽然得到发展，但是人们的信仰逐渐坍塌的大背景下。具有黑色幽默风格的电影，取材大多来源于现实社会，如昆汀·塔伦蒂诺的《低俗小说》、科恩兄弟的《巴顿·芬克》《老无所依》。他们成功地将黑色幽默的风格移植到电影领域，将黑色幽默发挥得淋漓尽致。在中国，1985年黄建新的《黑炮事件》、1986年谢晋的《芙蓉镇》、1986年黄建新的《错位》都包含了一些黑色幽默的风格。在冯小刚的影片中，我们同样可以找到黑色幽默的影子。其他如张建亚1993年拍摄的《三毛从军记》、1994年拍摄的《绝境逢生》，以及姜文2000年拍摄的《鬼子来了》等战争片中，借助戏剧性的表演、讽刺的手法、滑稽模仿的混合等，对影片中的宏大叙事进行了重新解构，对历史、战争、英雄做了重新定义。在黑色幽默风格的外衣包裹之下，严肃的事件变得荒诞可笑。黑色幽默风格同样被新生代导演所采用，如2002年陆川的《寻枪》、2006年宁浩的《疯狂的石头》、2009年宁浩的《疯狂的赛车》、2009年田蒙的《倔强萝卜》、2009年管虎的《斗牛》、2010年叶伟民的《人在囧途》等。

下面我们着重来看看宁浩电影中的黑色幽默。我主要是从两个方面——电影内容和电影话语——来分析。首先是电影内容。在题材方面，宁浩的电影多描绘荒诞的现实社会，将焦点聚集在当下社会尖锐的矛盾冲突、凸显的社会问题上。他将镜头对准社会底层的草根人物，比如《香火》是一个关于信仰的故事，年轻和尚见到庙里佛像倒塌，四处筹钱奔波。和尚向政府要钱，相关官员互相推诿。多次碰壁之后采纳师兄的建议，他到庙中入股。同时出去化缘，得到的钱竟然被警察没收，更糟糕的是还被关在舞女的房间里。出来后，他以算命为生，得来的钱又被地痞掠走。就这样，无奈的和尚垂头丧气地打算回家乡，路上遇到一位司机。司机告知和尚邻居的媳妇病了，请求他治病。和尚灵机一动，说自己有一串念珠，可以包治百病。司机用三千元钱买下了念珠，和尚就用这骗来的三千元钱买回一尊新的佛像。可是命运时常捉弄人，刚刚点起香火的小庙又遭到厄运，由于政府修路，必须拆除掉。和尚是挖掘社会各个阶层的引子，通过和尚的尴尬经历，演绎出各类人群在面临信仰问题时的不同反应。从中我们可以看到，人们的信仰都在变淡。再看戏剧化的结局，佛像被竖起的那一刻传来了小庙要拆除的消息，多么可笑可叹。因为信仰随着佛像成了饭碗后，真正的含义也必然随之逝去，人们的信仰就泯灭了。

在宁浩导演的电影里，既没有英雄、侠客、伟人这些传统的正面人物，也没有各类理想、功勋、光荣、伟大、崇高等光明的事情，有的是社会边缘或底层的草根人物，有着他们繁冗琐碎的日常生活状态与人生价值观，这也是影片的中心。在《疯狂的赛车》中，宁浩沿用自己擅长的黑色幽默风格，人物形象刻画得更加鲜明，两个为了赚钱娶媳妇的农民懵懵懂懂地闯进了理想中的城市。因生活所迫，他们的角色从杀手到打劫者再到毒贩，在荒唐的社会环境下不断演绎着荒诞的行为。他们的无知让人忍俊不禁，但我们同时也看到他们对生活的无奈、对未来的茫然。联系当今社会农民生存的现状，他们生活在社会边缘，在快速发展的社会中，他们依然处于弱势地位。虽然导演用诙谐幽默的手法掩饰了这一切，但是我们在笑过之后也会反思这些社会边缘小人物的不幸。宁浩将一些电影或生活中的经典场景，通过中国本土化与导演个性化的再创造，还原到自己的影片中，从而营造出大众耳熟能详却又个性十足的场面。

在《疯狂的石头》中，厂里的普通职工演绎千手观音这个高雅绝美的舞蹈，瓦解了"春晚"对老百姓强烈的经典化、仪式化意识，稀释了大众对权威的敬仰与膜拜心理，通过消解与对比营造出强烈的滑稽场面。《猜火车》《教父》等经典影片中电影人物把头伸进马桶的场景也在《疯狂的石头》中得以再现，道哥、黑皮捉住谢小盟，为报戴绿帽子之仇，将谢小盟的头猛按到厕所马桶中。国际大盗麦克从房梁上顺着绳索吊下来偷翡翠，戏仿了汤姆·克鲁斯在《碟中谍》中的经典间谍动作。动作潇洒帅气、一气呵成，但几秒钟后场面立刻尴尬化，卖绳索的小贩贪图便宜，没有给够麦克绳索的长度，让他想够到翡翠但总差一点点，晃荡在半空中，眼睁睁地看着小军把翡翠拿走。这是本土化小贼对国际化大盗的一次逆袭式的胜利，与宁浩瓦解英雄的审美趣味不谋而合。影片临近结束时，国际大盗麦克和冯董阴差阳错地互相对峙，一面是飞刀，一面是弩箭，兵器射出的慢动作模仿了张艺谋的《十面埋伏》中刘德华和金城武雪地对决的场面。

《疯狂的石头》海报

宁浩在电影中采用了独特的电影配乐方式。影片中的人物性格是用不同的音乐来强化的,对有个性的人物配以独特的伴奏,帮助人们更加清楚地了解故事情节、人物身份和特定场景。什么样的人物登场就配什么样的音乐,同样的场景对应同样的曲调,对特殊剧情的背景音乐也进行了特殊的音效处理。为了营造喜剧氛围,他大胆地改编古典音乐和流行乐曲,为了创造与众不同的观赏效果,他在故事的危险时刻和紧张时刻,配上了舒缓的乐曲。《疯狂的赛车》中的音乐也拿捏得恰到好处,比如台湾黑帮的第一次出场以及找耿浩报仇时,船上的枪战配上轻快诙谐的具有闽南风格的歌曲《沉浮兄弟》,歌词充满了调侃的意味。不仅点明了他们的身份,还增强了人物的喜剧性,以此来证明这只是误会一场。再比如,当被人追赶得走投无路的耿浩好不容易藏在家具里面,原本紧张的气氛已经要让人窒息的时候,手机恰好在此时响起,铃声居然是由犬吠声组合而成的世界名曲。泰国毒贩的几次出场也用了正宗的泰国音乐。另外在李法拉和老婆争吵时,他们无意中拥抱在一起,这时配上了温情的音乐,随后李法拉手里的水果刀刺入了她的心脏。

当包世宽的面包车撞上宝马车,车主生气地说道:"高科技啊,无人驾驶啊,不会开你就别开,没看见了'别摸我',你个瓜娃子。"再看谢小盟为了偷翡翠拍照时的对白:"我在香港是专攻人体艺术的,结果呢被生生地逼成了一个小报记者,你说这不是逼良为娼吗?"这样的对白将谢小盟胸无点墨的性格特征生动地表现出来。道哥女朋友打电话约道哥出去玩,道哥说道:"我现在没有时间,正在工作,你们这些女人啊,就是不明白,这个阶段正是我事业的上升期,我怎么能走得开呢。"对于道哥这样的小毛贼来说,事业的上升期又算是什么呢?整部影片中,道哥最经典的对白是教育另外两个小毛贼时的那句话:"刚入行行事要低调,素质,注意你的素质。"除了谢小盟与道哥的搞笑对白,影片中那不合时宜的如"你侮辱我的人格,还侮辱我的智商"等搞笑的语言都给观众留下深刻的印象。

除了《心花路放》,宁浩其他的影片中都有方言参与。《绿草地》中主要用了内蒙方言和普通话,真实还原了蒙古牧民的原生态生活场景。《香火》整部电影用了山西方言,使影片更具地域特色,也更加有利于刻画人物性格、交代事情发展。《疯狂

《心花路放》海报

的石头》以重庆方言为主,道哥则说了一口河北话;黄渤本色出演,操一口正宗的青岛话;影片中还有上海话和粤语,四面八方的方言凑到了一起,真实地展现了当下中国人口流动的情况,使电影在热闹非凡的同时,也让部分观众觉得有归属感。《疯狂的赛车》中黄渤扮演的车手耿浩说青岛话,他的教练说武汉方言,一对兄弟杀手说的是地道的陕西方言;剧中的泰国人和中国台湾人作为大毒枭登场,时不时蹦出几句泰国语和闽南话;雇凶杀妻的李法拉说的是带有厦门口音的普通话,他的肥太太则说东北话,多种语言杂糅在一起。《黄金大劫案》中主角小东北是个小混混,他周围的人也都说一口地道的东北方言。"哥,你这样我心里没底啊;哥,你啥意思啊,王八犊子……"这种豪放直爽的东北话由小东北滑稽自然地演绎出来,让人忍俊不禁,真实刻画了小东北的人物性格。《无人区》则主要用到了普通话、陕西方言和甘肃方言。

宁浩电影是底层小人物的聚集地,所以运用了大量方言来展示小人物的喜怒哀乐。在《疯狂的石头》中,黑皮在偷盗时多次表示:"你拿个锤子,咣当一下,不就完了嘛,这么费事干啥么?"这种简单粗暴的滑稽语言,强烈展现了社会底层、不法群体的某种共性:受教育程度相对不高,思路单一,手法简单暴力。在《黄金大劫案》中,小东北作为一个小混混,把"王八犊子""我大名叫爸爸""钱比脸贵"等低端下流的词汇挂在嘴边。宁浩采用这种社会方言,极大地契合了电影中人物的社会身份与地位,使社会小人物身上的荒诞因子真实地表现在银幕之上,使观众与电影之间没有隔阂,从而更容易引起共鸣。

从产业价值来说,黑色幽默的风格也获得了市场的认可。进入21世纪以来,人们的文化消费从理性走向感性,一次性感官享受取代了理性思考。宁浩电影顺应时代的潮流,将喜剧精神进行到底,在让观众最大限度地得到感官享受的同时,也获得了电影市场的认可。

从文化价值来说,边缘人的生存态度得到彰显。在宁浩电影中,主人公大多是生活中不足为奇的小人物,他们生活在社会的底层,时常为生活所迫,滑入边缘人群。但是在窘迫的环境下,他们依然坚强而努力地生活着,如《疯狂的赛车》中的耿浩，当一系列不幸接踵而来时，他几度绝望，但安葬好师傅的愿望一直伴随着他；在这个愿望的支撑下，他再次找到害他的李法拉讨说法，由此引发了又一场悲剧。在这一过程中，搞笑情节不断，观众在欢笑之余也看到了耿浩的执着。

宁浩在作品中巧妙地淡化了悲悯色彩，而是采用一种诙谐、幽默、滑稽的手法展现小人物的生存状态。让观众在享受影片带来的笑料的同时，去体会小人物的辛酸，表达出对他们的同情与怜悯，从侧面展现出对于边缘人物的人文关怀。耿浩悲惨的一生由无数的闹剧构成，但是我们不难发现，在追捕过程中，耿浩却意外地成为赛车冠军。虽然胜利之后他没有走向颁奖台，但他的实力已经得到了证明，有没有奖牌对他来说已经不重要。对耿浩实力的认可，也可以视为导演对小人物的一种关照。在雪藏四年的《无人区》中，我们同样看到了主人公潘肖对女孩的同情，在自身难保的情况下，潘肖依然解救了女孩。影片最后，可怜的女孩过上了简单而普通的幸福生活，在人性异化的大环境中让我们看到了一丝温情，这同样表达了对边缘人物的关爱。我报告的内容就是这些，谢谢大家。

陈旭光：下面有请沈月同学进行报告，之后我们一起讨论和点评。

沈月（北京大学艺术学院硕士研究生）：大家好，我叫沈月，来自2017级的艺术硕士。刚才张博士讲的内容和我要讲的内容有很大程度上的相似，我的题目是"开心麻花喜剧的成功原因"。我认为开心麻花成功的原因，非常重要的几点是口碑保障、制作精良，还有赶上了喜剧的新时代。接下来我会就这几个方面来讲讲开心麻花的喜剧风格和它的戏剧是怎样转变为电影的。

开心麻花的成绩就不多说了，只提一点，就是《驴得水》这部电影票房虽然只有1.47亿元，比其他两部电影少了很多，但是它的成本是1000万元，票房收益率达到76%，是2016年票房收益率最高的电影。从这个角度讲它是很成功的，而且口碑甚至超过了《羞羞的铁拳》和《夏洛特烦恼》。它是一部有黑色幽默和深刻意义的电影。

简单介绍一下开心麻花，它给自己的定位是"开心麻花＝精彩的故事＋动人的情怀＋智慧盘点＋喜剧风格"。它的主流观众是年轻、时尚，走在潮流前沿，具有

沈月发言

消费力和影响力的人群。从2003年创立这个团队开始一直到现在，开心麻花以每年大概一到两部的效率来产生话剧，并从2009年开始做音乐剧。2012年对开心麻花来说是非常重要的一个年份，他们登上了央视"春晚"，这为开心麻花之后的全国布局和口碑扩展起到了非常重要的作用。同年，在有了这样一个群众基础之后，开心麻花又开始了网络剧和栏目剧的制作，分别与乐视和黑龙江卫视合作。开心麻花处于一个非常好的时代，赶上了传统喜剧的衰落和新型喜剧的兴起。

　　刚才张博士也讲到，新中国成立以来，喜剧电影受到很多制约，批判性、讽刺性都比较弱。2012年赵本山落选"春晚"，开心麻花初登"春晚"，有着新旧交替的意味。正如陈老师所说，赵本山更接地气一些，而开心麻花以及现在很热的嘻哈包袱铺等，则是更时尚、更年轻化的团体。我觉得这和我们现在的受众发生变化有很大的关系。因为"80后""90后"现在已经成长起来了，成为社会的中坚力量。喜剧有很强的地域性，很多南方人听不懂北方的喜剧，或者觉得赵本山的喜剧很不入流等。但是"80后""90后"成长起来后，由于受到的教育、玩的玩具、看的动画都是类似的，因此在审美上有很大的趋同性。所以在全国范围内，开心麻花可以说有着很好的群众基础。再加上互联网的快速发展，让开心麻花有了数量庞大的粉丝群体。《夏洛特烦恼》在发行初期效果不是很好，但在粉丝们的口口相传之下，通过微博、微信和自媒体的传播，很快形成了"自来水"效果。所谓"自来水"，指的是靠粉丝自发，而不是靠雇用的水军所形成的口碑传播。由此可见，互联网媒介也为开心麻花的口碑宣传起到了很大的作用。

开心麻花的喜剧风格是非常特殊的，不同于赵本山的喜剧，与冯小刚、宁浩的喜剧也有非常大的不同。它的喜剧更类似于我们在"春晚"上看到的小品，但是它的小品更完整，因为它所呈现的是一个半小时到两小时的完整的戏剧。开心麻花的笑料也是非常密集的，有人统计过，大概一分半钟就有一个包袱，比其他的一些喜剧形式笑点更密集，更讨观众喜欢。另外它紧跟时代步伐，因为它的定位就是有影响力、有消费力的主流年轻人，而且这些年轻人恰好和看电影的人群重合，我们讲看话剧、看电影以及看电视剧的人是不一样的，甚至存在一个鄙视链。还有一点非常重要，它的喜剧演员非常优秀，都是从专业院校选拔出来的，并经过大量的舞台实践，培养成具有开心麻花独特风格的演员。他们的表演独树一帜，我今天还看了他们在《喜剧总动员》中的表演，沈腾的团队就有着非常明显的开心麻花的风格，与其他演员有着很大的不同。

开心麻花的电影都是从舞台剧转化而来的。它有很多成熟的IP，目前有20多部原创话剧。经过舞台上长时间的磨炼，它知道在一部戏中，在一个半小时到两小时当中，哪些笑点观众会笑，笑的程度是怎样的，哪些地方拖拉了应该剪掉，以及节奏怎么掌控。与那些文学作品或者游戏改编的IP不同，开心麻花掌握的IP更成熟，甚至可以讲，基本上直接拿来用都没问题。很多人做电影的套路就是找投资，找名导，再找一些"鲜肉""小花"之类的流量明星，但开心麻花不同，他们是团队作战的模式。刚才各位老师也提出一个问题，团队作战怎么保障电影的创新性。他们在接受采访时说过，他们的团队有着非常强的创新力。他们的模式是，一群年轻

《夏洛特烦恼》海报

的主创凑在一起聊天，大家各自把各种好笑的事情拿出来讲，段子也好，笑话也好，讲出来之后由编剧加以统合，编成故事情节，再经过无数次的反复打磨，最终形成剧本。开心麻花的 20 多部原创话剧，基本上都是这样做出来的。而且可以看出来，他们的导演，如彭大魔、闫飞等都是非常优秀的，而像宋阳、沈腾都是既能导又能演。我认为沈腾是一个天才演员，他的个人风格是别人很难模仿的。开心麻花电影的制作精良，还体现在经费的运用上。沈腾在接受采访时讲过，他们的电影没有花很多的钱，因为都是自己的演员，所以也不贵。这样他们就可以把更多的钱和精力放在电影制作上。经费运用更合理，这跟很多电影大量烧钱还是不太一样的。所以开心麻花的品牌，我觉得从 IP 到演员再到制作，都有一个很完善的保障。有些大 IP 转换成影视剧后效果并不好。比如《三生三世十里桃花》，并没有做好拍电影的准备；还有《爸爸去哪儿》，从综艺节目改编成大电影，就像是把最后一期综艺放到银幕上，根本就不能算是电影。开心麻花没有把话剧直接搬到电影中来，而是做了非常好的电影化改编，因此取得了非常好的成绩。

最后总结一下，开心麻花电影有着鲜明的风格，它的受众非常广泛，定位非常清晰，并且赶上了一个好时代；成熟的 IP 以及精良的制作，也为它的成功提供了重要保障。谢谢大家。

陈旭光：刚才这三组报告是一个单元，相对集中地讨论了中国当下的喜剧电影，但其实学术视野也非常开阔。第一个报告的张立娜同学，研究层次很丰富，但是我对她的不满足之处在于，她在喜剧美学部分的讨论还不够充分，到底开心麻花的喜剧有什么特点？有哪些文化价值和内涵？对这些问题的讨论还不够。她讲的主要内容是对工业美学这一概念的论证。我这里也要回应一下张慧文老师的提问。电影作为一种大众文化，它的独创性和天才性是不如文学的，所以它不必像文学那样有纯粹的带有独特性的个体创造，它有时可能会一定程度地降低导演的作用和功能，有时会是一种折中。

第二个发言的张艺博同学分析了宁浩电影中的黑色幽默，为我们补充了一个喜剧百花园中不可缺少的幽默类型。关于黑色幽默，张艺博同学分析得比较细致了，但是我对她的报告稍有不满足之处在于，我觉得她的报告还只是一种罗列和描述。我希望看到，通过你的研究，能够说明什么样的幽默是黑色幽默，中国的黑色幽默跟国外的黑色幽默是什么关系，黑色幽默在中国如何接了本土的地气，又发生了怎样的变形，在这些方面还有非常多的提升空间。

第三位发言的沈月同学对开心麻花喜剧风格的分析倒是补充了之前张立娜没有时间深入讲述的部分，那就是它之所以取得成功的各种因素。但是我最关注的是什么呢？是开心麻花在将话剧转换成为电影的过程中，在进行跨媒介的叙述和再生产的过程中，它是如何改编和取舍的。如果有这些方面的非常具体的文本、叙事分析的话，我觉得就会非常好了。

下面我们请四位老师也对刚才的这个专题报告发表一下自己的看法，可以集中谈某一个问题，也可以比较全面地谈。有些报告中没有涉及，但我刚才谈到并希望拓展的问题，比如说开心麻花喜剧电影的美学特点到底是什么，类似这些问题，我希望老师们也能发表一下自己的意见。首先有请刘藩老师。

刘藩：我先谈谈关于黑色幽默的问题。我记得 2006 年《疯狂的石头》刚出来的时候，开过一些研讨会。当年我刚博士毕业，是我初入学术江湖的第一年。当时的研讨会上，宁浩就坐在我旁边，特别谦虚地听各种专家的评价和意见。我记得当时有一个学界的老前辈还提出了一点质疑，说传统喜剧是不能死人的，但这个片子死人了，这是来自老同志的质疑。这也说明了这部喜剧，作为一种亚类型与传统喜剧的不同，它可以拿死亡开玩笑。大家都知道，这类片子的鼻祖是《两杆大烟枪》，但其实再往前还有一个前辈，那就是库布里克的《杀戮》，创作于 1956 年。讲一帮坏蛋从赛马场抢了钱，最后抢来的钱被大风刮走了的故事，很黑色幽默。2006 年，这个类型进入中国，之前很多人都没看过，觉得很新奇，这让《疯狂的石头》成了爆款，它可以拿死亡开玩笑，拿各种之前中国电影中没有出现过的元素开玩笑。但是有一个问题不知道大家有没有想过，自从《寻枪》之后，这类片子在我们的市场上就再没有出现过爆款。大家有没有想过这是为什么？我自己的判断是，这一类片子做黑色幽默的主要手段是多线叙事，几条线同时并进，不同的人走在不同的路上，最后产生偶然性；不同的叙事和人物交叉又产生另一个偶然性，这个偶然性导致了荒诞，从而呈现出黑色幽默的效果。就像《两杆大烟枪》，两帮人都要抢毒品，最后撞到一起，同归于尽，观众作为旁观者就会觉得很搞笑。问题是这种多线叙事的艺术手段对于一般的观众来说，看起来太吃力。虽然知识分子观众会觉得这个很过瘾，很烧脑，但是一般的观众看起来会觉得太累，跟不上节奏，跑得太快，分不清这是谁那又是谁。尤其是《疯狂的赛车》这部电影，他们的编剧团队有七八个人，一起编这个故事，用数学来计算情节点。观众要在两小时之内看完这么复杂的故事，这个就有点累。所以我们后来出现的爆款电影，不管是《美人鱼》，还是《捉妖记》《羞羞的铁拳》，基本上都是单线或者双线故事，没有太复杂的叙事。因此我觉得要讨论喜剧的工业美学，从喜剧的导向来说，这其中其实隐含了一个规则，那就是市场。尊重市场，尊重人性中的大多数和种种人性的基本面，以及观众的基本面。大家都喜欢看的东西就是工业美学所应该关注的东西。《羞羞的铁拳》其实很简单，但就是

张慧瑜点评

通过性别和职业身份的转换,把笑点融入了进去,这样普通的观众就能看得很明白,进而被带入进去。这是我的一个简短的回应,跟大家交流一下。

陈旭光:抓住喜剧艺术的特点,刘藩老师对黑色幽默类型的喜剧进行了阐释,这类喜剧的受众都是一批发烧友,影片也属于烧脑类型,它的信息密度非常大,信息非常多,所以就不一定是大众化的。但你要说它小众,也不是特别小众,我觉得还是有相当一部分观众会喜欢这一类的电影。它的发展前景我觉得还是可以的,但就是作品不好做。下面有请张慧瑜老师说一说。

张慧瑜:我先说一下张艺博分析的黑色幽默。我觉得刚才刘藩老师说得很好,黑色幽默确实是一个非常特殊的喜剧电影的类型,它和西方的荒诞派现代主义是有关系的,这是在西方文化里,或者说西方现代主义文化里比较常见的一种主题和形式。可要说它是怎么本土化的,那么宁浩的《疯狂的石头》还是做得非常好、非常经典的一个案例。至于它能不能变成一种类型,被大家复制,可能还有它自身的问题。《疯狂的石头》在当时的电影市场环境中确实是一个非常现象级的作品，我觉得它的本土化还是非常成功的，拍出了重庆城市空间里很魔幻的一面。

其实我也挺喜欢宁浩最近的一个作品《心花路放》，我知道刘藩老师不喜欢。我觉得宁浩是一个挺接地气的导演，《心花路放》也是一部挺成功的喜剧电影，它也有点黑色幽默的色彩，但是又用非常商业电影的模式呈现了两个屌丝旅行的过程，也是疗伤的过程，在疗伤的过程中遇到一些传奇的故事。这部电影始终是沿着黄渤饰演的被女朋友抛弃的二流歌手完成他的心理治疗的过程来走的。故事非常完整，也非常贴合我们现在年轻人的一些感受，那就是觉得自己为什么是一个失败者，为什么是一个屌丝，为什么到最后你还是意识到自己只能是一个失败者。我觉得他的创作初衷和他的主题选择、类型处理结合得还是挺好的。

沈月也说到了开心麻花，我刚才又想了一下，陈均老师提到了周星驰的电影，我觉得开心麻花在某种程度上确实会受到以周星驰为代表的香港喜剧的影响。因为我们都看到了，开心麻花确实跟陈佩斯不一样，跟王朔、冯小刚，跟《我爱我家》这一类故事的喜剧风格都不一样，开心麻花在某种程度上反而更像是香港的都市喜剧。它不是在嘲笑体系，不是在嘲笑一些老干部式的话语，而是在嘲笑一些都市中的状况，或者它觉得搞笑本身就是意义。我去剧场看开心麻花的时候也在想，新世纪以来我们的都市小白领们为什么会在这个剧场中这么喜欢笑，为什么大家都笑成这样，我觉得是个很有意思的问题。我当时也没有太想明白它为什么能受到大家的欢迎。后来我觉得，大家能这么喜欢看开心麻花，是因为在这个笑中他们能体会到一些东西。我觉得开心麻花有一点很像美国的脱口秀，就是会把当下刚刚发生的新闻事件，尤其是网络上的新闻事件改编到节目里，直接和当下的生活产生一种呼应的关系。但它不嘲讽政治，它嘲讽一些很现实的社会现象，然后以一种荒诞、讽刺的方式展现出来。它直接就用网上的那些流行语，这个习惯是他们带到央视的"春晚"里的，所以我觉得开心麻花非常贴合新世纪以来的文化地气的地方就在这里。

陈旭光：我插问个问题。开心麻花的演员怎么都是东北人？

张立娜：艾伦是北京人。

张慧文点评

陈旭光：但是我觉得他的口音是东北腔。

高原（北京大学艺术学院博士研究生）：东北人有表演天分。

陈旭光：好，我们继续。下面我们有请张慧文老师。

张慧文：我先说一下张艺博同学的报告。我听你在开场的时候说，是因为其他人都选了开心麻花，所以你选了黑色幽默。如果你选这个题是偶然性的话，那说明你捡了一个大红包；如果不是偶然性的话，那这个题目可以做得很深。我不知道你现在是硕士、博士还是博士后，但我认为黑色幽默确实是一个非常有研究潜力和价值的"大金矿"。我和陈老师有一样的感觉，我也觉得你对现象的描述特别细致。细节的丰厚是非常重要的，如果你没有丰厚的细节做支持的话，你所有的理论提升就都是架空的，但是你的提升又确实不够。我想到一个研究的方法想跟你探讨一下。我在想，如果你把宁浩看成一颗星的话，你可以切入不同的视角来变化他的星座。比如，如果把宁浩当作中国黑色幽默电影里的一颗星的话，那和《鬼子来了》《寻枪》

做一个对比，就可以看出宁浩在中国黑色幽默这个类型的电影系列中的特性。如果你放在外国的黑色幽默电影的星座里，那就又是另一个系列了，比如刚才刘藩老师说的《两杆大烟枪》，还有《第二十二条军规》等。如果你把宁浩的黑色幽默和很多文学中的黑色幽默做一个比较，拿中国文学来说，从鲁迅开始，到贾平凹，再到余华、莫言；还可以引申到外国文学，这样一步一步地，你的研究谱系就建立起来了。我觉得你可以用很多不同的角度来分析这个现象。你有很大的潜力，我对你的细节描述能力是非常钦佩的，但你还需要提升一下，像金圣叹点评《水浒传》一样，需要一个能够把你的研究照亮的点，这样你的研究整个层次就不一样了。

第三位发言的是沈月同学。我记得你一上来就回答了我的一个问题，那就是团队和创新怎样结合的问题，我觉得你的回答让我心服口服。大家集思广益，很好，谢谢你的回答。针对你的报告我有两个问题：第一个问题是开心麻花话剧改编成电影的成功经验是什么？这其实是你的一个论题，它的话剧改编为电影的成功经验。因为这是我特别关心的问题，我在美国的时候经常看到百老汇和好莱坞的对话，所以我关心的就是开心麻花话剧改编为电影的成功经验的推广性有多大，也就是它的适用性会有多大，它到底只是一个个案，还是说这个个案是可以被推广的？对此我想知道你的看法；还有一个问题是，你的叙述中有一个关键词很吸引我，叫审美趋同。你说开心麻花抓住了这个契机，抓住了审美趋同的态势。我记得刘藩老师的发言中提到了乌合之众，我当场就想问他对乌合之众是怎么样定义的，现在又谈到这个问题，所以我就必须得问你，你对乌合之众是怎样理解的？以及你理解的乌合之众和你所说的审美趋同之间有一个什么样的关系？

之前刘藩老师提到了一个尊重市场的准则，我当时第一个想法就是我不同意刘老师的观点。为什么我们一定要尊重市场？市场也会有审美疲劳。美国很多的系列喜剧、系列电影，到了一定的时候就做不下去了，观众也会出现审美疲劳。所以我就想，开心麻花现在已经做成了一个品牌，做成了一种风格，那么开心麻花风格自身有没有一个蜕变的自觉，它对市场的审美趋同有没有一个挑战和试验的自觉？还是说我知道大众口味是什么，我只是来迎合就好。就像做饭一样，我知道你喜欢吃川菜，我就给你做川菜。有没有可能我知道你喜欢吃川菜，我却给你一个意大利菜，也许你以前不知道你喜欢意大利菜，但是现在你知道了。我就是想了解，开心麻花在成功之后，是否有一种清醒的、不断往前走的自觉。这是我关心的两个问题。

陈旭光：大家有什么看法，可以跟老师们交流。或者有什么想要提问的，或者三位报告人有什么想要回应的，都可以说。先请三位报告人说一说，对老师们的点评的体会或者回应。

张立娜：首先感谢四位老师的点评，那我按顺序回答一下老师们的问题。首先是张慧文老师。张老师提到了我的研究中有概念先行的问题，其实陈老师在演讲前也指出了这个问题，就是对于开心麻花的一些具体的喜剧文化和现象涉猎的不是特别多。当时主要是考虑到后面有同学会做这方面的文本分析，所以我就弱化了这个部分。我的报告确实是从概念入手，对整个研究框架做的一个梳理。但其实我也想做一些更深入的探讨，因为您提出的有关开心麻花电影的问题也给了我一个启示，就是成功的背后有没有一些对于成功的反思和创新的自觉，有没有想要自觉地去开拓新的疆域。这是您给我的一个启示。今后在研究开心麻花的时候也想在这个方面做一些探索，就开心麻花整个的喜剧文化和特色的形成做一个分析，看看它到底是一种自发的行为，还是有意识地去响应当下观众的需求。感谢陈老师和张老师的意见和建议，我回去会继续努力，多做一些文本的分析。

陈旭光：你可以找一些个案，详细分析它是怎么生产出来的，仔细考察从头到尾的整个流程。

张立娜：对，这是我接下来要完善的。还有刘藩老师提到的一个异域奇观的看法，这部分我也想把它整合在对中国喜剧电影整体格局的分析里，来突出开心麻花的特色。也请刘藩老师之后能给我提出一些意见，选哪些新势力的导演，或者比较重要的喜剧大咖来对比，才能够更加全面地突出开心麻花的特色。

还有张慧瑜老师提到了赵本山，以及电影之外的一些喜剧媒介，包括小品、话剧、舞台剧、音乐剧、喜剧综艺节目等，我也想把开心麻花的小品纳入进来。同时也想在理论研究上更进一步，比如说跨媒介研究。刚才陈老师提到，分析文本的改编过程,更能够发现开心麻花创作的特色,这是根本性的东西。这方面我也一直在思考,因为有一些学者做过这方面的文本分析,我又想有别于他们,想挖掘一些新的东西,但现在碍于个人水平的限制,暂时还没有想到、挖掘到。今天听了老师们的想法,给了我很多的启示。我想继续把这项研究做下去,谢谢各位老师。

陈旭光: 关于工业美学,我补充一点。工业美学其实是上次金鸡百花电影节在征集论文的时候,我想到的一个概念。这是我的一个想法,就是如何去思考既是一种工业,又是一种艺术形态的电影。特别是在中国,现实主义的土壤对电影这样的大宗艺术还有一些思想、内容等方面要接地气的要求。所以我就想,能不能营造一种电影工业美学,既不是作为一种高雅艺术的美学,但也不将它视为一种纯粹工业化的产品,而是一种大众化的,能够兼顾社会各个阶层的评判。基于这个想法,我就请张立娜来跟我合作,我提出了几个方面,然后请张立娜继续充实,我们不断地探讨,之后就写出了这么一篇文章。我觉得我们还可以接着往下做。电影工业美学也是明天我们会议的一个话题。这个会的主题是产业升级,中国电影工业如何实现产业升级、升级换代,我认为就是要建构一种电影工业美学。这项工作尤其体现在当下一些被称为新力量,或者新势力的导演身上,他们是一群决然不同于第六代导演的新导演。第六代导演都是创造性的、天才式的,也很焦虑。而这些新导演很注重观众,很喜剧化,很世俗,很现实,也很尊重制片人。大家可能觉得张立娜的报告有点主题先行,一开始上来先论证工业美学,我觉得这个没什么问题,主要是论证了之后要再回过头来,在实践中应用和检验理论。也就是说,从这个角度来分析喜剧电影的工业美学,最后还是得回过头来,再一次进行建构,从理论到案例再到理论,你还是要回来继续总结和提升你的理论。下面请第二位同学张艺博发言。

张艺博: 首先很感谢几位老师,给我提了很多宝贵的意见和建议。刚才老师提到的多线索叙事,在我研究黑色幽默的时候,这当然是很典型的一点,但是我刻意回避了这个问题。因为我发现宁浩的电影中这一点不是很明显,刚刚老师解答了这个问题,为什么多线索叙事在今天的中国消失了,很感谢老师。另外我觉得通过刚刚几位老师给我提的那几个方向,我的思路一下子打开了,我觉得应该在这些方向的指导下更加深入地研究，而不是仅仅停留在一个表层的分析上。谢谢各位老师。

陈旭光：对，就像张慧文老师指出的那样，思路要开阔，考察它的来龙去脉，从文学、从电影中寻找相关性，进行一种互文性的案例研究。所以你的主要问题是有点太就事论事了，因此受到了一定的局限。下面请第三位同学沈月发言。

沈月：首先感谢各位老师的点评，我想先回答一下张老师的几个问题。首先是关于开心麻花的推广经验，我个人认为是不能复制的。因为开心麻花是团队经营，他们团队中缺少任何一个人都是会减很多分的，比如说如果换掉了沈腾或者马丽，他们的作品就完全不一样了，因为他们的风格是非常成型的。他们自己也提到过，他们招进来的演员都是要经过培训的，就是要能够形成开心麻花的风格。包括他们的导演，他们聊剧本的方式，他们有自己的一套体系和训练方法。我觉得以目前的市场情况来说，他们的这些经验的推广性还不够。

另外还有审美趋同和乌合之众的问题。我讲的审美趋同主要是针对开心麻花的受众群体，开心麻花的目标群体就是年轻人、时尚的新一代。就像我刚才讲的，我们这一代年轻人的教育背景和成长经历都很类似，也跟我们的上一辈、上上一辈很不一样。我是从这个角度思考的，从时间和代际上看，我们很趋同。但正像刘老师讲的，现在的观众可能是乌合之众，观众的水平不是那么高，我认为现在确实可能有这样的问题。但我觉得刘老师提的乌合之众的概念比我考虑的范围更广，我是这样理解的。另外您说到开心麻花现在所面临的挑战，以及继续往前走的自觉性的问题。开心麻花是从2003年摸爬滚打做起来的，这个过程也很漫长。他们经过九年的时间，直到2012年才登上"春晚"，从此一炮而红；之后快了一些，又经过三年，出了电影。现在，他们一方面继续延续自己的业务，另一方面也开始关注一些更赚钱的，比如说上综艺这类的工作。像参加《欢乐喜剧人》，参加表演类真人秀，或者是去《喜剧总动员》当导师。我觉得他们是在积攒人气，让自己的品牌更加牢固。

刘藩：我也给大家透露点信息。本来今天我们是想邀请刘洪涛的，沟通了几次，他实在是抽不出时间。因为开心麻花正在紧张地筹备上市，他们公司在接受上市流程的审查，每天都要加班到深夜。你说这些演员为什么会去上综艺？因为上综艺的

活动现场

收入是演电影的十倍。公司要上市,它的现金流要很好看,财务要很好看,所以工业美学是可复制的、规模化的。不管是产业升级还是工业美学,在英文里面都是一个词——industry,这个词所带来的最直接的联想就是在工厂里规模化地生产,是追求规模经济的。尤其是企业要上市以后,会有来自股民和投资者的压力,这会导致它要不断地生产类似的产品,因为这个模式已经被证明是安全的,是可以做爆款的。它的电影是这么玩的,而不是像法国人那样拍作者电影。

陈旭光:但我也要补充一下,我也想强调一下张老师刚才指出的问题。开心麻花现在已经发展到了一定的程度,它要想继续往下走,除了复制,除了规模化的经营,还得有自己的新东西,思考如何保持真正的可持续发展。赵本山当年那么火,现在也不行了。

刘藩:《羞羞的铁拳》的票房是22亿元。开心麻花一旦上市,有了股民的投资,压力会非常大。为什么华谊兄弟上市以后,很多业内人士说华谊兄弟不拍电影了,净是做游戏。你看它连续几年的财务报表就知道,它必须要有一个好看的数据。但是做电影的起伏太大了,所以它就玩游戏,玩娱乐地产。圈地是很赚钱的,游戏也比电影赚钱。中国游戏产业的盘子是1000多亿元,电影只有550亿元。

沈月:我也想补充一下,其实也不算是补充。关于开心麻花以后的走向,我有一个设想。我个人是很喜欢看开心麻花的作品的,累的时候看一看放松一下,感觉挺有意思的。我特别希望他们能把自己的喜剧作品搬到网上去。电影其实一年一部看完也就完了,但他们的话剧作品还是有很多的,而且都很优秀。剧场演出的话剧不一定都能看得上,有时候可能是没时间,而且话剧票又很贵,有些比较火的作品还不一定能买到票。所以我特别希望他们能借助网络播放这种形式。现在也有这种话剧的直播。

陈旭光:好的,感谢大家。我们这个单元的讨论很集中,老师们的点评很精彩,大家讲得都很好。今天的讨论就告一段落了。谢谢四位老师,谢谢大家。

整理:李诗语

第二讲

全球化下幻想类电影的想象力问题

主持人　陈旭光
主讲人　高　原　白浩然　邓怀美灵　张湘怡
嘉　宾　张智华　沙　扬　唐宏峰

编者按

2017年12月21日,由北京大学艺术学院、北京大学影视戏剧研究中心主办的北京大学艺术学沙龙第6期、北京大学"批评家周末"文化沙龙第36期活动"全球化下幻想类电影的想象力问题"于北京大学第三教学楼举办。本次研讨会由北京大学影视戏剧研究中心主任、北京大学艺术学院副院长、博士研究生导师陈旭光教授主持。北京大学艺术学院博士研究生高原,硕士研究生白浩然、邓怀美灵、张湘怡主讲。同时,邀请了北京师范大学艺术与传媒学院教授张智华、上海戏剧学院影视学院媒介研究中心副主任沙扬、北京师范大学艺术与传媒学院副教授唐宏峰等嘉宾进行点评。北京大学访问学者、博士、硕士研究生等数十人参加了对话活动。

当今是中国电影大发展的时代,但与西方电影产业对比,我国在奇幻电影、科幻电影等领域有着较大的缺失。作为以想象力为核心竞争力的创意产业,中国电影急需解放想象力。面对这样的问题,几位同学分别从《中国电影中的孙悟空形象流变》《中国科幻电影的想象力》《从〈阿凡达〉看外国科幻电影的想象力》《超级IP的同质化问题研究——以〈西游记〉为例》等不同角度切入,展开了对全球化下电影想象力的讨论。

活动海报

陈旭光（北京大学艺术学院副院长、北京大学影视戏剧研究中心主任）：中国电影现在是大发展的时代，同时也面临着新的危机、新的问题。我们都在说中国电影质量转型、升级换代的话题，在内容层面，用想象力打造内容是非常重要的。编剧、导演是代表一个民族发言，需要的不仅是个体的而且也是民族的想象力。我们虽然在呼唤想象力，但实际上是缺乏的。西方意义上的科幻电影我们一直没有，但是我们有很多玄幻电影，同时，也要进一步开掘亚文化、边缘文化、青年亚文化，比如盗墓小说等。

虽然我们的想象力可能是往地底下走，不像美国的科幻想象力是往外星球走，但两者之间有没有交合的地方？在需要文化创新的时代，我们该怎么办？如何面对我们自己的传统？我们的想象力如何向自身传统文化迈进，同时又借鉴学习西方的想象力、创作力？这样的问题带有焦点性，而且是关键问题。

在这样一个问题下，我们把三位同学的报告聚合起来，一个讲孙悟空的 IP，近年来我们是如何打造和想象孙悟空的？它的民族根基是什么？外来的影响又是什么？下一步该怎么办？我觉得这是非常有意思的问题，因为孙悟空是一个太中国化的我们自己的一个 IP。另外还有同学谈外国科幻电影想象力，以及中国电影的想象力等问题。

所以我想这是一次很好的文化盛宴。我们的点评嘉宾阵容非常强大，第一位是远道而来的上海戏曲学院的沙扬老师，沙扬老师是媒介文化研究中心的主任，对亚洲电影、媒介文化有深入的了解。第二位是北京师范大学张智华老师，古代文学的博士后，古代文化的功底非常深。现在又在网络文艺、视频短片以及网络影视剧创作方面有非常深厚的研究。有一个国家重大课题在身，我觉得他的学术经历非常好，一方面立足于传统文化，另一方面是最先进的网络创新思维，今天请张智华老师出山给我们把把脉。第三位是唐宏峰老师，来自北京师范大学艺术传媒学院。她的特点是很新锐，理论功底非常好。她是王一川老师的博士，对新的理论，特别是法国理论有非常深刻的见解。今天我们的话题也很好，点评嘉宾也很丰富，让我们共同营造这样一次课堂交流，也是"批评家周末"的沙龙活动。下面我们隆重有请高原同学。

高原（北京大学艺术学院博士研究生）：老师们好，同学们好，我给大家带来的演讲题目是《孙悟空的银幕形象》。因为孙悟空在整个电影史中的体量过大，所以我将主要考察的范围集中在 21 世纪以后。

在开始之前，先为今天的主题做一个铺垫。在讨论奇幻电影的时候，因为"奇幻"这个词在中国使用时的大量误读，我们需要先做一个概念辨析。首先在最广义的概念上来说，我们可以认为所有具有幻想性的、假定性的电影都是奇幻电影，也就是广义奇幻电影。可以认为只要不是现实主义的，具有一定假定性的电影都可以称为奇幻电影。第一种是科幻电影，即 Science Fiction，是以现代科学共同体所认识的普遍科学知识为依据进行合理推测，从而进行假定性创新的电影。第二种，我们可以称之为狭义奇幻电影，也就是西方传统上使用的 Fantasy，如《魔戒》等。这样的电影在进入中国后，因为呈现了大量的魔法成分，所以民间爱好者将其称为魔幻电影，但是在西方话语体系当中并没有"魔幻"这个词。同时需要注意魔幻电影的"魔幻"与魔幻现实主义的"魔幻"是两个概念。第三种是玄幻电影，这一称谓最早是黄易的玄幻小说中的一个概念。可以用其指称那些以中国文化作为假定性基础的奇幻电影，从而与西方奇幻作品如《魔戒》等进行区别。最后还有一些立足于当下，但并不立足于某一个特定民族文化，也不以现代科学为依托的其他奇幻电影。比如周星驰的《美人鱼》，它有一定的科幻成分，但又是一个奇幻的想象，并且还是一个中国的故事。这些具有杂糅性质的奇幻电影我们称之为其他奇幻电影。

为什么要讨论奇幻电影？因为自 21 世纪以来，奇幻电影的票房号召力非常大。无论是世界市场还是中国市场，票房前十名的电影中奇幻电影的占比都在一半以上。如今中国奇幻电影的现状是：（1）科幻电影缺失，中国电影中几乎没有科幻电影的存在。（2）奇幻电影盛行，奇幻电影的产量我做了一个大概统计，在《画皮》之后每年大概都在 10~20 部的样子。（3）系列化程度不高，与西方的系列化不同，中国奇幻电影基本都是单部，《画皮》虽然出了《画皮 2》，但是第三部就没有出现。因为科幻电影的缺席，中国奇幻电影的主体是玄幻电影，而其中大量出现的统一题材是《西游记》，《西游记》中基本必定出现的形象就是孙悟空。所以我希望通过孙悟空的形象来切入中国奇幻电影，从而去考察新千年以来我们商业奇幻类型电影的创作，看看中国奇幻电影呈现出怎样一个姿态。

下面我们来回顾一下哪些电影中出现了孙悟空的形象，我就不一一念了，从2005年到2017年共14部电影。《大闹天竺》需要画个问号，它可能不会被归到奇幻当中，只是具有奇幻的成分。按导演分类的话，有三位导演一直在拍孙悟空的相关影片，一位是刘镇伟，他有《情癫大圣》《越光宝盒》《大话西游3》；另一位是周星驰，他有《西游·降魔篇》《西游2·伏妖篇》，虽然后者是徐克导演的，但也是他们二人的合作作品；最后是郑保瑞的《西游记》系列，包括《西游记之大闹天宫》《西游记之孙悟空三打白骨精》《西游记之女儿国》；其他还有《功夫之王》《嘻游记》《西游记之大圣归来》《万万没想到》《大闹天竺》《悟空传》等。按类型分，就是在奇幻这个类型特征下，我们可以看到绝大多数孙悟空的电影是喜剧片，还有一部分是动作冒险片，另外还有动画电影《西游记之大圣归来》，它是一部具有话题性的动画电影，当然中国的孙悟空动画还有自己的一条脉络，是有历史的渊源的。然而这样的分类也是有片面性的，可以看到在《西游·降魔篇》《西游2·伏妖篇》中，也有一定的动作冒险成分，《悟空传》中还有喜剧成分。电影类型杂糅的特征越来越明显，如果以某一个单一类型来进行界定的话，可能并不准确。

接下来我们以最快的速度过一下历年的孙悟空形象。2005年《齐天大圣》，我们可以看到这个孙悟空实际上就是一个戴着金箍的人。2008年《功夫之王》中孙悟空的形象是比较特殊的，平时以人的形态出现。2010年《嘻游记》是一个恶搞片，这里面的孙悟空叫作孙午饭，这与我们后面的议题是有一定关系的。《越光宝盒》中出现的是至尊宝，因为《大话西游》的缘故可以暂且认为他也是孙悟空，是《西游记》的延伸。2013年的《西游·降魔篇》我认为是一个历史结点性作品，黄渤演绎了一个非常具有震撼性的孙悟空，此时也不再单纯地以闹剧的身份出现，而是回归到奇幻电影诉诸视觉奇观的展现上。另外影片里还有一个具有话题性的小悟空，这个残酷的形象在当时引起了激烈讨论，有人说这其实才是最符合原著中孙悟空形象的样子。在这部影片中，我们还看到了以巨猿形象出现的孙悟空，以及最后黄渤戴着箍拿着金箍棒就叫孙悟空的样子。2014年郑保瑞的《西游记之大闹天宫》中，首先是一只小猴子，此时他猴的特征比较多，比较瘦弱。片中用了大量特效镜头对孙悟空的七十二变进行了诠释，而穿上盔甲后的孙悟空还是呈现出来一个非常经典的，如1986年版《西游记》和《大闹天宫》中美猴王的形象。之后还可以看到一个非常有肌肉的，很像西方超级英雄的孙悟空，另外这部片子中也出现了巨猿的变形。2015年的《西游记之大圣归来》是一个特例，它是一个动画片，在这里稍微讲一下，其中孙悟空的塑造与之前的动画片非常不同。他是一个后现代的孙悟空形象，在我看来表现了"80后"的焦虑，以及面对整个现代社会中身份认同的问题，最后还是以英雄复归、孙悟空再次降临回到大圣归来的主题。《万万没想到》中的孙悟空就比较神奇了，电影的异域风情比较多，同时也出现了人形的悟空。2016年的《大话西游3》直接跳过，它基本还是遵循《大话西游》的脉络。而郑保瑞的《西游记之孙悟空三打白骨精》中孙悟空的形象与《大闹天宫》中的有一定的差异，它基本抛弃了传统孙悟空的形象，而将他重新打造成了超级英雄，肌肉更加健壮，表情上猴的成分在减少，发型上更加游戏化，衣服以及最后战袍披身也跟传统孙悟空的形象有一定差异。2017年的《大闹天竺》，主角叫武空，是有意恶搞的孙悟空形象，片子当中出现的哈奴曼是孙悟空的原型之一，最后六小龄童的经典孙悟空形象则勾起了怀旧情怀。这一年比较重要的是《西游2·伏妖篇》，它的孙悟空有三个层面：第一个完全是人；第二个是戴了一个特效化妆，辅以一定的CG动画；第三个则是全部CG制作的猴面悟空。该片依旧像《西游·降魔篇》一样出现了巨猿的形象，传统大圣的卡通形象作为重要的特效桥段出现，最后还有巨型石猴。2017年的《悟空传》，开场也是以小猴子的形象来呈现，但等演员出场时却用尴尬的猴戏亮相出场。片中也充满了后现代意味，影片的化妆和特效做得还是比较成功的。

　　从这些电影中我们可以提炼出三个孙悟空形象的特点：（1）CG镜头增多，这主要体现在特效程度加深，影像奇观化和游戏化上；（2）特效化妆、真人扮演孙悟空的传统；（3）后现代解构下的无厘头喜剧，在角色塑造上都不再是纯粹的美猴王，这其中具有解构的成分。

《西游记》电影中的特效镜头

  首先说 CG 镜头。大量的 CG 画面从周星驰的《西游·降魔篇》开始出现，徐克导演的《西游 2·伏妖篇》也在大幅增加。从郑保瑞的两部《西游记》电影的对比来看，可以看到特效镜头在建模、渲染、合成等方面都有一个质的提升。对于特效镜头来说，我认为主要是受到西方奇幻电影的影响。比如说，传统的孙悟空其实是没有巨猿形象的，但是 2005 年彼得·杰克逊在新版《金刚》中通过电脑技术将巨猿作为一种奇观展现于银幕上后，可以看到在随后的《西游记》电影中多次出现这类形象。绚丽的电脑特效背后所依托的是电影工业的发展、科技的进步，是现代技术文明的艺术表现。其次说特效化妆。可以看到所有的影片中孙悟空都以这种戴皮套面具的方式出现过，哪怕是好莱坞拍摄的《功夫之王》，李连杰也是以这种方式扮演孙悟空的。在《西游 2·伏妖篇》中，还将这一技术与电脑技术相结合，在这一基础上进行了变形演绎。这种形象表现的方式其实是我国孙悟空电影的一个传统，比如大家熟知的 1986 年版《西游记》就是这样的。其背后的基础可以认为是我

《西游记》电影中的特效化妆

国长期盛行的孙悟空戏，也就是猴戏的脸谱传统。最后回到角色表现上，可以看到现在的孙悟空形象都具有很大的解构性。这些银幕上的孙悟空，其实表现的是现代人，而不是以前的美猴王。从这一脉络往前上溯，可以很容易想到1995年的《大话西游》。

所以综合来说，孙悟空的形象有三个脉络，也就是CG增多、特效化妆、后现代解构，各自背后对应的脉络分别是西方奇幻电影、1986年版《西游记》和《大话西游》，各自背后生成的原因分别是电影工业的发展、中国猴戏传统，而《大话西游》的后现代解构背后的原因则是我们需要讨论的。

所谓后现代解构主义，这一概念是由法国哲学家德里达提出的。它不是一个理论，而是一个方法、一个策略，是要颠覆西方理论体系，去挖掘被理论掩盖的事实。它不是去摧毁事物，而是要还原事物真实的样子。德里达的解构主义中有一个核心概念叫延异，指的是符号与其意义的构建不只停留于符号系统中，同时也与它的时

《西游记》电影中的后现代解构

间结构相关。符号的能指与所指并不是一一对应的，受到观看者的空间、时间结构影响。简单来说，不同的人、同一个人在不同时间看同一个事物，对于意义的理解是有差异的，而这个差异又构成了意义本身。

而在跨文化传播时，因为翻译、转译的存在，延异是固定存在的，因为我们的语言系统、符号系统都不一样。比如德里达自己就说，这本书的汉语版本，从法语向汉语转型的过程，使它变成了另外一本书。从传播学的理论上说，对外传播是一种跨文化传播，它用甲文化的方式进行编码，在乙文化中进行解码，这会受到甲乙双方编码模式的共同影响。在当今全球化背景下，如果我们将视角超越中国本土，那么在跨文化传播时必定会有延异，会产生解构。

回到孙悟空形象上，我们可以看到其实孙悟空本身就是具有解构性的。"五四"时期对孙悟空形象的溯源曾有过讨论，主要是本土发生说与外来说的争论。比如鲁迅的"淮涡水神，无支祁"，认为作为水神的无支祁是孙悟空原型。以胡适为代表的外来说则认为孙悟空是来源于印度神话《罗摩衍那》当中的哈奴曼。它是风神之子，四面八手，使用虎头金刚棍，这个翻译是季羡林老先生翻的，英文就是金刚杵的意思。它帮助毗湿奴的化身罗摩恢复了王位，解救其妻悉多，并与罗莎恶魔罗波那大战。总体来说是印度教当中很有地位的一个神猴。无支祁的样貌，我看到过有种形象是一个猴的上半身，底下是一个鱼尾。哈奴曼的样貌，我们在《大闹天竺》当中看到过，拿着虎头金刚杵，被认为是金箍棒的来源。最后，用季羡林先生的话来说："我的意见是，不能否认孙悟空与《罗摩衍那》中的哈奴曼等猴子的关系，那样做是徒劳的。但同时也不能否认中国作者在孙悟空身上有所发展，有所创新，把印度神猴与中国的无支祁结合起来，再加以幻想润饰，塑造成了孙悟空这样一个勇敢大胆、敢于斗争、生动活泼、为广大人民所喜爱的艺术形象。"在《西游记》最早的刻本世德堂本中，可以看到《西游记》最初时的猴子还是很"猴"的，哪怕与广为接受的1986年版《西游记》中六小龄童的孙悟空对比，它的尖嘴猴腮等特征也更为明显。猪八戒的猪头形象也比后来脸谱化的形象更加具象化，从这个角度来说，也许张纪中版的化妆会更接近原著。所以从形成的整个脉络上来看，孙悟空大量吸取了中印两国文化并进行融合。用德里达的话来讲，是一种解构、拼贴、再形成。从最早猴行者的出现一直到吴承恩笔下的孙悟空，可以说，孙悟空的形象本身就是一种文化解构。

我们说《大话西游》是具有后现代解构意味的，那么这种文化现象又是如何产生的呢？我们可以考察一下孙悟空这一形象在国际上的发展。1941年万氏兄弟制作的《铁扇公主》，是中国第一部动画长片，它除了在中国电影史上具有重要意义之外，在日本也有非常大的意义。我们知道手冢治虫是日本漫画的奠基人，可以说没有他就没有日本今天繁荣的二次元产业。他有一部漫画叫《我的孙悟空》，而在谈到这部作品时他曾说过："有幸在十三四岁的时候看到万氏兄弟所拍的《铁扇公主》，给我留下非常深的印象。每次上映时，电影院里的观众都是满员的。日语的配音演员启用了当时最有名的演艺界人士。不管是大人还是孩子，是很了解动画的人还是普通人都感受到了非常梦幻的体验，这种情况连当时的迪士尼都没有。这让我产生了创作动画的想法。"这是一件很有意思的事，日本的二次元产业如此繁荣，说到根源可能是中国人拍的一部动画。而在日本，孙悟空的形象有了进一步发展。在这部《我的孙悟空》中可以看到，孙悟空站在东京塔上，跟观音一起来到了现代社会。当然，这个形象与之前《铁扇公主》中的孙悟空也有类似的地方，而《铁扇公主》中的孙悟空也借鉴了迪士尼的一些形象。

我稍微总结一下在日本已有的《西游记》改编电影，相关电视剧的改编，以及动画的改编，数量都是非常庞大的。有意思的一点是，可以看到日本《西游记》其实跟特摄片有一定的渊源，因为第一部悟空影片的摄影是圆谷英二。这其中比较重要的就是1978年的《西游记》系列，孙悟空由堺正章饰演。在这部剧中，首次由女性演员饰演唐僧，原因是制作组认为唐僧要有圣洁性，于是用女性反串扮演来表现。不过这导致当时的日本儿童误认为唐僧是女性，从此开启了日本电视剧中由女性扮演唐僧的传统。结果就是在现在的日本作品中，唐僧常常以女性形象出现。该系列主演堺正章是喜剧出身，影片也是以喜剧而非正剧的方式进行拍摄的。当时正值中日友好条约签订，这部电视剧也在中国放映了两集，但是收到的回馈，我们用杨洁导演的话来说就是："日本的《西游记》播了两次就给枪毙了，因为它太胡闹了。特技非常好，但是人物完全不是吴承恩原著里面的人物。也有师徒四人，唐僧是个女的。"这就是文化之间的误读以及互相理解的差异。而这部电视剧之所以重要，是因为杨洁导演自己也说，他们当时参考了很多，网上也有人做了对比，一些特效、构图甚至分镜都有很明显的借鉴。

另一部重要的作品是《龙珠》漫画。我想看漫画、动画的人，尤其是"80后"应该都会知道这部作品。我们刚刚说过日本的唐僧常常是女性，在这部作品中，女主角布尔玛就是唐僧的形象，所以第一卷的封面实际上就是唐僧骑着白马与孙悟空一起赶路。这部作品在世界范围内获得巨大成功，不计中国盗版，在世界范围内一共卖出2亿7200万部漫画。在漫画连载四年后，也就是1986年开始改编动画并一直延续到现在。2009年好莱坞将其改编为电影《龙珠进化》。《龙珠》的粉丝群非常庞大，甚至可以认为这是日本二次元文化中，在世界范围内影响最大的作品。从访谈来看，作品在筹备阶段吸取了《西游记》的要素，从《八犬传》中借鉴了收集球的要素，数量由八个改为七个，并用当时热映的电影命名。作品最初是以《西游记》的故事作为大纲，但遭到编辑鸟岛和彦的大力反对，他说"不要加入《西游记》的东西"。于是在第二稿时加入了大量科幻成分，如汽车、神奇胶囊等。第三版时已经有了现在的样子。最终《西游记》的要素仅在主人公的姓名、前期冒险的物品中有所保留。可以看到，《西游记》的成分在进入日本后被大规模地解构了。

但这部作品的影响非常大，大到中国台湾、中国香港也受到它的影响。1991年，台湾拍摄的《新七龙珠》就是一部改编自漫画《龙珠》的电影。在王晶1993年拍摄的《超级学校霸王》中，除了《街霸》的角色大乱斗外，主角张卫健最终变成了《龙珠》漫画中孙悟空的样子。那么在拍摄《大话西游》之前，周星驰是不是也受到了相似的影响呢？可以很肯定地说，是。在1993年的《唐伯虎点秋香》中，唐伯虎最终使用的一招正是漫画《龙珠》中孙悟空的绝招。我们可以看到，国内孙悟空的形象解构实际上是受到了日本的影响。《西游记》在海外的解构性诠释下成为另一种文本，并又重新影响了作为源头的中国。《西游记》通过海外传播完成了自身的解构，构成了当下大银幕上的后现代孙悟空形象。但是这种解构性也是部分被吸收的，可以看到《大话西游》中主线依旧是在孙悟空与紫霞的爱情下的自我救赎。在画面上也基本遵循了传统，没有像日本作品那样充斥着大量的现代要素。这体现了一种中国文化的抵抗性，但是这种抵抗性在之后的影片中逐渐降低，比如在《越光宝盒》中，现代性与解构性就越来越多了。而至于其他方面的影响，之前所说的巨猿的形象，除了《金刚》的因素外，在《龙珠》中孙悟空看到月亮也会变成巨猿。至于肌肉感十足的孙悟空，在《西游奇传大猿王》中，同样可以看到这样一种相似性。

在这种全球化语境下，我们应当如何思考中国的奇幻电影呢？之前我们提到，狭义奇幻是以非科学作为想象基础，玄幻则是以中国文化作为想象基础。当下的中国奇幻电影，虽以中国传统文化作为基础，但也吸收融合了世界元素和时代想象。很多人分析孙悟空分为"猴、人、佛"三面，我们之所以认为当下的孙悟空是后现代解构性的，主要是因为孙悟空"人"的成分不再作为人性出现，而是作为一种现

《唐伯虎点秋香》中的龟波气功

代人对孙悟空的想象,它具有大量的现代性。在这样的背景下,我们对奇幻电影、奇幻形象进行讨论时,就有了以下三个维度:(1)想象与现实。(2)中国与世界。(3)传统与现代。在这样的维度下,我们一起来看中国的猴子应何去何从?

《龙珠》中的猴子是成功的,但其实受到《西游记》的影响非常少。它主要依靠人物性格,依靠《周刊少年 Jump》一贯的"友情、热血、奋斗"主题,通过激烈的打斗场景赢得了世人的喜爱。它抛弃了《西游记》的传统,完全是现代化、解构化的。但是这样的作品是否适合中国?中国长期以来以现实主义为纲,我们有一种现实美学传统。比如我们在讨论《西游·降魔篇》的时候,会去问那个猴子是不是真的孙悟空。这样的问题背后实际上是对于原著的一种回归,所以完全抛弃文本本身,去进行现代化诠释可能是走不通的。而在国外成功的奇幻电影中,比如《魔戒》《哈利·波特》中,我们看到了另一种传统与现代的关系。这不禁启示我们,是否奇幻电影一定要表现现代性?是否因为我们关注现代人,所以我们就要以现代性去构建对于影片的认同?《魔戒》里的中土世界是纯粹的古代情境,甚至其中的价值观也是传统化的,比如皮平向摄政王宣誓的情节。在《哈利·波特》中有大量的中世纪与现代生活的冲突与融合，魔法世界与现实世界处于一种交叉状态。从这个角度来看，传统与现代并不是二元对立的，这其中是否有跨时空的共性以及永恒普世的价值可以借鉴？

同时，不要忘记电影本身的商业特性。依靠优秀的视觉呈现，奇幻电影成为最能表现奇观性的电影类型，而在这种视觉盛宴所带来的高票房背后则是高昂的CG制作费用。这同样也是在谈论奇幻电影时不能不考虑的问题。而视觉效果与作品主题，与它所要表现的东西是有相关性的。简单来说，我们对一个虚拟形象是有真实性的要求的。而一个唐代的形象，对它的动作真实性，与我们对《阿凡达》中形象的要求是不同的，所以严肃奇幻对于视觉要求是更加苛刻。像郑保瑞拍摄的偏严肃的《西游记》，其实是不允许猴子有很多戏谑性的。而另一类无厘头喜剧中的孙悟空，其实观众对其形象的预期是不高的。所以可以看到，在无厘头喜剧中，无化妆的孙悟空更多，而正剧中的孙悟空大多是特效化妆后的。这其中《悟空传》中孙悟空的化妆是比较逼真的，但还是有一些奇怪的地方。这就是特效化妆本身的局限性，比方说它的毛发是很难弄的，它的微表情也很难去表现。实际上《阿凡达》最早的时候，也有人建议说用特效化妆，戴面具拍，但是卡梅隆极其反对，他说："用道具展现不出人物性格。"所以在《阿凡达》中，我们可以看到耳朵尖、眉毛、眼角等细节上的动作。就像《悲惨世界》，一定要实时录音，才有唱歌时声嘶力竭的青筋。这样的细节性对于塑造形象是非常重要的。

但如果我们都用CG来做角色，就面临一个构建中国奇幻美学的问题。这主要有两个方面的原因：一是现代电影工业为西方所把持，它的工作流程、软件是西方优化的，可能并不适合中国的奇幻形象。二是在西方奇幻电影影响下的审美倾向；我们有浮雕、有石狮子，但是中国的石狮子如何3D化，或者说如何构建中国奇幻形象的美学，其实是需要我们思考的。到最后发现其实中国传统奇幻形象是被悬置的。中国人其实自己也不知道中国的奇幻形象应当是什么样。这其中，《西游记之孙悟空三打白骨精》中的小白龙具有不错的表现。制作团队表示，他们为了呈现小白龙的形象，参考了20多种极具特色的动物，比如鳄鱼眼睛、鹰的爪子、蜥蜴鳞片

《西游记之孙悟空三打白骨精》中的小白龙形象

等。这就跟龙最初所创造的过程一样,集百兽图腾为一体。这个龙与西方的火龙具有差异性,同时它还很真实。从这个角度上说,这可能是我们之后奇幻形象的一个标杆。这时再回头看《西游·降魔篇》中的孙悟空,它表现了孙悟空妖的一面,打破了之前美猴王的传统形象。但是,孙悟空同时也属于猴文化,原著中的孙悟空是一个猕猴,那么今后的孙悟空是否也可以在真实的猴子中去汲取一些养分呢?这其实就是奇幻电影中对于想象与现实的平衡。

最后,中国的奇幻电影所要表达的依旧是中国的传统文化,所面临的是传统文化如何在当代加以表达。为适应现代人的价值观,我们将现代价值观植入角色中。实际上我们可以看到中国是有永恒的价值观的,比如社会主义核心价值观其实与儒家五常"仁义礼智信"有一个继承关系。《西游记》中孙悟空对自由的追求、对师父的忠诚以及最后无二心的大彻大悟,同样也具有这种永恒的潜质。

在先前的"批评家周末"中,娄逸曾经比较过《西游记》与《奥德赛》,总结有六点:(1)二者在各自文化系统中的地位。(2)叙事模式:旅程与漫游/奥德修斯和师徒四人漂泊经历的相似,"传奇"的叙事模型。(3)人物:有神的超能力,又有人的弱点。(4)叙事空间:两部作品都构建了神、人、魔三层空间。(5)叙事线索:一明一暗。(6)经典文本的再演绎。从这样的比较中可以看到,中国文化并不是孤立于世界的，中国传统文化既可以是现代的，也可以是普世的，问题在于如何表达。

让我们再回到西方成功的奇幻电影中来学习。在《魔戒》中一个很重要的价值观是忠诚，这继承自中世纪骑士传统。无论是洛汗对于刚铎的回应，抑或是皮平对摄政王的宣誓，以及最后阿拉贡为了远方的弗拉多背水一战。这种舍生取义的传统价值观被确立了绝对地位，并统合了信任与友情这两个现代价值观于其中，是在坚持传统的正确性的同时寻找与现代的结合点，并依托托尔金"第二世界"的理论完全重构了一个古典世界。而在《雷神》中，我们看到了另一种表达方式，将传统文化完全打散，直接解构彻底，将北欧中世纪的行为规范放入现代环境中。这与中国影片中一个古代人物在古代背景中作为一个现代人的方式又有所不同，其现代环境提供了现代化的合理性。

那么我们的孙悟空电影需要什么样的现实主义美学，如何将现实与假定性融合在一起？我觉得可以回到经典的1986年版《西游记》中。《西游记序曲》是这部电视剧的主题曲，作曲家许镜清在谈到这首曲子的创作时说道："《西游记》那么多人，有妖怪，有仙女，天上的、地下的、洞里的，各种人物……是用你的音乐去概括师徒四人取经，还是概括孙悟空大闹天宫，还是概括孙悟空跟妖精们斗争，这个内容很复杂……小号和铜管的这段音乐显得雄壮，很有力度，那是对一种正义的……一种向前的，勇往直前的那种感觉，它有一定的力度。那么那个女声一出来，飘的声音，就是一种幻想的东西，一种神话的东西，一种美的东西，让你产生无限的遐想……就是这两种东西在里边交叉着应用，就形成了现在《西游记》的前奏。""我在里边用了电声，用了电吉他、电子鼓，在我写《西游记》的音乐之前，几乎没有人在电视剧里用过电声音乐，我是第一个用的电声音乐。"可见，通过现代的手段，同样可以表现出传统的《西游记》。传统文化需要在当下被现代表达，表达的不是现代，而是我们宝贵的传统文化，希望我们的美猴王在银幕上活跃下去。谢谢大家。

陈旭光：我们听到了一个非常充实、视野非常开阔、横跨古今中外——日本、印度、美国等——称得上非常丰富的报告，非常好、非常棒。我觉得它一方面内容非常丰富，对奇幻、魔幻做了比较清晰的、有自己想法的认证，因为他的硕士论文就跟这个有关,发表过相关文章。非常系统地梳理了孙悟空形象在银幕当中的演变,又跳到日本动漫,再回到孙悟空。又把孙悟空如何现代,跟西方的《魔戒》《哈利·波特》进行对比。虽然跳跃,有发散性思维,我还是觉得很可贵,知识丰富不用讲,主要是问题意识比较强。听了这个报告,我感觉这个问题始终纠缠着高原,他有非常焦虑的问题,该怎么办?孙悟空到底是怎么来的,出去了怎么又回来了,等等。在这些问题的驱使之下,他勇于大胆提出观点,得出结论,虽然这里面有些结论也许还需要进一步地细化,进一步地论证。比如说,他里面有一个很新的结论,无厘头形象是哪来的?按照他的判断,是《西游记》里面的孙悟空形象到了日本,经过日本人的解构性创造之后,日本化之后又回到中国香港,也就是说中国香港接受了日本动漫文化关于《西游记》的影响之后周星驰创作出了自己的《西游记》。希望大家继续讨论,我觉得如果能成立的话,这个是可以弄出一篇大论文的。就应该有创意点,不管怎样,大胆假设,小心求证。

他对文化创新的问题也很焦虑,用一种西方解构论的思想来追溯孙悟空形象的演变。我们都在强调传统的创造性转化,我觉得他在报告里面提出了一种类似于传统的解构性转换的非常后现代的思想。不要惧怕传统被解构,孙悟空这个形象本身就是拼接,就是从西方来的。正因为是从西方来的,一直以另类文化、异文化、平民文化的形象存在,跟中国正统儒家文化是不一样的,所以才受到人们的欢迎。虽然儒家正统经典里面,并不一定把孙悟空高高捧在这个牌位上,它的身份地位肯定不如关公甚至不如财神,但是它在民间为我们所喜闻乐见。

传统文化是丰富的、多元的。面对这样一个文化,今天该如何创造发挥?对此高原有很多的看法。他最后的结论不是固定的,而是开放的。所以我觉得报告跟论文还是不一样的,论文要求对于问题你要解决,要很清晰地画上一个圆满的句号,这才是论文。报告可以提出问题,这些问题有待自己和大家去补充;有时候提出问题比论证问题、结束问题还重要。这就是我感觉到的高原课题的重要意义,非常好的在学术研究上可以供大家学习、思考、借鉴的意义。

我想不能因为高原是我的学生,我就肆行无忌地说下去。我们请各位老师,也包括同学们，有质疑、有问题可以和高原商榷。我们先请张老师。

张智华（北京师范大学艺术与传播学院教授）：非常高兴今天参加这次交流活动，首先感谢陈老师的邀请。听高原的报告，我觉得很有意思，视野广阔，善于分析问题。我对这个话题一直是很感兴趣的，先简单说两篇我的论文供大家参考。一篇论文的题目是《中国文学中精灵形象的演变与发展》，里面专门谈动物精灵和工具精灵，一万五千字。陈老师和高原同学说到的相关问题在这篇论文中也谈到了。第二篇论文是发表在 2017 年第 10 期《现代电影技术》上的一篇关于科幻片、魔幻片和奇幻片研究的文章。这两篇论文跟我们今天的话题关系扣得比较紧，所以推荐给大家。

我觉得孙得悟空这个形象的来龙去脉高原说得比较好。从文化的渊源、中国跟印度的关系等方面讲得是不错的，但是有一个方面还需要加强，在中国文化中，我们说儒家是主导的，儒道互补，这是大家的共识。除此之外还要丰富得多，比如嫦娥奔月、后羿射日、精卫填海这种想象力本身就很丰富。因为我在写中国精灵形象演变和发展的时候，从先秦到唐一段，刚好是从动物精灵和植物精灵的初级阶段讲到孙悟空。按照我的梳理分以下几个系列：猿猴系列、龙系列、狐狸系列，孙悟空跟这个文化的关系也比较密切。猿猴系列我举个例子，一开始猿猴是比较凶猛的。在唐代有大书法家欧阳询，当时文人之间喜欢开玩笑，说欧阳询长得像猴子。说他妈妈当年到深山里去，他爸爸去找，隔了好久才找到，找到时欧阳询已经出生了。这个带有讽刺意味的故事，实际上是在说美猴王。传说的影响在中国一直是比较大的，这种精怪文化的影响本身就非常大。我们说猿猴系列对孙悟空形象的塑造，与儒家、道家的相关传说是有关系的。

另外比较可贵的一点是与《魔戒》这样的西方文化的对比。怎样建立中国电影的文化与美学，这是我们要共同奋斗的，把这个方面深入谈谈比较好。比如说与《西游记》同时期的还有一部小说《封神榜》，也跟我们关系密切，里面的工具精灵非常发达，还有生物武器、化学武器，想象力非常丰富。想象力和创造力是紧密相连的，有了想象力和创造力，中国当代美学就会大不一样。我觉得包括其中有的地方对中国文化本身要做进一步的探索，对孙悟空形象在不同阶段的发展可以做更多一些的论述。

还有一个方面，就是说我们要做奇幻电影、魔幻电影是离不开视听视效的。在这方面，我们有很大的提升空间；如果这方面做不到的话，很多想象力和创造力在银幕上很难展现出来。要做出来让世界认可的视效，视听视效做得太简单，无法更好地展现中国文化的各种元素。电影、电视都是强调视听视效的，包括弹幕，我们有 7.56 亿网民，这种传播力是非常巨大的。因为我们的视听视效还没有跟上，所以在奇幻美学方面就显得逊色一些，这需要我们共同去努力。总体上，我觉得高原同学这方面做得不错，刚才陈老师说的我也很有共鸣，你有很强的问题意识，这一点很可贵。我们可以继续交流、探讨。你把重要的问题提出来，我觉得就是在往前推进。以上两点建议供你参考。谢谢。

唐宏峰（北京师范大学艺术与传播学院副教授）：很荣幸能够来到"批评家周末"，刚才高原同学展示了北大学生的雄辩口才。在做学术的时候能够从人物形象这样小的切口进入，然后把所涉及的方方面面都充分加以展开，巨大的体量摆在这儿，我觉得思路、思考问题的方式都是很好的，这就是我们做学术训练想要达到的效果。刚刚陈老师也强调了，论文跟报告不一样，更多的是把问题打开，把思路呈现出来，最终给这些问题找出属于自己的答案。

这个报告的题目是孙悟空的形象，我感觉你的整个表述也都扣在形象上面。作为电影研究者，展现出你在电影的视听语言、画面技术上所具有的分析能力，这是很宝贵的。我们很多做电影研究的人，所具备的是文学基础，因此很容易把电影等同于与文学差别不大的一种叙事形态，可能对视听方面缺乏分析能力。题目是形象，整个论述也集中在对形象的分析上，并利用画面加以讨论，在视觉上让我们看到孙悟空的形象是怎样变化的，这一点非常好。你指出孙悟空的形象当中包含了人的形象、猴的形象、妖的形象，很清楚地把一部电影中所包含的孙悟空的不同形象都展现出来；同时，也把不同电影中的孙悟空形象非常清晰地列了出来。在回答"为什么新世纪以来孙悟空形象变成是无厘头的、消解的、颠覆的、后现代的、解构的"这一核心问题时，你的答案也是从形象本身中去寻求，思路也集中在这个方面。我想说可能是有一点过于执着于形象了。

你特别强调了 20 世纪 90 年代，以《龙珠》为代表的日本作品对孙悟空形象演变的影响，这个看法确实非常新颖，也是比较有挑战性的。作为一种解释没有什么，而且特别能够开阔我们的思路。为了回答这个问题，你提供了新的因素，为了突出这个因素，你没有去谈其他的因素，因为在你的思路中这个因素是最核心的。但是在谈到孙悟空的形象演变时，很多因素是绕不过去的。比如，《大话西游》中孙悟空形象的来源你是要回答的。至少说明周星驰在香港传统文化中，他的一系列创作所形成的特殊美学。周星驰本身、香港文化的作用，以及整个 20 世纪 90 年代到 21 世纪中国思想界的变化等，所有这些对于这一问题的影响，在你的报告中是没有讨论到的。你是想突出日本文化对孙悟空形象变化的影响，但在突出它的同时，其他方面也应该提及，这样你的论断就会更加坚实，更能够抵抗别人对你的攻击。

学术报告最好不是单纯的学术研究，而要在里面看到一种建设性的意见。要提出如何让我们的奇幻电影、孙悟空形象能够进一步发展，使我们电影工业中这一个类型能够有更丰富、更好的产出。你有自己的一些设想，这一点我觉得特别好。总之，这是一个很好的报告，不过最新鲜的内容还需要有一些"陈旧"的东西来支撑一下，就会更加稳妥。谢谢大家。

沙扬（上海戏剧学院影视学院媒介研究中心副主任）：报告具有非常高的素质，就不再赘述了。刚才高原同学思路非常开阔，我这边更多的是从创作角度来谈一下。《西游记》确实是男女老少都非常爱看的。在我脑海中孙悟空的形象首先是《大闹天宫》，然后是 1986 年版的《西游记》，再接下来是比较有颠覆性的《大话西游》。这三部作品都在各自的时代产生了轰动的效应，一直延续至今，可以说是非常有生命力的。尤其是《大闹天宫》这部动画片，当年不仅在国内而且在国际动画节上都产生了很大的影响。孙悟空的形象正如你所说的，从解构的角度来讲，我们看到吴承恩的小说就已经解构了，成了整个中国人的具有创造力的、无惧无畏的活力的一种诠释。陈老师刚才也说了，我们关注的其实是整个中国文化的当代表达，每个导演在创作时选择的形象、讲述故事一定不仅仅局限于个人的角度，而是必须与当下的社会心态契合，代表当下文化前进的方向。这样做出来的形象、讲出来的故事才能更加深入人心。这可能就是《大闹天宫》中孙悟空所带来的影响力，在国际动画节上展示了新中国的形象。

20世纪80年代出来一批从经典文学名著改编的电视剧，1986年版的《西游记》是其中一部。我觉得这批电视剧之所以这么经典，很重要的原因是做这批电视剧的人是有文化追求的，是知识分子。这些人和第四代导演一样，在经历了专业学习和十年等待之后，终于有机会在主流媒介发声了。他们借《西游记》中孙悟空的形象想要倾诉的是对国家终于来到一个转折点，来到一个新的希望发生的时代的思考。阎肃老师为《西游记》写了很多歌词，其中有一首歌要配在师徒扫塔的情节段落中，在一次电视访谈中，他特别讲述了写这段歌词的心态。他非常明确表达出，正是对刚刚过去的那段岁月的反思心态，促使他非常快地就把这段关于宝塔的歌词写了出来。我觉得无论是《西游记》还是《红楼梦》，那批作品都给我们带来这样一种感受，就是一呼百应，所以这时候的孙悟空更多强调的是一种责任感，肩负着师徒四人，敢问路在何方，更多的责任压在这只猴子身上。

到了《大话西游》，孙悟空真的是一种释放。我们也知道这部影片的命运，首先是在1995年遇冷，然后等到2000年时兴起于网络社会，在大学生的热情讨论中成为一部经典、一种文化符号。我觉得它比较多地脱离了对国家、对民族，或者对某种新阶级的一种理想、一种书写，更多地进入到青年亚文化的层面。当然，现在这部分青年已经成了"中年保温杯阶级"，但在当时，他们追求个性的表达，他们就是在理想和现实碰撞之后发出了这样的感想。

《西游记》传入日本后在文学或者漫画当中的呈现，我觉得非常有意思。据我所知，在韩国也有一个综艺节目，用的是《西游记》的人物设定，但是请的都是我们所谓的污点艺人，这些爆出过负面新闻的艺人来出演，收视率也很高。它让大家看到有负面新闻的、在生活中经受磨难和锻炼后的艺人也可以获得重生，同时也让这个艺人获得一个被大众原谅的机会。所以我觉得在全球扩展方面，可能要更为细致地梳理一下。我非常认同你的主题，虽然属于奇幻类电影，但是我们还是呼唤它的现实主义的表达。你刚才举了很多例子，由特效构造的近十年来的孙悟空形象，我们看到确实制作精良，然后票房也非常好。但是它们是否真正走入观众的内心，在这方面还是要更多地思考。我觉得我们现在需要挖掘，或者等待、呼唤下一个得到颠覆性阐释的孙悟空形象，还是非常有潜力的。谢谢。

唐宏峰：我们讨论魔幻、奇幻文化，刚才说了一个很核心的问题：怎样构造一种中国性？这种民族性的形象怎样实现现代性？在这个问题上我一直有一些不同的看法。我觉得奇幻文化、魔幻文化的发展，从20世纪90年代到现在更像是一个全球性的青年流行文化，也可以说是青年亚文化的一个产物。在这个类型里面，不是说我们怎么去追求民族性的表达，而是相反，这种类型本身就是全球性、跨媒介在青年中形成的一种文化现象。它本身就具有很强的普世性，这种普世性一方面表现在形象上，另一方面表现在叙事上。形象上我们可以弄一个中国的精灵，或者其他的中国奇幻形象，但故事讲的还是英雄成长、爱情忠贞。从这个角度说，它依旧是杂糅的，最终构成这个产品的还是产品本身的全球性，虽然它好像也披了一层民族形象的外衣。我有这样一种感觉，从这个层面看，我们好像在大众流行文化，包括魔幻文化、奇幻文化这个领域达成了一种沟通，没有历史差异了，好像感观差异也没有了。看《魔戒》也好，看《西游·降魔篇》也好，我们的感受在本质上是一致的，这是我的一点看法。谢谢陈老师。

陈旭光：谢谢刚才几位老师的精彩点评。我听了很受启发，也就是说，看问题还是要全面一些，深入一些。可能不仅仅是造型，还要发现形象演变背后文化的因素、现实的因素，还可以更深地去挖掘，尤其是在形象学这样的方法论的打造上。我知道高原对日本动漫文化特别有研究，但会不会太情有独钟？刚才沙老师说，文化背后不是一个人在做，而是整个民族在做，还是要打开更广阔的思路。这个话题我觉得可以当作博士论文的一个方向，如果按照你的架构把这些东西说清楚，差不多够一个博士论文了，很有价值。中国电影的升级换代，玄幻电影是特别有希望的。谢谢高原，谢谢三位老师。我们赶紧请出下一位，主题是中国科幻电影。

白浩然（北京大学艺术学院硕士研究生）：刚才听到高原学长讲得特别好，现在

《月球旅行记》海报

满脑子是孙悟空,有点忘了自己要讲什么。大家好,我是艺术学院2017级戏剧影视学研究生,我叫白浩然。今天我做的报告题目叫作"中国电影的科幻想象力"。首先说一下,为什么题目不叫作"中国科幻电影想象力"?这是基于中国科幻电影匮乏的客观事实,所以本次研究对象不仅有为数不多的中国科幻电影,还包括含有科幻元素以及科幻倾向的中国电影。本次报告大致的结构和思路分为四个部分,首先我们来谈一谈中国科幻电影的现状。

一是界定的模糊和模糊的界定。其实不少类型电影都可以溯源到电影外的其他艺术形式,科幻片也是如此。科幻电影最早来源于科幻文学。1902年法国的梅里爱由凡尔纳和威尔斯的科幻小说改拍成的《月球旅行记》,被视为世界上第一部科幻电影。不少影迷都觉得,凭借自身的直观经验可以去界定什么是科幻电影,但是这种界定其实本身还是模糊的。刚才高原学长也讲到,科幻电影可以被归为幻想这个大类,而且在现实中有很多例子,也是处于模棱两可之间的。比如说在2001年"雨果奖"的激烈角逐中,罗伯特·索耶所写的科幻作品《计算中的上帝》败给J.K.罗琳的《哈利·波特与火焰杯》，索耶很气愤，因为他认为《哈利·波特与火焰杯》根本不能称作科幻小说。

陆川导演的《九层妖塔》，导演本人称其为中国科幻电影，并因此片获得了2015年全球华语科幻电影星云奖最佳导演奖。2016年周文武贝导演的《蒸发太平洋》和2017年张艺谋导演的《长城》，也在导演自述、媒体宣传中常常被冠以科幻之名。据直观经验来说，我觉得这些并不算科幻电影，但是在一些院线宣发，包括导演自己的影片阐释中，总是和科幻混为一谈。

这种界定是模糊的，但是我认为在这种模糊之中，依然可以做出界定的一种参考。根据张东林先生在《世界科幻经典》中所说："影片摄制时，以已被揭示或者尚在揭示的科学原理、科学现象作为剧作基础，展现某种虚构世界中戏剧性事件的影片即为科幻片。"我个人的观点，科幻可以拆解为"科"和"幻"两个字，英文不能这么拆，更多的是一种小说的意思；"科"字我认为强调科幻电影的基础是科学技术，和牛鬼蛇神的魔幻片是有区别的，而"幻"字更加强调以科学技术为基础的想象才是科幻片的灵魂，区别于内容翔实的科普影片。"科幻"二字并不简单等同于"科学"与"幻想"中的任一片面立场。

从1902年《月球旅行记》作为第一部科幻电影诞生，到1910年《科学怪人》作为好莱坞的第一部科幻电影诞生，再到大家都很熟悉的1977年《星球大战》的诞生，随着电影技术的不断发展，以及整个人类社会科学技术的进步，科幻片取得了越来越显著的成果。但是我们从近四年的中国内地票房排行榜上可以看出，这些电影很多是之前经典作品的续作，而且很多作品其实在口碑以及影响力方面大不如前，但在票房和影响力上依然坚挺。这说明中国电影市场对科幻片还是有极强的欲求的，但是面对这种欲求，中国科幻电影却一直是比较尴尬的空白。从1938年《60年后的上海滩》，很多人认为这是中国的第一部科幻电影，到新中国成立后、"文革"后以及新世纪，我们虽然一直有科幻电影，但是整体上来说还是属于比较寥落、比较零散的状态。为什么有人会说2015年是中国科幻电影元年呢？因为这一年（其实是在2014年底）中影集团提出了改编自《超新星纪元》《流浪地球》等作品的电影项目，包括《三体》项目，还有年后筹备的《乡村教师》项目，也就是预计于2019年上映的《疯狂的外星人》。

但是问题来了，2015年真的能成为中国科幻电影的元年吗？当时就有人指出，这次科幻片的井喷是商业资本主导下的必然，而非创作成熟的自然。从结果上看，我们知道《三体》处于烂尾状态，中国科幻电影元年的说法也在媒体上被一次次拖后。现在有人说2018年是中国科幻电影元年，其实我认为这一次次调侃般的拖后，这样的元年之觞，恰恰印证了中国科幻电影有欲求却无能的一种延续。

中国为什么缺乏科幻电影？很多人认为是技术或者资金的问题。当然对于科幻电影而言，技术和资金的确是非常重要的两个部分，而且是比其他类型更加重视的部分，但是我觉得随着中国的发展，用这两个原因解释中国科幻片的缺乏并不全面。从技术上来说，一方面中国的影视技术近几年获得了快速发展；另一方面在全球化背景之下，中外合作的案例也屡见不鲜，比如中美合资的东方梦工厂，以及中国和新西兰签署的电影制作合作协议，都极大地提升了中国电影的技术水准，而且我认为在科幻和电影视觉特效之间画等号这个逻辑也是有点问题的。还有人说是因为中国电影没钱。从这几年的情况来看，中国电影的吸金能力明显增强，资金不足可能不再是中国科幻电影的一个掣肘了。比如说《长城》的制作成本达到了1.5亿美金，这在好莱坞也是很多的。

我个人认为，中国科幻电影的缺失说到底是中国电影科幻想象力的缺失。因为科幻片跟其他类型不同，科幻片是关注奇观的影片，它是不断更新的，是不停地在已知边界向未知进行探索的，是向未来打开的。科幻电影以"科"为基础、"幻"为创作，而沟通"科"与"幻"的，我认为正是作为桥梁的科幻想象力。

二是中外科幻片的对比。好莱坞不是科幻电影的诞生地，但是好莱坞后来居上超越了欧洲，成为世界上科幻大片的代名词。这里主要把中国和好莱坞科幻影片进行一个对比，这个对比我觉得可以按元素来分，比如时空穿梭、机器人与人工智能、自然灾害、科技武器。一些很新潮的元素我觉得是没法对比的，因为不少好莱坞所涉及的中国根本就没有涉及。本次报告仅以外星生物为例来进行分析。

《长江七号》海报

中国涉及外星生物的电影《霹雳贝贝》《疯狂的兔子》《长江七号》等,好莱坞则不胜枚举,如《星球大战》《独立日》《阿凡达》等。关于外星生物的电影,中国和好莱坞在科幻想象上的差距还是很大的。

首先从形象设计上来说,外星人长什么样?这个东西不管是中国人和美国人都是不敢随意下定论的。对科幻想象而言,我觉得形象想象依然是最基础的一环,一个好的科幻想象可以在科学界尚未定论究竟外星人长什么样的时候,先建立一个样板,而且能够让观众获得视觉上的奇观性,以及心理上的猎奇效果。先看一下中国电影,比如《霹雳贝贝》,外星人身着一套紧身的白色反光制服,其实和人类一样,就是多了一套制服而已,并无明显的新奇设计。《长江七号》在形象设计上是比较成功的案例,因为大家都非常喜欢七仔,但是在科幻想象层面上我认为还是比较失败的,你看它四肢着地,基本就是狗的样子,它与地球狗最大的区别是尾巴长到头上,而且还会摇尾巴,全是一股浓浓的"地球味"。事实上周星驰自己也说,他在构思七仔形象的时候，参考了自己的第一只宠物狗。我们再看一下好莱坞的电影。比如说周星驰在多个场合提到的自己最喜欢的科幻电影《E.T. 外星人》，以及《变形金刚》《第九区》《星球大战》等，我们发现他们对于形象的设计，就想象力而言更加丰富，也更加脱离这种所谓的"地球味"。

再就是特异性的设计。其实外星生物和地球生物不一样的地方，一个是在外表上，还有一个是拥有地球人所没有的功能。在《霹雳贝贝》中，贝贝虽然是地球人，但他的特异性功能是跟外星人相关的。他双手可以放电，这个灵感来自编剧张之路，他是从生活中的静电得来的灵感。《长江七号》中七仔的特异性功能则更加杂糅，打架的时候是李小龙的拳脚，帮助人作弊的时候是哆啦A梦的套路，这些功能虽然在现实中几乎是不可能出现的，但是对想象力而言还是欠缺的。好莱坞2016年的影片《降临》中，不仅对外星人"七肢桶"的形象进行了大胆的想象，还突破性地用语言作为片中最重要的元素，"七肢桶"独特的圆圈形的语言不仅可以高效传播信息，更有预见未来的能力。这个设想其实是来源于科学界的一个假说——萨丕尔—沃尔夫假设，认为"一个文明的语言与其思维的模式有着极大的关系"，简而言之，语言决定思维。我们可以看到，这部影片的特异性设计既有科学基础，又有天马行空、不拘一格的科幻想象。我觉得这种科幻想象才是比较优秀的。

再进一步讲，就是地外文明设计。中国为数不多的科幻电影中儿童科幻片占了半壁河山，从创作初始就限定了影片更多的是建立在儿童认知的基础之上，抛去了一些成人认知。而故事往往发生在一个狭小的时空之中，像是一堵无形的墙，将一个小的世界围了起来，墙内的生活因为外星生物的到来而充满了惊奇，而墙外却波澜不惊，这样的创作我认为本质上是一种加入了科幻元素的，但仍以成长、家庭为主题的剧情片。而其中的外星生物也往往是匆匆的外星过客的形象，并没有进行群体化的地外文明的呈现。以《长江七号》为例，我们会认为《长江七号》是在讲外星文明吗？不是一群七仔跳出来就叫群体化，它更多的还是家庭，是小迪的成长和生活。与此相对应，好莱坞电影中关于地外文明的例子非常多。好莱坞善于从个体的外星生物上升至群体的层面，甚至上升到文明的高度，从而以形式的有限性来对照寓意的无限性。比如在《独立日》中,人类面临几乎不可战胜的外星人入侵,给人一种很绝望的感觉,但是人类却毫不放弃,创造了奇迹,以此凸显人类追求幸福和自由的意志。《第九区》则是另外一个角度。它通过人类与外星人大虫的冲突,来隐喻种族歧视、贫富差距,以及人与人关系的异化。

中国和好莱坞为什么会在地外文明的设计上有如此大的差距?我认为在与科幻元素的结合上,中国电影经常与喜剧、儿童类型融合在一起,而好莱坞更多的是与战争、动作类型融合在一起。除了类型融合以外,还有一个重要因素,就是文化的因素。中国电影反映了我们文化中重亲情、重人伦的传统,而美国电影则反映了美国社会对外来威胁、科技发展的不安,以及对个人英雄主义的崇拜。中国电影表现自己的文化传统无可厚非,但如果忽视了地外文明的构建,可能会使中国科幻电影简单地沦为拥有一些科幻元素的喜剧片、儿童片、恐怖片,始终无法真正触及科幻电影的内核。

由上述对比我们可以看到,中国和好莱坞在科幻想象方面有巨大的差距,进一步说,我认为这种差距可以溯源到电影创作者科学素养的缺失。其实科幻片和其他类型片有很大不同,要打造一部优秀的科幻电影,创作者必须在科学意识、逻辑思维、科幻想象等方面达到较高的要求,而这些要求是超越传统电影创作能力的,因此击中了现在电影从业人员科学素养不足的短板。当然,中国电影中也有一些好的例子,比如1980年的《珊瑚岛上的死光》虽然有一些政治色彩在里面,但是单从科幻想象力来说,还是一部比较优秀的国产科幻影片。比如说激光武器、原子电池等,在当时还是有非常强烈的新鲜感的。这部电影的编剧童恩正是知名的考古学家和科幻小说家,他的存在有利地支撑了影片的科幻想象。顺便提一下,他的同名小说《珊瑚岛上的死光》,也成为第一篇刊登在文学权威刊物《人民文学》上的科幻小说,以及中国第一篇被改编成电影的科幻小说。

影响科学素养的因素有很多,在这里我只列出以下四点:教育、科技、历史、文化传统。可能很多人会说,中国没有科幻片就像美国没有武侠片一样。我不太认同以历史的长短来简单决定民族是向前看还是向后看这样的观点,美国的历史虽然短,但也爆发过独立战争、南北战争,而且可以追溯到英国历史。但是对中国来说,悠久灿烂的历史和习惯于回溯历史这样的创作传统,无形之中导致了创作者在人文素养,尤其是历史素养和科学素养方面有一些失衡。另外还有文化传统。中华文明是农耕文化的典型代表,历经千年独尊儒术,形成了重实际而轻幻想的传统;文人们更偏重于修身齐家治国平天下,对科技的利用长期停留在功用的层面。而西方文化中科学启蒙是极其重要的一环,尤其对于未知领域的探索,以及对科技与应用的思考也是较为深入的。此外还有宗教文化方面的不同,比如《2012》《超人》等电影都深刻地反映了末世劫难和救世主情怀。

科学素养的提高并非一时之功,但中国电影需要端正科学态度,比如《机器侠》《未来警察》《全程戒备》这样的电影,我认为在对待科学的态度上是不太端正的。不能因为先期投入巨大、对收益拥有过强的目的性,而利用观众的科幻情怀进行视觉特效上的炒作,对科学本身却是一种敷衍、忽略的态度。以《机器侠》为例,我们在其中看不到一项科学技术的呈现,对内在逻辑的解释也非常敷衍。如果这种不端正的科学态度继续下去的话,中国的科幻电影不可能发展起来。

最后一部分,科幻想象力的提升同样非一时一日之功。科幻素养的培养需要很长时间,但中国有句老话叫"他山之石,可以攻玉"。我认为现在通过跨界合作和多媒介借鉴的方式,可以弥补我们科幻想象力的缺失。

(1) 跨界合作。成熟的好莱坞科幻制片体系中,有一个核心角色是科学顾问,即科学家以科学顾问的身份,为科幻想象保驾护航。中国的武侠片、动作片有武术指导,但科幻电影却缺乏科学顾问,使得导演总是以自己的理解来阐释、展示科学。这与电影创作者不严谨的科学态度有关,也与中国缺乏科学家支持电影创作的传统和机制有关。诺兰在拍《星际穿越》时请到了著名的天体物理学家基普·索恩。索恩是黑洞及广义相对论领域最杰出的科学家之一,是加州理工学院物理系的教授,也是斯蒂芬·霍金的好友。索恩给诺兰等人上了好几个月的科学课程,使他们了解黑洞弯曲光线等科学原理以及多维时空等。索恩还为特效总监富兰克林写了许多公式,甚至把载有他自己多年研究成果的笔记本借给了富兰克林。富兰克林根据这些公式，指导特效团队针对以往的特效渲染器都是默认"光沿直线传播"，编写出曲线传播的渲染器。由此可以看出，科学顾问在好莱坞是非常重要也是非常关键的，这种跨界合作是中国电影现在急需弥补的。

（2）多媒介借鉴。比如《独立日》《黑客帝国》等电影都来源于科幻小说，科幻片来源于漫画的例子也数不胜数。与中国科幻电影匮乏的现状不同，中国科幻文学还是有一定的积累和规模的，从老一辈的科幻作者如郑文光的《飞向人马座》《神翼》《战神的后裔》、童恩正的《古峡迷雾》《雪山魔笛》《珊瑚岛上的死光》、叶永烈的《小灵通漫游未来》《腐蚀》《飞向冥王星的人》，到20世纪90年代以来的王晋康的《生命之歌》、刘慈欣的《三体》《超新星纪元》《流浪地球》《乡村教师》等，都是可以提供借鉴的。

中国电影的科幻想象的提升，一方面要稳步走，致力于电影创作者科学素养的提高；另一方面要快步走，借他山之石，使中国电影的科幻想象尽快得以突围。然而这是起点，却远远不是终点。当我们在科幻想象方面缩小了与好莱坞的差距之后，怎么跳出西方的理念和世界观所构建的偏西式的科幻世界框架，构建本土化的科幻世界，则是一个更进一步的问题。同时，当科学逻辑与科学精神在电影中达到相当的水准之后，我们也不应该沉溺于有可能出现的"炫技"的极端，而是要从科学精神上升至普世精神，回归人性思考与哲学含义。我觉得中国科幻电影还有更长的路要走。这就是我今天的报告内容，希望大家多多指正。谢谢大家。

陈旭光：先请下一位同学讲关于《阿凡达》的想象力。

邓怀美灵（北京大学艺术学院硕士研究生）：我讲的题目是"从《阿凡达》看美国科幻电影的想象力"。

众所周知，在当代类型电影中科幻电影以具有丰富而奇特的想象力和高超的视听技术而著称。美国科幻电影在世界上具有不可低估的影响力，创下史上全球总票房冠军纪录的《阿凡达》，是美国科幻电影中可以拿来研究的典型案例。它最大的价值体现于对想象力的释放。导演詹姆斯·卡梅隆通过大场面的恢宏巨制、具有极强教育意义和警醒作用的生态主义思想，以及对数字技术的完美应用，成功构建了一

《阿凡达》海报

场绚烂的梦境,使每个人都可以在梦中来到遥远的潘多拉星球。

我主要讲三个方面。

一是《阿凡达》的想象力。视觉表现,根据法国哲学家居伊·德波所总结的"景观",以空前的规模成为人们消费的对象。这也直接影响到整个电影行业的审美趋向,导致了大量奇观电影的诞生,而科幻电影正是最适合展示奇观的类型片。《阿凡达》在表现手法上选择了极具表现力的技术色彩,使视觉效果更加逼真,具有强大的冲击力。它的想象力特别丰富,创造出一个全新、完整的生态环境。当我们看到美丽的潘多拉星球时就被它深深地吸引住了。粗壮高大的参天大树、飘浮在空中的神奇山脉、色彩斑斓生长着各种奇特生物的雨林、晚上会发光的各种动植物、住在森林里肤色幽蓝的纳威人等,这些奇观性的画面会带给观众强大的视觉冲击和心灵震撼,引起观众的共鸣。

二是《阿凡达》的意义。《阿凡达》主题思想的表达贯穿在整部电影当中,包括战争、爱情、正义、生态等多条线索。其中所传递的生态主义思想引起了人们的关注。以往的科幻电影,主要情节都是外星人侵略地球,然后地球人遭遇灭顶之灾,在剩余人类的反击下外星人被打败。但是在《阿凡达》中,导演卡梅隆一反常态的故事叙事,变成了地球人入侵其他星球,企图掠夺其资源的故事。

简要叙述一下故事情节。在地球被人类污染以后,一群人发现了潘多拉星球。他们克隆出当地的纳威人与地球人结合的阿凡达,通过意念来进行操控,从而帮助地球人得到纳威人丰富的自然资源。杰克被送到潘多拉星球,在这里他见识到潘多拉星球上原始优美的自然生态环境,也逐渐体会到纳威人对自然的崇敬和精心维护。所有生物都是平等的,要感谢自然的馈赠,还要有一颗感恩的心。纳威人和生灵之间有着独特的交流方式,通过辫梢来与各种生灵进行心灵交流。杰克第一次进入潘多拉时遭受到攻击,纳威公主妮特丽救了他并射杀了野兽。令杰克震惊的是,妮特丽对野兽的死表现出了一种不舍和内疚。她跪下来细心地抚摸着野兽的尸体,并为它们祈祷。当杰克向她表示感谢时,她说不要感谢我,这太让人悲伤了。从这里就可以看出,妮特丽是很悲伤的,她对自然生灵是很热爱的。纳威人和自然生灵的沟通已经展现了他们对自然的尊重和爱护自然的理念。影片的发展过程充分表现出这种生态主义的思想。杰克每天学习这里的语言以及生存技巧,深深地爱上了人与自然和谐一致的生态环境,也对崇敬自然的纳威人有了深刻的了解和敬服。在潜移默化中,杰克逐渐坚定了保护生态的想法,他不再是一个双腿瘫痪的陆战队员,变成了一个充满正义感的人。他决定要保卫好潘多拉星球上的自然生态环境和这里的生灵,为这里的一切战斗。保护环境、人与自然和谐发展的精神,以及对贪婪人类的嘲讽与批判,是这部电影最鲜明的主题,它使得影片带有深切的生态主义思考与极强的现实教育意义。

在数字技术的运用上,《阿凡达》与传统 3D 影片有着巨大的区别。作为一部 3D 巨幕影片,它的 3D 技术无论从概念、规模还是制作、工艺上都是以往的电影所没有尝试过的。在图像技术和 3D 电影日新月异的当下,电影技术上的领先与创新是《阿凡达》至关重要的优势所在,对电影的制作和传播产生了巨大的影响。新技术背景决定了创造性思维的开放性，电影创作者可以更自由地选择题材，确立主题，并用技术的优势进行视觉化传达。《阿凡达》是一部成功的好莱坞商业影片，它的热映对巨幕电影起到了巨大的推动作用，使观众真正了解了巨幕，并促进了3D电影产业的发展。《阿凡达》的价值不仅体现在技术创新和对产业的推动上，影片中所呈现出的超凡脱俗的想象力，才是这部电影的核心价值。在当代文化产业的语境下，科幻电影的想象力日益趋于娱乐，一方面体现在主题思想上，一方面体现在内容形式上。作为商业科幻影片的创作者，卡梅隆将娱乐特性与文化内涵联系在一起，既保证了科幻电影的想象力，又满足了受众对娱乐性和消遣性的要求。

三是思考和结束语。所谓科幻电影，是在现有的认识基础上，通过科学技术来展现过去或未来的世界，表现对未知领域的探索的电影类型。潘多拉星球的一切不是凭空想象出来的，而是在科学依据的基础上精心计算出来的。比如《阿凡达》中的各种神奇植物受到了海洋生物的启发，想象出来的动植物要符合这个星球设定的环境，所以如此恢宏的想象力也并不意味着完全的自由，潘多拉星球上居住的纳威人也有着与人类相似的造型。

正如爱因斯坦所说，想象力比知识更重要，因为知识是有限的，而想象力囊括了世界上的一切，它推动着进步，是知识进化的源泉。爱因斯坦说的是人类知识的进化，科幻电影也是这样。《阿凡达》这部电影除了带给观众前所未有的视觉体验和享受，更不可忽略的是一种强烈的情感共鸣。卡梅隆导演将深刻的思想内涵融入影片中，使其更富有教育意义，并引起人们对社会和谐平等、自然生态环保的思考以及感悟。谢谢。

陈旭光：我们请张老师做点评。

张智华：刚才听了两位同学的发言，可以说是各有所长。白浩然侧重于中国科幻电影的想象力，他的方法是恰当的。在讲中国科幻电影时有一个比较，把外国尤其是美国的科幻电影做一个参照物来讲，我觉得非常有意思。对中国科幻电影不发达的原因分析得还是比较深刻的。科幻电影跟魔幻电影不一样，它需要科学知识，需要科学素养。他后面的演讲我觉得很善于思考，有见解，强调跨界，提到科幻电影要有科学顾问的问题。我经常跟理工科的老师交流，他们给我的启发很大。我们的科幻电影如果想要发展，可以参照中国武侠电影的模式。武侠电影一般配有武术顾问，专门设计武打场面，但中国的科幻电影在这方面做得不够，像《长江七号》，设计出来的外星人就不太像。原因在哪里？我觉得他刚才也做了一些探讨。

在分析中国科幻电影时，白浩然讲的多是外星人。我提一个建议，科幻电影中不仅有外星人，还有机器人也是大家很关心的。现在中国、日本、美国都有大量的机器人，小到家里的扫地机器人，扫得也挺干净的。看了电影《机器人进攻》后，我写了一篇文章，很可怕的一点是，以后地球的主人到底是人类还是机器人？如果机器人是主人，那人类就成了奴隶，是机器人来指挥人类，这就很可怕。我觉得科幻片，很多时候是让人去思考此类问题。说到外星人，大家觉得有没有外星人？很多人觉得是有的。机器人和外星人一样，它实际上是在思考整个人类的命运。如果我们把这个方面做好了，中国电影走向世界可能就迈出了很坚实的一步，因为这就是人类命运共同体。

举个例子，网络电影，也叫网络短片，也有叫微电影的，国际上每年都有精品选拔，今年有一部影片跟我们今天讨论的话题关系密切。这部电影很短，就五六分钟，讲的是外星人派了两个水平特别高的人来进攻地球。要毁灭地球首先就要毁灭地球的水源，因为人要喝淡水，如果把淡水污染了，地球就很危险了。外星人坐着宇宙飞船过来，地球上面的人没有侦查到，证明它的水平比我们高。进来之后地球很美丽，人类大部分还是好的，执行任务时外星人的内心发生了变化："我为什么要去做这样的事情？为什么要把水源毁掉？"于是就没有执行命令，这就很有意思，实际上这是人类在思考地球的命运。所以我认为在这个方面恐怕要切切实实地进一步探讨，一个是外星人的问题，一个是机器人的问题。如果能够做到这一点，我觉得对中国科幻电影的发展会有很大的帮助。

第二个建议，刚才两位同学都说到文化产业，电影、电视剧都是文化产业的组成部分。现在考虑科幻电影的时候，也要考虑科幻电视剧。我的两个研究生在科幻电视剧方面专门写了毕业论文，写得还是挺不错的。比如跟科幻有关的动画、漫画、游戏、电影、电视剧，往往是打通的，也符合现在文化产业的发展趋势。这样再进一步探讨，可能对影像、故事、视听效果等就要有更深入一些的研究。比如说电影强调短时间，一个半小时、两个小时，它更集中，而电视剧要更长一些。很多时候影视剧都是根据漫画、动画改编的，那么就可以比较它们的共同点和不同点是什么，这样话题的深度与黏度会更好一点。

还有一点，我觉得两位同学讲到思考和借鉴的时候可以再深入一点，也就是说不要限于讲到的部分，目前我们的科幻电影还存在哪些薄弱环节？还有哪些问题？学界特别想听到这样的内容，这样可能对人们的启发更大一些。因为我们是学术讨论，对于问题的探讨还可以更广泛一些。中国科幻电影为什么发展不够？为什么还处于初级阶段？除了科学素养它还有哪些方面的不足？比如说你提到的跨界就非常好，我觉得可以就此做更深入的展开。

邓同学对《阿凡达》想象力的分析比较好，视听分析也比较好，我觉得也可以做适当的展开。也就是说，它到底给我们带来哪些启发？比如说它对人的思考，还有影像本身，包括它的技术应用，等等。我们做相关研究，就是要为中国科幻电影提供参考，很多地方还可以进一步去认识、去挖掘。我讲的仅供大家参考，谢谢大家。

陈旭光：谢谢张老师。我们请下一位同学。

张湘怡（北京大学艺术学院硕士研究生）：大家好，今天我报告的主题是"超级IP改编的同质化问题研究"。之前也有几位学长不约而同地选择了类似的问题，但我希望可以从不同的角度出发进行分析。我将从以下四点出发进行分析：超级IP、批评四要素、同质化问题，以及对比好莱坞得出一些未来发展方向。

一是关于超级IP。IP是一个近几年来被多次热议的话题，IP即知识产权的含义。数字化时代下对IP的定义具有不确定性的特点，包括以市场为导向、具有广泛的著名度和共同的价值认知，因此多维度开发优质内容版权显得十分重要。在国内，IP的内涵并非单一的知识产权概念，而是在实践中不断革新。IP是一个很早就已经出现的词汇，但早期的IP可能更多的是以独立形象，或者零散的模式呈现在观众面

《大话西游》海报

前。2011 年,《步步惊心》《甄嬛传》等 IP 逐渐在观众视线中出现,但还是有着零散和独立的特点,并没有发展到目前的井喷阶段。2014 年之后,IP 一词开始被送上了风口浪尖,随后浪潮便席卷而来。

每一代人都有属于自己的那一代人的 IP 记忆,就像我们父母一代与我们这一代以及下一代,对于《西游记》的理解就是不同的。超级 IP 有很多不同的维度,每一代人所关注的维度是不同的,因此理解也是不同的。李道新老师曾提到过,改编自《西游记》的电影已经有二百多部,并且影响世界长达一百年之久。改编所涉及的范围非常广,并且进行了跨门类融合,包括老电影和戏曲进行结合,以及与动画的结合等。并且不断地走向国际化,如日本和韩国的改编,但国外的改编可能更具有后现代主义色彩。

1995 年的《大话西游》是一个非常经典的案例,是一次颇具颠覆性和反传统解构意味的改编。在此之后观众看到了更多的与《西游记》相关的 IP,例如,由星皓

1986年版电视剧《西游记》海报

影业出品、郑保瑞导演的西游三部曲《西游记之大闹天宫》《西游记之孙悟空三打白骨精》《西游记之女儿国》。《西游记》被反反复复地消费，创作者乐此不疲，受众也愿意买账，2014年以来的几部相关电影票房收益都是过亿元的。但有一个很有意思的现象是，同样是和西游题材相关的《大唐玄奘》却只有3000万元的票房。包括《悟空传》也是一样，票房与最初的期待非常不符。我认为其中一个原因是，票房比较好的那几部电影，上映时间都放在了比较好的档期上，比如在春节期间以合家欢电影的形态呈现在观众面前，做到了老少皆宜，所以票房收益也是比较高的。

完整看过《西游记》原著的受众也许并不多，但是看过1986年版电视剧的人却很多。1986年版《西游记》对于受众的影响更加广泛，长时间以来逐渐变为观众心里的一种积淀。因此西游系列对于受众来说接受门槛比较低，不用花大量的时间去思考，而且也基本可以预知会有一个什么样的效果。导演本身的情结对于西游题材在市场上的频繁出现也有一定的推动作用。无论是周星驰还是刘镇伟，他们也许不拍纯正的《西游记》，但会拍《大话西游》这样改编自《西游记》的影片。除此之外还有各种网络剧的改编，如《万万没想到》等。无论是什么类型的影视公司都想靠一下西游题材，但是大部分影片却只是简单地启用一些流量小生，而不重视改编的创新，受众最终也不会买账。

二是批评四要素。我提的这四个要素是一点一点深入的，第一个是语境。大家都知道，我们现在所处的是一个影像化的读图时代，受众更爱看一些不过脑的东西，具有短、平、快的特点。《西游记》的故事早已融入中国人的血液，不存在认知障碍的问题。第二个，我用到了波斯特所提出的符码概念。《西游记》正如一个象征性的符码系统，是一个较为完整的体系。不是说我们去消费它的情节，或者我们想去更多地挖掘它的价值，而是它自身就是一个真正的市场。第三个，要考虑到市场的短暂性。影片制作者很多时候并不是为了责任或者情结去改编《西游记》，而更多的就是想赚钱，以此实现资本的快速运转。第四个是著作权问题。这些创作者为什么喜欢改编《西游记》？因为它不用花费大量的金钱和时间，其他 IP 在购买的时候可能需要花费大量的成本，而《西游记》的版权早已过了作者保护期，因此在著作权方面不会有什么纠纷。《三生三世十里桃花》的 IP 一直在各大媒体平台互掐互撕，引起不小的风波，《西游记》的改编肯定不会出现这种问题。从创作者的角度看，《西游记》的改编优势有很多，不仅版权交易容易操作、市场选择好、周期短、获利快，而且内容成熟、票房有保证，资金风险低。但也存在着不容忽视的问题，比如原创力不足。原创很难，依靠经典加以借鉴要容易得多，但这也导致《西游记》逐渐成为机械复制式的文化产品，或者纯粹的赚钱工具。而市场上一系列的西游产品，可能更多的是在满足观众虚假的心理需要。

三是同质化问题的延伸。对于《西游记》改编作品在市场上大肆横行的现象，受众也是需要负一定责任的。为什么出现了这么多与《西游记》有关的影视剧，大家却乐此不疲地买账，我认为首先是受众有一个心理预期，对于这类题材一般都是可以接受并认同的。另外一点就是后现代主义对于形象的消解，大家可能觉得这就是影视奇观，有惊奇点就会消费。因此，我认为受众也是需要做一些自我检讨的。

关于营销手段和深度挖掘，我觉得现在的 IP 还存在一些问题，它可能更多的还停留在营销炒作层面，从明星的角度也好，从导演的角度也好，缺乏一种深度挖掘的能力。做 IP 是要花费很多时间的，用四五年的时间去培养、改编一个很好的 IP 也是很正常的。《西游记》本身是非常好的题材，可以挖掘得很深，但是很多改编显得很轻浮，最终也没有实现改编的价值。它过度依赖资本，盲目跟风，观众喜欢什么影视制作者就去追随什么，但是在开发的过程当中却忽略了很多重要的东西，使得作品缺少普世性。

四是对比好莱坞。好莱坞在 IP 的开发和衍生方面做得比较好。首先好莱坞有一个非常完整和系统的影视工业制作体系，中国还没有完全达成。另外，我们需要在工业和创意之间找到一个平衡的角度。不能仅仅满足于做个人的品牌，比如周星驰系列、郑保瑞系列、刘镇伟系列，还要从整个传统文化的角度去思考它的美学价值。对于 IP 改编未来的发展，我认为可以从四个角度出发：维度、周期、创新、符号。就像科幻题材一样，中国的 IP 改编也应该更多地展现未来，而不仅仅是呈现过去。包括在时间周期上，应该花费更多的时间放在 IP 创新上。在创新层面上，好的 IP 绝不只是满足一次性的改编，而是有着很长的生命力，所以我觉得在创新方面需要有一种原创力的推动。最后，让 IP 真正变成有价值的符号，回归理性，成为一种很好的象征。谢谢大家。

陈旭光：谢谢，我简单说两句。后面几位同学都各有特色，白浩然同学的选题非常集中，口子不大但切入得比较深，对中国电影里面科幻要素为什么欠缺等问题进行了很深入的开掘。在此我补充一点，西方科幻电影比较时兴，常常是吸金利器，也是高概念电影的一个重要类型，它的视觉奇观很容易打造。但我觉得更重要的，其中一个是科学理性精神，这个大家都提到了，还有一个是宗教情怀、宗教意识。西方有很深的末日情结，我们关注的是日常的美好日子，很温馨，他们关注的是人类毁灭与再生的问题，所以经常设置一个末日主题，2012 年地球马上就要毁灭了，或者冰山越来越少将危及人类，他们考虑的都是一些终极关怀的问题。科幻电影又跟美国的英雄主义情结联系起来，正因为是末日倒计时了，即将爆发危机的时候就需要英雄拯救，或者回到温馨的家庭和亲情的温暖后再来拯救，从宏大出发又回到温情，回到家庭、爱情、个人，回到在危难之际的互相救助等。

我觉得中国是一种经验哲学，而西方是超验哲学，它更关注一些形而上的问题。我们关注当下，孔老夫子说："未知生，焉知死。"好死不如赖活。我当下还没有体验够，所以就把未来、末日悬置起来不去考虑。这样的传统文化肯定也是在变化的，至少科幻电影在一些粉丝群里已经获得了很多的关注。前段时间《银翼杀手2》上映，网上评价很多，打高分的都是精英，都是迷影人。这类电影和研究就是特别精英，但是它不会面向大众，所以票房不高。除了宗教文化外，科幻电影还碰到了产业上的瓶颈：一方面科幻电影要大制作，要视听震撼力，那就要投钱；另一方面又不可能让老百姓都喜欢，只在小圈子里受欢迎。所以《银翼杀手2》之类的科幻大片就碰到了很有意思的现象，打分很高但票房不高。我也看了，也很喜欢，但对于大众来说，这样的片子有点沉闷。对那些问题的思考，大众可能就会觉得太远了，可能会有这样一些情况。我们请两位老师进行点评和发表意见。

沙扬：刚才连着听了三位同学的报告，非常有意思，充分展现了各自的学术思考。说到科幻电影，我接着陈老师说的《银翼杀手》来讲，新版我没看，但正好看了旧版，上海前两周办了英文大师影展，开幕电影就是1982年版的《银翼杀手》，看后觉得非常震撼。就像库布里克拍的《2001太空漫游》，20世纪60年代的片子放到现在看仍然非常震撼，让人感觉一点都不过时。白同学讲科幻电影，也给大家做了一些类别区分，可见他真的是非常热爱科幻电影，对这个概念做了很深的研究，资料数据非常全。几位同学都有这样的特点，达到了基本入门的素质。我觉得在科幻类型中还要进一步区分，比如《阿凡达》《星际穿越》这样严格追寻科学逻辑的硬科幻等。

讲IP改编的张同学，她罗列的片目非常全，可以说让人大开眼界。我印象当中《失恋33天》只是一部电影而已，居然是改编自人气网络小说，也完善了我的知识点。但将《失恋33天》放在超级IP概念当中讨论，我觉得可能还是差一点，比如说《哈利·波特》是超级IP，相比之下《失恋33天》可能就不属于此类，讨论的时候还要再谨慎一些。我只是想到有这样的可能性，你在进一步聚焦的时候，可能需要做这样的区分。关于超级IP的问题，我觉得非常重要，因为可以跟最近特别火的超级英雄电影这种超级IP联系起来。它可能是漫画、轻小说改编的，有巨大的粉丝量。这种影片不管怎么改都有非常大的票房，我觉得可以和《哈利·波特》相提并论，尤其是漫威出的这些电影。那么国内是否会有这样的IP出现？

为了拍电影，诺兰跟着专家上课，卡梅隆更是花了几年的时间让自己成了专家，不光是在科幻概念上，他自己几乎就是半个科学家，在拍摄手段上也做了很多尝试。邓同学讲《阿凡达》就专门谈到了拍摄时的种种情况，讲卡梅隆在视觉和听觉上的创新实验。在《阿凡达》之前，大家虽然觉得发展3D可能会是未来电影的一个方向，但只有当《阿凡达》出来以后才有说服力。但看3D需要戴眼镜，有些人觉得束缚，所以诺兰喜欢用IMAX巨幕技术拍摄，它跟3D是两回事，虽然是平面二维，不是3D效果，但是拍出了3D效果的体验。这两种技术也都包含在科幻电影或者超级IP电影的拍摄中。

科幻电影是一个非常大的产业，《阿凡达》现在还是全球票房首位。除了美国、英国大家比较熟悉以外，俄罗斯的科幻电影也很强。因为我最近在关注它近十年的电影产业，感觉美苏太空争霸从现实转移到银幕中去了。近期会有一部俄罗斯电影在国内上映，讲的是太空方面的故事。还有一部没有引进，但在今年的俄罗斯电影票房上非常亮眼，讲一艘外星飞船坠落到莫斯科，外星人和守卫莫斯科的军队长官女儿之间发生的爱情故事。这就让我联想到刚才一位同学讲到的，他说我们的电影擅长讲述家庭伦理情感，可能欧美电影更擅长讲述理性。我倒觉得更像是刚才陈老师讲的，欧美电影最后也是要将硬科幻和人类情感结合起来的，回归亲情和家庭，这确实是跟宗教有关系的。包括我们看《银翼杀手》，在人和复制人之间形成一种杀手和猎物之间的关系，然后转化成一种比较亲密的关系，这都体现了很深的人文情怀。像在《星际穿越》中，诺兰到最后其实是在讲父女之间一种穿越式的情感交流。

今天很巧，讲着讲着突然想起我的一个学生的作品，也是科幻类型。它是我的学生从小说中改编的，故事以胎儿在母腹当中的视点来讲述。这个胎儿是他父亲的一个实验品，父亲向胎儿植入成人的记忆。等胎儿出生后，他就已经知道成人世界既有好的也有不好的。当这样一个携带成人记忆的胎儿来到世上时，他是否还要选择立足在这个世界上？故事充满了思辨的意味，我想这也是科幻所能带给我们的更深入的思考，所以大家还是要对我们中国科幻有信心，谢谢。

唐宏峰：听了三位同学报告，第一位讲中国科幻电影，像这样的选题难度是比较大的，你研究的这个对象非常薄弱。我们有时候会选择这种很薄弱的对象，那么你在研究的时候，主要的工作就是要找缺什么，为什么缺。这种工作就比较难，因为可分析的对象非常少，文本分析基本上写不了什么，大部分都是期望和设想，我们应该怎么样。之后跟美国比较，比来比去都是我们这块做得不好，那块做得不好。文章有时候会显得很空。我们做研究需要能够支撑你的对象，这个对象能够充分展开，在这基础上你的文章能够写出一两万字。但如果这个对象很薄弱应该怎么去做呢？这就很被动，但是这种文章也得去做，也得去写。白同学在进行对比的时候，是跟一个好的对象去比较，但在选择我们自己的作品的时候，我觉得其中存在一个问题。你选择《长江七号》《霹雳贝贝》里的外星人形象跟好莱坞科幻电影中的外星人形象来对比，但是这两个对象似乎并不能够作为代表。也就是说，当你去批评 A 不够好的时候，你应该选取至少能够代表 A 的水平的对象，再跟一个更高的目标 B 去进行比较。你讨论《长江七号》里的外星人形象，但周星驰没有真正想把它构筑成特别具有外星属性的存在。我觉得这个比较对象选取得有点问题，这样结论也不会特别有说服力。如果说外星人形象这个部分因为我们没有什么塑造而无法比较，那么科幻电影的其他方面呢？比如世界观的构造，比如对时空的想象，可以把我们的科幻电影中的相关内容和西方做一个稍微平等一点的对话。这样的话研究才能更丰富一些。比如杨幂演的一部关于时空穿梭的影片《逆时营救》当中就有一些世界观的架构。再比如《九层妖塔》与《寻龙诀》的对比，我个人觉得《九层妖塔》里也包含了一种世界观的设定，还是很宏大的。里面有一个老科学家的形象，人从一个地方消失，再到另一个地方出现，这里面有关于地球、关于时空的探讨。因此我认为，你在比较的时候，应该选取一些更具有典型性的作品，至少这个作品是有意识地在做这方面的努力的。

　　另外，对于中国科幻电影，因为欠缺很多，所以要指出我们应当怎么做。要提高科学素养，需要长久的积淀，这肯定是没问题的，但对任何不足我们都可以提这个建议，问题是怎么落实。比如说现在让你拍一个科幻电影，你会怎么拍？我之前给一本杂志的文章做评审，它是写中国当下科幻小说所包含的程序叙事，借这个文章我也学习到，当下科幻小说真的挺丰富的，里面包含对世界观、时空的想象还是很多的。也许中国科幻在外星文明这些宏观视觉方面还有漫长的路要走，但在这之前是不是可以有对城市的展现？它并不依靠于《银翼杀手》里面构筑的那种未来式的城市，就可以是北京，包括棚户区什么的。比如《北京折叠》，透过城市构建，反映的还是阶层问题等。包括政治阶层的思考，也许我们的科幻可以在这里走出一条更有特色的道路。我看过一本当红的科幻小说，讲现实生活中底层人没有上升的空间，但是突然出现了一个时间缺口，人从这个缺口穿越出去后就可以成为任何人，唯独不能成为你自己。这个设定出现之后，每一个人都变得特别伟大，开始去努力寻求世界的平等。你今天是一个富人，明天可能是乞丐，那你现在赶快改善乞丐的生存吧。这个社会变得好像特别公平正义，但它是建立在一个最不平等的、最自私的基础之上的。类似这种对城市时空、对阶层关系的想象，也许能够帮助我们的科幻电影产生新的样貌。

　　第二位同学谈了《阿凡达》，是一个很单纯的文本分析，是批评性的工作。如果是一篇影评文章，你的对象应该是当下的东西，最好是半年之内的作品。你选取的这个对象是将近十年之前的电影，那么在写的时候应该有一个历史意识在里面，不能对一个历史当中的单一作品单纯地做一个批评性的分析，那是不够的。处理这样的对象就应该有一个史学意识在里面，这样你对《阿凡达》的分析才是有意义的。

　　第三位同学讲IP改编，工作做得很丰富，知识积累得很好，但有时候会表现出学生腔，把理论都摆在那里，我觉得没有必要。写报告可能还可以，但写文章一定不要这样。另外，像艾布拉姆斯的文学四要素之类的内容就不用引了，过于陈旧而且已经是基本常识。你不提这些，肯定也要从创作者、接受者和传播的角度来做，一旦引用反而把你的用意降低了。另外就是IP，以《西游记》为IP的作品出现了同质化的问题，在报告中好像没有特别体现。你只是把这个结论说出来，然后马上持鲜明的批判立场。这需要给出很细致的文本分析，要有很强的判断才能够让人接受。否则的话，会让人感觉外国做得更好，而我们做得很差，其实《西游记》的IP算是我们做得最好的一个IP了。我就讲到这里，谢谢陈老师。

陈旭光：唐老师在北师大主持一门博士生的课，就是类似科学研究方法论、技术研究方法的课。有一次我也有幸参与了，她有很强烈的方法论意识以及论文写作意识，所以刚才她讲的，其实也让我们的同学有了更开阔的思路。长期以来，我们可能都有一种西方化的标准，但是能不能换一个角度，即有中国特色的科幻电影？跟好莱坞也许是不一样的。这里面涉及话语权的问题，但是我觉得有这样一种意识还是必要的。因为现在毕竟不是以前的那种中外文化关系，不是第一世界和第三世界的关系。咱们现在讲文化自信、民族自信，可以平等地跟美国进行对话。这样一种变化发生后，一些理论思考的角度、维度可能都会有新的变化。

沙老师所提的问题让我想到，哪怕我们暂时认可美式科幻大片是一种标准，虽然现在不太可能大众化、通俗化，让普通百姓都喜欢，但是在大量粉丝的推动下仍然可以受到欢迎，所以科幻电影在未来是可以期待的。美式大片进入中国也会发生变化，多多少少会有一些文化拼贴、文化折扣，每次大片进来肯定要打折扣，不可能是纯粹的。我们重复一部美式科幻大片的意义并不是很大，还是要从中国人的角度去思考人类命运的未来，去创作这样一种中国式的科幻电影。

至于孙悟空的IP，有没有可能跟科学因素相结合？它可能主要是一种玄幻、魔幻的因素，不一定有科学的依据。流行到国外的中国符号，又经过创造性再生，对于这样的符号，我们该如何把它升级换代、重新打造？我觉得这样一种文化创新的任务就背负在大家的身上。谢谢大家！

整理：高原、白浩然、张湘怡

第三讲

中国电影的编剧模式与美国受众的欣赏习惯

主持人　陈旭光
主　讲　叶坦

文化会诊　第三讲　中国电影的编剧模式与美国受众的欣赏习惯

编者按

2017年12月22日，北大"批评家周末"第37期学术沙龙在北京大学艺术学院红六楼举行。本次沙龙邀请到美国南卡大学叶坦教授，就"中国电影的编剧模式与美国受众的欣赏习惯"这一论题进行讲座。沙龙由北京大学艺术学院副院长、北京大学影视戏剧研究中心主任陈旭光教授主持，北京电影学院电影学系副教授张冲、北京电影学院表演学院副教授姜丽芬、中国艺术研究院姚婉莉等嘉宾出席讨论。

全球化时代，中国电影如何"走出去"是一个不可回避的命题。但在"走出去"的过程中，中国电影不断遭遇文化折扣、水土不服等创作与接受层面的各种问题。叶坦教授作为海外中国电影研究学者与中国电影对外传播的践行者，对中国电影编剧模式与美国受众欣赏习惯之间裂隙的分析可谓切中时弊。

活动海报

活动现场

  陈旭光（北京大学艺术学院副院长、北京大学影视戏剧研究中心主任）：各位同学，今天我们有幸请到了美国南卡大学的教授叶坦先生来为我们做一次讲座。叶先生是著名的中国电影专家，跟吴天明导演是多年的好友。他今天演讲的主题非常契合中国当下电影的生产状况，对于电影从业工作者以及我们在座的未来要从事电影内容生产的同学们来说，可能会有一种久旱逢甘露的感觉。

  中国电影这几年飞速发展到现在，其实也遭遇了一个瓶颈。质量提升、工业升级换代等成为电影界的焦点问题，说明大家都在思考这样的问题。那么，质量提升里很重要的一环，或者说最重要的一环其实就是剧本生产。特别是在这样一个全球化的时代，中国电影还有"走出去"的任务，所以我们今天也不是关着门写剧本。前一段时间关于《战狼2》的成败大家有很多争议，但它是我们必然要"走出去"的第一步。叶坦教授有这样的优势，他是华人、中国通，也是中国电影界多年的老朋友。他在南卡大学创办了一个中国电影论坛，迄今为止已经办了八年了，他一个

叶坦发言

人在那里办下来，一直在坚持。难得的是每年都有很好的选题，每年都有国内的电影界人士去参加。

以叶坦先生的身份和学养，以及他的经历和资历来谈"中国电影的编剧模式与美国受众的欣赏习惯"这样一个话题，非常契合，也让我非常期待。下面我们以热烈的掌声欢迎叶坦先生。

叶坦（美国南卡大学教授）：我今天讲的是美国"受众"，为什么不用"观众"？其实是旭光老师提醒我的，我原来用的是"观众"，后来考虑到我讲的中国电影所面临的美国语境，不仅包括一般的观众，还包括电影评论家、电影节评委、美国电影人，"受众"的范围比"观众"大，所以就改成了"受众"。

在演讲之前我想先举个例子。美国《新闻周刊》杂志每周都有一个栏目叫本周大事，有一期封面左上角印了一只熊猫，那一周美国国家动物园里一对中国熊猫生了一个崽，这在美国是非常重大的新闻。他们为了给熊猫起名，广泛征集了20万人的意见，最后给这个熊猫崽取名叫泰山。这是那一周的头条新闻，下面是萨达姆被关起来审判，再下面是巴金像。巴金老人去世的消息被放在了最下角。这个排列顺序显然是根据美国人的习惯来排的。如果放到中国，巴金老人去世的消息肯定是头条。我想以这个例子作为切入点，用几个大家最近熟悉的片子来说明情况。

首先是张艺谋的《长城》。《长城》是我在北京时一个朋友请我看的，事前我并不知道是谁写的本子，看了五分钟后我对那个朋友说，这个剧本肯定是美国人写的，东拼西凑，对中国只知道一点皮毛。张艺谋想投美国人所好，专门找了三个美国编剧来写，结果写出来是不及格的：4.9分。在美国十分制的评级标准中，6分才应该算及格。《战狼2》大家都觉得很好，但在美国也是不及格的，只有5.5分。冯小刚的《芳华》是6.8分，稍好一点，及格了，但也没有什么特别了不起的。等一下我会探讨中国电影在国内火、在美国不火的原因。

基于最开始熊猫的例子，我们就应该知道为什么陆川的《我们诞生在中国》在美国的评分是6.9分，比《芳华》还高。当然陆川也不是特别高，最近十几年国产电影在美国得分最高的是吴天明的《变脸》，7.4分。根据这个现象，我想讲一下中美受众的欣赏习惯，这个问题其实是一个非常复杂的问题，三言两语讲不清楚，而且不能就电影论电影，所以今天的演讲我分两部分：第一部分，美国现在的受众是怎么回事，美国的文化氛围是怎么回事？第二部分，中国电影是怎么回事？尤其是它的抒情传统、诗性传统是怎么回事？

最近有一部让大家非常感动的动画片，中文叫《至爱梵高》，评分是7.1分，其实没有吴天明的《变脸》更受美国人欢迎。我觉得我们这个民族挺有意思，对吴天明的《变脸》不会觉得多么好，而对《至爱梵高》推崇备至。这么多年来我对煽情的东西多了免疫力，我看到国内年轻人对《至爱梵高》的很多评论都特别有意思，用了很多极端的词语：极为感动、泪奔、泪倾、含着眼泪看完。这个片子我看得比较早，当时美国受众对这个片子是认可的，但它在美国远不如在国内这么受欢迎，为什么呢？因为这个电影的制作方法有中国的味道，有诗意。

今天我们谈中国在美国的影响，需要谈的当然是文化。但这么大的一个民族，这么长的历史，即便是只通过文化来讲，也只能百里挑一。我今天就讲一点，讲中国的诗性文化。

我们看《敦刻尔克》，拿到了今年美国少见的 8.6 分的高分。《敦刻尔克》其实没什么特别了不起的，它主要就是采用了西方的叙事方法，抓住一个角度，从一个士兵的角度来写，不像我们中国是散点叙事。中国传统绘画也是散点，它不像西方的油画有一个固定点、一个焦距，中国的风景轴画是散点焦距，展开看的手卷是移动焦距。谢飞导演昨天发了一条朋友圈，给了《至暗时刻》100 分。"二战"那么长，丘吉尔的故事那么多，他除了是政治家、外交家，还是有名的历史学家。《英语民族史》就是他写的，但《至暗时刻》就讲他在"二战"关键时刻的那几天，还加了一点生活细节来调节故事发展。这种叙事模式跟中国惯常的宏大叙事是不一样的。

有一部西方电影《柏林孤影》得分 5.8 分，比《战狼 2》的得分高一点，5.8 分在美国也算是低的了，但我觉得特别好。所以艺术评论很难绝对客观，我也只是从我的角度来说，并不一定都对。《柏林孤影》在中国得分会更高或者更低我还不知道，尤其当下年轻人的品位我也不清楚。电影讲的是一个真实的故事：纳粹德国后期，柏林的一个车间主任，他的儿子在战场上被打死了，所以他对希特勒特别不满。于是他开始写小卡片：这个战争是对的吗？你的儿子为什么死？诸如此类。然后把这些卡片偷偷放到某个公共场所的地上，让别人拿起来看，开始放一点，后来越放越多。当时的人都很疯狂，看到卡片的人中有 90% 都把卡片交到秘密警察盖世太保那里去了。这个电影只有三个中心角色，有点像中国的"三小戏"：小生是那位车间主任，小旦是他的太太，还有一个小丑是盖世太保侦探。因为卡片越来越多，最后传到了上面，盖世太保的最高头目就命令那个密探把所有的工作都放下，专门查散布卡片的这个人。有一个镜头是侦探后面的墙上有张大地图，上面插了好多小红旗，那是柏林的区域，哪个地方出现卡片他就插上一面小红旗，最后查出了车间主任和他太太的踪迹，这两个人被处以极刑。

这部电影的厉害之处就在于对盖世太保密探形象的塑造。别人把卡片交上来之后，读这些卡片最多的人，不是别人而正是密探自己。在他费尽心机把车间主任夫

《柏林孤影》海报

妇抓起来的同时,他也受到了他们的感召。在这两个人被枪毙以后,他把窗口打开,把所有的卡片从二楼的窗户扔出去,像雪片似的,下面的路人纷纷捡起来看,这时密探也饮弹自尽了。这种人物形象的塑造在中国电影中非常少见。

借此我想说明一个问题,西方传统的人物塑造跟中国的传统非常不一样,按照中国的传统,这个密探是不能幡然悔悟的。当然这个片子不见得所有人都喜欢,有些片子在两小时的发展过程中有不少曲折,也有些片子前1小时50分钟都在为最后的10分钟做准备,《柏林孤影》就是这样的一部片子,它是走到最后的终结点时,观众才看清是怎么回事。

在研究美国受众时,我认为要注意三个问题:第一,美国是一个非常年轻的国家,这一点我们往往忽略了,他们跟我们对话,有时候不对等,包括特朗普。我们不要那么认真,这个国家太年轻了,才两百多年的历史,我都目睹了它的七分之一的历史了,跟它交流有时候不能太认真,不要过多地讲我们有多么久远的文化、多么丰富的哲学、多么深邃的信仰，一部电影只有1小时45分钟，太多的道理你传不过去，就像一个老人在跟一个小孩讲话似的，最好讲《三字经》，讲基本的东西，不能讲太多。我并不是说我们这个民族就高于其他民族，一个民族的历史长，有它的睿智，也有它腐坏的东西，但这不是我今天谈的重点。

第二，美国人多数都有宗教信仰，这一点大家一开始都没有注意到。他们当中60%~70%的人都信仰宗教。有的人虽然不去教堂，虽然不跟你谈论上帝，但是他信仰宗教。由于他不说，这一点我们就忽略了。其实很多片子，比如异族入侵、灾难片实际上都有宗教意味，带来灾难的是撒旦或他的化身。另外，他们的电影中很多道德信仰是来自基督教的，我碰巧收到了一本样书，是艺术研究院一位博士生编的《中国当代戏剧名家访谈录》，书中有十一个人的谈话，包括我的，这本书还没有出版，刚刚我翻了一下，看了看别人的谈话。有一个人讲得特别好，他说，信仰是什么？信仰是你不要求证，你就是信。如果你去求证，你就已经背离上帝了。上帝怎么说的，你就怎么做，别去怀疑。这是一个特别重要的东西。再往深处讲的话，基督教讲人类的诞生是通过亚当夏娃的故事，他们的宗教理论就是人是有原罪的。所以他们的人物，即使是英雄也是有缺点的；反过来，即使是恶棍也会有优点。其实我们也有这种宗教思路，道家就是这样，黑中有白、白中有黑。但是我们不像他们那样，把这个东西做得很自然，被人需要，成为艺术创作中影响他们的东西，比如《柏林孤影》中那个密探的性格塑造。

第三，大家都知道美国是一个移民国家，美国的电影艺术不能用一句话去概括，好莱坞的艺术内部也有很多差异性，美国的其他艺术也是如此。你说美国艺术是美国犹太人的，还是美国阿拉伯人的，还是美裔华人的？这个需要分开看。但是你说中国艺术那确实就是中华民族的，少数民族的艺术往往会单列出来：内蒙古歌曲、新疆舞蹈、西藏电影等。北京为什么不能评为世界大都城？因为北京多的是外地人，而非外国人。现在我们硬件都到位了，但北京地铁放眼看去，大概60%以上都是外地人，都是40岁以下从其他省市到北京来的年轻人，他们的文化基因都是中国的。在纽约的地铁上你放眼看去的话，有60%以上的人都不是在美国出生的，他们带来了什么东西？带来了文化的基因。美国文化的基因太多了，它有一个基督教主流的基因，但也有很多其他文化基因。这些基因影响了美国的欣赏习惯，因此不能把美国当成一个单一的个体来看待。

美国对中国怎么看？最近几年有一些变化。我曾谈过美国的四次中国热和新保守主义。现在处在第四次中国热里，美国对中国是爱恨交加的。他们认识到了中国的厉害，这是其一。其二，过去他们老觉得中国是虎妈式教育，教育方式不对，现在他们把中国的教育作为正面行为来评论。《纽约时报》有一篇报道，讲一位华裔母亲每个礼拜带着女儿飞到纽约去学钢琴。现在他们是赞赏中国人的，也开始介绍佛教，他们的佛教徒吃烤薯条，也是吃素，把佛教本土化了。特别好笑的是，有个汽车修理部门营业不好，就把一群美国的和尚和尼姑请去做法事，让他们求求释迦牟尼使他们的修理部门每年多赚点钱，这在十年前的美国是不会发生的。尤其是针灸，现在《时代周刊》把它当正面的事物来宣讲，对于在美国时间久了的华人来说，这是非常大的信号，表明了一种文化的认同，这在二三十年前是不可能的。20世纪八九十年代，我在纽约美中民艺协会工作过一段时间，李安那时也在那里工作，他是摄影，我是翻译。我们协会出了一本关于针灸的中文书，那时不是说有没有人买，连能不能在书店卖都是问题，因为他们搞不清你那本书是邪教邪说还是医学科学。这是大约三十年前的事情了。三十年河东，三十年河西。现在主流媒体都正面报道我们的中医了。但有时候搞得很混乱，美国一些不懂事的歌星，把中文字印在衬衫上，让所谓的书法家写，别说字的意思怎么样，就连是什么字都很难看清。这种人现在不得了，办一个画廊在美国就能赚钱，被美国这么认同，还拿出来卖，我们中国人看起来就很奇怪，有点哭笑不得的感觉。

对于美国受众来说，一部好电影应该有什么样的因素呢？这里我介绍一本书《敞开的门——中美现代电影剧作理论与技巧》。2008年吴天明在西安做了第一次中美电影编剧高级研习班，主讲人是纽约大学和洛杉矶加州大学的两名电影编剧教授。一个人讲了一个礼拜，我给他们当翻译，国内的讲师也有七八个，我也讲了三讲。参加这个研习班的多是中国的年轻编剧，大概有一百多人，免费，入场券是起码有一个剧本拍成了电影。跟这些人讲大道理没有用,要讲真实写作中用得到的东西,所以王兴东讲点燃电影有七根火柴,第一根火柴是权,第二根火柴是性。这个讲得比较狠,但讲的是实话。两名美国教授则是从另外一个角度讲起,美国人看电影,文以载道太明显的他根本不看,而且不需要电影讲太多的数据和事实。好电影的第一要素是能与受众产生火花,要有一个鲜活而复杂的人物。

我记得有位大导演说过,你不要给我讲情节,你给我讲人物。西方电影谈的是人物,谈的是人性,这一点是特别重要的。现在咱们好像也谈人,但是中国式的。中国有句老话,说这件"事情"怎么样,"事"之于前,"情"之于后,事就把情给压住了。我们过去有一个话剧叫《旮旯胡同》,演了几千场,讲的是当时国内最关心的事——分房子。《林海雪原》讲东北剿匪,当时也火得不得了;另外还有《苦菜花》《迎春花》,都是和当时的事有关。现在年轻的"90后"有几个知道这些呢?把这些拿到美国去就更不行了,以事来建构情节,如果受众没有经过那些事,他就不会有共鸣。《芳华》在中国反响很好,为什么在美国却不好,排除其他原因,《芳华》所说的事美国受众不了解,而常常是经历过或者了解过这些事的人才能有共鸣。现在我们许多年轻受众没有"文革"经历,但起码我们老一代人都知道,老一代有些事的信息还是需要传给年青一代的。

从历史上看,中国的文化传统很注意"事"。比如《西厢记》中,张生在见到崔莺莺以前,首先要自报家门:我是干什么的,我爸是干什么的,我要干什么去,普救寺距此地多少里等。他把自己的家史,把他要去的地方像GPS一样都说了一遍。戏里的崔莺莺也一样,她爸爸是干什么的,为什么到这儿来,等等。但在《罗密欧与朱丽叶》中,我们不知道罗密欧是干什么的,朱丽叶的工作是什么。他们的工作就是谈恋爱。受众关心的不是他们外在的东西,而是罗密欧跟朱丽叶的爱情是否成功,至于罗密欧是搞艺术的还是做房地产的,他们不关心,他们关心的是罗密欧的"情"。任何妨碍这个"情"的事情都是需要挪开的。故事发展到朱丽叶佯死被放到家族墓穴中,罗密欧跑去看。帕里斯守在墓穴的门口,根据媒妁之言,朱丽叶是帕里斯将来的夫人,他并不知道罗密欧与朱丽叶的关系。他守在洞穴旁正难过,当然不能让罗密欧进去了。罗密欧就把他杀掉了。而观众，中外观众都一样，就是认为罗密欧对朱丽叶的感情是不可亵渎、不可阻挡的，甚至是不需要解释的。罗密欧把帕里斯给杀了，大家明明知道罗密欧是知情者，而帕里斯是不知情者，是无辜的，但没有人关心帕里斯的死。无论是中国的观众还是西方的观众，没有人对罗密欧的行为提出异议，大家想知道的是罗密欧与朱丽叶接下来在墓穴中的故事。用生活中的法律来看，罗密欧就是一个杀人犯。大家注意到没有？"情"是戏剧的法则，它尤其是西方戏剧的法则，这就是为什么中西方戏剧中的"好人"和"坏人"有时标准不一样。西方戏剧的法则和生活中的法则很明显是两码事。

现在有个现象，好莱坞的电影，中国观众买账；中国的电影，美国受众却不太买账。其原因除了文化上的不同，还有经济上的差异。我们可以管它叫"势差"或者"势能差"，水往低处流就是因为势差。恩格斯曾经说，经济上贫苦的国家，往往在哲学上拉起第一把小提琴。我觉得说得特别好，但现在回过头来看，你的小提琴拉得再好，经济不好，没有势能，别人就听不见，文化就传不远。中国为什么对好莱坞那么欣赏，说老实话，就是因为人家的经济势能高。一个国家有钱，其他穷国就不但注意你的钱，而且还注意你的文化产品。嫌贫爱富在世界各国都是一样的，这是一个令人遗憾但是不可改变的思想现象。我在北京电影学院讲课时，学生问我，你怎么看中国电影在国际上得奖，为什么现在获奖的中国电影越来越少了？我说中国电影得奖是一个好事，说明中国电影在世界上受到重视了；中国电影得奖，上我的中国电影课的美国学生就多了。现在得奖少了，不需要找太深刻的原因，一是对中国的新鲜劲儿已经过了，二是世界上那么多国家，别人也有自己的长处，不能老让一个国家独领风骚。有时候得不到奖不是说文化有问题，而是说明你经济有问题。美国受众开始关注中国电影，因为电影是中国制造业的事，是中国 IP 产品的事，是中国经济实力的增长，这就是文化势能，经济好的国家的文化永远容易往经济差的国家流动。

现在回到中国，我认为研究中国电影编剧模式需要记住三个问题：第一，中国是历史非常长的国家，长到很多其他国家不能理解，就像是让一个幼儿园的孩子去理解一个年过花甲的人,这是非常困难的。动不动就"二十四史",现在已经不只是二十四史了,那几十个朝代从何谈起,而且又有外族的一些文化进来。第二,中国是宗教信仰相当薄弱的国家,中国不是没有信仰,不是没有宗教。但宗教对历史发展的影响相当薄弱,宗教低于皇权。儒家不能算是严格的宗教,但它在中国历史发展中起了相当大的作用。儒教所推崇的诗文化对文学艺术的影响是不可忽略的,中国的诗有一定的宗教式的普遍性,诗文化也是我今天讲的重点。第三,中国是以汉族为主、文化向心力比较强的国家。相对比较强的汉族文化的同化力量是潜移默化的。比如纳兰性德写的那些诗:"山一程,水一程,身向榆关那畔行,夜深千帐灯。"王国维说纳兰是词人中"北宋以来,一人而已"。但是纳兰不是汉人,这就是汉文化向心力的表现。这也是值得探讨的问题,但是时间所限,今天只讲现象,我们不讲向心力的原因。

中国文化对电影的影响我认为有两个方面:第一,中国文化使影剧丰富;第二,同时它又限制影剧,使其不能充分发展。它是一把双刃剑。中国的诗文化厉害到什么程度,我们有时候不知道。启功老师说中国文学艺术的最高境界是诗意,诗意实际上是非常中国的事,没听说美国人说自己的油画有诗意。美国受众喜欢一部电影,不会说它有诗意;如果电影真的有诗意,他们也不见得说好。特别是当今,特朗普代表的美国保守派,所谓硬汉,对他们来说诗意就是娘娘腔,就是《硬汉不吃软蛋糕》这本书里吃软蛋糕的人所欣赏的东西。

尽管美国受众不都是保守派,但他们却普遍很难理解诗文化。我在华盛顿大学上学的时候,有一本普林斯顿出的教科书《诗和诗学》,其中关于中国诗的部分是理查德·约翰·林恩先生写的。他的第一句话就是:"世界上没有哪一个国家,像中国那样对于诗有这么长久、这么广泛的崇拜和实践。"不是一般的崇拜,它变成文化制约和文化发展的第一块奠基石。

《诗和诗学》里说,中国文字里头没有"诗"这个字,这句话说得对吗?中国人觉得不对,我们中国怎么没有"诗"?确实没有。英文 poetry 包括所有诗的形式,中国的"诗"这个字,严格地说,不能概括所有的诗的形式,中国还有词、曲等。现在翻译成英文都是 poetry，宋词翻成英文也是 poetry，Song Poetry，但是宋诗的英文也是 Song Poetry，中国的"诗"字的概括能力非常差，为什么？因为中国的"诗"不是一般的东西，是中国家里的东西，你不可能用一个抽象的词来统一它。家里人很具体，就是父亲母亲兄弟姐妹，没有一个单独的抽象词来概括。就像因纽特人没有"下雪"这个词，只有飘着的雪、狂风雪、雨雪交加，因为雪对他们来说是家里的，太熟悉了。非洲有一个部落没有车辆，只有慢走、快走、走跑交替，它没有"走"这个抽象词。而中国就没有"诗"这个抽象词，因为诗对我们来说不可抽象，太熟悉了。

中国的诗广泛到什么地步呢？我们拿戏剧来比较：各行各业的中国人都会诗，中国很多戏曲中的女主角也都会诗。比如《西厢记》中的崔莺莺，元稹笔下的崔莺莺是有人物原型的，但与元稹交往更久的是薛涛和刘采春，这两位都是歌姬，都擅诗。那首有名的《望夫歌》就出自刘采春笔下：

> 不喜秦淮水，生憎江上船。
> 载儿夫婿去，经岁由经年。

中国妓女会写诗，西方不是。《茶花女》的主角不会写诗，《卡门》的主角也不会。中国好多妓女都会写诗，而且写得非常好。举个例子，有个年轻书生，跟一个妓女谈恋爱，但是这个书生进京考试后就没有回来，有一天他突然想起这个妓女，就给她写了一首诗寄去：

> 章台柳，章台柳，往日依依今在否？
> 纵使长条似旧垂，也应攀折他人手。

妓女回的诗也非常厉害，她也没骂那个男的，但是她从另外一个角度谴责了他：

> 杨柳枝，芳菲节，可恨年年赠离别。
> 一叶随风忽报秋，纵使君来岂堪折？

外国戏剧里也有婢女，她们的作用是陪衬或解释剧情。但你见哪个国家端盘的婢女可以写诗的？中国婢女就可以，宋朝宰相寇准有一次办堂会，把一个歌女请来唱歌，之后赏了她一匹绸缎，歌女嫌少，旁边一个端盘的婢女看不过去了，写了一首《呈寇公》：

> 一曲情歌一束绫，美人犹自意嫌轻。
> 不知织女萤窗下，几度抛梭织得成？

所以陈寅恪作为一个大学者，要为妓女柳如是专门写一本书。像柳如是那样诗写得好，人品也好的人，难道不值得大书特书吗？

不光是封建社会中地位很低的妓女、婢女能写诗，那时的贩夫走卒也都能写诗，试看《台温处树旗谣》：

> 天高皇帝远，民少相公多。
> 一日三遍打，不反待如何！

翻翻世界史，农民起义可谓多矣，但是有哪个国家的起义能这样以诗言志？为什么会这样？因为诗有打动中国人的力量，可以引起中国人的共鸣。

诗对中国人的影响是潜移默化的，大家看这幅油画，是改革开放前甚至"文革"以前的一个火车站，凌晨这些闯关东的人在广场上睡了一晚上，第一缕太阳照过来，人们纷纷醒来，这幅画好在哪？我觉得50%好在画，50%好在题目。这题目来自王维的诗，叫《阳关三叠》，什么叫诗情画意？这就是诗情画意。

还有一幅，在某城市一个脚手架上，傍晚该下班了，一对泥瓦匠夫妇，站在那

油画《阳关三叠》，画家王宏剑作品，1998—1999 年创作

里看着落日发愣，题目是《日暮乡关何处是？》。老人、孩子在家里，两个人在城市里打工。中国有良心的艺术家都富有诗意。诗传统在中国电影里时显时隐，中国观众沉醉其中不自觉，拿到美国就不行了。

张艺谋的《摇啊摇，摇到外婆桥》，拿到美国就摇不成了，因为人家不懂其中的韵味，所以翻译成英文就只能是《上海黑帮》(*Shanghai Triad*)。不可能是摇啊摇的，这不是英文的东西，却是中国人的诗性传统。我们从小听着"摇啊摇"的儿歌长大，所以歌曲"这绿岛像一只船，在月夜里摇呀摇"对我们来说很有诗意，但是却很难翻译成英文，"Rock and Roll"？

《芳华》的作者学了点英文，英文版的小说叫 Youth，英文版的电影片名翻得更好：*You Touched Me*。"Touch"可以是"碰"，电影里的活雷锋碰了那个女孩，"你碰了我"，这是一层意思；但是英文 touch 还有另外一层意思"感动"，也就是说，"你感动了我"。到底是哪一层意思，作者不说，留给受众自己去想。把问题留给受众，让他们自己去想，这是挺西方的东西。

在开第一届电影编剧高级研修班的时候，美国加州大学洛杉矶分校的电影编剧教授理查德·沃尔特给在座的年轻编剧出了一个问题。一部电影可能有三种结尾：

第一种结尾，观众认为该结的时候你不结；第二种结尾，观众认为该结的时候你结了；第三种结尾，观众认为不该结的时候你结了。什么样的结尾是最好的结尾？西方的电影、好莱坞电影往往是受众认为不该结的时候你结了，你给他们留出了想象的余地，就像 You Touched Me 的内涵那样。

最近《三块广告牌》得了威尼斯电影节最佳剧本奖。弗兰西斯·麦克多蒙德饰演母亲，她是典型的演技派，电影中她的女儿被奸杀了，这个小镇的警察不作为，于是她自己花钱租了三个大广告牌，写上"为什么我女儿的案子还没结"等，不少人就反对她，说她给小镇抹黑了。"风起于青萍之末"，事情渐渐闹大了，结果使得后来主办案子的警长自杀了，他的死把另一个警察推到了前台。这个警察无意中发现有两个嫌疑犯，很可能就是凶手，他就准备跟这个妈妈一起去杀那两个嫌疑犯。这时候突然来了消息，说那两个嫌疑犯的 DNA 不对。但是这个警察喝酒的时候听到两个嫌疑犯在说话，这两个人确实奸杀过一个女孩，但不是这位母亲的女儿。故事的结尾就是这个母亲和警察豁出去了，带着猎枪开着车去找那两个杀了另外一个女孩的嫌疑犯，故事结尾要找的嫌疑犯还是没有找到。这个结尾是很不中国式的结尾，两个人拿着枪上车以后，大家都等着看下一步他们会做什么，电影却戛然而止了。上车以后发动机一响，电影就结束了。观众认为不该结尾的时候电影结尾了。

这个结尾在我们中国的影剧传统中是没有的。我们的传统讲圆满，这个圆一定要画满，不满不行。可是西方不让你画满，中国式悲剧英雄的形象非常高大，没有道德上的缺点。这就与西方的悲剧不同，西方从古希腊戏剧开始的传统，是悲剧英雄的悲剧结尾缘自英雄自身的缺点。莎士比亚继承了古希腊，李尔王的悲剧是因为自己的傲慢，奥赛罗的悲剧是因为自己的嫉妒。反观中国，纪君祥《赵氏孤儿》里的英雄有缺点吗？关汉卿的窦娥有缺点吗？窦娥的婆婆那么坏，她还愿意替她婆婆去死。当年我在诺思洛普·弗莱的班上学莎士比亚，弗莱就问过我："中国怎么没有悲剧？"当时我不同意他的观点，我认为中国有悲剧，但实际上中国没有古希腊传统意义上的悲剧。古希腊悲剧的定义是什么？首先悲剧人物之所以走向悲剧往往是他们自己造成的，中国像纪君祥、关汉卿笔下的英雄，没有缺点，按西方的文艺理论，

《三块广告牌》海报

他们就是一种升华,叫作"性格的自我塑造"和"道德的自我完成"。西方悲剧人物的缺点叫作"悲剧性缺陷",是人性中的东西,是他们之所以为人的原因,是他们的原罪。

除了悲剧人物自身的缺点外,古希腊传统还有一大悲剧因素,那就是不可抗拒的命运,比如俄狄浦斯,他杀了自己的父亲,娶了自己的母亲,他自己并不知道,是受了命运的捉弄。古希腊传统英雄值得歌颂的就是他们与命运的抗争。中国传统是屈服于命运,或认命。比如窦娥,她怨完地、怨完天,最后结尾还是"只落得两泪涟涟"。

西方这些传统悲剧人物虽然有缺点,但他敢跟命运抗争,普罗米修斯被老鹰啄心脏,还是要抗争。我们常常把梁山伯与祝英台跟罗密欧与朱丽叶比,梁山伯与罗密欧最大的区别是,罗密欧不认命,不像梁山伯,只知道哭。还有人把汤显祖比作中国的莎士比亚，因为他们的生辰和去世的年代相近。这种类比，我挺讨厌的，为什么不说莎士比亚是英国的汤显祖？

现在我们讲文化自信，很多这样的类比就不对，不能拿国画跟油画比，要比就比更高的精神层次。汤显祖在《牡丹亭》的前言中写道："情不知所起，一往而深。生者可以死，死可以生。生而不可与死，死而不可复生者，皆非情之至也。"这种为情而生、为情而死，诗意至上的爱情观，在《罗密欧与朱丽叶》中也有，这可以说是人类的共性。但一到具体处理一部文艺作品的时候，你有你的方式，我有我的方式，西餐牛排好吃，中国的麻婆豆腐难道就不好吃？所以具体的比较是不应该的。

我将来退休以后想写写中国的字文化，中国诗的基础无疑是字。中国的对联是字文化最好的例子，对仗感特别强。张艺谋《大红灯笼高高挂》的摄影也采用了这种对称的原则。小时候我们学对对子，现在我还依稀记得："天对地，雨对风，大陆对长空，山花对海树，赤日对苍穹。"诗也必须对称："满堂花醉三千客，一剑霜寒十四州。"每一个字都需要仔细选择，不然就跟下一句同样位置的字对不上。纽约有一位华裔诗人，他的书斋叫煮字斋，字斟句酌到了极致。所以中国的诗人是：

两句三年得，一吟双泪流。
知音如不赏，归卧故山秋。

你是我的好朋友，我花这么多功夫琢磨出来的字你还不欣赏，我到山里当隐士，不跟你玩了。所以中国很少有长诗，最长的也就是《木兰辞》《孔雀东南飞》等。如果《荷马史诗》也是"两句三年得"的创作，恐怕到现在也写不完。我不是说字斟句酌不好，但不能过分，否则就是见木不见林，技术压过情感了。

李安没出道以前跟我说，摇镜头，从 A 摇到 B，两点之间必须有东西。这是他没出道之前。现在大家看《断背山》，有一个摇镜头，是牛仔提着一个洋铁皮的小桶，到河边去打水，两点之间，除了鹅卵石就是荒草，没什么特别的东西。因为李安后来有了自信心，懂得了电影的节奏，张弛有度。如果每个镜头都塞得满满的，就像一桌宴席，满桌都是大鱼大肉，没有青菜萝卜，也很让人倒胃口。这种青菜萝卜式的东西，看来是无意的，实际上却是有意的，好比国画的留白，是真正的匠心所在，八大山人说的"浑无斧凿痕"就是这个道理。那种看来很率性、很无意的东西，实际上是经过很多锤炼才能造出来的。陈凯歌的《霸王别姬》是他最好的几部片子之一，但他还是不够松弛，连批判大会都要办到孔庙门口去，后面的背景那么漂亮。今年的《妖猫传》太过华丽，里边几乎没有青菜萝卜。陈凯歌在第五代里比较有文化，懂些诗词，他的电影的精致跟中国诗的雕凿是有关系的，我想他自己不一定意识到了。

世界上唯一没有中断的书写系统就是中国字，历史长，有它的好处，也有它的坏处。青史漫漶，这期间中国字一点一点积累了很多层次的意思。中国语言学从物理学借了一个概念"熵"，"字熵"就是指一个字里边包含的多重意思。比如陆游的《钗头凤》："山盟虽在，锦书难托。莫，莫，莫！"这个"莫，莫，莫"要怎么翻译？"No，no，no"？有多少幽怨、多少无奈在中国的"莫"里边，可是你没法翻，这就是一个字熵问题。刚才讲的诗意，归根结底可以被认为是字熵的问题。比如"月亮"二字，在中国它还有家园、亲人的意思。"海上生明月，天涯共此时。"电影《一江春水向东流》有一个俯拍镜头，祖母杵着拐棍，牵着孙子在深夜阒寂的街上流浪。"月儿弯弯照九州，几家欢乐几家愁。几家夫妇同罗帐，几个漂零在外头？"诗画相得益彰。可是拿到美国就行不通了，因为他们传统中的月神是戴安娜，是处女神和狩猎神，他们没有这样的文化语境。

还有一个问题，中国字太多。中国人特别恋旧，不是一般的恋旧，尤其在文化方面特别恋旧，一个字都舍不得扔，比如青铜器的器皿，根据形状或用途，一个器皿就是一个字，比如簋、卣、甗、斝、匜、鬲、盨、簠等，越积越多，又舍不得扔。加上那么长的历史，由字奠基，由诗贯穿，使英文翻译十分困难。别说早年的楚辞汉赋了，唐诗到了顶峰的时候，韩愈都要复古了，英国的文字还没有出现。如果把英国最早的叙事长诗《贝奥武夫》算作他们文字的滥觞，那是在唐诗的三四百年以后才出现的。英文一出现就是拼音文字，所以英文诗每行的长短多是不一样的；而中国以方块字为基础的诗，多数的长短是一样的；词又叫长短句，词中每行字不一定一样，但同样的词牌在同一位置上的字数也是一样的。中国诗词讲格律，也就是格式与规律，这个格律实际上潜移默化地影响了很多方面。我把这个现象叫作"画窗现象"，这是我自己的发明。

很多年以前，我跑到阳朔去玩，有一个亭子叫画亭，里面有扇窗叫画窗，把美丽的漓江格成六幅竖轴画。焦点移动是中国人的欣赏习惯。故意把大景色隔成相互联系的小景色，一个小景色好比诗词的一阕，有它自己的中心。这就让人联想到中国文学艺术的叙事，包括电影、戏剧的叙事，《罗密欧与朱丽叶》的情节就是一个大波浪线，中国是一系列小波浪，所以我们有自成体统的小高潮的小说章回，有折子戏："拷红""楼台会"等。外国的文艺作品从内部抽出来一段不太容易，《罗密欧与朱丽叶》中罗密欧杀麦克修的那场械斗比较激烈，可是你把它拿出来，当折子戏就没法演，因为它整个前面都在为后面的高潮做准备，推到高潮以后，结尾也非常快。中国的电影学好莱坞，画窗现象越来越不明显，但还是有，比如《芳华》，它不是一个大情节过来的，而是一个个小情节，衣服有汗味是一个，偷军装是一个，何小萍爸爸那条线是一个，"越战"又是一个，它是一系列小波浪线，像中国诗里的阕。

中国的山水画也是焦点移动的。比较美国十八九世纪的风景画，一幅画就占了一大面墙。中国不是这样，中国风景最大的也不过是范宽的《溪山行旅图》，也就是一面窗子那么大。而更多的是轴画，最有名的当是《富春山居图》。你要看，得一点点看，这边一点点展开，那边一点点卷起来看。

中国小说也是，章回小说的特点是每章都有一个题目，这个题目一定是对仗的，比如《红楼梦》第四回"薄命女偏逢薄命郎，葫芦僧判断葫芦案"，这个题目就点明了这个章回的中心内容。这就是一个小波浪、一个画窗所包括的东西。

因为前边所说的势差的缘故，西方对中国戏曲有研究的人很少。有些我们津津乐道的中国戏曲对西方有影响的重大例子其实是错的。比如布莱希特，都说他的间离效果是受了京剧的启发，尤其是梅兰芳的启发。说中国京剧演员在表演中，内心会跳出来观察自己，不是这样的。梅兰芳专门写过一篇文章，说在演红娘时揣摩怎

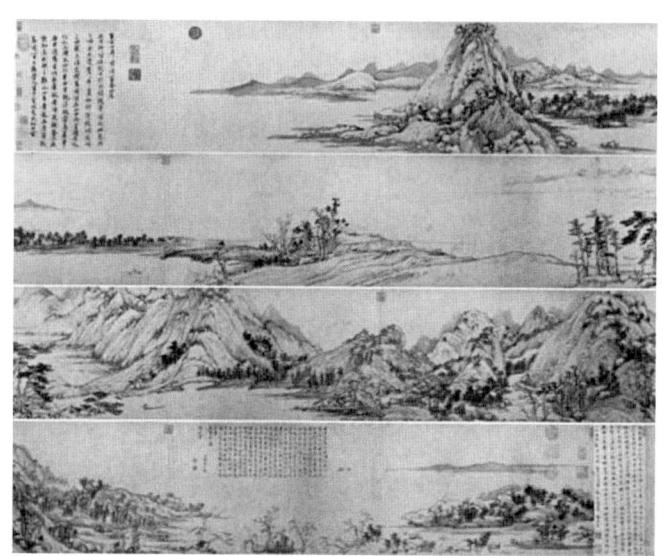
《富春山居图》元代黄公望，1350年

样演成小女孩的心理。虽然京剧有程式化的东西，但他也有斯坦尼斯拉夫斯基的东西在里面，不只是梅兰芳，从来没有任何京剧演员认为自己的演出最好的效果是间离效果。

  还有一个对中国文化的误读是《中国孤儿》。《赵氏孤儿》因为被伏尔泰翻译成《中国孤儿》，我们许多中国人动不动就拿这个说事儿，认为大哲学家、大启蒙学家引用了我们的《赵氏孤儿》，是多么了不起的一件事，我们的比较戏剧家们鲜有不言及此并引为自豪的。然而真实的历史往往令人失望。首先，伏尔泰并非是把《赵氏孤儿》介绍给西方的第一人。早在1734年前后法国人马若瑟就把《赵氏孤儿》的科白部分译成了法文。1741年英国人哈切特写成的《中国孤儿》比伏尔泰的创作早了十二年。其次，伏尔泰从来就没有打算以《赵氏孤儿》为创作蓝本，这在他《中国孤儿》的引言中说得很明确。从戏剧形式与内容讲，伏尔泰所受的影响来自英法戏剧及希腊古典戏剧。对于中国戏剧他一无所知。他称：“（中国人）比希腊人早三千年培育出了戏剧艺术。"给中国戏曲平添了近五千年的阳寿。另一方面，他又称《赵氏孤儿》"是极其野蛮的"，元杂剧"没有人物形象，没有感伤，没有流畅的语言，没有理性或激情……至今仍停留在婴儿阶段"，而中国人的知识"甚至没有进化到斗胆模仿我们的程度"。连一首法文版元曲都没有读过的伏尔泰，竟可以臧否如此。大家要知道，写《中国孤儿》时的伏尔泰，已不复百科全书启蒙运动时那个叱咤风云的伏尔泰。《中国孤儿》是他在瑞士流亡想回国时写的，主要是拿去跟路易十五拍马屁。在法国学戏剧没有学《中国孤儿》的。我今天在这里提出布莱希特和伏尔泰的例子，旨在说明，西方的传统与我们有多么大的不同。

《中国孤儿》所阉割的恰恰是《赵氏孤儿》最重要的部分，就是"义"这个精髓。中国话讲"义无反顾"，这个"义"在《中国孤儿》里没有，赞木提（也就是程婴）把自己的孩子交给成吉思汗（也就是屠岸贾）时，他的太太跟他大闹。更为可笑的是他太太跟成吉思汗谈上了恋爱。中国的"义"基本翻译不过去，西方没有这个词。为什么没有？因为没有这样一个概念。"义"在英语中只有一个遥远的词，古诗《贝奥武夫》里面的一个词叫 comitatus，现在不少学英文的美国学生都不知道它是什么意思了。这个词有点像桃园三结义时，刘、关、张的那种"不愿同年同日生，但愿同年同日死"的意思。到了亚瑟王十二圆桌骑士的时候，Comitatus 已是回光返照，后来就完全没有了。西方没有《赵氏孤儿》，没有《三国演义》，没有《水浒传》里的这种东西。中国的这种兄弟情谊，在他们的概念里没有，后来他们的英雄都是超人、蝙蝠侠，都是孤胆英雄。就算是一群人，也要有一个翻云覆雨的主要人物。这么一来，这个"义"就没有了。但在中国传统中，"义"不但有，而且还把它推到极致。比如《赵氏孤儿》，最后屠岸贾被惩罚了，孤儿也扶正了，程婴还是要自杀，他要以死来证明自己的"义"，这在西方传统中是非常鲜见的，程婴的死有一种诗性的夸张成分在。

中国文化的诗性夸张我们习以为常，但在西方语境中有些词没法翻译。比如"白发三千丈"，不是翻译不过去，而是他们的措辞法不讲究这个，他们管这种夸张叫 hyperbolic，对它是反感的。电影《魂断蓝桥》，英文名是 Waterloo Bridge，直译就是《滑铁卢桥》，由于诗文化的原因，我们把它大大地雅化了，其实那座大铁桥是很难被称为"蓝桥"的。诗文化的影响,远不止一部电影的题目,它影响了我国的戏曲、戏剧乃至电影的进程。

我一直研究中国戏曲晚成的问题,为什么古希腊前5世纪就有了古典戏剧?印度梵剧晚些,也是公元1世纪就有了,中国南戏如果把它作为我们最早的戏剧,我们比人家晚了17个世纪,为什么?我认为有一个很大的原因,一个至今被忽视的原因,那就是中国的诗把戏给压住了。中国人玩诗就够了,而戏被认为是低级的,有些朝代甚至把戏列为"下九流"。

西方研究戏剧有一个术语叫诗性的正义(poetic justice)。它不是一个正面的词,指的是类似大团圆的结尾,好人得到奖赏,坏人得到惩罚。这样的事在生活中不会总是发生,它发生在诗里,"像诗一样美好"。而诗性的正义基本统治了中国传统戏剧的剧情。不但是剧情,它还统治了角色塑造。中国戏剧传统中对角色的巨大变化以及道德的巨大变化的容忍度非常之小。所以戏曲有脸谱,角色一出场,大家一看脸谱就知道是好人还是坏人,虽然没看过他前面的戏,一看是红脸,就知道他是好人。可是你有没有想过,在中国的哪个戏里头,演红脸的演着演着就变成白脸了?有没有这样的戏?没有吧。如果红脸从头到尾都是红脸的话,他有没有其他性格的因素可能?他的基本性格能不能改变?他能不能奸诈?他能不能残暴?都不能。

如果诗把一个角色的性格形象定死了,剩下的是什么呢?是以诗的方式来深化这个角色。我举三个例子,《五朵金花》《舞台姐妹》《巴山夜雨》,都是老电影。现在后几代的导演我就不提了,他们不是抛弃了中国的诗文化,而是从来就没有真正接触过诗文化。《五朵金花》算是音乐剧,是赵继康、王公浦夫妇一周内写出来的,原名叫《朵朵金花》,后来经过层层审阅、修改,金花的数量由十二朵减为五朵。在当时的语境下,他们打擦边球,做出来真正了不起的剧本,现在还脍炙人口。主角是洱海边一个人民公社的副社长金花和从剑川来赶传统的三月三活动的帅小伙阿鹏。两个人在蝴蝶泉见面以后,阿鹏要跟她约会,为了考验阿鹏,金花的做法是什么?唱歌。这就是诗文化的影响:

《五朵金花》海报

　　橄榄好吃回味甜，打开青苔喝山泉。
　　山盟海誓先莫讲，相会待明年。
　　明年花开蝴蝶飞，阿哥有心再来会。
　　苍山脚下找金花，金花是阿妹。

　　过了一年，阿鹏来找金花，但是金花这个名字，在他们那里太多了，就像玛丽亚在西班牙民族一样，到处都是金花，闹了不少误会，也耽误了很多时间。女社长金花等还是不等，她不跟你直接说，她唱，实际是诵诗，中国古代的诗都是要吟唱的。她在绣楼上一边绣花，一边唱：

　　金线挑来银线绣，绣得春色飞上楼。
　　莫是剑川花开迟，误了好时候？

她不怨阿鹏，也不说自己着急想见他，而是问剑川的花期。这就是中国诗传统的影响，这个诗传统在现在的新导演这里已经没有了，第五、第六代导演也差不多没有了，我觉得第四代这个传统还有。比如谢晋的《舞台姐妹》，从头到尾都有越剧伴唱。一开始就是一个大俯拍，几个走乡串镇的越剧演员拉着船，歌声起：

年年难唱年年唱，处处无家处处家。
只要河流水不断，跟着流水走天涯。

故事就是这么开始的，后来他们要从乡间到上海的剧场演出，那个剧场只要一生一旦，也就是竺春花和邢月红，不能让演花旦的阿香去。中国戏曲里的婢女不超过十个名字，不是阿香就是梅香这类名字。几个人分别前，竺、邢结为金兰姊妹。阿香端了一碗元宵，说明天就分开了，吃碗元宵吧。歌声起：

悲欢离合一杯羹，南北东西万里程。
患难姊妹同结拜，苦瓜苦叶一条藤。

这不是"戏不够，歌来凑"，不是生硬地加进去，而是好像国画的题诗，二者相得益彰。

最后一个例子是吴贻弓的成名作《巴山夜雨》。"文化大革命"的时候，小女孩娟子的爸爸被按右派分子抓走了，她从来没有见过爸爸，妈妈临死前教了她爸爸写的一首歌，要她一边流浪一边唱，说你爸听了这首歌就能认出你。这个歌是临时加的，叫《蒲公英》：

我是一颗蒲公英种子，谁也不知道我的快乐和悲伤。
爸爸妈妈给我一把小伞，让我在广阔的天地间飘荡。
小伞儿带着我飞翔、飞翔、飞翔。

这就是四两拨千斤,是我们独特的东西。这样的东西不要乱改,后来新版的《舞台姐妹》我看了,我觉得最差的改动就是把当时的诗意给丢了。

我们把自己的电影文化往外传的时候,第一,应该知道他们的欣赏习惯,别太民族自大;第二,其实我觉得有一种无奈,好像中国最好的电影不一定能够在我有生之年被西方接受,其中有诗意的中国电影尤其不容易被接受。这是我的观点。后面有什么意见或者批评咱们再提出来。

陈旭光:刚才叶坦教授出入中西古今,涉猎了文学以及诗、画等多种艺术门类,他思考的是中国电影如何"走出去"、能不能"走出去"的问题。然后在中国电影中寻找到中国文化的基因,知识面非常渊博,如数家珍,为我们奉献了一场知识和精神的盛宴。非常感谢叶坦先生。

在场的还有北京电影学院电影学系的张冲老师、表演系的姜丽芬老师,中国艺术研究院的姚婉莉老师等嘉宾,我们可以对叶坦先生所谈到的关键问题继续交流,继续探索;也可以向叶坦先生提问,我们中国电影能不能"走出去",如何"走出去"?我们再从多方面来发问,让叶坦先生继续贡献他的智慧。下面请老师们和同学们提问题。

张冲(北京电影学院电影学系副教授):很高兴叶坦教授能够来北大做这次讲座,应该说艺术学院还挺有意思,尽管说起来是研究电影,但几乎每个人也都研究诗和写诗,像陈旭光老师、陈均老师也写诗,包括我自己。今天叶坦教授讲的也是我们对戏剧和诗以及中国文化和西方观念的一个非常关注的话题,也跟我们自身的兴趣爱好密切联系在一起,非常适合我们在艺术学院来展开这个话题。

这个话题本质上还是蛮深广的命题,刚才叶教授也谈到很多方面。因为我是研究中国电影中的诗意,对文化的部分非常钟爱,但是在多年的研究,特别是在海外的交流和传播过程当中,也深感遗憾,很难跟人家分享诗的东西,跟我们年青一代的观众和研究者去探讨中国电影中诗的部分,好像也特别奢侈。叶坦教授的这次讲座带给我很大的鼓舞,诗歌是文化中最美好的东西,我们的电影因为有了中国的诗意、意境变得更加美好,我相信它也应该是我们中国电影走向世界的非常值得去开

活动现场

掘的资源。

　　同时叶坦教授也提出，我们所理解的、钟爱的那种诗性，它是在东方文化之中，在一种农耕文明基础上产生的，它跟电影这种本质上是资本主义的或者说大工业技术的这样一种文化，到底有没有关联性？如果有，这种关联性到底是什么？是否真的能够成为一种更加具有开放性，更能为大多数受众所理解的手段？这一点我觉得还需要仔细探讨。另外我觉得，在当下网生代受众面前，是否会萌生一种新的诗意？这种诗意是面向宇宙的，或者面向更加开阔的世界，以及面向互联网虚拟世界的诗意，这种诗意是否也会在中国电影当中生长出来？或许能够和传统文化和诗意产生勾连，或许也不需要。这是叶坦教授给我的启发。

　　叶坦：这个问题我还得向你们两位讨教，我想调整一下我刚才的一个说法，我刚才过于强调诗的独特性、不可复制性，或者不可译性。我怕我说过了头。我觉得各民族的文化习惯就像菜一样，别说得太神圣或者太学术。对诗意的欣赏可以像吃菜一样，各人有各人的胃口，文化胃口是很俗的一个东西，不应该过分拔高。我经历过"文化大革命"，当时拍了八部样板戏。江青之所以反昆曲，是因为昆曲不合她的胃口，其实她懂，她学京剧，没有昆曲基础是不行的。她不喜欢昆曲就把这个剧种全都封了，说是"封建主义的东西"。艺术上的东西你不喜欢没关系，你就说不喜欢，你不懂就说不懂，不要轻易说不好。我觉得这一点特别重要。尤其是在自己好恶的基础上，你说不好也没关系，但不要反对。

提问：是因为我们的叙事方式不同，还是中国的故事本身有局限性，国外观众看了不太接受？

叶坦：那个是叙事性，不是局限性，人情是可译的，诗是不可译的。比如雨果作品中的人情就是可译的，《红楼梦》中的诗意是不可译的。雨果去世时30万人给他送葬，他为什么那么受尊重？因为雨果的人情是一个世界性的东西，它有可译性。《悲惨世界》中冉·阿让被关在监狱里，他姐姐的孩子没有面包吃，他难过极了，这个人情是可译的。雨果有一个习惯，就是常常跳出来对自己的叙事加以评论。他说世界上有一种伟大是海洋，比海洋更伟大的是天空，比天空还要伟大的是人的内心。下一句话更厉害，他说一个罪犯在犯罪时的思想都比天堂更崇高。这句话容易被翻译，但中国的意识形态系统不一定能完全接受。

我觉得好的人情完全是可以翻译的，他们挺重情但不重事。《悲惨世界》写了一家人，《战争与和平》写了三家人，都是人情，法国大革命是背景，它突出的东西可以翻译出来，艺术形态的不同没有太大阻碍。

提问：我是艺术学院的博士后，有两个问题。第一个比较实用一点，国内的编剧，包括一些学编剧的学生，往往会读那些编剧书籍。据我所知，在中国比较流行的有《故事》、悉德·菲尔德的经典剧作教程，还有《救猫咪》等。您怎么看待这些编剧书籍？第二个问题，我以前是学戏剧的，国内的戏剧都是现实主义传统，说到现实主义时不会说带有浓浓的诗意。我们知道现实主义，包括从表演方面来说，都是从斯坦尼斯拉夫斯基那里过来的。您觉得这个诗意是来到中国后我们自己赋予的，还是说斯坦尼斯拉夫斯基理论本身就有这样的设计？

叶坦：我先回答第一个问题，鲁迅说过永远不要去看学习写作的书，其实并不一定全面，像麦基那些人的作品可以看。这也是为什么吴天明要组织两周的中美电影编剧高级研习班，请了纽约大学和加州大学洛杉矶分校的两位电影编剧教授，每人讲一个礼拜，还有国内著名的编剧。那个研习班有一百多名学员，都是专业人士，所以课程内容都很实际，不像中国那种感情抒发式的批评，或是基于自己好恶的批评。比如加州大学洛杉矶分校的教授说，电影发生在五分之四的时候要有高潮，不能生硬，一开始就要把这个伏笔埋下；还有往好莱坞投剧本时不要投给制片人，而是要找经纪人。又比如纽约大学的教授说，写一个人的时候，要超出他在电影中的内容，要熟悉他，创造一个活人——他爱吃什么，他的老婆跟他怎么吵架，这在戏里都不会出现，但是你都要写下来。等你把所有关于这个人的事情都写好后，再选取中间有用的部分放在电影里。他们说的这些是有道理的。第二，关于斯坦尼斯拉夫斯基的问题，电影学院表演系的姜老师在这里，能不能请姜老师回答一下？

姜丽芬（北京电影学院表演学院副教授）：实际上在斯坦尼斯拉夫斯基体系中，传过来的最主要是表演体系，也就是演员创作。我自己也导过片子，自己去演过，这个过程里也发现了一个问题，就是导演在对演员提要求的时候，有一个事先的想象，即便他现场不能精确地指导，比如说他不会给演员演一遍，但他也会有自己的一个想象，也就是我希望你的表演呈现出一个什么样的效果。

但演员演的时候总是想着，我明白导演的意思，但是最好能够更好地、更加完善地表达我自己，这里边实际上存在一些矛盾。所以我们到后来，实际上也要让学生学会、学完这些技术、技巧以后，再到创作镜头前，你一定要明白，不管你是一个多好的演员，你一定是在导演的手底下。在戏剧舞台上，可能有些诗意在某种程度上把握在自己的手里，比如节奏，比如在导演规定好的总体戏剧风格下，你可以有自己的一些表演的内在风格出现。但在电影里，它的诗意更多的是来源于导演艺术。

提问：叶老师，在我粗略的理解中，您刚才所说的诗意更偏重古典诗意。在中国的影像尤其是青年影像中，特别是"80后"，他们也有诗意，但是他们的这个诗意区别于以往的第四代，其中可能有一点文化上的中西交流，甚至还有一种黑色的诗意。我想问的是，诗意的概念范围可不可以扩大？可不可以说现代诗意也是一种诗意？能否被西方观众接受？

叶坦：绝对可以扩大，要不文学就死了，而且越到后来越难用那种创作法来讲诗意。西方有个新词叫 conception，就是概念艺术，也有概念诗，有些挺棒，有些就不行。但是有些时候你真的说不出好与不好的标准，比如我挺喜欢现代画的，但讲不出原因。我家里有一幅现代画，一个朋友看了就问：这幅画是什么意思？我就很难回答。有一次别人问毕加索，你画的是什么意思？毕加索说，你为什么不问鸟叫是什么意思？他的回答有点不客气，但确实是这么一回事。很多艺术上的东西要凭感觉。我觉得很奇怪，中国人为什么看西方抽象艺术有那么大的障碍，其实中国人的抽象本领才是最高的。你到颐和园看太湖石，它讲了什么呢？可是这样的东西，中国人一看就知好不好看，他也说不出道理来。书法上看这个字好不好，在理论上或者结构上可以讲很多，但最后的好恶其实就是一种感觉。说得俗一点就是吃菜，你喜欢燕窝鱼翅，我喜欢小葱拌豆腐，这不是罪过，这是我的观点。

提问：叶老师您好，我叫石松，从中央民族大学赶过来听您的讲座。我个人这些年也一直在关注中国电影的海外传播，感谢老师的信息分享。非常感谢叶老师这些年在海外对中国文化传播所做的实践工作，尤其是您很多年来一直在南卡做的中国电影节。我有两次也报名了，但因为九十月份都是我们教学季，有申请但是最后没有成行，非常遗憾。能不能请叶老师跟我们大家分享一下您在北美做中国电影节的心得和体会？在这么多年的实践中，您感觉中国电影在北美的接受有没有变化？受众是华人多还是北美当地人多？在中国电影节展映主题的选择上有什么变化趋势？

叶坦：谢谢您，希望下次您能去参加我们的电影节。我有一个专门的演讲，叫《美国的四次中国热和新保守主义》，里边就讲过，中国和美国的蜜月期是第二次世界大战，因为我们有共同的敌人。所以虽然宋美龄在国内有政敌，但在美国国会演讲时，人家站起来鼓掌鼓了三分钟，这属于第二次中国热。最早是那批传教士去的时候,第二次是最甜蜜的时候。现在腾飞的中国在美国眼里,是一条不太好看的龙。我们讲中国的文化符号与诗意,我们往外拿东西的时候,熊猫是很好的符号,龙真的不可以随便用。我在一个动物园里看过西方的龙的形象,他们的 dragon 就是一种大蜥蜴,很难看。同时那个动物园做了一个说明,西方的龙和东方的龙不同,东方龙司水,所以电影《黄土地》里天旱了要去求龙,而西方龙司火。东方龙是皇权的象征,西方龙看守锁在山洞里的公主或者宝藏,所以用这个词要小心。美国有些人看中国戴着有色眼镜,而且眼镜色度还不浅,我想双方都要检讨自己,慢慢加强了解,也是小波浪线,还是一点点往上走,大趋势还是好的。

提问:叶老师您好,您刚刚一直在讲中国的编剧和美国的受众这两者之间哪里不相容,我想请教您一下,您觉得中国哪些东西或者中国的编剧应该怎么做,能够为美国观众接受?

叶坦:我讲人性的东西,就是多看他们的名著、获诺贝尔文学奖的作品等,确实值得看,但也别光看这个,获诺贝尔文学奖的作品不见得都代表了文学的最高水平。得过诺贝尔奖的,像罗曼·罗兰、高尔斯华绥、福克纳、泰戈尔、海明威等人的作品绝对要看,但很多好作家没有得过诺贝尔奖,比如托尔斯泰,如果他的《战争与和平》你都没有看过,你怎么了解西方文学的精髓?那里面有一句话,我插队放羊的时候看过,叫"理解一切,就是宽恕一切",我记了一辈子,大师的一句话能让你用一辈子。

与此同时,一定要有自己的东西,写东西不要老惦记好莱坞,不要老惦记观众和票房,你要琢磨自己的内心。我们在西安办电影编剧高级研习班的时候,有一个学生问,怎么能把剧本卖得好?怎么才能卖到好莱坞去?当时加州大学洛杉矶分校的教授回答说,我要有这个秘方我早就去卖钱了。那次研习班的讲课,中国电影出版社结集出版了一本书叫《敞开的门——中美现代电影剧作理论与技巧》,它的跋是我写的,题为"为自己的写作"。就是讲写作要对自己的作品真诚,如果自己写的东西自己都不喜欢,别想让别人喜欢,不管是中国人还是外国人。可以学习好莱坞,他们的好剧本可以看,但是你自己的东西一定要言之有理、言之有物。有些人性上的、感情上的东西是可以跟别的国家分享的,太多自己国家的细节也不行。雨果说,一个罪犯在犯罪时的思想都可能比天堂更崇高;先要把罪写好,人情也就出来了:抢人几块面包,是为了给姐姐挨饿的孩子吃。你要把这个写出来。

提问:中国诗的传统跟戏剧的传统是有差异的,诗讲究意象和意境,戏剧讲究故事和冲突;那会不会存在一种机制,使得诗意能够转化到戏剧和影像当中?

叶坦:艺术不是科学,不是能用化学分子式算出来的,艺术是潜移默化的。中国有一句话叫工夫在诗外,中国诗在中国戏里的表现比在中国电影里要多,诗性在中国电影里的表现比在外国电影里要多。这些诗性的东西,尤其说到它的技巧,不要说外国人,当下的中国人理解起来都会有困难。我原来跟中国戏曲学院的沈世华老师学昆曲的时候,沈老师对汤显祖都不满意,比如某某字应该是"人"声,汤没有那么写,她就抠那个字,有点儿见木不见林。昆曲消亡的原因,第一是老一辈特别严格,第二是中国的字文化太难,也就是格律要求太严,太不好写。昆曲这种艺术形式很难硬加到电影里,但是你如果把昆曲唱好了,体会到它的味儿了,你也就不必把它的作曲法用到电影里,而是用它的雅,这样整个气度就不一样了。电影必须有可视化的东西,诗化不能强求,只能顺其自然。

提问:在不同的情境下是否有不同的接受?比如说认同是一种接受,尊敬是一种接受,向往也是一种接受。

叶坦:您说得特别好,有不同的接受,不要一言以蔽之。

陈旭光:我顺着刚才的讨论谈一下感想,做一个呼应。今天叶坦先生的一个核心观点,是诗性文化很难转译,很难传达,是翻译不了的,是有文化壁垒的。但中国文化的精髓又是诗性文化。他举了很多例子,我听着就心里一凉,那我们该怎么办?我们还要不要提中国电影"走出去"?我们是关起门来,还是继续往外推?往外推又该怎样推?这些疑问跟我一直思考的问题也有关联,就是传统文化的现代化。诗性文化储存在诗歌、典籍、古画里,我们耳濡目染,但诗性的浓度是在遗传过程中渐渐淡化的。与此同时,电影的影像语言跟文字语言是不一样的,它们储存和传播诗性文化的方式也是不一样的,在这个过程中还会有文化折扣。在传统诗歌、绘

嘉宾合影

画、书法里储存的诗性文化,传到今天用影像语言来表达的话,肯定也会有很多磨损,甚至会有一些不那么精准的东西。但是我觉得这并不可怕,这可能是传统文化传承和传播的一个常态。

我认为,除了《小城之春》《早春二月》《舞台姐妹》这些经典电影里所蕴含的传统诗性文化之外,现代电影中同样也存在一种诗性文化,我在论文中曾经用王家卫的电影作为案例来分析诗性传统的现代转化。我觉得诗性文化的核心也许可以用几个词来概括,比较通俗地说,就是不直说,而是隐喻地说,比如用比喻,用诗和曲的方式来委婉、曲折、间接地表达,以少胜多、以点带面,这可能是诗性文化的根本。比如王家卫的电影,故事是不完整的,有很多独白,影像表现上是现代化的灯红酒绿,还喜欢跟随镜头去拍摄,有一种朦胧的、感性的、诗意化的氛围,所以说王家卫的电影是传统文化在影像中进行现代转化的一个典型个案。

再比如,张艺谋的《英雄》至今还是中国电影北美票房的第一名,这么多年没人超过他。我觉得张艺谋传达的也是一种诗性文化，他的诗性文化是一种大众化的方式，是一种视觉感观，用大红大紫大绿大色块这样一种表达方式，把中国文化的意境开拓到高远之处，把那种天人合一的感觉传达了出来。也许他传达出来的只是皮毛，但我觉得他是成功的。哪怕西方人是用一种猎奇的目光在看，但这也许就是一个起点。所以我觉得，现在推广中国电影可能有两种方式：一种是保持我们的诗性。今天我非常感动的是叶坦先生在海外这么多年，但他的心是中国心，是诗性文化的中国心。但也要承认影像在传达诗性时会有弱化，我们不能用《小城之春》《早春二月》这样的诗性标准来衡量王家卫的电影，这就有点捉襟见肘了。另外还有一种诗性，就是年轻人的新的诗性，我们也不能排斥。这种诗性并不一定是山水田园，王家卫在香港这样的后现代都市里也能找到现代人的诗意，那么在现代年轻人的二次元文化里，或许也能找到诗性的东西，这或许也是一条路。除此之外，还要师夷长技以制夷，向好莱坞学习编剧技法，那种曲折、紧张的节奏感，条条大路通罗马，我们要勇于尝试和开拓各种路径，不能一味地故步自封。

叶坦：我很同意，我觉得我们老师不能简单地说这条是对的，那条是错的。我们没有这个权利，也没有这个本事，很多路都是可以走的。

陈旭光：那我们再一次以热烈的掌声感谢叶坦教授，希望有机会常到我们艺术学院做客，感谢大家的光临。

整理：李卉

跋

"人人都是批评家"的时代:坚守与凝望

陈旭光

2014年9月19日,星期五下午。那是一个既普通又不平常的日子。如果说普通,其实从某种角度上讲,以前这样的活动也有过很多次,主要是以博士生、硕士生、访问学者为主的学术研讨。可能就是一次很普通的师生聚会、漫谈交流,也可能是一次有一定专题性的学术研讨。以前每个学期都常常这么做,大家一起就一个问题讨论交流,有时是围绕即将进行的论文开题,有时是围绕论文答辩的预答辩,有时是读书报告与交流,然后大家互相聊各自的学习状况、看书状况、近期的计划。所以,这一次活动在形式上跟以前其实没有太大的差别。但从另一方面来说,这又是一个不平常的日子,这是北京大学"批评家周末"文艺沙龙活动的一次薪火承传:从20多年前的中文系,到今天的艺术学院、北大影视戏剧研究中心!精神的接力、薪火的传承,在这里继续进发。引一句胡风先生的诗句就是——"时间开始了!"

"批评家周末"一向是我心中的一面旗帜!20年前,我在北大中文系攻读硕士、博士的时候,就经常参加这个活动。谢冕先生带着他的访问学者、博士、硕士等一大批中青年才俊,围绕文坛的各种现象、问题、作家、作品展开讨论。除了以学生报告为主之外,谢冕先生有时也会邀请一些当时就颇有知名度的青年批评家、学者来主讲或参加讨论,如王光明、孟繁华、张志忠、陈晓明、张颐武、蒋朗朗、沈奇等。而当年的学生报告者,如今早就成为知名学者、评论家了,如李杨、韩毓海、黄亦兵、祁述裕、何言红、邵燕君、贺桂梅等。洪子诚教授也经常参加或与谢冕先生一起主持。一路下来,"批评家周末"一直在坚持,在文艺界也形成了一定的名声和威望。当年"沙龙"的主力,今天大多成为当下文艺批评界的重镇、学术的中坚。

让我印象深刻、记忆犹新的是,谢冕先生在沙龙上不止一次讲过类似这样的话——"我是学者,我是要发出声音的,我是要发言的!"这几句话对我的触动非常深。1997年,当我从中文系博士毕业到艺术学院工作后,随着从青年教师渐渐步入中年教师之列,我的博士、硕士、访问学者队伍也越来越大,我开始经常召集他们一起聊天交流研讨。于是,我想到了——能否从谢冕先生那里把北京大学"批评家周末"这个旗帜再次举起?让北大文艺批评传统的薪火代代传承?

诚然,在今天这个多媒体、全媒体或者说互联网的时代,与当时的批评环境已经很不一样了。当下似乎是一个"人人都是自媒体"的时代!人人都能发出自己的声音,"人人都是批评家"。传统媒体的权威性急剧降解,批评再也不是"威权化"的单向发声,而是"众声喧哗","再也找不到中心",一切都"碎片化",是"能指的漂移"。受众不再是印刷媒介时代单向度的聆听者,也不再是电视媒体时代"沉默的大多数",而是在互联网时代或"人人都是自媒体"的时代,"用脚投票"和"用拇指发声"的"不再沉默",以及有自己主见的"大多数",他们甚至有自己的社群、部落,有自己的意见领袖、群主……这个时代众声喧闹、喧声杂乱,任谁的声音都会很快湮没于互联网、大数据的海洋。在这样的媒介文化环境下,作为文艺批评工作者,作为青年学者,作为北大人,我们该如何发出自己独特的,有自己的价值信念和学术立场的,既有坚守但也与时俱进,自由、自觉、独立、自信、开放的学术声音呢?我们应该如何在一个"加速度"的时代,有自己的慢思考和锐发言?

作为北大的老师、同学、访问学者,我们在这块"精神的家园"中学习、生活、工作，感受、濡染着北大的精神、"五四"的传统，以及那种北大特有的民主、自由、独立思考的氛围、韵味、气场——难道我们不应该顽强地发出我们的声音？虽然现在已经不再是一个"一呼百应"的"威权化""一元论"的时代，而是一个如阿尔都塞所言的"历史的多元决定"的时代，是一个标准多元、价值多元、众声喧哗的时代。但在这样的时代，我们更要发言！在文艺批评的实践中，我们无疑应该既坚守基本价值立场，又与时俱进，大胆直面，综合开放，力求艺术批评在当下现实语境中秉持开放的态势，力求艺术批评保有鲜活的生命力，继续发挥其时代影响力。

"以北大为旗"，以"批评家周末"为现场，我们发出我们的声音。在我看来，只要发出声音，就表达了我们的存在，就一定会有回响。此之谓"念念不忘，必有回响"。

现在"批评家周末"的形式，既有以学生报告为主体、邀请学者点评对话，也有邀请国内外著名学者、青年学者主讲，同学们讨论争鸣。形式多种多样，但宗旨始终是一致的，就是鼓励、提倡、张扬并实践面对文艺界现实，发出我们北大人的声音：自由、独立但有学理。

这本书是《在北大发声："批评家周末"文艺沙龙实录》的第二辑。从"批评家周末"重启的2014年9月19日，到历时近三年第一辑出版，再到两年后的今天第二辑出版，"却顾所来径，苍苍横翠微"，回顾这几年"批评家周末"文艺沙龙活动的点滴往事，未免有一些感想。

在这里，我首先要感谢我敬爱的老师谢冕先生。感谢他的信任，把北京大学"批评家周末"的大旗亲手交到我的手中。谢冕先生虽已80多岁高龄，但青春激情满怀，敏锐的批评家风采依旧，气场十足而感染力超强。他参加了我们的第一次"批评家周末"活动，发表了热情洋溢的讲话，把沉甸甸的北京大学"批评家周末"文艺沙龙的牌匾，也可以说是"圣火"，交到了我的手中。

近几年来，"批评家周末"的经历和回忆是温暖的。我要感谢在着手举办的过程中，热情支持我们的几份重要刊物：《文艺论坛》《中国作家》《现代传播》《当代电影》《电影艺术》《北京电影学院学报》《电影评介》《艺苑》《北大艺术评论》《海南师范大学学报》《未来传播》《长江文艺评论》,以及"大家谈影视"(微信公号)等。"批评家周末"活动的相关报道、综述、记录整理稿,大多在这些刊物上发表过,为"批评家周末"的影响力发挥起到了重要的支持作用。

感谢历次应邀前来参加"批评家周末"(或主讲或点评对话)的学界嘉宾。他们大多列名于每篇文章前,但个别或有遗漏,则敬请见谅,疏漏必将在后面几辑添加补缺。另外要表示歉意的是,因为经验不足,沙龙现场的摄影有时疏于安排,拍摄照片太少,效果也不好,照片的使用也不那么均衡,有些发言者、嘉宾有,有些则没有。

期待我们越做越好。

感谢北大艺术学院领导的大力支持。感谢北大书法研究所所长、中文系王岳川教授,为"批评家周末"文艺沙龙题写了俊朗又大气的标识题签。感谢我的学生朋友们。除了努力准备、"压力山大"的主讲同学,每次都需要大量其他同学的服务与支持:联络速记、摄影、张罗会场、会上的微博报道、会后的新闻报道、速记整理等。随着这个活动的持续进行,我越来越觉得,这几乎是一个类乎电影生产的集体工程,没有同学们的支持、协助、协力,几乎不可能完成。我的研究生群体配合默契,或主讲,或讨论,并尽力做好服务、后勤、宣传等工作,他们很勤勉、很努力,虽然新旧交替,几年来也已换了好几茬同学,但那种齐心协力、默契配合的精神在他们的手上默默承传。同时我也相信,在这样的活动过程中,他们也得到了很好的学术训练,也被我"逼"出了不少相关的学术成果。很多学术报告,经讨论进一步深化后常常成为达到发表水平的厚重的学术成果,有些主题报告则与同学们随后的硕士、博士学位论文关系密切,或者是硕、博论文的先导,也可能是硕、博论文的中期或最终成果汇报。沙龙活动还加强了师生之间、同学之间的交流沟通,那种"亲如一家"的集体大家庭的感觉,可谓"其乐也融融",那种"团结、紧张、严肃、活泼"的凝聚力也庶几加强。

我要在这里郑重记下他们的名字,以表达我的谢意与敬意(可能还会有疏漏):

博士后宋法刚、拓璐、李九如、王伟、杨碧薇、苏米尔等。

访问学者刘强、陈华、罗小凤、唐宏、王玉琴、毕芳、叶佑天、万俊杰、国玉霞、周强、李磊、申朝晖、曾静蓉、李冀、魏德邦等。访问学者、美术设计师张通还长期义务为"批评家周末"活动设计精美的海报。

博士生肖怀德、张蔚、刘胜眉、胡云、赵立诺、车琳、李雨谏、郝哲、都性希、石小溪、王欣涛、张立娜、李卉等。

研究生阎立瑞、高原、施鸽、金慧妍、王思泓、祖纪妍、冯瀚辰、何灏、周圣崴、龙明延、李诗语、李黎明、娄逸、晏然、黄嘉莹、冯舒、孙茜蕊、高源、陈聪聪、王清林等。尤其是研究生晏然,在编辑整理文稿时做了大量细致、烦琐的工作。

还要感谢北大培文、北京大学出版社。北大培文总经理高秀芹编审也是"批评家周末"的亲历者,对本书的出版自然倾情支持。重新开张的那一次她陪着谢冕先生来了,并承诺了最优质的出版保障。北大培文的周彬、李冶威、张丽娉编辑对本丛书的出版从选题到付诸实施一直大力支持。

感谢你们!为"批评家周末"这一薪火传承的学术活动的坚持,你们付出了真诚的努力和心血。

这是北京大学"批评家周末"的现场!我们在北大发出我们的声音。

北京大学"批评家周末"文艺沙龙,让我们再次出发!

2019 年 11 月 12 日